各行其道

刘显龙◎著

时代文艺出版社

图书在版编目（CIP）数据

各行其道 / 刘显龙著. —长春：时代文艺出版社，2019.1（2021.5重印）

ISBN 978-7-5387-5799-6

Ⅰ.①各… Ⅱ.①刘… Ⅲ.①长篇小说－中国－当代 Ⅳ.①I247.5

中国版本图书馆CIP数据核字（2018）第069338号

出 品 人　陈　琛
责任编辑　孟宇婷
装帧设计　陈　阳
排版制作　隋淑凤

各行其道

刘显龙　著

出版发行 / 时代文艺出版社

地址 / 长春市福祉大路5788号　龙腾国际大厦A座15层　邮编 / 130118
总编办 / 0431-81629751　发行部 / 0431-81629755
官方微博 / weibo.com / tlapress　天猫旗舰店 / sdwycbsgf.tmall.com
印刷 / 保定市铭泰达印刷有限公司
开本 / 710mm×1000mm　1 / 16　字数 / 376千字　印张 / 25.25
版次 / 2019年1月第1版　印次 / 2021年5月第2次印刷　定价 / 68.00元

图书如有印装错误　请寄回印厂调换

目　录
CONTENTS

第一章　是预兆还是迷信 / 001

第二章　发生车祸遇好人 / 021

第三章　亲人朋友伸暖手 / 038

第四章　管小同找人拿对策 / 043

第五章　找能人摆事 / 052

第六章　成哥为谈判代表 / 072

第七章　烧纸告慰死者 / 077

第八章　老门透露想法 / 091

第九章　谈判中的阿南 / 099

第十章　形形色色的手腕儿 / 112

各行其道

第十一章　走法律是为了吓对方 / 129

第十二章　赵副局长想提升职位 / 138

第十三章　事件在升级 / 154

第十四章　阿南找尤龙出游 / 165

第十五章　表明心意 / 170

第十六章　事情突变不知所措 / 185

第十七章　在李家村谈判 / 203

第十八章　孙队长透露心思 / 216

第十九章　汇报谈判情况 / 225

第二十章　对方不谈陷入僵局 / 233

第二十一章　找检察官谈案情 / 241

第二十二章　感谢宫良警官 / 249

第二十三章　对方给尤龙判刑 / 261

第二十四章　出认定书谈判变被动 / 267

第二十五章　他曾是单位领导 / 271

第二十六章　请律师出面 / 281

第二十七章　给钱一锤定音 / 299

第二十八章　亲朋的关怀 / 307

第二十九章　赵副局长暗示孙强 / 319

第三十章　尤龙出面平息事态 / 336

第三十一章　领导班子有变化 / 343

第三十二章　岳父不签字 / 350

第三十三章　车得到了处理 / 369

第三十四章　尤龙与日韩作家相聚 / 377

第三十五章　宋梅说出事故真相 / 384

第一章
是预兆还是迷信

人的思想是飘忽不定的，当遇到挫折的时候，他就会陷入种种的疑虑和迷惘中，失去理性的思考，进入迷乱的世界。

四月里的一天，办公室主任尤龙与后勤助理于庆陪同赵副局长下乡选址盖楼，返回途中，尤龙靠在后座上有些睡眼惺忪。汽车驶入一开发区路段，眼前立刻敞亮了许多，新修的双向八车道，白线画得清晰醒目，路好开车的人心情就好。

这时，于庆和赵副局长几乎同时发声："哎呀！这人是完了！"

司机放慢了车速，尤龙意识到他们看见了车祸。

尤龙睁开眼睛问："怎么回事？"

司机说："左侧，也就是几秒钟的事。"

尤龙向左一看，一辆大型载重车停在路面上，车前趴着一个年轻女子一动不动，皮包还在肩上，一只鞋离开了身体，头下淌出一片鲜血冒着热气。

车旁有几个人，都在打电话。一个女人离伤者最近，似乎是在打急救电话或报警。

于庆说："据我所知，车祸、跳楼、落水，凡是丢鞋的命都保不住。"

尤龙说："能解释一下吗？"

于庆说："有种说法，意思是鬼没有脚后跟，走路一蹦一蹦的，这叫灵魂出窍，鞋子会掉。所以，人死了，鞋就穿不住了，自然会掉下来。"

"原来是这种解释。"

于庆说："当然，也可以这样解释，车祸没掉鞋是因为撞得不厉害，跳楼没掉鞋是因为摔得不厉害，溺水没掉鞋是因为挣扎得不厉害，都不厉害就没事儿。不过，鞋没穿好的因素也很大。"

赵副局长说："你可别瞎掰了，我开车把大河供电所长的哥哥腿撞断了，鞋也掉了，人不是挺好的？"

司机说："科学的解释是，人死了腿部肌肉没有力量，撑不起鞋子，鞋就脱落了。"

于庆转移话题说："猜不透打电话的女人是干啥的，她并不惊慌。"

赵副局长说："也许是过路的，在帮着打电话。"

于庆说："这是怎么撞的呢，没有刹车，女人正好倒在车前方。"

尤龙说："可能是女人横过马路，抢道，躲闪不及。"

尤龙知道，他的猜测毫无根据，不该下这样的结论，内心有些自责。

赵副局长说："这个女人也就三十多岁。"

于庆说："最大也不超过四十岁，能看出青春的影子。"

沉默一时。

于庆说："到清明节了，得准备上坟的事。"

尤龙说："今年的天比往年暖和多了，往年这时候冰天雪地的。现在，雪都化没了，阳坡的草都绿了。"

赵副局长说："今年的路好走，农村能通车。"

尤龙说："不让烧纸，抓的严，买点儿鲜花水果之类的就行了。"

于庆说："清明节应该去玩儿，自驾游。"

尤龙知道于庆的话是给自己听的，他已经邀请过两次，以驾驶技术不好为名推脱了。现在，已开车两年了，技术上也可以跟车队走了。于庆在示意能不能结伴一起走。

尤龙知道自己的短处，驾照上标的驾龄很长，属于老驾照新手，感到自信不足，没有搭话。

于庆接着说："东北三省也没个好去处，辽宁比这里暖和点儿，有的地方都开花了，草也绿了。可是，三天假不够用，不知哪里的景点好，也走不了多远。"

赵副局长说："法定假日再长一些就好了，三天假也走不了多远。"

于庆说："应该多放假，每天上六个小时班，每周上四天班，放三天假。人活着为了啥，不就是追求幸福吗？"

尤龙说："如果经济发展再好一些，全民都富裕了，可能会这样。现在是赶超发达国家阶段，不能落后。如果太贫穷就要挨打了。"

于庆说："这个认识是对的，我的想法得多少年后才能实现，恐怕这辈子是赶不上了。"

赵副局长说："你呀！都五十多岁了，真赶不上了。"

从此，车里四个人谁也没说话，一路上时而颠簸，时而舒缓，几个人都有了睡意，不知不觉无声无息了。

车行驶在很平缓的路上，尤龙没有了睡意，也是因为快到家了，打算下车。

回到家刚刚落座，周涛打来电话："尤主任，忙什么呢？我晚上就到，明天一大早就得去上坟，然后回去装车。"

周涛是开大型载重车的，运输钢材两天到江城一趟，每个月能挣三万元。

尤龙说："好吧，你来吧，正好一起去。"

周涛自当兵后就很少回家，在沈阳安了家，近两年才做起了运输钢材生意。

二十年前，周涛是开大平板车的，专门拉重货。在军营周涛和营长关系不错，周涛想干私活挣钱，营长就给他放长假，周涛也不黑心，挣钱给营长一半。从此，周涛得到了营长的信任。

尤龙退伍后等待分配工作。

周涛说："我通过关系认识一个老板，他给日商运输钢材，你过来帮我吧，一个人开车也干不过来，咱俩干，很挣钱的。"

周涛在修理营开的是大平板车，每天的任务就是出车，保养车，驾驶技术非常好，拉着重货出入大门两侧韭菜叶宽的距离都能过。

尤龙说："我在等待分配工作，不知啥时候接到通知。"

周涛说："分配工作要很长时间，有通知就马上回去，不会耽误事的。"

周涛知道尤龙也会开车，累了可以换手。最主要的尤龙是自己的姐夫，干活顺手。再就是想让他挣些钱添补家业。

两个人在部队的时候就认识。多年前，非正规部队可以在外面帮助地方参加项目建设，部队官兵可以得到一些补助。

两个人兵种不同，一个在正规部队，一个在非正规部队。正规部队百分百的军事训练，没有任何可以干私活的可能。

尤龙在正规部队训练多年，思想正统，有些古板。尤龙基本追求无私奉献，敢于牺牲，为事业奋斗到底的革命精神。

周涛和尤龙基本是两个世界观。

尤龙说："我得好好准备一下，多学习，淡薄人生。到地方上班后，不求有多大发展，争取为单位多做贡献。"

周涛有些气愤地说："贡献你个六哇！连老婆都养不起，还谈什么淡泊？你到我这里干一段时间，一天给你两千元。"

尤龙惊讶地说："什么？能挣这么多钱？不是做梦吧？"

"那当然，做什么梦？"

"一天顶我一年半的收入了。"

"差不多吧。"

当时尤龙的工资一个月才发一百〇五元。

过去，尤龙和周冰洁在桦树镇安了家，每月用十五元租住了一个土房。由于两个人过着天各一方的生活，只有岳母陪伴周冰洁，母女两个一直过着清苦的日子。

等待分配工作挣不到钱，尤龙心里非常焦灼。现在，周涛提供一个这么好的机会，他极为高兴。

周涛负责装车，尤龙负责签单，收钱。两个人配合得非常默契。给日商运输钢材的老板也很讲究，天天给现金，每天都是五千元。

老板相中了周涛的车和他这个人。当时，能载四块钢材的车少之又少，周涛的车就能载多么多。一块大约十三吨，每车能拉五十二吨。

两个人从钢材厂运到港口几乎一天一趟，不敢停歇，在他们的心里，时间就是金钱，一车就是五千元，两天就是一个万元户。

当时，当上万元户是最值得荣耀的事，人们做梦都想成为万元户。

外商老板很有眼光。那时，用军车搞运输能省去很多麻烦，比如说，过路费，检查站，超高、超载、超重等，一切罚款、违章都可以避免。

运输钢材的生意特别火，尤龙到这里才算真正长了见识，几百台大车排着长长的队，等一天才能装上车。

开始的时候，尤龙看到这样的情况就对周涛说："我们排一天队，在这里傻等就是在耗费金钱！"

周涛说："你还有什么好的办法吗?

尤龙说："有，我打听了，他们都是为公家干活的，我们是为私家干活的，两者不同。公家的司机什么时候装车，他们不管，让他拿两元钱给吊工送礼都做不到，司机一个月的工资还到不了七十元。如果我们给吊工一百元，可以做到随到随装车，能提高运输效率，多一趟就是五千元。只不过，我们俩得打好替班，注意安全。"

周涛说："行，你试试。"

这个思路是正确的，他们赶上哪个吊工装车就给一百元，每天都送礼随到随装车，两个人由二十四小时一趟，变成十二小时一趟。

当时，两个人最大的麻烦就是钱没地方放，没有时间上银行存款，最大面值才十元。每天五捆，二十天下来面袋子就攒了一半。

周涛说到做到，给尤龙三万元。

临走时，周涛问："你的名字是谁起的?"

尤龙说："我八爷起的。"

尤龙的八爷是黄埔军校毕业生，左右两手都会写字，是国民党的一个团长。

抗日战争时负了伤，解放战争时部队被打散，娶了一个日本老婆在村里安顿下来。

在"文化大革命"中八爷被揪出来，当成反革命分子被枪毙了。

八爷给他起这个名字，意为，他能像龙一样跃出农村，到广阔天空飞翔，并且教他《易经》上的知识，让他明白什么是"或跃在渊，飞龙在天，亢龙有悔。"

周涛说："你呀！和名字不搭，在这干一年够一辈子花了！破工作要它干啥？"

"那可不行，还是有工作好，有单位就有个靠山，这么单打独斗不是长久之计，见好就收吧，你也得考虑一下这个问题。"

"我和你不一样，没啥考虑的，干一天就相当于你一年多的收入，这么好的事到哪儿找去，我不能放过这个好机会。"

"反正我对物质需求有满足感，很容易拿到这么多钱，我有心理负担。"

周涛说："你真是太实在了，家里也没来信让你回去，还不知道是什么破工作呢，哪里出麻烦，在哪里送钱都赶趟。"

"不行，我从来没干过违规的事，心里承受不了。"

"你可以试一下，不好使我拿脑袋给你。我的领导就是让我用钱摆平的。"

"你当时也没有钱呐？咋整的？"

"利用手中的权力想办法呗！"

尤龙说："有的领导是不收钱的。"

"我采取迂回战术，从他老婆下手。他老婆是城市女人，长得漂亮，需要钱来打扮，我给她买金银首饰，高档皮包。嫂子夸我会做事，还说我人长得难看，但是可爱。我一看嫂子说我好了，领导一定得说我好。因为，他听老婆的。"

"你可真有两下子。"

钱能使人打开眼界，多长见识。尤龙通过半个月的锻炼，思想不那么僵化了，他的视野比以前开阔了。来到周涛这里，他第一次看到大海，视线无遮无拦，一望无际，波涛汹涌，心潮澎湃。

尤龙每天在大城市之间穿行，在港口出入。送礼，他与各类人打交道。办理业务，他整天忙个不停。在人际关系、金钱关系中，他的人生观、世界观、价值观都有所改变。原来，人的活法是多样的，周涛的独立生存能力很值得学习。

临走的时候，尤龙说："老弟，你可得注意安全呐！不能挣钱不要命，开车本身就是高危行业，每天都处于极大的风险中，在安全这个问题上一定不能松懈。再就是这项运输的活差不多就得收手，好事也能变坏事，我感到这个老板就是在利用我们。因为，我们使用的是军车，有特殊性，谁也惹不起，也没人抓，没人罚。但在规定上，单位肯定不能让干私活，挣钱的事，也没有条文规定，只是大家在心理上有认同，睁一只眼，闭一只眼。这方面，你必须有所考虑，一定要懂得适可而止，见好就收。"

"你多虑了，你那里是封闭的，我们这里是开放的，两种世界，两种活法。我们领导和我都能泡小姐呢，你们的领导敢这样做吗？"

"我们在山沟里，别说是女人，就是母猪都少见。"

"所以，你还是缺少见识。"

尤龙高高兴兴回到家，把钱交给了周冰洁。

周冰洁惊讶地问："你咋弄这么多钱，不是违法的吧？"

"违啥法，和你弟弟开大车挣来的，一天五千元，他每天给我二千元，你们政府不是要盖家属楼吗？这回咱也可以住楼房了。"

"一下挣这么多钱，我真有点儿害怕。"

"绝对是好道来的，出苦大力挣的，一天只睡六个小时。

"你真是挣钱不要命了。"

"没办法，我也不希望你们过苦日子，整天吃酸菜炖土豆，营养上不去，我们的孩子还能健康吗？"

周冰洁每个月才挣五十六元，家里没房，每个月还得交十五元房租，母亲六十多岁，体弱多病，整天吃药日子过得非常贫困。

尤龙把一笔钱拿回来，大大缓解了家用。最起码不用攒钱买房了，政府给分两室一厅的楼房，两万七千元就够了。一家人心里非常喜悦。

周涛一个人在运输线上打拼，干得很辛苦，钱挣得也多。但他还是出事了。给日商运的钢材都是不合格产品，钢块炼得不够标准，里面大多都掺铁沙，被日商发现了，以前的全部退货，他赔了很多钱。

老板没钱还，对方就想扣车。

周涛说："我是被人雇的，扣我车可不行。"

老板说："你不让扣车，我就上法院告你。"

周涛没了主意，将此事告诉了营长。

营长说："给他退点儿钱，他威胁咱们，咱们也得有应对的策略，你这么办。"

营长给周涛出了个主意，周涛心领神会，按营长的妙计对付老板。

周涛找到老板说："当初，你好心对我说，你的活可靠。现在，你把我骗了，你这一折腾把事整到军事法院了，过几天我可能就进去了。现在，你欠我钱，还整我人，我马上就回去把车开出来，把你们全部轧死，轧成肉酱。我好不了，你们也别想好。"

老板一听周涛要玩儿命了，吓得赶忙说："哎呀！你可别的，我怕你了，我一分钱也不要了，你是军爷，我放你走，赔多少钱我认了。"

周涛拿出四万元钱说："就算是我在你这白干了，这是消灾的钱，其他的，你自己梦自己圆吧。"

周涛说的对，钱能摆平一切事情，就看会不会使用。

以后的生活，岳母都在尤龙家，而且对他家也有恩。尤龙回到地方工作没多久，岳母病逝了。

在尤龙心里，岳母的去世让他很愧疚，他很怀念与岳母相处的日子。

尤龙认识岳母是在二十多年前，那时，他正在军营服役。

一次出差，在返回部队的火车站，一下火车便看见一位六旬老大娘，手里提着两个包裹，很吃力，他打算帮助老人："大娘，我帮您拿一个。"

老人见尤龙是军人很放心地说："这是给外孙子做的棉衣，够穿好几年了。"

也许是注定的缘，从交谈中他意外地知道大娘竟是战友的岳母。

后来，尤龙每到战友家做客，经常见到大娘，大娘很喜欢他。

三年后，尤龙也成了大娘的女婿——还是大娘主动提出让女儿嫁给了他。

结婚是人生的一大喜事。可是，对尤龙来说，却有几分惆怅在心头，身为一个贫苦农家出身的他，穷困潦倒，一分钱也没有，面对心爱、美丽的周冰洁，连为她买一身漂亮嫁妆的钱都没有。

岳母看出了他的窘困，便拿出多年攒下的一千五百元钱交给他。

岳母说："我女儿嫁的是人品，没有把钱看得那么重，一个人只要上进，有事业心，懂得生活就能过上好日子。"

岳母在经济上的资助，温暖的话语，给了他极大的安慰，他发誓要好好对待岳母，照顾好她的晚年生活。不久，他和周冰洁住在了小镇的土房里，岳母也放弃了在大城市的美好生活。以后，尤龙和周冰洁过着牛郎织女般的生活，两个人鸿雁传书交流彼此的思念，在相互等待中苦守着意诺情牵的爱恋。

那一年，尤龙探亲回家，岳母看出了他的心思安慰着说："现在，年轻轻的，人生的路还长着呢。以后，你们有了孩子，我来照看，你们好好工作，只要你们心心相印，相互理解，日子就会一天比一天好。"

几句话，虽很朴实，但思想意识却很超前，岳母的激励在尤龙心中总是折射着启迪智慧的光芒。

岳母早年丧夫，六个儿女都是她一手拉扯大的，三个男孩儿都在军营当兵，干得非常出色，两个女孩儿考上了大学。

一家不圆万家圆，岳母比军人感受得还要深刻，成了左邻右舍最敬重的老人。

更令尤龙终生难忘的是，当儿子即将出生的时候，他正在进行军事演习，也许是妻子长期牵挂和忧虑所致，孩子来到人世异常艰难。

医生做出最后的决定，向岳母提出："你是保大人？还是保小孩？"

医生的问话如晴天霹雳，让岳母一阵目眩，惊悸过后，多年人生的磨砺让岳母又沉下心来。

岳母告诉医生："再等半个小时，我相信我女儿会有个好结果！"

也许是母女俩心息相通，也许是岳母对外孙子有太多太多的渴盼，面对两个难以割舍的生命，这是一个多么令人撕心裂肺的抉择。

岳母说："当时，时间像刀一样，每走一秒就在心坎上割一次，让人难以忍受。"

在大人和小孩儿生死攸关那一刻，苍天有眼，孩子轰轰烈烈地降生了，婴儿震耳欲聋的啼哭，宣告母子平安。

为了让孩子长大后记住这一幕，岳母给外孙起个名字叫"响"，意在让他的生命响当当，是生命的福音，永远记住生命的不平常。

一晃，十几年过去了，尤龙也结束了漫长的军旅生涯，工作在国家电网企业，日子也一天天好起来。

随着工作的调动，他与周冰洁贷款在江城买了一栋宽敞明亮的新房，就在这所房即将装修结束的时候，岳母突然得重病住进了医院。

几天后就离开了人世，当时，尤龙出差不在岳母身边。

岳母的溘然长逝，让他那些发自内心的承诺都落空了，岳母并没有得到他的关怀。他知道，如果没有岳母的支持和鼓励，他不可能在部队立功受奖，使人生走向辉煌；他也不会在回到地方后，以优异的成绩竞聘到一个称心如意的岗位；没有岳母的关爱就没有他们一家现在的幸福生活。

岳母走了，也带去了他永久的愧疚！

今年，他想同周涛一起给岳母上坟。

近两天，尤龙常打听下乡的同事："这些日子，从江城到桦树镇的路好不好走？是不是还像过去那样，很深的冰辙……"

同事说："桦树镇正在修路，实在太难走了，下了雨都是泥坑，走一趟车身都是黄泥。不过，这两天没下雨，还能走。"

尤龙说："我就担心这个，怕上不了坟。"

周涛小名叫飞虎，意喻他像一只猛虎冲出农村，脱离贫困，过上好生活。

周涛十五岁当兵，他身材矮胖，大脸小眼，胆大心细，由一个小兵一直干到营职。转业分配到交通局，因文化不高，辞职搞个体。由于开车出身，他操起老本行，向亲戚、朋友借了几十万元搞运输钢材生意，货源时断时续，但养家糊口不成问题。

尤龙为周涛准备了饭菜，吃过饭已是晚上八点多钟。

外面是阴天，很黑暗。原定周冰洁也去上坟，吃完晚饭一起出发，住在农村大姐家，早晨上完坟返回上班。

周冰洁说："太晚了，我不想去了，明天还有信访会议，你们明天再去，行不？"

尤龙说："不行，视死者如视生，尤其是上坟的事，答应了就不能拖，明天还得上班，现在就得走。"

外面很冷，雪花在零乱飞舞。正在修建的公路，前两天下的雨被风吹干，车卷起一阵阵尘土，把整个车染上了黄色。周涛心里明白，尤龙很心疼这台新买来的车。

两个人给大姐买了很多好吃的，也买了大批上坟用品，冥都的、现代版的都是大额度的钱，足有上万亿元，是活着的人可望而不可即的。一路颠簸来到大姐家。

尤龙对周冰清说："大姐，明天我们得早点儿走，周涛要装车，我还得上班。"

周冰清说："我把面都和好了，明早给你们煮饺子。"

周冰清里里外外一把好手，兄弟姐妹生活非常富裕，只有她留在了农村。

尤龙曾问周冰清："大姐，论能力你比家里任何人都强，为啥就没走出农村？"

那时，岳母还在世。

岳母听到这个问话毫不掩饰地说："你大姐，怨她自己，在生产队的时候，公社选出两个最优秀的妇女干部到江城学习，然后上班，她嫌造纸厂伙食不好，没几天就跑回来了。"

"大姐，你真是的。如果坚持下来，早就当上厂长了。"

周冰清说："可拉倒吧！造纸厂现在都黄了，说不定还是下岗女工呢，日子比现在都困难。人的命，天注定，我天生就是吃农村这碗饭的。"

周冰清是最累的，人人都借力，兄弟姐妹家的孩子没有不被她看过，每年春节，周冰清家就是愉快的乐园，孩子成群，麻将声声，大锅饭，大锅菜，老中青少四代同堂，吃得满嘴流油，每天喜庆热闹。

岳母去世后，孩子们出国的出国，上班的上班，上大学的上了大学，到大姐家来的人越来越少。

周冰清说："尤龙，飞虎，你们兄弟俩外出多，总是车呀马的，可得注意点儿安全呐！"

周冰清在泡水稻种子，边干活边说话。

看着她衰老的面容，尤龙心疼地说："大姐，你太累了，明天别包饺子了，我和飞虎到江城吃饭，正好他装车，我上班。"

"没事，面都和好了，馅也剁完了，很快，挺鲜的，很好吃。"

躺在大姐家的热炕上，尤龙的心暖暖的。

周涛说："龙哥，你说'清明时节雨纷纷，路上行人欲断魂。'这首诗写的可真好啊！真是太符合现在这个场景了！"

"是的，诗人写诗那天，可能和今天一样吧，心情和咱们也差不多。"

"我还给老爸、老妈做一首诗呢，你看好不好，明天到坟前念一下，你听听。"

"你念吧，我听一下你的大作。"

周涛这样念着："清明时节雨纷纷，遥远它乡思母亲，若问儿子为啥来，小儿回乡来上坟……"

以后的句子周涛忘了，说了好几遍也没想起来。

周涛接着说："我写十多句呢，背不下来了……"

这时，外面的风更大了，打起了响雷，雨一阵紧似一阵，打在玻璃窗上啪啪响。雷声一个接一个，一个比一个响，都是在头顶上滚动，让人心生恐惧。

这铺大炕，可以睡十个人，非常宽敞，空气也新鲜，是难得的一次休息和享受，尤其是对尤龙的关节炎，在热炕上烙一会儿非常好受。

他们躺在热炕上，心里有种幸福感。

这时，尤龙的右眼又剧烈地跳起来，而且是不间断的。

尤龙说："大姐，我的右眼总在跳都一个月了，是不是有啥坏事？"

大姐说："我常听左眼睛跳跳好事要来到，不是升官了，就是发财了。一定是好事。"

周涛说："那首歌唱的是左眼，他跳的是右眼。"

大姐说："别让它跳，贴一块纸。"

这时，闪电划破黑夜，照亮了整个院子，一个雷在院子里炸响，震人心脾，着实吓人一跳。

尤龙说："飞虎，这雷好像就在大姐家的院子落的，车没问题吧？"

"没事，车是防雷的，四个轮胎接地绝缘。"

周涛多年开车，经验丰富，技术非常好。而尤龙是新手老驾龄，也不经常开车，飞虎对他一直不放心，来的时候没少指导。什么路口要减速，没事当有事开，注意力集中，不要走神儿，精神别溜号，遇到紧急情况刹车、鸣笛、转向同时进行……总之，他在处处提醒着尤龙。

周涛说："右眼总跳也不是好事，明天，回去后，你先别开车了，停一段时间。"

"好吧，听老弟的。"

第二天一大早，大姐就开始做饭，六点钟就把香香的饺子端上来。

周冰清四点起的床，尤龙很心疼大姐，六十多岁的人了还这么干活。腰弯了，背驼了，回来一次看她衰老一次。早晨起来，尤龙第一件事就来到车前，他往车上一看，上面有很多小鱼，很新鲜。

他没动这些鱼，心里很纳闷，难到大姐家晒小鱼了，被风吹落到了车上？

雨还在下，大姐给他们准备了套脚用的方便袋，两个人匆匆忙忙进了车。到了坟地，雨停了，太阳出来了。

尤龙对周涛说："你看，车上咋有这么多的小鱼？"

周涛很迷信、激动地说："哎呀！这可是好事，咱俩的真诚感天动地！这说明咱俩今年要发财了，别动，就让它们待在上面。"

尤龙说："周涛，你别太迷信了，这只是一种自然现象，风太大，把鱼池里的水和小鱼都刮起来，随风飘散，一个炸雷把鱼震落在车上。"

周涛说："你能解释通什么叫迷信？"

"当然，迷信，指人对事物一种痴迷的信任，也是迷惘地信服，盲目地相信。"

周涛说："我是宁可信其有，不可信其无。"

尤龙有些责备说："你都有过教训了，咋还这么迷信？"

"那是因为他看的不准。"

前几年，周涛的生意正红火。一天，他往江城送货，尤龙请他吃饭，也请了表妹一家。

表妹家生活过得不是很好，住在一栋破旧的楼房里，时常停水停电，房屋常年漏水，屋子黑暗潮湿。

表妹对周涛说："我老公有个好哥们儿，看人看事可准了，一个人能挣多少钱，一生有多大福，能当多大官都能看出来。"

周涛最想知道别人或自己未知的秘密，惊奇地问："是吗？他真的很准？我想找他看看。"

妹夫问："你打算看哪方面的？"

"看我还能挣多少钱？"

"他是我的好哥们儿，我带你去。"

"花钱不？"

"说的准给钱，不准不用给。"

尤龙说："妹妹，别给周涛整这些没用的。周涛内心本身就灰暗，挣到钱就乐，挣不到钱就怨天尤人。其不知，人生是有定数的，得与失是平衡的。谁也不可预知自己的未来，这是人生法则。命运靠自己把握。"

周涛说："我可不这样想，能早些知道未来，坏事可以躲过去。妹夫，帮我联系一下，我让他看看。"

"行，我给你联系。"

妹夫打通了电话："大哥，是我，我表哥从远方来，时间很紧，你明天挤点儿时间，给我表哥看看，他下午要返回沈阳。"

"好吧，我把别人往后排一下。"。

尤龙想看热闹，第二天也跟着去了。

这个人住的房子很破，也不好找，几个人在小区里拐了几个弯进入楼道，楼里黑暗幽深，脚带起的尘土有些呛人。

尤龙开始怀疑这个人，看事能挣到钱，如果看一件事给五百元，一天看三个人就能挣一千五百元，一个月不闲着能挣四万多元。他干了多年，早就是百万元户了，怎么还住这么旧的房子？

尤龙对表妹轻声说："美娟，这个人应该很有钱，怎么住在这里？"

何美娟说："这里是贫民区，没人管。"

尤龙明白了，原来这里面也有玄机。

敲门，看事的人把几个人让进屋。

何美娟说："都是我的亲戚，这位是我远方的表哥，今天特意过来。"

这是很旧的房子，客厅里没有沙发，一张大双人床，来人可坐在床上，一个破布单罩在上面，很脏。靠窗台处摆放一张破桌子，前面有两个长条板凳。墙面很黑棚顶已经脱皮，不时地落下几块白灰。

周涛坐在他的对面说："大哥，你给我看看财运吧？我开大车还能干多久，安全不？来钱不？"

看事的人说："一个人命里有什么，没什么都是注定的。也就是人们常说的，命里有时终需有，命里无时莫强求。以后，你别开车了，车得卖掉。这车会给你带来祸端。"

"不开车我还能干点儿啥呢？"

"转行就能安全，安全才是幸福。"

"行，我听大哥的，回去就把车卖掉。"

周涛真把车卖了。没车的日子他很苦恼，找不到任何事做，孩子上学，亲朋好友搬家、乔迁、结婚等随礼非常多，家里开始吃老本动用存款了。

老婆埋怨说："你说你挺大个人没有主见，人家说啥都信，旁门左道的东西最耽误挣钱！这回，一家人跟你喝西北风吧！"

周涛在家待不住，他除了打麻将就找朋友喝酒，以此消磨一天天的时光。

有一天，他突然遇见一个同学，同学让他学习一些现代知识，掌握挣钱的本领和技能。

周涛说："这是什么样的学习，交钱不？"

"不交钱，免费听课。"

"还有这么好的事？"

"那当然，听了后，你会能力大增，挣到大钱。"

周涛实在无事可做，就跟着去了。

只见会场上有几百人，前台有一个讲师，演说能力超凡，把在场人的人生规划描绘得富丽堂皇，前景灿烂，无限向往，引起一阵阵掌声。

这堂课给人树立了远大目标，发财的梦想。只要按照他设计的宏伟蓝图走，人人都可以是富豪。周涛听后血沸心驰，对他来说这种宣传具有超常的诱惑力，在他的思想意识里，给县长当都不干。

这家机构的具体做法是低价买入产品，高价卖出，直销到用户手中，省掉了运输、税费环节。

其实，这就是一种传销活动，发财上的利益驱动，可以让人鬼迷心窍，奋不顾身，哪怕粉身碎骨也要勇往直前。

一年多的时间里，周涛花掉了家里四十万元存款，推销的产品，不仅没有挣到钱，还赔了本儿。周涛还推销给尤龙一套体育器材及家用跑步机。

尤龙说："我不要这玩意儿，到外面跑步多好，放在屋里还占地方。再说，有动静影响楼下休息。"

周涛说："我这是帮你延长生命，你挣钱再多，有命挣，没命花，那也是白扯，你就留下吧。"

没等尤龙同意，他就打电话让人送来了，要价八千六百八十八元。

周涛说："这是个吉利数字，发又发发，你们家一定会发大财，别看你买了这台看似很贵的健身器材，但是，它象征着你们兴旺发达。你每上一次跑步面就等于取走了一百元钱，你要知道健康就是在挣钱。当然，这是哲学问题，你可能不懂。"

尤龙说："这台健身器材在商场才三千多元，你们卖八千多元，多贵啊！不是宰人吗？"

周涛说："都拉来了，你必须留下。当时，你要是有一点儿犹豫我都不会让人送来。"

尤龙说："我知道，你这个说白了就叫传销，专门把产品卖给亲戚、朋友、同学、战友，赔多了还无情无义，甚至走向违法的道路，有多少人因此而跳楼，自杀，你最好是别整了。"

周涛说："我比你们上班的人强多了。一年多来，我走过全国多少个城市，都数不清了，你才走多少地方，跟我比你多亏呀！"

"人各有志，我不管你，你也别把我搭上。"

周冰洁把尤龙扯到另一个房间说："你别跟飞虎说了，给他钱吧，他搞这个活动赔了很多钱。如果他和你借一大笔钱，你不也得给吗？就当是支持他一下。"

于是，尤龙把钱拿给他："你小子坑人不浅呐！赚了一倍还带拐弯。"

周涛说："谁让你带我到大仙那儿去了，让我赔了四十多万元，得从你们身上找回来。"

"周涛，你做得过分了，听说，你还硬让表妹给你拿三万元？"

"那是应该的，谁让她给我整个大哥瞎说，两年赔了我八十万元。"

"你别怪表妹，她的世界观和你一样，是带着能挣钱的想法去的，对于车来说，你不开车当然不会有事，你开了车经这个人一说，心里就有了负担，整天心里就像压着沉重的石头，也容易出事故。这就叫作两头堵，前进后退都是错。"

周涛气愤地说："这个大骗子，坑死人了！"

"还是干你的老本行吧，重新买台车继续做钢材生意。"

"听你的，就这么办。"

周涛又买了一台大货车，依然运送钢材。

两个人在坟地边插花边说着内心的独白，在坟头放了很多金元宝和几种纸钱，两个人鞠躬后返回。

一路上，尤龙的车基本是蹚着稀泥一点儿一点儿爬行，四十公里的路，走了两个多小时。还好，快到江城的时候，货厂来电话让周涛装车，没有耽搁。尤龙正常上班也没有误时。

下班后，尤龙回到家，将车靠在小区水池边，想用池里的水冲掉车上的泥土。他往车上一看，小鱼沾在车上快成鱼干了。

尤龙对妻子周冰洁说："多亏昨晚去了，事办得都很顺利，到坟地的时候，雨停了，太阳出来了，我们也不担心被雨浇了，似乎是冥冥之中老妈在关照我们。"

妻子听后转移话题，而且很不高兴地说："我这个上访户可真让人闹心，说不准什么时候人就走了，总也看不住。今天，这个胡来风突然失控了，不知是不是去了北京，没法向上级汇报，没看住人，我被通报批评，专管人员受到了处分，还罚了五百元钱。"

"你那个胡来风到底去哪儿了？"

"人家到亲属家串门去了，晚上才回来，你说，我冤不冤！"

"你这个先进单位和先进个人，在全区面前提出通报批评，从此就褪色不少啊！"

"没办法，大活人实在看不住。"

"这件事不能急功近利，适得其反可就事倍功半了。"

"是啊！很多人都快疯了。"

"实在不行就换换工作吧。"

"咱也不认识谁呀，找谁说话呀！"

"是啊，咱咋就找不到'一句顶一万句'的人呢。"

为转移话题卸下妻子心头的包袱。

尤龙说："昨晚发生一件怪事，咱家车上掉了很多新鲜的小鱼。我问大姐，他家晒小鱼没？大姐说，没有。我这才想到，水库、江河都开化了，昨夜正下着大雨，鱼能在大雨里飞行，而且成群结队，它们经过大姐家的院子时，一声炸雷，震死了不少小鱼，落在了咱家的车上。这说明，大雨天鱼能飞出江河、水库，古人说龙能在雨天飞行，一定是真的，这件事很神奇吧？"

"这能预示着什么呢？是好事还是坏事？"

"不清楚，这是一个难解的自然现象，飞虎看到这些鱼时，大吃一惊，他感慨地说，这回咱哥俩可要发财了，这叫连年有鱼呀！。"

尤龙和周冰洁晚上散步的时候，来到车前。

周冰洁说："还能看到小鱼吗？"

"应该能。"

他在地上找到了两条小鱼："就是这样的。"

妻子看了看，没说什么。

一周后，尤龙的眼皮不跳了，又开车上班了。

四月里的一天，妻子说："明天一大早胡来风非要到上级找人，我得陪着，早晨六点就得走，你帮我看着点儿时间。"

"这个胡来风是什么样的人？这么厉害！拿出个好方法制裁她！"

"她是圣京大饭店的老板，结了四次婚，每婚都生个孩子。"

"能养起孩子就行呗。"

"这个女人经常来闹，我们都叫她胡闹。"

"闹大劲儿就有人管了。"

"她好像油盐不进，蹲几天拘留出来还不消停。"

"说来说去，归根结底还是穷啊，满足不了她的要求就瞎找，搅得鸡犬不宁。"

周冰洁说："这个胡来风只是因为打架吃了亏，说是头盖骨打塌了，现在还带着伤，有后遗症，经常梦见小鬼接她去报到。她说，不定哪一天就没了，要给四个儿子留下丰厚的财产，直到自己满意为止。"

"这个圣京大饭店，我也去过，起码也得值几千万元，多少才是多呀？够普通人挣几辈子了。"

"不是有另类吗，她就是那种。"

"跟她这种社会人，你要小心啊！"

"没事，只要知道她的动向就行。"

"那就好。"

妻子叮嘱说："别忘了，早点儿叫我。"

尤龙怕妻子赶不上火车耽误工作，精神紧张起来。他想通过看书、看电视剧或写稿等待天明。可是，明天也有繁重的工作，上午有个视频会，下午还要下乡。一看表九点了，还是先睡觉吧。

夜里他不敢熟睡，生怕过了时间，神情有些紧张。他没有定时的习惯，基本靠生物钟来调解。醒一会儿，睡一会儿，总是在似睡非睡中。

半夜时，妻子拉了一下窗帘，哗的一下。他以为过点了，一下精神起来，看了一下表，才一点钟又迷糊着时睡时醒。

四点钟的时候，妻子起来了，她开始活动了。

尤龙问："你咋起来了？"

"我睡不着。"

"我也没睡着，你们这个胡来风太能折腾人了！"

"没办法，这是工作。"

周冰洁开始化妆。饭是现成的，热一下就行。她简单吃了一口就出发了。

尤龙异常的困，真想倒下就睡，可是饭已经做好了，还是吃一口上班吧，早点儿到单位改一下写过的稿子。

夜里，他曾想过，明天是开车还是不开车呢……天暖了，可以走路锻炼身体了……嗨！妻子答应给自己改稿子，十几天过去了，她还没看一眼，稿子又拿到单位了，自己梦自己圆……妻子明天上班早，咱也早点儿上班，用两个小时改稿然后开会，开车去。一夜浮想联翩基本没睡觉。

出门来到车前，他的车身落了一层灰。尤龙当过兵，练就出干净利落的生活习惯，无论是办公室，还是自己的衣服，车子都保持清洁，追求一尘不染。

他擦去了车上的灰，发动车出发了。他感到非常困倦，好像闭上眼睛就能睡着。

第二章

发生车祸遇好人

　　好人能给世间带来福分，给周围的人带来温暖和阳光。尤龙就遇到了这样的好人。

　　由于走的早，路上的车辆稀少，尤龙感觉很放松。他上班的路要走十公里的202国道，尤龙知道，这个时间，路上的车辆多数是去枫林县的火葬场，每天都能看到这样的车队。

　　一下江桥就进入202国道，刚一上路就看到一个出殡的车队，一台半截子车装满了花圈，车上一头纸糊的牛露出上半身，眼睛很亮，还有点儿动感。

　　老人们说，牛是指去世的为女人，马是指去世的为男人。

　　看来，这台车送的是个女人，没有标多大年龄，车也很少，才三台车。

　　一瞬间，尤龙加大了油门超过了这台车，行进在八十迈的快车道上。

　　路上的纸钱在天空飞舞，在地上翻滚，红色的，黄色的，上下飘零，四处游动，就像无根的死魂灵在寻找着它的归宿。

　　快进入枫林县城的时候，过往的车辆川流不息，行人多了，做买卖的，晨跑的，送孩子的，来来往往，时而在前方穿过。

　　他放慢了速度，两眼盯着前方，这时，在他的右前方突然横穿一辆自行车，他猝不及防，本能向左打舵、鸣笛、刹车，穿过马路隔离带，停下来。

隔离带只是三四寸高、两米宽的土层，是用来栽花种草的。

他惊魂未定，下了车，看看是否撞到了人，当他回头一望立刻傻眼了，一个女人倒在地上，血已从头上流了出来，一动不动，肚子一起一伏地喘着气，尤龙不知所措。

这时，一位素不相识的年轻男子对尤龙说："你别急，沉着，冷静，我已帮你报122，打了120，救护车马上就来，救人要紧，到医院后给保险公司打个电话。如果你信任我，把车钥匙给我，我帮你把车处理一下。"

突发事故他很慌乱，不知如何面对。眼前出现这么一个热心人是他最大的安慰。

尤龙说："我相信你，钥匙在车上，你去拿吧。"

"你把电话给我。"

尤龙把电话号码念给这位好心人。

年轻男人马上打了过来："这个就是我的电话号码，我是县人大的，一切等事情处理完再说。"

尤龙感动地说："谢谢，我叫尤龙，是供电局的。"

此时，他慌乱得手脚不太好使。

尤龙把电话打给了妻子周冰洁："老婆，我车出事了，在枫林县朝族狗肉馆前，你给中国人民保险公司打个电话，我现在忙不过来。"

年轻男子说："120来了，你上医院，我在这帮你处理车的事。"

这是他人生又一次生命的感动，世上真有好人。

还是在军营的时候，尤龙住在一个很落后的桦树镇。一次探亲回家，四岁的儿子得了病，连拉带吐发高烧四十度不退。他求人找到最有权威的院长给孩子治病，院长说孩子是得了重感冒，给孩子打了小诺米星，开了一包药就回家了。

尤龙把儿子放在床上，儿子体弱无力，迷迷糊糊地睡着了。

周冰洁看着儿子，尤龙到厨房做饭。不到几分钟，儿子在床上抽了，人事不省，眼皮上翻。

周冰洁吓得哭喊着，蒙了，不知东西南北，在屋里急得乱跑。

家距医院三百米，尤龙抱起孩子就往医院跑，下了楼，跑向大道，距医院还有一百米了。

当时，小镇还不是水泥路，坑坑洼洼，也不平坦。

他怕绊倒摔到儿子，既要跑得快，还要防着被绊倒。他跑得有些无力，咽喉在冒火，速度在下降。

他心想，儿啊，自从你出生，咱父子俩就没见几次面，你对爸爸还很陌生，爸爸欠你太多了，我一定要救活你。

儿子在他怀里停止了抽搐，他停下来以为儿子死了。他看了一眼，儿子的眼皮动了一下，他心里一阵激动，儿子还活着。

这时，他前方有一位女同志，尤龙对她说："大姐，帮帮忙，你快跑到医院对医生说，刚才打针的小孩抽了，需要抢救。"

"哎！"大姐答应一声，飞快地跑向医院。

当尤龙把孩子抱到医院门口，医生已经出来迎接，准备好了抢救用的氧气囊，一位好朋友医生也赶过来帮忙，通过输氧、打急救针、掐人中、枕冰块物理降温等办法进行抢救。

这时，周冰洁才跑过来，扑向儿子哭喊："儿子！你快睁开眼睛，别丢下妈妈。"

儿子睁开眼睛说："妈妈，你怎么哭了？"

院长也赶来说："得赶紧转院，到江城儿童医院。"

镇里有唯一的一台桑塔纳出租车，被政府办公室主任长期租用。

尤龙和妻子找到她商量说："大姐，能不能用你的车救孩子的命，多少钱都行。"

这位主任说："不用花钱，快送孩子去医院。"

两个人非常感激，车里加一位护理医生陪同向江城儿童医院急驰。到儿童医院，医生不接待，说是传染病，治不了，得上传染病医院。

尤龙说："医生，您就快救救我儿子吧。"

医生说："我们医院不接收这样的病情，你们快走吧。"

尤龙很失望，市级这么大的儿童医院，竟然治不了孩子的病。

他不知道传染病医院在哪儿，生怕耽误时间，四十多公里的路他们已经赶到了，如果在找医院上耽搁时间就会后悔死的。他失落，茫然，情绪极为低落。

司机说："我知道，走吧。"

司机驾着车，快速来到传染病医院，医生一看病情，通过询问情况，给孩子的便物进行化验，很快得出了结论。

医生说："这是病毒性痢疾。"

尤龙对医生介绍说："在镇医院是当重感冒治的，医生给打了治感冒的点滴，一天一夜没退烧。"

医生说："再晚来几分钟，孩子都救不了啦，肠子会烂穿孔的。"

听到医生的话，他知道孩子有救了。对症下药，孩子得到了及时治疗。

望着熟睡、疲惫不堪的儿子，他放心了。

第二天，儿子就活跃起来，要吃的，喝的。儿子的身体里除了点滴用的药水，一粒食物都不会有了。医生不让给吃的，说是空腹两天。看到儿子痛苦，无力，脖子都抬不起来，尤龙的泪水止不住地往下流。他询问医生，孩子这样的病情吃什么最好？

医生说："小米粥最好。"

他到医院食堂买了一大碗小米粥，马上端到儿子面前，一勺一勺地喂，儿子吃了大半碗，他怕儿子一次性吃多就不再喂了。

安慰着儿子说："过一会儿再吃吧，别撑着，医生不让吃饭，咱是偷着吃的。"

儿子很听话，同意了，也来了精神。第二天就开始和一个小女孩儿患友打闹了，经常把小女孩儿按倒，气得小女孩儿直哭。

孩子得救来自那个不相识的女人，是她快速奔跑报告给医生，孩子第一时间得到了救护；是办公室主任通情达理，把车提供给了他们。是轻车熟路的司机，快速奔驰没有耽搁一分一秒；是随车医生护理到位，尽到了分分秒秒的责任。

儿子得救了，尤龙一家遇到了很多好人，他内心无限感激。

尤龙说："希望有一天能见到她们，当面感谢，是一些好人救了我的儿子。"

如今，这位人大的年轻人，如此热心助人，这是他遇到的又一个好人。

尤龙来到伤者面前，她仰面朝天，头下仍在流血。

这时，路边过来一个人说："这不是小管媳妇吗？咋遇车祸了，快救人！"

这位年轻男人说："救护车马上就到，大家都别动，你们不会抬，等120来人处理。"

说话间，救护车鸣着笛来到事故地点，车上下来一位白衣女医生和一位男医生。

尤龙也搭把手，把伤者抬上车，跟着赶往医院。

从出事到报警都很及时，有好人帮助，没有耽误一分一秒。

救护车向县医院急驰。

由于走得匆忙，尤龙还没来得及问这位好心人叫什么名字。

枫林县只有南北两条主街。随着乡村城镇化改革的深入，枫林县城的人口在大量增加，车辆也在增多。尤其在上班高峰，推货车的，骑车的，步行上学的，摩肩擦背。路上三轮车、自行车、大小汽车像笨牛一样，几乎无法挪动，各类车辆和行人把整个街道堵得水泄不通，任凭救护车灯光闪烁，叫声不停。在这些人眼里，救护车如同不存在一样，因为，他们已无地方可躲。

正当救护车挤出人群，向前行驶时，一列火车冲了过来，铁栏杆封闭了道路。

这是一条唯一通往县医院的路，不论人们有多着急，一律要给火车让路。

据说，这条铁路已成了枫林县城居民的一大苦痛，它不仅吵闹，还挡人，耽误上班、上学，不论行人有多大的事，都得忍耐下去，一律给火车让路。

这条路，每个白天要过六十四趟火车。几乎每八分钟要过一趟，每趟封路至少十分钟。

由于是上班时间，加之人多车多，路被火车阻隔，救护车耽搁了近二十分钟。

来到医院，导诊人员说："先挂号，然后交押金。"

尤龙首先挂号，还好，包里有两千元钱，交上了押金。

然后是抬人到电诊室检查、拍片，乘电梯上八楼抢救。从她受伤到抢救已过了一个小时，她身上的血都要流没了。

这时，尤龙的亲戚、同事、朋友、领导纷纷来电话。

周冰洁焦急地打电话说："你没事吧？受伤没？"

"我没事，没受伤。"

"我在省城已打通了保险公司的电话，别着急。"

尤龙知道，妻子被胡来风缠住了，回不来，就给很多亲戚朋友打了电话。

"我把胡来风送到位了，现在就往回返，两个小时就能回去。"

刚放下电话，尤龙的手机又响了起来。

来电是钱局长打来的："尤龙，你受伤没？"

"没有。"

"我已告诉孙队长了，让他同交警队打交道，孙队长很在行，比我都强，你要安抚好家属……"

"好的，谢谢局长。"

刚放下电话，党委郑书记打来电话："尤龙，听说你没事就好，事已经出了，男子汉要敢于面对，别上火。"

"谢谢郑书记。"

"哥们儿吗，别客气，需要帮忙，要我出面的，尽管吱声。"

"好的。"

放下电话兴隆物业公司经理打来电话："尤哥，听说你的事了，交警大队有我好哥们儿，需要各方面的帮助尽管说，兄弟会不遗余力。"

"谢谢兄弟。"

周涛来电话说："我跟江城交警大队长认识，你把办案人的名字告诉我，我跟他沟通一下。"

"我现在还不知道他是谁，在医院抢救人呢，一会儿吧。"

"我现在就往你那儿去。坐动车，两个小时到。"

"好的，我对这方面一点儿不懂。"

很多电话在往他手机上打，这时，伤者家人亲戚、朋友也都赶到医院。

伤者方面有人说："赶紧拉走，别在这治了，这里治不了病，转到江城医院抢救。"

伤者方面一个女人说："这人要是死了还行，对双方来说都是个解脱。"

尤龙看了一眼这个女人，心想，大家在积极抢救伤者，她却这么说。

一位医生说："有没有个主事的，办理住院手续。"

尤龙没有看出伤者丈夫的悲伤和痛苦，从发生事故到现在已经过去一个半小时了，伤者只是插上了氧气，得到了呼吸，她的身体不再一起一伏了，在微微地鼓动。

这时，中国人民保险公司打来电话："伤者如何？多大年龄，性别，身份。"

尤龙问了伤者丈夫，并告诉保险工作人员："宋玉，女，四十七岁，达仁物业公司员工，重伤，正在抢救。"

保险人员说："过一段时间，把伤者抢救的进展情况告诉我，是抢救过来了，还是死亡了。"

"行。"

发生这么大的事情，尤龙很惊慌，不知如何是好，第一个想法就是救人，没有别的概念。他内分泌失调了，内急，需要马上去厕所。

尤龙对伤者家属说："我得马上去厕所。"

这时，马上跟来一个年轻男人，尤龙知道，对方是怕自己跑了。

周冰洁打电话说："我正在往回返，胡来风交给别人管了。"

尤龙说："我这儿的事，比你那个胡来风还棘手，我刮到自行车了，人头部着地，昏迷，还在抢救。你忙你的。现在，谁也顾不了谁。"

从卫生间出来，那个小伙子假装玩儿手机，一句话也不说，还在门口等着。

尤龙的车停在逆行路上，上班的同事、朋友都发现了这台车，很多人知道了他的事。

蒋功成打电话说："我马上到你那儿。"

不一会儿，姜主任来电话说："哥们儿，我已同孙队长联系了，你别着急，他到现场帮你处理。"

"谢谢兄弟。"

这是尤龙没有想到的，孙队长负责上百台车，处理事故，闯红灯交罚款，经常同交警队打交道，他和交警处得非常好，有孙队长帮忙，尤龙心里得到一丝安慰。

最先赶到医院的是蒋功成，年轻的时候，他在枫林县城有一号。

现在，已年近五十，他说，时代不同了，玩儿不动了。

蒋功成打来电话说："主任，你在什么位置？"

尤龙说："我在县医院八楼抢救室。"

"好，我马上到。"

他的到来，尤龙心里有了底，最起码不会遭到伤者亲属不冷静的举动。

蒋功成一见到尤龙就说："别上火，有哥们儿在一切都帮你扛着，你给孙队长打个电话，他在跟交警处理现场情况。"

尤龙马上给孙队长打了电话："孙队长，我是尤哥，帮哥好好整，我在这方面不懂。"

"没问题，你放心吧，别上火，事已出了，咱们得敢于面对，一步一步走，我现在已同交警在一起，这边的事你不用担心。"

"好，费心了。"

尤龙给柳凡打了电话："柳哥，你过来一下，我开车碰自行车了，人受重伤，我在县医院八楼。"

"好的，别着急，我马上就到。"

尤龙觉得柳凡在枫林县城的路子更宽，更有办事能力。

虽然是下属，但尤龙一直叫他为柳哥。

柳凡今年五十二岁，三十年前在枫林县城混得有模有样。他敢担事，不怕事，人们称他为"柳二爷"。

柳凡有背景，大哥是一位高官，亲属们不是当大官的就是大财团的。

二十年前，枫林县城有一群爱打架的生牤蛋子，谁也不敢招惹他们，带头的叫"黑熊"。他想垄断整个菜市场，说多少钱就多少钱，还聚集一帮小哥们儿，动不动就打人，从中也获取了金钱。

有了钱，他养了一大批狐朋狗友，经常打群架，搅得菜市场混乱不堪。

一天，柳凡、蒋功成两个人想喝酒，打算到菜市场转一转。

蒋功成说："今天，我请你到我家喝酒，走，正好经过菜市场，买点儿你爱吃的。"

柳凡说："买菜喝酒，好事，走。"

两个人一边走，一边看，相中啥就买点儿。这时眼前出现两个愣头愣脑的年轻小伙子，二十岁左右。

他们对卖菜的男人说："你咋不长记性，叫你别卖了，你还卖！"

两个人不容分说将柳凡、蒋功成的菜抢了回来。

柳凡喊着："哎！哎！哎！反了，我是买菜的。"

一个小年轻的说："不让他卖了，你也不能买他的菜。"

柳凡说："你是谁家的种？这也太霸道了！这么大的菜市场，你说不让谁卖，谁就不敢卖，你不让谁买，谁就不能买，还有王法没有？菜市场是你家开的？"

小年轻的说："别惹我发火，你会受皮肉之苦的。"

柳凡打架还没遇到过对手，他见这个比自己年轻的小伙子，不知天高地厚就想教训他一下。

柳凡说："你是从哪儿冒出来的毛毛虫，真是不咬人咯硬人。"

小伙子是菜市场维护秩序的，卖菜的指东则东，指西则西，没人敢反对。今天，柳凡不仅不怕他，还敢跟他顶嘴，敢骂他，觉得很没面子。他伸手就朝柳凡的面门打来。

柳凡练过散打和搏击等招数，对付这样的小伙子，只是举手之劳。

小伙子的拳头打来，柳凡没有躲，举手抓住他的手腕用力一拧，向上一提，小伙子啊的一声，手腕就骨折了。

另一个小伙子也想出手，柳凡一脚将他踹倒，再也爬不起来，疼得嗷嗷直叫。

有人告诉了黑熊，他马上赶来。

黑熊说："谁呀这么没大没小的？"

"大哥，就是这个人，他打了咱们的兄弟。"

黑熊走向前说："你很能打，如果你能打过我，我就不在菜市场混了。"

黑熊以为他在菜市场名声已经很响了，一说自己的名字就得有人害怕，何况面前是个没有啥名气的人。

柳凡说："你要是这么说，我还真想一试，也算是为了广大群众出口气，跟你扯这个事值。"

黑熊说："我说到做到，我若被你打赢了，马上滚蛋。"

柳凡是有实力的人，胆大心细，有智慧。

他先下手为强一个快速直拳就打在黑熊的面门，鼻子的血一下就出来了，他眼前一冒金花什么也看不见到了。柳凡又补了一脚，黑熊倒在地上就起不来了。

黑熊说："我服了，以后我不再欺负老百姓啦！"

当时，柳凡算是为这些卖菜的经营者出了口气。

现在，柳凡和蒋功成都在尤龙的管辖下，相互间处得非常好。

他俩来到医院，让尤龙的孤独感有些安慰。其实，他也怕对方这几十人一旦愤怒，会对自己采取不冷静的行为。

尤龙一个劲儿地向伤者家属道歉："实在对不起，造成你家庭的不幸……"

对方的亲人没有任何反应。

抢救室被一块玻璃隔着，也没拉窗帘，医生把伤者的衣服全部脱下来，全裸着，灯光照在她身上，除了头部有点儿血迹，身上一点儿伤也没有。

伤者的家人、亲戚、朋友站在窗外看着，医生实施透明抢救，可能是怕这些人说三道四，之前还有人怀疑他们的能力，要转院……

柳凡来到尤龙身边问："人咋这么多，都是他家来的？"

"是的。"

"过来，别在这儿站着。"

柳凡把尤龙带到院长办公室。

柳凡对院长说："伤者家属挺不好惹啊！人都活不成了，还喊着转院。"

这时，办理住院的人来找院长。

柳凡说："这人都不行了，还忙什么住院，能不能救过来这是最要紧的。"

院长说："对，先救人，住院的事，什么时候都能办理。"

柳凡说："你们医院别整那些太烦琐的东西，不该花的钱别让人家花，这眼瞅着人就不行了，还让人住院，这明明是想多挣钱。"

院长没有出声，两眼看着天棚。

尤龙走出屋子来到走廊里，这时，一个女人把他拉到病房。

这个女人四十多岁，穿着朴素。

她说："你是车主吧？"

"是。"

"你看，躺在床头上的就是我儿子。"

"多大了？"

"二十岁那年出的车祸，都在这待五年了，人事不省。车主也不给拿钱，就见到一次。"

尤龙没说话，两眼盯着躺在床上的人，也不知这个女人是什么意思。

女人说："我告诉你个底，前两天，这里也发生一起车伤人的，没抢救过来，才赔了二十万元。你这个伤者看来也不行了，你知道这个情况就行了。"

尤龙没想到，她家是受害者，还把立场站在自己这边，他实在不明白，百思不得其解。

在尤龙心中，对方人多势众，这家人肯定会对他狮子大开口，他将无法接招了。他想，无论责任大小，一个美满的家庭破碎了，让孩子失去母亲，让一个丈夫失去心爱的妻子，自己是有罪的，该给的绝不含糊。只要有人在，钱还可以再挣，生命是无价的，用多少钱都买不来，人没了什么都没有了。

当然，他的经济能力有限，也怕对方不依不饶，出口就让他倾家荡产。

这时，保险公司来电话，让尤龙了解一下伤者情况，报上去。

尤龙了解情况后说："重度昏迷还在抢救。"

保险办案人说："你随时把抢救进展情况告诉我。"

"嗯。"

尤龙问伤者丈夫："你家还有啥人？"

"有个九岁孩子。"

"男孩儿？女孩儿？"

"男孩儿。"

"你多大年龄？"

"四十岁。"

"宋玉比你大七岁。"

"是的。"

尤龙很纳闷，死者丈夫为什么没有悲伤感，他没有话语也不慌乱。

这时，一位医生拿来刚刚拍的片子说："伤者家属过来，我现在向你说明一个情况，伤者脑组织损坏严重，颅骨破裂，呼吸没有了，心脏已停止跳动，没有抢救的必要。至于是否开颅验尸还需你们和医院协商。"

人已死亡，双方的人全都知道了。

这时，尤龙接到那位好心人的电话，他是来送车钥匙的，尤龙让蒋功成去拿。

尤龙对蒋功成说："这位人大的同志，我还不认识，他是赶上的，很热心地帮助了我，代我谢谢人家，等处理完事故，我再当面感谢。"

这时，孙队长来了电话："尤主任，交警找你，就在医院楼下。"

这时，对方人群中出来两个年轻人，他们是专门看着尤龙的，怕他跑掉。

尤龙对他们说："现在警察找我，我得去一下。"

两个年轻人跟他下了楼。

来到一楼，几名交警在等他。

孙队长说："跟交警去吧，要按程序走，做一下笔录。"

尤龙知道，孙队长同交警打交道多年，有着良好的友情和往来。供电和交警大队关系至少有二十年友好历程，领导换届都能及时交接，供电主要联系人就是车队长。

尤龙想，有孙队长帮忙事能好办些。

供电公司有近百台车，加上员工自家的，有四五百台，车辆上的刮刮碰碰很多，闯红灯的、驾车抽烟的、打电话的、不系安全带的、超速的等违章现象时有发生，这些都要由孙队长来帮着办理。

尤龙下了车来到交警队，负责办理案件的是事故三科的门志信，人们都称他为老门。

老门的屋里有七八个人，室内烟雾弥漫，这些人大多都在吸烟，这对不吸烟几乎虚脱的尤龙来说，更是环境上的破坏，烟一熏，他就要晕了。

屋里共两伙人，一伙是死者家属或亲戚；另一伙是前两天发生车祸的车主，还没有结案。等他们都撤离后，老门才受理尤龙的案件。

这群人的一个代表说："老门，我们的人是不是得拿到钱才能火化？"

"对，必须拿到钱才能火化。"

"好，那我们走了。"

几个人走后，尤龙问："他们是死者家属吗？"

"对，是他们。"

尤龙对枫林县的交警非常熟悉，这来自他眼中的一些印象。尤龙进入交警大队的时候心里很胆怯，不知他们会对自己如何处理。他心想，事情可能会非常麻烦。

屋里一下又涌入几个人都认识老门。

孙队长对老门介绍说："这位是我们公司的办公室尤主任。"

老门高个头，身着便装，黑色夹克，黑色裤子，一脸阴沉，没有一丝笑意。

老门没有说话，他看了尤龙一眼

老门说："你坐下，因为你是有单位的人，你也跑不了，我们就没有扣留你。"

"谢谢。"

"把你的驾驶证、行车证拿来。"

尤龙有个习惯,驾驶证、行车证随身携带,他马上掏出来交给老门。

孙队长说:"这还随身带着呢。"

老门问:"你保险了吗?"

"保了。"

"保多少?"

"保险单在家,别人帮办的,记不清了。"

"没事,我能查出来。"

老门上网不一会儿就查了出来。

老门说:"你第三者保了二十万元。"

尤龙和老门第一次见面,老门整天接触交通事故案,有问话技巧,处理事情非常自如。

老门说:"我们做一下笔录,说说你出事的经过。"

尤龙没有出声,不知从何说起。

老门说:"我问,你回答就行。是你的车吗?"

"是的。"

"几点出的事?"

"大约七点钟。"

"你开车干什么来了?"

"上班。"

"车上有别人吗?"

"没有。"

"在什么地方发生的事故?"

"在朝鲜族狗肉馆前的隔离带处。"

"你的车速是多少?"

"六十迈以下。"

"为什么没踩刹车。"

"来不及了，只能向左打舵，同时刹车。"

"你看到她没有？"

"看到了，看到的同时，她就到车前了。女人推自行车跑，我行驶在快车道上，限速在八十迈的路上。她横穿过来，想快速迈过隔离带。"

"离道口多远？"

"大约二三米远。"

"她为什么要穿越隔离带。"

"因为，隔离带什么都没有，只有三四寸高的土层，用来栽花、种草的，很容易过。"

"她的速度有多快？"

"快跑那种，飞快，想快速冲过去。"

"撞在你车的什么地方？"

"我到现在也没有看到车，光顾救人了。"

"大约是什么部位？"

"车头的右侧部位，应该是刮到了自行车，然后，人摔在地上，头先着地。"

"车身的什么部位？"

"右侧大灯处，如果有零点二秒的时间都能过去。"

"那还说啥了，事故就是一分一秒都不差。你要知道，当机动车与非机动车相撞时，机动车负主要责任。"

"是的。"

"你为什么不踩刹车？"

"距离实在是太近了，如果踩刹车，人就会直接撞在我车下，所以，向左躲闪是一种本能。"

"为什么不踩刹车向右躲闪？"

"右侧是慢车道，右侧有行车，这样过，不仅过不去，还会与右侧的车辆相撞。"

"说说你的经历？"

"小学，中学，军人，供电员工。"

"你在什么单位工作？"

"在供电公司工作，也叫供电局。"

"职务？"

"办公室主任。"

老门又问了家庭住址，爱人姓名，单位，子女，姓名，单位。

尤龙一一做了回答。

老门把所有内容录入电脑里，然后说："你看一下，如果属实，就写上此材料已看过，然后签上名字。"

"好的。"

尤龙仔细看了一遍，将打错的字改正过来，别处没有异议就签了字。

这时，老门接到死者亲属的一个电话。

老门放下电话说："你现在让人给医院送去五千元钱，再准备两万元丧葬费。"

尤龙马上打电话给柳凡。

"柳哥，拿五千元钱给医院，花什么钱留住票据。"

"好的，这边你不用管，我来办。"

不一会儿，蒋功成来电话："主任，我和柳凡现在把死者送火葬场了。"

"好了，去吧。"

各方面都有人帮着办理，尤龙的心不像以前那样紧张了，敢于面对发生的一切了。

签过字，尤龙对老门说："门哥，我去为死者张罗一下丧葬费。"

"好，你去吧。"

做笔录的时间很长，大约有两个小时，中途总有人进来插话，老门忙个不停。

有人想关门，老门说："别关门。"

尤龙一看时间中午了。

尤龙对老门说："中午了，出去一块吃个饭吧？"

"不行，跟你们吃饭，对方还不得跟我急。"

"理解，我以后补上。"

刚一出屋，蒋功成来了电话："主任，死者已送到火葬场，一切处理完了，我们回去了，有事通知我。"

尤龙说："回来一起吃个饭。"

"不了，现在，你忙你的，你不用管我们。"

"好的，我真没时间管自己人，你们就随意吧，过后我请你们。"

尤龙一出门就遇到了江城阿南，心里一阵温暖，现在，太需要他这样的人了。

第三章
亲人朋友伸暖手

　　人处在危难的时候，能帮助自己的是不曾相识、有责任感的人和最亲近的人。因为，他们是与自己同呼吸共命运的人。

　　阿南是尤龙舅丈家的表弟，在江城经营一家温泉洗浴中心，任总经理。

　　他走出学校后干过多种工作，学会了用法律来当武器，也赢得了人生的机遇和金钱。二十年的时间里，从一个农村娃成为一名有身份的温泉老板。

　　阿南说："把门志信找出来吃点儿饭，唠唠。"

　　尤龙说："我刚才跟他说了，他说，要是跟我们吃饭，对方还不得急呀！说什么也不干。"

　　"走，上车研究。"

　　进入阿南的车，里面有一个美女和一个男子。

　　阿南介绍说："这两位都是我的好朋友。"

　　尤龙说："你们好。"

　　两个人点头。

　　阿南说："我这位哥们儿是江城绿野温泉的老板，经验丰富，处理问题果断。"

　　尤龙什么都不懂，阿南和他哥们儿的到来，让他心里感到一丝温暖。

与几位简单吃了午饭，回来等待验尸报告和医院死亡证明。

蒋功成打电话说："主任，我和柳凡把火葬场的事办完了，现在回单位了，有事随时联系。"

"好，花多少钱记上点儿，抽空我给你。"

柳凡打电话说："我给火葬场管事的拿了二百元钱，死者冷冻每天八十元。"

"医院和火葬场的事辛苦你们了。"

柳凡说："对方去了好几十人，他们说，你咋不安排我们吃饭？我说，安排你们什么饭，你们喝点儿酒闹事咋办？有个人问我，你是车主的什么人？我说，我是他的好哥们儿，然后对方就不吱声了。"

尤龙带着忧虑说："我真怕他们要闹，狮子大开口。"

"没事，国家有规定，他们也不能漫天要钱。"

"希望是这样，我只是想，人都没了，钱是人挣的，该给人家的就给，没有别的想法。"

尤龙撞人，审问，交钱，一上午如同过好几年，熬得他身体无力，几乎要晕倒了。

这时，赵副局长来了，尤龙进了他的车。

尤龙说："以后，我不开车了，太让人费心了。"

赵副局长说："不能因为出了事就不开车了，这是人生的一个经历，事已经出了，别害怕。我也发生过交通事故，把人家的腿给撞断了……"

赵副局长坐在车里唠了一会儿就走了，并交代有事尽管说。

这时，周涛来电话说，动车没坐上，明天才能到，他已和江城一交警打了招呼，下午就到，做好见面准备，最好别差情。

尤龙要了电话，并跟这名交警进行了联系，这名交警并没有来，只是说给门志信打过电话。

尤龙二哥在外地，他打来电话问保险的事。

二哥说："你保的太少了，我都保一百万元了。三姐家就吃了保险的亏，这个教训是最深刻的。"

二十年前，三姐家为了能快些过上好日子，向兄弟姐妹家借了很多钱，买了台出租车经营，她家为了少花钱，除了交抢险别的险种什么也没保。一天，她家的车出事了。车撞到树上，车无法修理了，里面坐了三个年轻人全部受重伤，住院费加上赔偿金达百万元。她把家里的楼房卖了也没抵上赔偿金。从此，家里的生活捉襟见肘，日子总也没缓过来。

这时，尤龙才意识到，男人车前马后的，保险是最大的保障，现在想来保险金额实在太低了。

亡者亲戚、朋友来了很多人，他们认出了尤龙，嘴里大声说："就是他，就是他。"

阿南说："你还是别露面了，防止他们带着气，对你发生不冷静的事。"

尤龙接受了他的建议。

尤龙明白，第一个环节还是在交警这里，只要这里认定责任，事情就好解决了。

这时孙队长来到尤龙面前。

尤龙问："看看需要多少钱？"

"怎么也得三四千元，你直接给，他们不敢要，我帮着给吧。"

尤龙拿出四千元钱交给了孙队长，让他同大队长和门志信联系，最好能表达这份心意。

不一会儿，孙队长过来说："现在，事故科和大队长办公室都有人，'表达'不了，明天一早我同他们联系。"

这时，局里来了一台车，是尤龙的好哥们儿，机关的两位主任，他们的到来尤龙感到非常温暖。

梁主任说："上午就听说了，我们正在下乡检查工作，听说你没事，我们就没有马上过来，能看到你现在这个样子，非常高兴。所以，你别上火，这是你人生的一次经历。换一个角度讲。如果你受了伤，我们宁可工作都不做也得来。"

"你说的有道理，给对方造成这么大的悲伤，我心里非常愧疚。"

"你系安全带没有？"

"系了。"

"你真是不幸中的万幸。如果隔离带上有树木，有障碍物，车都得翻，人都得受重伤。"

姜任主任说："你冲出隔离带的对面有车正面相撞那可就惨了。"

"是的，过后一想，真是太可怕了。"

姜任主任说："估计得赔二十万元，就当是给儿子找工作的钱吧，感谢你儿子给你省了这笔钱。"

"是这样，就当是这么回事吧。"

姜主任指的是，尤龙本应准备二十万元给儿子找工作，由于儿子在大学表现优秀，被用人单位招走了，没花一分钱。

对方的人到火葬场去了，是取法医证明、验尸报告等手续。然后，事故科做第一步结论。等了一下午，各类证明没有拿回来。

老门说："明天你们双方再过来，验尸报告没拿过来。"

对方的人都走了，而尤龙还无法离开，坐在车里等交警的通知。

这时，老门从窗口对尤龙喊："你进来。"

进了屋，老门说："叫你们单位的领导来担保，不然就得给你送到警队扣起来，快下班了，让你们领导快点儿来。"

尤龙还以为孙队长此期间早已把自己的心意表达完了。现在，听老门说话的语气，感觉不对。

老门进了大队长办公室，他们在等供电公司的领导。

尤龙打通了孙队长的电话："孙队长，老门让单位来领导担保，不然就扣人了。"

孙队长说："我过去跟他们说，马上到。"

只几分钟，孙队长开车来了。

孙队长对尤龙说："要扣人，先扣我。"

孙队长进了交警大队长的办公室，只几分钟就出来了。

孙队长说："我代表公司担保，现在没事了，你可以回家了。"

"老弟真有能力，今天，全靠老弟了，哥的事让你受累了，辛苦了，等处理利索好好感谢你。"

党委郑书记来了电话："尤龙，事情办得怎么样？顺利不？需要帮忙不？"

"谢谢领导，不需要，我在一步一步办理中。"

"谢啥，好哥们儿，应该的。"

党委郑书记的电话很温暖，人感到无助的时候，能得到别人的关心才会感到安慰。交通事故最需要智力或经济上的支持，每当有人问候都会驱逐他内心的孤独和无助。

尤龙曾给郑书记当过党办主任，两个人处得非常好，他们有信任感，无论是企业发生什么不愉快的事，哪怕是有影响工作上的，他们都在一起分析研究。

有一次，他处理一位员工有些过激，把这位员工从机关挪到了班组，这名员工想不开，让七十岁多岁的父亲到单位闹。

郑书记一时束手无策，无法工作、回不了家。

郑书记对尤龙说："你看，能不能做一下老爷子的工作，别让他到单位闹了。"

尤龙说："我和他处得不错，争取把他劝回去。"

尤龙与这名员工关系很好，也熟悉他的老爸。

老人叫秦风，每年老干部郊游尤龙都给秦风拍照，然后把照片洗出来给他。有时到单位来尤龙还请他喝两盅。一来二去，他们相处得很好。

尤龙找到老秦说："秦叔，你别到单位找了，这样既对你年轻的儿子不好，对你自己也不好，你是公司的老员工，曾为企业做出了很大贡献，员工和领导有目共睹。现在，你身体不好，如果一激动倒下就太不值了，信我的，别激化矛盾，就是你给领导整走了，也只是挪个地方，到哪儿都是领导，解决不了什么问题……一旦气个好歹的，哪多哪少？"

经他这样一说，秦风再也不来了，郑书记很感激尤龙。人与人之间是相互的，你对别人付出了，别人也会帮助你。如今，尤龙有难处了，郑书记也主动上前来帮忙。

郑书记说："我和孙队长说了，让他帮你办理。"

"好的，谢谢。"

以后都是亲戚、朋友、同事的电话，一直到晚上二十二点才少了一些。尤龙几乎一夜没合眼，脑子里都是早晨发生事故的镜头，鲜血、气味、急救、询问、调查取证……一刻都没有离开。

第四章
管小同找人拿对策

人们把与各类人交往的人称为社会人，社会人思想活跃，能办很多难事、大事。李生就是这样的人，管小同找到了他。

尤龙交给管小同两万元丧葬费，他们拿上钱就回家了。

管小志对弟弟管小同说："你得赶紧把宋玉入殓。"

"二哥，那么着急干啥？"

"你傻呀？你老婆有精神病，外出应该有人监护。她一心想死，你小姨子跟在后面都没撵上。这要是让尤龙知道了，咱们得少要多少钱？谁也保证不了不透风，村民也不都是咱们交的。如果他们到村里打听到你媳妇有病，咱们的筹码就会降低。"

"二哥想得周到，以后二哥你就帮我吧，要回的钱我给你点儿。"

"我可不要你的钱，再说，你老丈人也不是好惹的，他家的人也很难对付啊！"

"有他的钱吗？"

"咋没有呢，最起码有抚养费，也就是一万元左右。"

"咱们能要车主多少钱？"

"先往多了喊数，让他们往下降，我们占主动权，他们是被动的，我们可以牵着他们走。"

"二哥，那咱们得快点儿把宋玉入殓，定在哪一天好。"

"那还定啥了，你赶紧找老丈人商量，明天就入殓，越快越好。"

"好的，我这就去。"

管小同的岳父在宋梅家，两家只隔二百米，几分钟就走到了。

管小同一进屋就说："我老丈人干啥呢？"

这个大家族基本是他岳父说了算，什么事都得请示他。

宋梅说："还能干啥，上火呗！"

"别光顾上火呀！得把事情整明白呀！"

宋梅说："整啥明白呀？活人也得顾啊！我爹都倒在床上了，赶紧上医院吧！"

管小同说："上啥医院呐？谈完话我领着去。"

岳父说："你进来，你想谈什么？"

老人躺在床上，管小同坐下来说："老爷子，能行不？不行你就别在这待了，回家吧！一切事我们办。别因为宋玉的事没办完，你再上火倒下了。"

宋梅说："现在都挺不住了，我爹最心疼大女儿，我姐以前多能挣钱，经常给我爹钱，买好吃的。现在，她没了能受得了吗？"

管小同的心思很直接，就是想让岳父赶紧回到二女儿那里。岳父会成为他办事的障碍，只有把他整走，自己才能说了算。

管小同说："这么大岁数了，还是别跟着掺和了，整倒台子哪多哪少？"

宋梅说："你少说这种没良心的话，我爹不也是你爹呀？别死了媳妇就断了亲！赶紧的，把我爹送医院养着，给对方施加压力！"

"这个办法还真可取，我有更重要的事情跟老爷子商量。"

岳父问："你说，什么事？"

"我想快点儿让宋玉入土为安。"

"不行，我姑娘的好朋友、妹妹还没到呢，得让他们见上一面。"

"老爷子，多放一天，对我们来说就容易透风，你也知道宋玉得的是精神病，这要是让车主知道了就要不到钱了。"

"是亲情重要还是钱重要？"

"都很重要，现在是钱重要，没有钱亲情也会远的。"

"你呀！说你啥好呢！人要是没了亲情就是畜生。"

管小同说："老爷子，你别生气，人死了不能复活，以后的日子还得过，没有钱能行吗？你外孙子还这么小，需要钱养他长大。"

宋梅说："外甥不算亲，死了姨姨断了亲。外孙是条狗，吃完人就走。你也是，我大姐死了，我们的亲情也从此没了。你总是钱钱钱的，车主给的钱也有我爹的份儿，你一门提钱有意思吗？"

管小同说："你这人真歪，我这不是正事吗？"

"正事个屁！车主了两万元钱，你到现在一分钱也没给我爹，钱财动人心，一看你的心就是黑的，没有人情味儿。"

"这不是给的丧葬费吗？是专门入殓用的。"

"是活人重要还是死人重要？再说，这钱能用没吗？你想从中捞取点儿呀？"

"这跟你有一毛钱关系吗？你别跟我扯。"

宋梅说："我跟你扯又能怎么地？我家二平打你像抓鸡一样。"

"你少扯这没用的，我二哥找的人能摆平你全家。"

岳父越听越来气："你们都别嚷嚷了，闹心！我要上医院打针去！"

宋梅说："你赶紧给我爹找车送医院，他要是有个好歹的，我让你一分钱都要不到。"

"好好好，我听你的。"

管小同找了出租车，把岳父送进了医院。

安顿好了岳父，管小同说："老爷子，现在，我手里一点儿钱都没有，你姑娘也不能白死啊！你身体也不好。以后，你有病住院都没钱治，只有按我二哥的方法办才能要到钱。我不是没有亲情，我是怕人财两空。"

"好吧，你和小梅回去研究吧。"

岳父同意事情就好办了，管小同马上回来找宋梅研究事情。

管小同说："小梅，通知你这方面的人，我通知我这方面的人，明天早上就火化，不能让对方知道你姐有精神病。"

"好吧，我姐的命可真不好，临走还没见到亲人和朋友。"

"苦命人就这样，没办法，到西天就能过上好日子了。"

"我大姐嫁给你真没福气，一天好日子都没过着，你整天喝大酒，睡大觉，她整天干活没一天闲的时候。得病了，你还在外面跟别的女人。一想这些，我真为我大姐感到不平。"

"你别瞎扯，我可不是你说的那样，我在外面没有女人。"

"有时我也在想，就你这种损色还有女人喜欢？我姐真是瞎了眼了。"

"你大姐是看我年轻长得好看。"

"你可得了吧，别自吹自擂了，头没几根毛还好看呢！都不如我家的狗好看。"

"你别骂人，我对你够意思，没少帮你家干活。"

大家都在按管小志的主意办，宋玉被匆匆火化了。参加的人除了村里有几个人和亲属，还有管小志的几个朋友。

其中一个叫李生的人是县城有头有脸的人物。

李生是管小志的长辈，管小志叫他叔叔。

李生对管小志说："其实，这么快就入殓是不对的，有死人在能多要钱。对方如果不给钱可以抬死尸去要钱，恶心对方。"

管小志说："老叔，这个主意是我出的，宋玉有精神病，法律上讲出行要有监护人，我是为了不让对方知道这些，快点儿入殓，消除证据多要点儿钱。"

"啊，是这样，不过，对车主也有利。"

管小志说："我分析了，利还是大于弊。如果想闹他们，就可以把两位老人抬供电局去。"

李生问："你了解车主家的状况吗？生活怎么样？能不能要到钱？"

管小志说："了解一点儿，只知道他是供电局的一个科长。"

"这还不够，想要钱就要知道他家几口人，生活水平啥样？存款多不多，这也叫知彼知己。"

管小志问："老叔，供电部门你有没有认识人？"

"有，城南供电所长就是我的好哥们儿，我现在就给他打个电话问一下"。

李生打通了电话："付所长，我向你打听一个人，看你知道不？"

"谁呀？"

"你们机关办公室的尤龙主任。"

"他是我的好哥们儿，你要干啥？"

"不干啥，就是想了解一下他的家庭生活情况。"

"干啥呀？给他儿子介绍对象啊？"

"不是，他家都有啥人啊？"

付所长说："你是不是要给别人办什么事？对了，他前几天出了交通事故，他们找你了？"

"没有。"

"我们都是好哥们儿，你不能整别的事。"

"不能，不能，你放心好了。"

放下电话，李生说："他确实是公司的办公室主任，付所长跟尤龙也是好哥们儿，咱们从别的渠道打听吧。"

管小志说："据我所知，达仁物业公司潘经理跟他们的车队孙队长有联系，不行问一下。"

"我看行。"

管小志说："我给他打电话。"

他打通了潘经理的电话，只听潘经理说："小志哥，你好。"

管小志说："潘老弟，我有一个事想求你，你跟供电公司的车队长关系不错，是好哥们儿吧？"

潘经理说："那当然，是好哥们儿。"

"你帮我打听一下，尤龙的家庭生活情况怎么样？"

"我帮你问一下。"

潘经理问："你都想问些啥？"

"工作、生活，家里有没有存款，主要是了解他的生活过得咋样，咱们好知道要多少钱。你告诉他们的车队长。如果他能帮上忙，要出钱有他的份。"

潘经理说："行，我跟他联系。"

潘经理打通了孙队长的电话："孙队长，你现在忙啥呢？"

"给我们办公室主任跑事呢。"

"哥们儿，你们尤主任跟你关系咋样？"

"挺好的。"

"比我跟你好吗？"

"两码事，我们是工作关系，咱们是老乡好朋友。一个是好同事，一个是好哥们儿。"

"这件事，我是这样想的，一个是你的同事，一个是我公司的员工，咱们又是好哥们儿。一个是给钱的，一个是要钱的。如果能要出很多钱，比如说，能要出几十万元，我和管小志说了，有你的份，基本是给你十分之一的分成。你给我们提供他家的生活情况，帮着倾斜我们这一边就行。"

"这个我有些不舒服，我跟我们主任没有过节，一直都不错。"

"同事有几个能处铁的，利益来了就得争个你死我活，人活着为了啥？当官咱们不行，也只能想着挣几个钱了，你只要想办法倾斜我们这一方就行。"

"这么干不太好意思。"

"这年头钱是爹，你还怕钱咬手？"

"行，我帮你们。"

"他家生活怎么样？"

"挺好的，妻子是国家干部，儿子上大学，生活上肯定没有负担。"

"车是他自己的不？"

"是。"

"你有什么高招没？"

"有，你们要的是钱，他要的是没有责任。我想，给你们办对等，你多要钱，他不担责多拿点儿钱，达到双方都满意。"

"你这招太高了！真让我佩服，你的社会经验太成熟了，真不白在社会上混！"

"主要是我跟交警队熟，能说上话。"

"这就好，我们这头想办法多要钱，你那边再给加把劲儿。钱的事我负责从管小志这里帮你要。"

"好吧。"

放下电话，潘经理给管小志打电话："小志哥，我问完了，他答应帮我们，你们还是到我公司来吧，在一起合计一下。"

"好的，我们马上到。"

管小志、管小同、李生三人一齐来到达仁物业公司。

潘经理说："通过与孙队长通话，我感到一切都在向我们有利的一面发展。一是尤龙家庭生活不错，两个人都上班，孩子上大学，生活上没有负担，你能要到钱。二是供电公司车队孙队长能帮助我们，为我们提供一些信息。另外，他跟交警队特别熟，能说上话，他打算给我们办对等，你多要钱，他少担责，两全其美的事。不过，要是成了，你得给他十分之一的提成。"

管小志说："人家能干吗？"

"他为啥不干呢？拿点儿钱什么事都没有了，放在谁身上都是乐不得的。"

管小志说："这事不一定能行，关上门说，实际上我们也有责任，他没有任何违法行为，我们的人是不想活了，一下撞到车上。对方也不是不知道这个情节，你让人家拿太多的钱，肯定不干。"

潘经理说："孙队长会通过交警方面给车主施加压力，他要是没有挺头，说不定就软下来，同意给钱。不过，我可是先小人后君子。如果成了，你们就得给孙队长十分之一的提成，这是我对他讲好的。你们同意不？不同意我马上给他打电话撤回说法，不让他帮咱们。"

管小志说："这个我倒是同意，能帮着要钱，这是最大的好事。正好我们也没有太直近的人。"

李生说："跟有工作的人办事，还得靠玩儿点手腕儿，动用一些社会哥们儿吓他，他受不了肯定拿钱。"

潘经理说："这个不一定好使，他们住在江城，我们住在县城，他们找的人肯定要比我们的硬，用黑吃黑的办法我看不好使。"

管小志说："也不一定，我还认识老七呢。"

李生说："强龙还压不住地头蛇呢，吓出钱是真，应该采取多种手段。"

管小志问："李叔，你还有什么更好的手段？"

"手段当然有，实在不行可以出损招。"

"怎么整？"

"你跟村支书好不好？"

"相当好。"

"那就找村支书带着两位老人、亲属和好朋友到供电局闹，他们领导受不了就得给车主施加压力。促成尤龙妥协，这样就能多给钱。"

"还有没有别的招？"

"有，让县城一些好哥们儿，比如貉子、老七等人出面吓对方，他们如果害怕就得拿钱。"

管小志说："老叔，我想最先应该采取先吓他，然后再到单位闹。因为，到单位闹的策略好是好，就怕人心不齐全，或者造成别的麻烦。"

李生说："你想的也对，那是供电部门，我们扰乱了他们的工作秩序，会惊动警察的，事闹大了也许对我们不利。还有一点，要防止他们走法律，如果真走法律了，你是要不到钱的，他受到了处分，肯定不能拿钱。"

"为什么？"

"你想，人都是要一头，要处分了还拿钱，只能是钱少了才要处分。我们的目的是多要钱，而不是把人整到什么程度，如果逼他走法律我们就是人钱两空。"

"他们想走法律吗？"

潘经理说："他们也不可能走法律，走法律人的身上就有了污点，他不可能要。现在，我们也要分析自己这方面的原因：一是有没有责任。二是死者自身有没有病。"

管小志说："潘经理，实际上我们这两个方面都有问题。一是我们没走人行道，推自行车横穿马路，离人行道还有几米的距离。二是我弟媳精神有问题，他以前就不想活了。我们怕对方知道她有病，所以早早入殓了。"

潘经理说："在班上的时间，我就感觉宋玉不对头，时不时就能看到她背地里哭。

李生说："宋玉是个没福气的人，找个喝大酒的，还不干活，挣不到钱，她能不上火吗？"

潘经理说："管小同你小子可挺有福啊！宋玉在单位非常能干，你可好，啥活不干，天天喝酒睡大觉。"

听大家数落，管小同一言不发。

李生说："话说回来，要是这样的话，就得采取谈谈停停，拉锯战的方式，最后找几个弟兄吓他一下。"

"行，我弟弟没有工作，我们也不用着急，跟他慢慢耗着。"

李生说："那也得看时间上有没有要求，时间由警察来决定，我和老门很熟，让他帮咱们。另外，我问一下从法律角度能要多少钱，不走法律能要多少钱。"

管小志说："谢谢老叔，这些事情由我来办，我弟弟啥也不是，全靠我了。"

管小同说："哥兄弟咋的也得帮啊！"

管小志问李生："老叔，还有一件事，小同的老丈人也在参与此事，他们也想要钱，我不想管这件事。"

"他们那头哪有能人呢？都是一些庸人，要么没文化，要么老的老，小的小。那老头子上气不接下气的，别一冲动挂了。"

"这件事真烦人，我真不想管了，老叔，你若是出面把钱要来，小同给你点儿。"

"拉倒吧，我可不要，死人方面的钱不好花。"

"那你还帮不帮了？"

"帮，咋不帮呢，我怎么也得跟他们谈一轮啊！"

"好的，老叔，我安排场子，你出面谈，我先不出面。"

李生若有所思："行，你安排吧。"

尤龙一方不知李生采取什么样的办法谈判，管小同这里已经做好了准备。

第五章
找能人摆事

　　遇到难事就找能人是很多人的第一反应，找能人就是寻求比自己能力强、比自己智商高的人。

　　管小同一家人就提出了老人的抚养费、精神损失费问题。

　　精神损害的赔偿额度是无法计算的，对于精神损害的大小程度一般无法用物质尺度来衡量。因此，在具体的司法实践中，对于精神损害的抚慰金，只能依据当事人的具体情况包括地区经济环境，当事人的身份，当事人的家庭背景，当事人在案件中责任的大小，社会影响力等由法官依据自由裁量权在一个类似客观、合理、适当的范围内进行确定。

　　精神损害抚慰金没有具体规定，要多少是界限，找不到依据，这就需要人情的多少，势力的大小，金钱多少等多方面因素来确定。

　　有验尸报告、死亡证明才能进行下一步。

　　第二天上班，双方都要到交警队办理一些手续。

　　阿南带两台车四个人，上车前，阿南对尤龙介绍说："这位是成哥，中铁副总，经历过车祸打官司之苦；这位是我的朋友阿红；这位是我们公司副总经理王少兵，我这几位哥们儿都是能力人。"

　　"谢谢各位。"

　　不论在哪里生活，人和人之间的智商都差不多，你能想到的，别人也能想到。管小志等人已经做好了要钱的准备。尤龙一方也找到了相应的人。这说明双方的思路都是一样的。

几个人的到来，尤龙内心强大起来，有方方面面的人帮着打官司，他感到有很大的安慰。

到交警队一下车，就看到管小同一方聚集了十几个人，增加了很多新面孔。

从侧面了解，亡者有亲戚来自上海，还带来一位江城有名的律师，人很多，不知有没有其他方面的能人。

双方来的人都在大院里逡巡，眼睛时不时盯着对方，心里都憋着一股劲儿。

不一会儿，一台路虎车停在对方的人群旁。

尤龙对成哥说："这个人是谁呀？挺有势啊！是对方一伙的吗？"

成哥说："我好像认识，我过去聊一聊。"

成哥走了过去，确实认识，他们聊了一会儿。

成哥回来说："他是我的一位好朋友，是沙场的老板，也是出车祸了，将两个人轧在了车下，人都碎了。"

尤龙一颗悬着的心又落了下来。

成哥见尤龙有些紧张就安慰说："你别着急，事情已经发生了就正确面对。我发生撞车案时，比你这个大多了，死亡两个人，其中车里有一个国家名模和一名演员，要我好几百万元，官司打了几个月。你的事慢慢来，怎么也得一个月。"

成哥长得非常潇洒，有气质，不胖不瘦，高个头，笔挺，牙齿洁白，穿一件天蓝色夹克，白色裤子，白色鞋，看上去比好看的演员还有魅力。

这时，老门喊双方到他的办公室。对方把医院和火葬场的手续拿来了。

双方各去三人，尤龙带着阿南和成哥来到老门的办公室。

尤龙向老门介绍说："这是我的两个弟弟。"

对方进去三个人，一个是死者的爱人管小同，另两个是死者的大儿子和二哥管小志。

老门指着小伙子说："这个是谁。"

管小同说："死者的大儿子。"

这些人都很惊奇，怎么还有一个大儿子？

"叫什么名字？"

大儿子说："管保发。"

"这是你的名字？"

"是的。"

老门说："管小同，你不是说仅有一个小儿子吗？这咋还出来个大儿子？"

管小同说："宋玉走了三家，生了三个孩子，带来两个，都随我的姓。宋玉是后嫁给我的。"

"啊，是这样。"

"多大了？"

"二十九。"

"你过抚养费的年龄了，什么也没有你的。"

管小同说："我二儿子没了，好几年不在家了，不知上哪儿去了。"

"多大了？"

"十六七岁。"

"叫什么名字？"

"管全球。"

"谁给起的？"

"我。"

"你咋给他起这样的名字？上户口的时候，户籍民警能让吗？"

"他没有户口。"

"到现在都没有户口？"

"没有，带来的时候就啥也没有。"

"人呢？"

"不知道。"

"小儿子上学没有？"

"上了，一年级。"

"叫什么名字？"

"管世界。"

"啊！一个管保发，一个管全球，一个管世界，都是你们家的。不行，老二、老三赶紧改个名字，哪有这么起名字的。"

管小同说："行，回去给他俩改名字。"

"你那老二得把他找到。"

管小同说："这个孩子，自从出生就没见过几次，找不到。"

"不可能，一个大活人还找不到？"

"不知道在哪儿，多少年没见着了，七八岁的时候见过，现在可能打工去了。"

"想办法找到，十六七岁还有生活费呢，现在断了案，过两天回来找我们要钱，那怎么行，一定得找到。"

"我们要是找不到咋整？"

"到当地派出所出个证明。"

"行。"

老门说："你们双方都在这，案子往下走。现在，我宣布这是一起交通事故，你们对此有什么异议没有？"

"没有。"

"好，进行下一步。死者是交通事故死亡，经法医鉴定，为脑颅骨损伤，有验尸证明，有异议没有？"

"没有。"

"好，进行下一步。车主先垫付两万元丧葬费，如果同意我们进行下一步。"

管小同和管小志相望了一下。

管小同说："我们研究一下。"

"好吧，你们去研究一下。"

他们的人都出去研究了，屋里只有尤龙、成哥和老门。

成哥说："老门，你这里可挺忙啊！"

老门说："这段时间，事故发生的太多了，前几天撞死了三个人，还没结案呢。"

"整天处理这些案子是不是很烦？"

"也没啥，就像医生给人看病，不计较病人如何。"

"对，这是一种职业心态。"

老门边说边写着什么。

尤龙说："门哥，你先忙吧，我们到外面等，随时叫我们。"

"好，你们去吧。"

出来后，死者的妹妹在与其他人说话。十分钟后，这些人来到老门的办公室。管小同、管小志站在尤龙身边。

尤龙道歉说："真对不起！给你家庭造成这么大的伤害。"

管小同不以为然地说："我可没事，就是留下了九岁孩子。"

想不到，管小同这么轻松，一点儿悲伤都没有。在尤龙心里，他们的家人说不上什么时候就会因悲伤过度，愤恨至极对他大打出手。可是，他们没有这样做，也没看到任何人流泪。只是当天，他向管小同道歉的时候，眼里含着泪水。

管小志说："我们从侧面也了解很多，我表弟是江城兴荣街的律师，只可惜，宋玉刚刚办完农村户口。"

他的意思是，他们找了高人，各方面也在做着努力，如果是城镇户口，要的钱会更多。

最后决定同意收两万元。

老门说："两万元你们同意了？"

"同意。"

"好，案子往下走。两万元包括丧葬的所有费用，你们在十天之内必须火化，十天以外，一个月，半年或者更长时间，所有费用都由你们自己出。你们把手里的死亡证明复印一份给车主，保险公司需要。"

管小同亲自到指定的复印社复印丧葬费收据，然后回来，在老门面前签字画押。

老门说："下一步是双方和解期，你们把内心的要求说出来，两家合计一下，赔多少。"

所有人走出了办公室。

成哥对管小同说："你家出一个代表，别整一大堆人瞎呛呛，解决不了问题。"

对方没有回答。

他们回到了江城，尤龙刚一进屋，大姐周冰清来电话："小尤，你车上落了那么多的鱼，有什么变化？带来什么好运没有？"

周冰清家在农村，信佛，每天都叩拜一次，很虔诚。

但在尤龙看来，大姐信的有点儿乱，思想还不坚定。她的两个孩子长得都很好看，聪明伶俐，学习也好，招人疼爱。由于迷信耽误了两个孩子。

表哥到她家串门说："你儿子靠考，你姑娘靠保。"

周冰清说："表哥，靠考就是什么招也没有了呗？"

"对，你儿子必须严加管教才能考上大学。"

"我姑娘学习也挺好的，为什么靠保？"

"你姑娘德行好，她把爱心都给了别人，她得到的是更多人的爱，但在考大学上就差了很多，所以必须靠保，也就是说，不用学都能上大学。"

"怎么个保法？"

"很简单，在你女儿的照片前天天烧一炷香，自然就能上大学。"

周冰清信了表哥的话，天天在女儿照片前烧香。结果姑娘真的不学习了，大学没考上。

女儿在外打工认识了高中同学，后来两个人在城市买了房子安居下来。女儿有楼房、轿车，每年回村人们都投来羡慕的眼神。

可是周冰清心里仍然苦涩，儿子在外打工都三十四岁了还没有对象，处一个黄一个。

周冰清天天给儿子打电话："儿子，就差你这一件事了，都三十四岁的人了还不成家，我在村里都抬不起头了，让妈省点儿心，抓点儿紧行不？你要是在村里非打光棍不可，让人笑掉大牙……"

儿子每次回话都说，不着急，碰不着好的就不结婚……

一听儿子这样说，周冰清就心如刀绞，儿子让她很不体面。多年来自己在村里说一不二，喊一句话非常好使，选举村主任、修水泥路……周冰清走一圈就是一群民主。可是自己刀削不了自己的把儿，多少同龄人都抱上了孙子，真是儿大不由娘啊！

丈夫安慰说："不用操心，多余上火，市场经济新时代孩子的事自己说了算，总不至于像你说的打光棍吧？"

周冰清说："儿子肯定有说道，杜老二家来了个会起名的，找他给咱儿子换个名。"

杜老二屋里挤满了人，周冰清一到，大家都主动让开，让她先来。

周冰清说："给我儿子重起个名吧，他都三十多了还没结婚呢。"

这个人问："你儿子叫什么名字？"

周冰清说："我儿子叫李远。"

"没文化，得补个字才能体现男人的刚强。"

起名字的人大约六十多岁，男性，他两眼微闭翻着书，在上面写了一阵子，最后弄出一个字来。

他说："起名字不能用谐音，你儿子里面软，从内到外肯定过不起日子，净挨人欺负，他必须得补上强字才能硬起来。你儿子就叫李远强吧。不过，要超过一百人叫他的名字才好使，今年八月份就能见到儿媳妇。"

周冰清高兴地说："太好了，我都愁死了！"

周冰清如获至宝，心想，我儿子以后就叫李远强了，不错，这个名字强中有软，软中有强，这叫软硬兼施，为人也最厉害，这个名字使人圆滑做事不吃亏，软能哄死人，硬能让人怕自己，用不多久儿子就能找到好姑娘……

周冰清虽然心里乐但也感到困难重重，让一百人都喊一声李远强也不容易啊！碰一个告诉一个得猴年马月，挨家挨户地说也不好意思！村里人还不得认为自己是精神病啊！她不知如何是好。

晚上丈夫下地回来捡到二百元钱。

丈夫对周冰清说："我在田边捡到二百元钱，怎么看都不是假的。"

周冰清说："可能是谁不注意丢的，咱最好不花这昧心钱。"

"你说咋整？"

周冰清所答非所问："我今天见到一个会起名字的人，说咱儿子找不到对象是因为名字缺少阳刚，阴柔太多，后面得加一个"强"字。从此，咱儿子就得叫李远强。"

"净扯，名字和找对象有啥关系？"

周冰清有些生气地说："咋没关系？宁可信其有，不可信其无。都是你二百五没文化，给孩子起个软了吧唧的名字，随你们老李家！"

见周冰清生气，丈夫安慰着说："我给儿子起的是远大的远，这个人说的是软硬的软，两码事。他曲解了这个字，竟糊弄人挣钱。再说，名字就是个代号，古人开始把人都叫狗，我们不也得跟着叫吗？"

"你别胡扯了，他说，起的名字谐音都不行，犯忌，影响前程。我看你捡来的钱有去处了，咱们再添二百元能买不少本子，捐给村里的小学生吧，有的孩子连本子都买不起。"

周冰清很费力地提着两大摞笔记本找到校长说："这是我给孩子买的笔记本，你得让学生说是李远强买的，行不？"

校长说："这是好事，都像你这样关心学生我们一律欢迎。"

于是，校长把这些本子交给了各年级老师，给每名学生发一本，用铅笔在上面写上李远强的名字。

上课的时候老师第一句话就提问："这本子是谁买的？"

学生回答："李远强。"

周冰清就在窗外听着，每个教室都传出一阵阵喊着李远强的声音。

这声音飘向了远方，在大山深处回荡。

周冰清乐呵呵地往家赶，心想，过一阵子我就能娶到儿媳妇。

不知周冰清的信仰是从哪来的，她的信仰很固执。

舅舅去世了，在出殡那天，决定把他安葬在山上。要求外甥、外甥女在转弯处跪地迎接。十几个人都跪下了，只有周冰清不跪。妹妹们说，大姐舅舅到了快跪下。

周冰清说："我信佛，上跪天，下跪地，再跪佛。我谁也不跪。"

弟弟问："父母生养你，也不跪吗？"

"不跪，我只跪佛。"

这些人中只有周冰清站着迎接灵车。

今天，周冰清问尤龙车上的鱼是否给他带来什么好事。

尤龙回答说："没有，不仅没有好事，而且还是非常大的坏事。"

"咋地了？"

"撞死人了!"

"哎呀吗呀!咋整的?"

"一个四十七岁的女人跑着过横道,没躲开。"

"咋出了这么横的事,别上火,慢慢处理,一切都能过去。"

"嗯,这件事别告诉尤响,他在学校。"

"不能,我们谁也不说。"

又一个电话打进来,是尤龙的一个好哥们儿。

这个人叫李双明,安装公司经理。他与尤龙是相处多年的朋友。

每当供电部门有供电线路工程,尤龙都给他提供一些工程项目信息,挣了不少钱。

一次,李双明承包了下洼村农网改造工程。这个村处在线路末端,电压低,村民家的电灯还不如蜡烛亮。工程开始的时候,李双明找不到挖杆坑的人,工程进展很慢。

甲方对工期追得紧,李双明感到非常困难。

他对尤龙说:"这项工程我包错了,不能见活就干,这里的地势太洼,不好挖坑,找不到人,成本也高。"

尤龙说:"你到村里联系一下,村民秋收后都没事做,能找到人。"

"不行,我找了,村里有人抬价,不给干。"

尤龙说:"我帮你联系一下。"

"那太好了,我都愁死了!"

这里的村民也看到了商机,他们认为,这里的地潮湿,挖两锹就得出水,外地人是干不了的。于是,村民就串通好了,把价抬高了再干。

尤龙认识村支书。

他来到村部找到村支书说:"你们村的农网工程太慢,工期都不能如期交工了,你咋不过问一下,让村民早日点上电灯?有电的日子是多么快乐的事情。学生再也不用点蜡烛了,家家户户还可以使用电饭锅,看电视……这样的日子你不想要啊?这是多么高兴的事啊!"

村支书说:"尤主任,你不知道,村民可下见到挣钱的机会了,都想在这个李老板身上拔毛呢!"

"这么干哪行！你们是县政府重点扶持的村，也是我们供电部门重点建设项目，别的村民都因为有了电走上了发家致富的道路，而你们的村民还在算计这点儿钱，是不是太狭隘了？"

村支书一听尤龙这样说，有些不好意思了："我确实没打开思路，任村民乱来，你放心，我一定让村民帮着挖坑，分文不要，保证不耽误工期。"

"这就对了，早用电，村民早受益，村民都开上了磨米房，养殖场，还在乎这几个挖坑钱吗？"

"对对对，你说得太对了，我马上召集村民干活。"

村支书带领村民亲自挖坑，一天一夜挖了近百个杆坑，李老板如期完工，也没有付出昂贵的工程费。以后，李老板的生意越做越大。

为此，李老板非常感激尤龙。

李老板来电话说："哥们儿，我刚知道你的事，帮不上别的忙，只能帮上钱，需要多少尽管吱声。"

"关键的时候兄弟到场了，谢谢兄弟，暂不需要。"

有朋友帮忙，尤龙感到温暖和安慰。

李老板说："你别上火，要多少钱咱有，现在不就是钱的事吗。"

尤龙说："谢谢李总，我的钱够用了，别为我担心，没什么。"

李老板说："你的事，我觉得没什么，钱能办的事都不是事。"

"你说的对，哥们儿。现在，也就是给多少钱的事了，钱到位是可以和解的，谢谢了。"

"你什么时候用尽管说，五十万元随时拿。"

"好的，需要的时候找你。"

不一会儿又一个女老板打来电话，她几乎是带着哭腔："哥，你的事，我听说了，我很为你难受，不知说啥好。所以，现在才给你打电话，不知如何安慰你，我这里钱不多，能给你提供二十万元，随时拿走。"

"谢谢妹子，我的钱够用。"

接连来了很多电话，有的是提供智力上支持的，有的是提供经济上支持的，让尤龙非常感动。

他想，这都归结于交到了一些真诚的朋友。

周涛来电话说："哥们儿，我现在就往你那里走，晚上我请客，给你压压惊。"

尤龙说："不行，没心情。"

"来吧，我还请了老同学文静，她是老乡，她帮着找了个能人，给你办事的。通过文静给老门打过电话了。还有一个，今天晚上将有一个北京的老板到场，主要是给你压压惊。"

"还是别的了，我实在没心情，也没精神了。"

事故的第二天，尤龙感到极为疲惫。周涛只是站在自己的角度考虑问题，不管尤龙同意与否，已经过来了。

周涛说："我再有一个小时就到江城了。"

尤龙的身边有很多人，他说："一会儿我给你回话。"

周涛在沈阳特意开车赶来，心是好心，就是时机有些不对。尤龙的大脑还经常出现车祸发生的场景，一点儿心情都没有。

放下电话，尤龙对周冰洁说："周涛过来了，还张罗吃饭，实在是没心情。他找的警察没到场，只是给老门打了电话，也没当回事。阿南试着打了这个警察的电话，他正打麻将，根本就没到枫林县帮着办事。"

周冰洁说："他大老远来的，晚上也得做饭，就找个饭店凑合一顿吧。"

周冰洁定了一个饭店，通知大家晚上五点到饭店聚齐。

尤龙和周冰洁最先到场。周涛第二个到场，阿南第三个到场，还带了一位女士。最后是文静带着一位老板。

文静介绍说："这位是北京的张总，对车辆事故很熟悉。"

文静和张总是生意伙伴，周涛曾说过他们，两个人关系暧昧。文静开始创业的时候，总在外面应酬，经常很晚回家。有一次她喝了很多酒，刚一进屋，丈夫不分青红皂白，扯过来就打。

"你个小骚货，天天在外面鬼混，我打断你的腿。"

文静服软说："老公，不是的，为了工程，我多喝了几杯，你放过我吧。"

文静怎么商量也不行，经常被打骂。

后来，文静一喝酒就不回家，她怕挨打，找个宾馆过夜。直到遇到了北京的张总，文静才想离婚的事。

文静四十岁，长得有几分姿色，张总非常喜欢她，他为了能得到文静，张总提前离婚了。他们在江城买了一套望江楼，家有豪宅、豪车，日子过得很美。

作为北京人，从尊重的角度和地域上的差别，张总成为这些人的核心，他也把自己当成了上宾。

最主要的，还是张总人长得帅气，大眼睛双眼皮，不胖不瘦，侃侃而谈，是中国标准型美男子。

一落座，开端的话题就是尤龙撞车的事，没有过度，没有引题，这让他很不舒服。

尤龙强颜欢笑地说："文静的名字在江城已经如雷贯耳了，作为周涛的同学又是同乡，我为你能有这么大的出息感到骄傲。"

周涛说："我以文静为楷模，在同学中她做生意最大、最强，最有实力，每年收入千万元。我为结识到这样的同学而感到自豪。"

张总眼神倾斜到尤龙这边，接过话茬儿说："姐夫，您这件事越早办越好，防止夜长梦多。"

"是的，我也想快点儿结案，早办完早利索，省心。"

"她家是什么情况？你给我介绍一下。"

"女人名字叫宋玉，四十七岁，是县城达仁物业公司的临时工，家里生活状况不是太好，死者结过三次婚，每婚生一子，生了三个男孩儿，大的二十九岁；二的十六岁，下落不明，到别的地方打工了，找不到；三儿子九岁上小学。我向管小同道歉说，真对不起，给你家带来了这么大的不幸。他说，我没什么，就是有个九岁的孩子。宋玉刚刚改了农村户口，才一个多月。"

"她是在什么情况下被撞上的？"

"推着自行车，快跑，穿越横道，我在202国道的快车道上行驶，急向左打舵，没躲开，刮到自行车，宋玉头着地，到医院抢救无效死亡。"

"你的处理方法是及时报案、救人？"

"是的，一个好心人帮我报警，处理车的事。我送人到医院抢救。一切都是以救人为重点。"

"你做得好，都是采取积极的态度，不回避，不逃避。"

"我当时就这么想的，救人要紧。"

张总说："这个情况好断案，管小同会提出许多不合理的要求，但绝不会超过太多，你这个案件好谈，他会主动找您的。城市标准在五十万元左右，农村户口在二十万元左右。"

"我心里还真没底，不知人家要多少，会不会狮子大开口，如果是这样我也会承受不了的。"

张总说："不过，也别小瞧农村，村里也有高人，他会制造意想不到的麻烦。"

周涛说："这件事，你不信邪也得信。我有个同事，曾经总是做着同一个梦。他梦见一个穿花衣服的女人，一开车就撞见她。有一天，他开车走出家门在大街上真见到了她，他把车停下来，走到女人面前说，小妹，你的衣服在哪买的？真好看，我妹妹让我买你这样的衣服，我怎么也没买到。女孩儿说，在一个商场买的，五十元钱，不贵的。我给你八十元钱，卖给我吧。女孩儿同意了。待女孩儿走远，他把衣服放在地上，让车从上面轧了过去。当他的车行驶不远处时，看到这个女孩儿已经死在一个人的车下。"

尤龙说："这样的事，无法解释，假如，昨天我从家里少走一秒钟，假如她慢一秒钟，都可以逃过此劫……人生有些事就差那么一点儿点儿。"

张总说："警察那里也要整好，不然，他会把责任扩大，对您不利。"

周涛说："这也得分人，有的公正，有的偏颇。我在部队的时候就发生过一件事……"

张总没有理会周涛的话："开车还是不能太快，太快就掌控不了。"

尤龙说："我还真不快，简直是飞来的横祸。"

周涛说："我刚刚开车的时候，给人家高考的小姑娘眉毛撞掉一条，将屁股撞掉一块肉，耽误了高考，姑娘的父亲说，他姑娘考不上大学了，还受了这么重的伤，找对象都困难，就给你当对象得了。把我吓得再也没敢去看她，部队领导给她家送去六千元钱才了事。"

张总说："你这还行呢，撞车捡到一个媳妇，多好。"

大家一阵大笑。

阿南说："一切还以现实为最好，张总说的思路清晰，分析的也很到位。但是，你没在现场，这里面还是有很大变数的。"

尤龙说："必须跟对方碰个面，接上头面谈才行。"

张总说："现在还不知道他们能开多大的口子。"

周涛说："不行就动硬的，就是往后拖，看他们能咋地。我认识一个哥们儿，他开的是奥迪，把人撞了，硬是没管，结果伤者没有办法。"

张总说："不行，咱们有工作，有身份，光脚不怕穿鞋的，整不过他们。"

以后是自由交流，话题都是如何挣到钱。文静与张总相好，周涛早已说过，两个人挨着谈论别的事。

阿南带着一个小美女，没有过多的话语，桌上的人都各顾各的。

这时，周冰洁掏出一个信封，里面装着钱交给文静，意思是感谢文静找了江城的交警帮忙，毕竟是给枫林县城的老门打了电话。

文静推来推去，说什么也不要。

文静说："帮这点儿小忙是应该的，况且我也没给办成事，人也没去。"

张总说："这钱不能要，您遇到这么难的事，她应该拿点儿才对，怎么能收您的钱。"

文静把钱塞了回来。

阿南不知怎么心血来潮，掏出二十万元钱放在周冰洁面前说："姐，这是我的一点儿心意，你拿着吧。"

他的举动让在场的人都很尴尬。后来，大家就转移了话题，周涛与文静、张老板谈生意上的事。

原来，周涛与文静有生意上的矛盾，他们都在做钢材生意，周涛帮文静进货，在进价上每吨差价太大，不想让周涛做了。

周涛解释说："人家钢材的价格变动太快，忽高忽低，有时掌握不准。"

文静没说什么，能看出内心不满。

阿南带的女人上卫生间了。

尤龙对阿南说："你咋啥时候都带个女人？"

阿南说："我带女人压阵，破破灾，能办成事。"

周涛说："我明天下午走，我和张总多喝点儿。"

北京的张总酒量惊人，他喝雪花啤酒有一种爽的感觉，两个人喝了二十瓶还在慷慨激昂。

周涛有他的目的，怕张总给文静吹不良的枕边风。听得出来，差价款的事张总是主要原因。

这顿饭吃了近千元，是周冰洁买的单。

他们都很清楚，虽然周涛说是给尤龙压惊，但他不一定去买单。因为，他的妻子看得紧紧的。

周涛二十三岁的时候提了干，在驻地一个中等专业学校选中了玲子，玲子当时才十八岁，家里姐妹三人，她是老大。父亲身体不好，家庭负担重。周涛认识玲子后，经常给她买好吃的，买衣服穿，时间久了，玲子看周涛也顺眼了。

玲子长得漂亮，大眼睛双眼皮，肤色好看，体型标准。周涛一心想把她弄到手，在他心里，这个女孩儿有责任心，正经，是可以一生相伴的人。他发挥了所有能力，想尽了办法，终于将女孩儿揽入怀中。

两个人每周约会一次，都是在家没人的时候。

一晃，就过了一年，玲子十八岁了，两个人的感情就像夫妻一样。

周涛对玲子说："你一生一世想不想跟我在一起？"

玲子说："我都做两次人流了，早成了你的人！谁还能要我？我不嫁你还能嫁谁呀？"

"那好，你带我跟你爸、妈谈谈。"

"我不敢，他们会打我的。"

"傻玩意儿，这件事早晚都得面对，长痛不如短痛。"

"那好吧，就看你能不能征服他们了。"

"你放心，我有很多办法。"

周涛不知道玲子的父母是什么样的人，脾气如何，长相如何，会有什么样的反应……

周涛买了很多东西，来到玲子家。

这是两间五十平方米的房子，三个孩子有一个上下铺，两位老人在客厅，很拥挤。

一进屋，玲子就介绍说："爸，妈，这是我男朋友。"

玲子的爸妈一看，周涛矮胖，大脑袋，小眼睛，牙齿很黑，中间还有条缝儿。

爸爸说："男朋友？我咋没听说？"

周涛接过话自我介绍说："叔，婶，你们好，我是本市的后勤干部，我和玲子已好上一年多了，今天，我斗胆来认识一下家门。"

爸爸不容分说，拿起东西就打玲子："你个不知死活的东西，我白花那么多钱供你上学、找工作了。"

这个举动显然表示不同意。

周涛抱住玲子爸爸说："叔，您先消消气，有话慢慢说。"

"你给我滚一边去，你凭啥娶我姑娘啊？是长得出奇还是有钱呢？"

周涛碰了一鼻子灰，多亏有思想准备。

周涛说："叔，您别看我长得丑，可我有一颗善良的心。您别看我挣钱不多，可我能给您女儿幸福，能给您女儿创造一个宽敞、明亮，比你这个好上几倍的楼房。我会把你所有的孩子当作自己的妹妹，供他们上学，长大成人……"

"你现在一无所有，拿什么娶我姑娘，我姑娘这么小，才十八岁，还没到谈婚论嫁的时候，你少扯，肯定是把我姑娘骗了，她才多大呀？"

"她都十八了，都上班的人了，成人了，该有她的自由了。"

"狗屁自由，她要承担起养家糊口的重担，带好两个妹妹成长、成人，不能谈这个问题，二十二岁之后吧。"

"我就是看玲子太受累了，才伸手来帮她。"

"你少来这套，我家不欢迎你。"

"好，你既然这么决绝，我也不说啥了。以后，我只对你女儿好，我们暂时先到外面租房子住。"

"什么，到外面住，我打断她的腿。"

玲子妈说："你这个大骗子，给我女儿灌什么迷魂汤了，咋变成这样了！"

"我什么也没骗她，是她发现我有一颗真诚、善良的心。"

"不行，我女儿这么小，懂什么善良不善良的，还心呢，早让狗吃了。"

两位长辈想以打的方式解决问题，两个人打算抓住女儿，狠打一顿。周涛力气大，坚决不让，把两位老人折腾得上气不接下气。本来玲子爸身体就不好，一生气就住进了医院。

这也给周涛一个表现的机会，玲子天天上班没时间伺候爸爸，周涛就来帮忙，求医买药，送好吃的，表现极为殷勤。

同室病友说："这孩子多好，你儿子？"

"我没有儿子，他是我大姑娘的同事。"

"你未来的姑爷吧，这孩子会来事儿，孝顺，你姑娘很有眼力。"

"他长得太丑了。"

"老哥，你傻呀，好看能当饭吃？过日子是人品，瓷花瓶好看，只是摆设。"

玲子爸出院的时候，周涛就想好了自己的说法。

周涛说："叔，我们的事，你就别拦着了，我和玲子早已经生米做成熟饭了，我把她当成老婆来对待了。"

"你可真不知耻。"

"这不是可耻的事，是爱情的力量。如果你不拦着，我们都会对你好的，我早已把你们当成我的亲父母了。还因为，你姑娘喜欢我，这一点就足够了。"

玲子爸一听是这个情况了，一下子像泄了气的皮球。

以后，周涛就像到自己家一样，随意，随便，该干什么干什么，粮米油盐他全管。

这个家的小日子过得很充实、红火。两个小妹的学习也有了保障。

周涛还很霸道，需要同玲子合房的时候，就把两个小妹赶到客厅地板上。

后来，周涛转业到地方，没要工作，买了一台大货车，自己搞起了运输。

玲子怕他在外面搞女人，把钱看得死死的，挣的钱直接打入她的账户。

她认为看住了钱，也就看住了人。

这个小媳妇很精灵，以后的日子里，她把周涛控制住了。

周涛兜里没有钱，说是给尤龙压惊，实际上是拿不出钱来。

散席的时候，先送走了文静和张总。

周冰洁说："周涛还是到我家住吧，正好在一起研究一下，如何处理我们的事。"

回到家，周涛对姐姐说："我想在外面住，听声。"

周冰洁问："听什么声？"

"听那个旅店夜间的声。"

周冰洁说："你这么大的人，咋还有这份闲心？"

周涛说："上回，我问旅店老板，咋听不到声了，老板说是星期天，人都放假了，我白住一宿。"

尤龙说："别扯了，这事你也干？多不雅。"

周涛转过话题说："你出事的地点，我下车看了，别看我开了二十年的车，要是我也没法处理，那是跑着横穿马路，也不是人行道，你走的还是快车道，这人就是找死，只不过遇到你了。"

尤龙知道，这是最能让人信服的一种安慰，但实际上，他不理解这个女人为何像疯子一样奔跑，毫不顾及有没有车。

尤龙说："人生的劫难好像就是上天提前安排好的，多一分不行，少一秒不行，正好撞上。假如，我从家里晚走一分钟，或早走一分钟，都不会遇到这件事。"

周涛说："这也是人生必过的一道坎，就当是教训吧。"

"也只能这么想了。"

"现在，是什么环节了？"

"死者送火葬场了。"

周冰洁说："刚发生事故的时候，遇到了县人大的一个好人，他帮着报警，打了120，然后是单位同事帮忙，医院方面，火葬场方面都有人处理，前期事情办得都很顺利。"

周涛说："我真希望有个单位，有事的时候能来帮一把。"

周冰洁说："以后，在交朋友的时候还得热心、真诚，别人有事的时候，马上冲在前面，给人以安全感，人就是在危机的时候需要有人帮助。尤龙的事，多亏了各方面的朋友。"

周涛说："下一步就是火化，如果人火化了，事情就完成了一半儿。"

"也许吧，一切都是未知数。"

周涛说："我一辈子就想当政府官员，没想到错过了好时机。"

周冰洁说："我老弟要是有文化，纯是当大官的料。"

尤龙说："当官有什么好，挣不了几个钱，你姐是政府领导干部，靠她这点儿钱，连养家糊口都困难，别说是供一个大学生。"

"那也是当官好，做什么事有人帮，像我这样的，一个人闯天下，不知遇到多少困难，说来都是泪水。"

周冰洁说："人各有各的命运，你看文静，小时候我们经常在一起玩儿，家徒四壁，人家大哥有能耐，一个个都拉出来了，现在都是大老板了。"

周涛说："我跟文静就不合财，肯定是那个北京的张总使的坏。我真后悔，当初和文静好上，何必遇上这么大的麻烦，美女没得到，钱没挣来，人财两空。"

尤龙问："你咋就知道文静会喜欢上你？"

"那天同学会，我们喝酒，她摸我大腿，她打电话请我住宾馆，我想了很多就没去，她欠我二十万元。因为有这层关系怕她不给我钱，结果今年她遇到了北京的张总，人家好上了，还成了我生意上的障碍。"

周冰洁说："文静的姐几个表面看都很正经，实则都是闷骚型，长得好，还招人喜欢。"

周涛说："我打电话跟她直接谈，责备她几句，不行就骂她，太来气了，现在，她有活也不给我了。"

尤龙说："那不行，这样的朋友你可以不交，但也不能得罪，说不定什么时候还能接上茬儿。"

周涛说："行，我听你的，先放一放，看看她以后怎么对我。"

周涛的情绪又平和了许多。

早晨，周涛走了，他的车装了几十吨货。

周冰洁骄傲地说："我弟弟多有能耐，十五岁就在外面闯，自己成了家。如今，有房、有车、有钱。"

尤龙说："确实不错，长得这么难看，还没文化，娶了漂亮媳妇，有个好女儿，很幸福的一家人。"

"就是媳妇太抠了，一分钱也舍不得花。"

"他是最小的，好在谁也不挑他，只要他过好了，其他兄弟姐妹不往他家搭钱不也挺好吗？"

周冰洁听他这样一说，心里格外高兴："这话说得大气，令人佩服。"

"不过，周涛就是太喜欢女人了，别后院起火。"

周冰杰打掩护说："哪有的事，我老弟没那事，别乱说。"

尤龙觉得这个话题实在没意思，没必要较真。

阿南来电话说："明天，我让成哥跟你去，他可以称为谈判专家，他开车发生过事故，知道怎么谈。"

尤龙正愁没有人帮处理这件事，有个经验丰富的人来帮忙当然是好事。

尤龙很慰藉地说："谢谢老弟帮忙，我正为此事着急呢。"

"好，明天我把他领着，了解一下情况……"

"好的。"

成哥是能人，他要帮助和解，尤龙心里有一丝安慰。

第六章
成哥为谈判代表

　　谈判对象必须选精英人士，他不仅是形象的代言，更是主旨的决断。巧舌如簧也不见得取胜，双方都做好了对阵的准备，他们以什么方式出手呢？

　　成哥高个头，穿一身白色衣服，白色皮鞋，干净利落，很有气质，他一到大家就出发了。

　　阿南把他请来就是因为他发生过交通事故，懂得采取何种策略，怎么谈判。

　　成哥开车来到枫林县交警大队。推开门里面没有人，一打听老门办案去了。

　　成哥说："这件事得慢慢来，让对方主动来找咱们。"

　　尤龙说："时间太长对我们有利吗？"

　　成哥说："谈判就是耗时费力的事，你要耐得住劲儿，沉得住气。他和你要钱，钱在你手里，你怕啥。这件事至少要谈四五轮，得一个月吧。"

　　成哥好像看出了这件事应该如何处理，胸有成竹了。

　　阿南说："以后，只要有谈判，成哥就跟着。"

　　成哥说："没说的，我愿意帮着把这件事办利索。"

　　尤龙说："谢谢成哥！"

　　成哥的意思是慢慢耗着，直到把对方的精气神都耗尽了才能赢。

这件事对尤龙来说，没有什么主意，更谈不上经验，只是见招拆招，其他的一无所知，也只能默许了。

　　但很多朋友也说，这件事得快办，时间越长麻烦事越多，需要快刀斩乱麻……

　　第三天，已经是周五了，按成哥的说法，保持沉默等对方找上门。本来尤龙打算找阿南到交警大队去，和交警了解一下情况。

　　有的朋友对尤龙说，交警这里一定要处好，他这里能定保险，能帮助解决很大问题，跟老门要处好关系。

　　蒋功成说："你一次拿五万元或八万元，他就能给你摆平，什么事都不用你管了。"

　　尤龙说："如果真是这样，当然好了。可是，你不知对方什么态度，老门是什么心思，没法出手啊！"

　　尤龙想，对老门的心意当天就已经表达了，是由孙队长办的，应该没问题了。

　　静静等待，尤龙感到心里没底。

　　他给阿南打电话："老弟，你在哪儿？"

　　"我在二百公里以外的南江市，这里有点儿事需要处理，你需要我做什么？我马上回去。"

　　阿南在二百公里之外，今天是用不上他了，尤龙也想歇一天，观察一下对方的反应。

　　尤龙说："不需要，忙你的吧！"

　　一天时间犹如白驹过隙，很快就过去了。除了有几个朋友来电话问候，尤龙再也没接到老门关于案情方面的电话。即使这样，他仍吃不下，睡不着。脑海里时时翻腾着撞车的镜头。心想，人生真的是必然，这个女人天天在路上接送孩子，怎么偏偏就能让我撞上呢，而且分秒不差。这件事，简直把我这个唯物主义者一下撞成了唯心主义者。找不到任何可以解脱的理由，跳不出这个宿命的束缚。

　　不一会儿，尤龙接到了公司经理司机打来的电话。

　　司机是个小伙子，二十四岁。

　　司机说："尤叔，我是小彭，听到你的事，放不下心，问一问，事情处理得怎么样了？"

尤龙知道这可能是公司经理的意思，让司机打听一下案子的进展情况，这个经理刚到企业，也是怕因为这件事引起上访影响企业形象。

尤龙说："现在，人已经送到火葬场了，给对方拿了两万元丧葬费，各方面的事都已安排妥当，不用惦记。"

尤龙思来想去觉得还不如亲自汇报一下情况。

在供电企业，人们经常把公司经理称为局长。

尤龙把电话打给钱局长："局长，说话方便不？"

"方便，你说吧。"

"我向你汇报一下案子的进展情况，人已送到火葬场了，我给拿了两万元丧葬费，医院的钱都是我拿的，我找了中铁的副总同对方谈判。女方嫁了三家，每家都生了个男孩儿，大的二十九岁。二的十六岁，不知老二到哪里打工，找不到了。谈话的哥俩很老实。"

"嘿嘿，别欺负人家，安抚好家属。"

"好的，不能欺负人。"

其实，局长这样说，是想告诉尤龙，各方面都要安排好，不能引起家属到单位闹事。

放下电话，成哥的电话打进来。

成哥说："尤龙，死者的妹妹刚才来电话，她说，把人火化了，你们别不承认。我说，哪能呢，都是按法律程序走的。"

尤龙还以为，这是最消停的一天，对方还是来电话了，而且是带着一种挑战的意味。

尤龙问成哥："人火化了，对咱们而言，是不是有利因素？"

"那当然，最起码他们不能抬着死人要钱。如果是这样就很难办了。"

蒋功成最早知道了这件事。

他打来电话说："主任，我打听那个抬死尸的人了，他说入殓了，这就成功一半了。"

尤龙带着疑问："能吗？"

"能，你放心吧，他这一入殓就承认了事故和死亡原因，剩下的就好谈了。"

"希望是这样。"

蒋功成安慰了几句就挂了电话。

接下来就是大哥、二哥、周涛等人打来的电话，都是询问案件的进展情况……

大哥周勇是部队师级领导，很关心这件事，基本一天一个电话。

两个人在部队时就是师部的战友，而且有过业务上的合作，周勇很欣赏尤龙。

现在，他还在部队，师级领导，也到了离休的年龄。周勇的生活很充实，工资高，住在部队特供的房子。

周勇说："别上火，你这也是人生的一道坎，必须要过的，在部队生生死死的事咱们也遇到过，不是也过来了，缺钱大哥这还有三万元私房钱。"

没想到，这一辈子，他还是那么怕妻子，官挺大，在家一点儿权力都没有。

尤龙说："不用，钱够了。"

二哥打来电话说："我买了一套别墅，花了四百八十万元，单独院套，一百平方米的菜园子，有车库，还有一个地下室。"

周冰洁的二哥是大老板，能吃苦，有心计，做买卖很有一套。

尤龙曾到过沈阳，亲眼见过二哥的商店，整栋楼都是用高档的装饰材料，每家都是独立商店，唯独二哥周义的店铺是用玻璃围成的，四周都能看到他的产品，邻铺老板生意很冷清，经常站在自家门口用羡慕的眼神看他家，一左一右只有周义家人来人往，生意兴旺。他们不知周义使用了什么法术。

其实，在周义看来，就是这个装修的特色起了作用。那些花近百万元装成的屋子，不可能再拆了，遮挡了自家的财路。

尤龙听到周义买了新房，很为他高兴。

尤龙说："你们这样的房子是我的中国梦，一生的追求，祝贺你，你们可以舒舒服服地过着幸福的生活了。"

周义高兴不已地说："我正在看新房呢。你这个车不能要了，开着它心里硌硬，卖掉吧，买个德系的。"

"行，看看再说吧，也许不开了。"

"车还得开，发生事故正常，不过，以后你得多保险，你保二三十万元哪行，我至少都保一百万元，发生车祸往那一扔，保险处理去吧，对方随便要。"

"行，以后我也多保点儿。"

面对亲戚们的热心帮忙，经济和智力上的支持，他的心暖暖的。

人死了，剩下的就是赔偿问题。他经常上网查看交通事故赔偿方面的材料，是否负刑事责任，还到律师事务所了解各方面的内容。

他将涉及的材料全部复制到一个文件夹中，打印出来，牢牢记在脑子里。

第七章
烧纸告慰死者

人的灵魂需要告慰，但更多的是给活着的人心灵的慰藉，死魂灵无法感知，这只是一些人的精神解脱。

前三天，尤龙脑子里都是撞人的镜头，鼻子里总是抢救人时那个血腥味，让人寝食难安。也许是精神太疲惫，身体难以承载发生车祸的重负，这一夜竟然不知不觉熟睡了过去，精神上好了许多。

其实，他还是感谢当过兵的经历，在大灾大难面前，临危不惧，处变不惊。他曾在抗洪抢险中，身陷洪流与浊浪搏斗，洪水把他吞没在一个深坑里，他的手到处乱抓，扯住一个似树枝的东西，憋了一口气爬出水面，险些失去了生命；在军事大演习中，曾抢救过牺牲的战友；在对越自卫反击战中，曾向上级要求上前线参加战斗……有过对生命的历练，内心就会变得强大起来。

有一句话说得好：真正的勇士敢于直面惨淡的人生，敢于正视淋漓的鲜血……既然已经出了事，就不能怕，不要回避，积极主动，正确面对。

连日来，他所做的都是围绕安抚死者的家人，让对方的亲人度过悲伤期。医院的押金足够看病用的。为了让对方心里有底，还告诉他们自己有保险，能够赔偿。

他觉得一切都要采取积极的态度，给死者亲人造成悲剧要有悔过之心，展现出人性化的一面。

这几天，对方一直在忙碌安葬死者的事，找那个失去联系的孩子。尤龙感到对方的家一定很乱，宋玉走了三家，娘家有两个妹妹，还有七十多岁的父母。凭管小同那句：我没事。就可以断定，管小同没有过度的悲伤。他也不想找到宋玉的二儿子，怕分财产。他与岳母的关系不会太融洽，岳母一直在二女儿家住，与管小同很少来往，岳母基本是来拿钱的。

一大早，阿南就来电话说："我到南江市朋友家去了，她整的化肥出问题了，农民上告到政府，一大群人围住了她家，我在那待了一天一夜。"

在案件发生的第一天，尤龙对阿南说："我没有车了，这几天你辛苦点儿，帮我跑跑路，办些事，也可以跟对方谈，给你两万元钱，吃饭、加油都要花钱。"

阿南说什么也不拿："这是我应该帮的，不用。"

尤龙还是硬给他了。

阿南说："我这个朋友经营化肥、农药生意，她开了个店。那化肥是用水泥轱辘的，被发现了，用户围着要砸她的店，我有帮好哥们儿，他们帮着赔偿才解决了问题。"

阿南生意上的男女朋友很多，有几个女朋友还很喜欢他。

阿南说："我对女朋友很直接，看谁好，就请她吃点儿饭，跟她谈谈。如果能凑合在一起，就往一块来，不行也无所谓。"

有个叫三妹的女人非常喜欢阿南，说他直率，对朋友认真，关心到位。也许，阿南找的女人都缺少生活的另一面，她们都喜欢与阿南在一起。每天总是盼望着，信息不断，呼叫不止。而在其他人眼里，是喜欢泡他的温泉。

阿南不同意这个说法，认为自己有魅力，吸引了女人。

尤龙说："你别以为自己多能，你应该从低调的角度还原一下自己。假如你还是那个农民，你还是一个分文没有的人，你若不是温泉老板，她们会跟你好吗？鬼才相信。"

阿南据理力争地说："我三妹是房地产商，家庭富足，豪宅，豪车，花钱如流水，她为啥还跟我好？这不也说明我在女人面前有人缘吗？还想让我娶她呢！"

尤龙说："这种女人生活在富裕家庭，享惯了高消费，要啥有啥。就是精神空虚，和你在一起也就是寻找刺激而已。"

阿南每次来都带个女人，尤龙很反感，谈事的时候，不认识的女人在场，这让他很不舒服。他觉得阿南一天换一个女人感到很风光，就是在炫耀自己。

尤龙对阿南直言不讳地说："你整这些女人岁数都太大了，长得也不好看，没品位，以后别带了，看着恶心也不方便。"

阿南觉得没面子就挑好的地方说："今天这个，比我大一岁，你看她体型多好，非常标准。"

"专门跟你一个人？"

"那当然，凡是跟别人的，我一概不要。"

"她有老公，你还跟她扯啥？"

"她不喜欢老公，常在娘家。"

"这事让她老公知道怎么办？"

"她说，过一天算一天。"

"这事被你老婆知道咋办？"

"不能让她知道，如果让她知道，两个人都得拼个你死我活，这两个女人都敢大打出手。"

"这么厉害？"

"老厉害了，这个女人学过跆拳道，你别看她瘦，打架特别利索。一次，我在她家附近碰到一个美女，这个美女想跟我好。她见这个女人跟我近乎，扯过来就打，把她打得满脸是血，都爬不起来了。"

"这叫性爱保卫战。"

阿南不满地说："你总是挤对我，不支持我。"

"我支持你正事，这是败家的事，我对你当然持鄙视的态度了。"

"其实，她对我非常好，就是有点儿黏糊，总也离不开。"

"你女人成群可能感到是件好事。不过，你也在透支着精气神，人生的一切都是有定数的，你在超前消费。"

"就我这样，也活不了多大岁数。"

阿南有股骨头坏死病，每天都很疼痛，严重时挂着拐棍，一瘸一拐地走路。大家都认为他是找女人太多造成的。

尤龙说："你还是注意点儿吧。任何事情都有它的利与弊，有好的一面，必有相反的事情发生，你的身子骨就是这么折腾的。"

尤龙有理有据的说辞，让阿南有些信服了。

晚上，尤龙对妻子说："今天，是宋玉入殓的日子，我在江边给她烧点儿纸，送她一程。"

"这个你给大姐打个电话问一下，她信佛，能跟你说说咋整。"

"好的，我问问大姐。"

尤龙拿起电话说："大姐，你在忙什么呢？"

"我在地里干活呢。"

"大姐，我想给那个死者烧点儿纸，送她一程，你说行不？"

"行，等天黑的，一定得跪着烧，你是戴罪之身。"

"好的，我就照你说的办。"

吃过晚饭，天渐渐暗下来。

周冰洁对尤龙说："你把咱家这些鞭炮也都拿去放了。"

这些鞭炮是周冰洁在春节时买的，单位熟人推销的，不买不好意思。于是，以低价买了四挂鞭。谁也不爱下楼放，一直留着。

尤龙说："烧纸还放鞭炮，一面是悲，一面是喜，也不对路啊？"

周冰洁说："把坏运气都崩走，告别过去，迎接未来。"

他们刚走出小区大门，旁边就有卖烧纸的，尤龙买了一大捆烧纸，还有几沓不同版的冥币向江边走去。

为表达对生命的敬畏，对死者的安慰。

尤龙跪在地上虔诚地说："宋玉妹子，人生有多种机缘，没想到你我之间是一种分分秒秒都不差的孽缘，给你家造成了这么大的不幸……希望你一路走好，在另一个世界幸福。"

起身后，周冰洁说："把鞭炮也点了吧。"

尤龙说："怎么也得离远点儿。"

他们离开了几十米，算是告别人生的另一个阶段。心里默念着，崩走所有的不幸和晦气，走出人生的低谷，迎接好运的到来。

走出很远，两个人站在江岸回望着点过火的地方，那里竟然有星星一样的东西在闪耀，很久不去，两个人一直注视着，直到看它慢慢隐去。

办过此事，心灵上有了一个解脱，就好像真的告别了过去的痛苦和不幸。

尤龙很清楚，以后的日子就是打官司了，会有想不到的周折，第一步是两家达成协议。

周冰洁说："不知对方能要多少，咱们的保险够不够赔？"

尤龙说："还真不清楚，对方一直没动静。不过，你不用担心，我找的谈判代表是成哥，成哥口才好，人沉稳，谦虚，懂法律。"

周冰洁问："用不用找律师？"

尤龙说："我问过成哥，他说，不用，这件事得慢慢来，需要谈几轮才行，就像买大白菜一样砍价。"

尤龙拿起电话打给成哥："成哥，对方给你打电话没？有没有什么消息？"

成哥说："我刚要给你打电话，宋玉姨家妹妹说，她从远方回来，没有时间，她们现在把人火化了，别是人没影了，你们就不承认了。我说，不能，都是经过公安局认证的，你放心吧。"

"她们没说别的？"

"没有。"

"我心里一直在担心，对方能不能狮子大开口？"

"别担心，人都有一种心态，给多少都不嫌多，要多少都不嫌少，他要他的，实在不行走法律。"

"好的，也只能接招了。"

刚刚放下电话，文静来电话说："姐夫，江城交警大队我的一个朋友说，要跟办案的老门整'明白'，不能担全责。"

"好的，我第一天就跟老门整'明白'了。"

"那就好。"

两个人以后就是安慰的话题，文静答应又把生意给了周涛，周涛在天天运输钢材，每天有几千元的收入。

周涛与尤龙处得很好。

当周涛知道尤龙腿有关节炎，就给买了台车，没想到一年多就出事了。

文静是开发商，专门买卖地皮和接收钢材生意，当周涛接上文静的生意，高兴地给尤龙打电话说："龙哥，事情处理怎么样了？"

"没有进展，还是沉默状态。"

"文静又把生意给我了，我特别高兴。"

"那就好，你别使性子，跟美女做生意得学会哄人。"

"这回我知道注意了，不会再和她闹别扭了。"

"这就对了，她是你的大老板，接收一批钢材，你就能挣一笔钱，哄死人不偿命。现在，钱多难挣啊！好好珍惜，何况还是老乡。"

"好的，好的。"

晚上，大哥来电话向周冰洁询问："你家的事处理得怎么样了？"

周冰洁说："没啥进展，人入殓了，只进行到这一步。"

"慢慢来，别上火，一切都会过去。"

"嗯，哥，你说我家车上还落了很多鱼，在大姐家给母亲上坟那天，雪刚刚化开，下了很大的雨，也是第一天打雷，都是炸雷，很令人恐怖，那雷就是在大姐家院内响的。第二天起来，尤龙看到车上都是新鲜的小鱼。按理说，这一定是好事，可我们家偏偏摊上了这个大事。"

"不能跟这件事联系在一起，好事和坏事是两码事。"

"大哥说得对，它们没有必然的联系。"

"你工作怎么样？"

"不好，我家出事都跟这个胡来风有关。"

"咋回事？"

"她要起大早到省城，我得陪着，怕睡过点儿，让尤龙给我看着时间，他一夜没休息好。早晨，尤龙和我一起吃的饭，也早早走了，结果出了事。"

大哥说："跟什么样的人在一起会传染的，跟好人在一起就有好事。跟品质差的人在一起就会有坏事。胡来风这样的人，一是确实有苦难，需要得到公正的待遇。二是有些人心灵灰暗，性格扭曲，思想消极，总想报复一些事或者一些人。你不能总做这样的工作，应该挪个地方。"

"挪啥呀！因为胡来风我都挨批评了，说我没看住人。"

"咋回事？"

"那天胡来风到亲属家串门，我们没看住，晚上才回来，失控了。"

"会不会影响你的前途？"

"还谈啥前途了，没什么希望，年龄都超了。"

这个话题会让周冰洁感到沉重，大哥不想伤了妹妹。

大哥绕开话题说："你注意点儿身体，也老大不小了。"

"注意不了哇！这个胡来风我们答应帮她解决问题，对方也同意给她钱，可她嫌少。"

"多要钱，有依据吗？"

"没有，胡来风在工厂上班期间，工厂有个规定，要求四十岁、五十岁的人提前离岗，给一笔钱。这些人提出，离岗可以，如果工厂效益好了就回来上班。后来，这个工厂黄了，变卖了资产，在岗的人得到钱了，离岗的人一分没有，引发了矛盾。"

岁月更迭，物换星移。十年来，胡来风没有接受任何赔偿，都嫌少。她要求打人的，必须给一大笔钱。

大哥知道胡来风的情况后说："这个胡来风太傻了，见好就收呗！"

周冰洁说："这种人都有一种执拗。把我们折腾得精疲力竭。"

"这些年，你们那么多人陪她，也花了不少钱，还不如给她了。"

"如果给她了，还会有很多人要钱。这是一个很难解决的矛盾。"

因为胡来风的失控，周冰洁被通报了。社区李书记为此非常难过，她认为都是因为自己管辖的人失控影响街道领导。

这年四月，胡来风又蠢蠢欲动了。为不给周冰洁工作抹黑，李书记决心看住她。心想，这次绝不能让胡来风到处乱窜了。

胡来风有个习惯，每次外出都带一个男人，她让这个男人给她出路费，出钱。

胡来风四十三岁，人长得好看，也爱勾引男人。这一天，胡来风把林莹的丈夫领跑了。

社区李书记非常会做工作，她来到了林莹家。

李书记说："现在，你老公和胡来风在一起，还没有沉迷在这个女人的温柔乡里。如果一旦沉迷下去就不好收场了。尤其是奔五十岁的女人，容颜已褪，青春消减，有些情感也开始淡化了。男人则不同，更年期延迟，对外界的花红柳绿依然向往，情有独钟。这是女人和男人的不同。所以，我们也得常敲情感警钟，延伸爱情的生命。"

"妹妹，你说得太对了，我忽略了这些，这个缺德兽，回来后，我一定扒他的皮！"

这件事和李书记说的一模一样，林莹的丈夫洪远真的和胡来风在一起。

洪远对胡来风说："我的心一直在恐慌，没有不透风的墙，我总觉得我们的事被人知道了。"

胡来风说："你真傻，现在，没人管这些了。"

"这事如果让我老婆知道，还不得扒了我的皮？"

"她怎么会知道？你是跟朋友出来玩儿的。"

"反正不把握，我很担心。"

"你就是第一次出来，没经验，有贼心没贼胆，多走几趟就好了。"

两个人如同掩耳盗铃一样，他们做梦都没有想到，街道和社区早已掌握了两个人的行踪。

李书记对林莹说："为了家庭和睦，为了让你丈夫悬崖勒马，你一定要看住他，不能让他跟这个坏女人走了，你家洪远是可以挽救的。"

"好的，妹子，这件事就交给我吧，我绝对不让他再到外面鬼混，那个女的电话是多少？"

"我这有，马上给你。"

林莹说："这个事我必须制止！不能没了钱，再丢了人！"

洪远被制止后，胡来风没有支持的人了。

大哥知道妹妹情况心里很沉重，他感到妹妹工作不是很舒心，内心很压抑，生活很苦累。

最后大哥说："我这里还有几万块钱，给你拿去吧。"

"不用，我们的钱够用。"

他们唠到这里，尤龙的电话响了，是阿南打来的。

阿南说："姐夫，我和对方人员在一起谈了这件事，对方代表是管小志，这小子沉稳，说话不走样，也不露想法，一门心思谈精神损害问题，这是个很强的对手，我有个想法，能不能贿赂一下他？"

"不妥，亲哥兄弟涉及良心和品德问题，成功概率太小，容易穿帮。"

"管小志跟我说，宋玉的老爸难对付，整天在闹，他不想跟着谈了。"

"这也可能是真的，也可能是借口。真的一面是宋玉走了三家，嫁到这个家九年时间，老人没在管小同家待过，与姑爷关系一般，没有感情，她想多拿钱走人；假的一面是，他在拿老人当借口，到现在咱们也不知道这两个老人在不在，拿老人说事儿也只不过以此为条件，多要钱。你多和成哥联系，做好'迎战'准备。"

"好的。"

几天的时间里，对方一直没有回音，没有一个人主动出来谈，成哥、阿南，打电话对方也不接。

此时无声胜有声。对方能开出多大的口子呢？在尤龙心里就像压着一块大石头。他知道，对方不会开低价，说不定会要得让自己倾家荡产。

这件事，每分每秒都在让尤龙闹心，最大的打击还是人命问题。想不到生命里还会出现这样的惨状，会有人葬送在他的车前。

同时，尤龙也不理解宋玉，为何跑着推车，为何不走人行道，为何横穿马路要跳隔离带？她死了，什么原因都没了，只有她自己清楚死于对交通规则的无知，还是死于自己措施不当……

尤龙回想着，自己还是幸运的，所有道口只是这里没设红绿灯。如果隔离带上有电线杆，如果对面来了一台车正面相撞，那惨象将不堪入目。

妻子安慰说："大难之后，必有后福。"

尤龙说："借你吉言吧。"

已经过去五天了，仍然没有接到对方的电话，尤龙在等他们提出要求。

沉默之后，就是爆发。这一天，尤龙接到了老门的电话。

老门说："你们联系没有，咋样了？"

尤龙早已做好了回答的准备，不想给老门有拖延的看法。

尤龙说："对方已经火化。"

"有啥动静没？"

"没有，可能在进行火化事宜，或者在找那个打工的儿子。"

"赶紧联系，问他们啥意思，这么等不是办法，你好好整，我偏向你。"

"好的，谢谢。"

老门的这句话，尤龙感到无比安慰，他的话才是最准确的。连日来，他吃不下，睡不着，就需要这样的信息。

尤龙接着问："门哥，这起事故我负什么责任？"

"主要责任，若不是有单位领导担保，你早被扣起来了，工作都没了。"

尤龙想，还是让孙队长给钱起了作用，不然，他不会这么说。

放下电话，他把这一情况对成哥说了。

成哥说："老门以后会找你麻烦，他那是吓唬人，不管咋整，你都别着急。"

"说是不着急，实则还是着急，就想快点儿结束才好。"

"稳住，咋整也快不了，非得几个来回不可。"

每天都在沉默着，一切事情都是死气沉沉的，见不到任何活的迹象。

又过了三天，已经是第八天了。

老门来电话说："你们联系上没有？"

"没有，一直没有接触。"

"老这么放着不行，得联系啊！都过去多少天了？"

"好的，可能还在处理丧事吧？"

"不可能，那玩意儿一天就完事了。"

"你赶紧联系。"

"好的。"

此时，尤龙心里有一种紧张感，老门为何总追我，咋不追对方？不行，我得到老门那里去一趟。

尤龙对阿南说："老弟，咱俩到老门那去一趟，让他给算算，能赔多少，做到心中有数。"

阿南开车接尤龙，车里又有一个女人。这个女人比以前的漂亮一些，年轻一些，在尤龙看来还是不好看。

阿南说："这是我好朋友跟着压阵的。"

尤龙说："你好。"

她点了一下头，什么也没说。

尤龙说："用不用给成哥打个电话，让他来？"

阿南说："不用，现在也没定下来谈话。"

一路上，阿南一会儿一个电话，还抽烟，安全意识很差。

尤龙说："你慢点儿，我有点儿害怕。"

阿南说："你不坐我车时，我也天天这样，你问我妹妹。"

尤龙对这个女人说："他这样开车，你不害怕？"

女人说："不怕。"

尤龙说："这就是你们俩能在一起的原因，都喜欢刺激。"

女人咯咯一笑。

尤龙第一天试车的时候就是阿南带的，尤龙还很感激他，没想到一年后出了这么大的事故。

阿南说："开车是技术工种，车就同身上的肉一样，手脚眼和车形成一体，这样才能把车开好。"

尤龙说："我不开快车，也遵守交通规则，驾驶证都二十多年了，一分也没扣，就是上医院没地方停车，被罚了一百块钱。可是现在说什么也没用，还是出了大事。"

大约用了三十分钟，他们来到了老门的办公室。一开门，管小志在和老门谈话。桌上有一个文件，管小志可能在询问一些政策和经济上的事。

老门一见尤龙就说："你先等一会儿，我跟他谈完再和你谈。"

尤龙和阿南出去了。

尤龙对阿南说："你看，人的智商都差不多，你怎么想的，别人也是怎么想的，他也来摸底了。"

"这家伙是不是给老门送礼来了？"

"也不好说。"

"可是咱们第一天就送了。"

两个人正谈着，老门喊他们进去。

老门说："你们两家正好在这儿，我把可能算多少钱告诉你们。然后，你们在一起好好谈谈。"

老门把尤龙交多少商业险、强险，能算多少钱说给了他们。双方心里都有了底。

老门最后说："现在，你们都知道了能赔多少钱，一会儿，你们在一起谈谈，一方不要狮子大开口，在精神损失上，可能要一部分。另一方也可以在同情上，根据经济能力给一些，多少你们定。好了，你们去谈吧。"

一出屋，阿南马上拉着管小志上了他的车。

阿南主要是给尤龙创造时间，让他和老门谈几句。

尤龙对老门说："门哥，我怎么和对方谈？管小同一家人会在保险外要很多吗？"

在尤龙心里，老门可能跟管小志商量了很多的事情。尤其是第一天，他们有几个人找了老门，尤龙还求证了，老门说是管小同的人。

尤龙想，老门通吃双方，这可真是个艺术，他是怎么开展工作的呢？

尤龙曾问过成哥："就我的事来说，双方都给老门送礼了，他偏向谁呀？

成哥说："通吃是老门的最高境界，是他的拿手好戏，这种人是精英。"

老门果然是个精英，尤龙坐在他面前，他没有说一句话，仍然沉默。

他看了看尤龙说："你啥也不懂。"

尤龙不明白老门指哪些方面，一时感到很迷茫。他意识到一定是哪方面出了问题，我得好好梳理一下思绪，跟他探讨明白。

尤龙站起身说："门哥，我的信息最好不透露给对方，下一步就是你帮我了，我会好好感谢你的。"

老门说："你可得快点儿，时间不多了。"

尤龙将阿南带到供电公司自己的办公室，这时，屋里一下涌来很多同事，纷纷询问事情处理情况。

有的说，主任缺钱我这有，尽管吱声。

有的说，主任需要出力尽管招呼。

不一会儿，本部门一同事说："咱们部老杨的女儿学跳舞，他听女儿说，人家要九十五万元呢，还拿工作要挟你。"

尤龙说："他随便要，走法律途径，他什么也要不到，我现在连班都不想上了。"

尤龙想，对方能把信息传到供电公司，自己说的话也能传出去。

打发走所有的人，尤龙给阿南泡了壶好茶，边喝边聊。

阿南说："你拿出的态度很是时候，这样说，他们肯定能传过去。"

"我也是这么想的，现在，他们在竭力打探我的情况。"

阿南说："看来，你的情况他们也能掌握。"

尤龙说："你说的对，他们应该能掌握，你想，一个小小的枫林县，南北两条街，巴掌大的地方，谁不知道谁呀？"

回到家，周冰洁说："我找个律师询问了一下，结果和警察算的差不多，最主要的还是精神损失费问题。律师说，精神损失费也就在五千元左右，还要有医院的收据。"

尤龙说："我也看了这方面的规定，不严格，不严肃，不严谨。多则可以要几十万元，少则也就几千元，让人难以把握。"

这些天，尤龙没有太多的睡意，早早就起来了，五点就开始做饭，快到六点的时候，他发现要停水了，就接了很多水。当周冰洁醒来的时

第七章 烧纸告慰死者

候，饭已经做好了，电也停了。

周冰洁说："咋停电了？停水了？还没做饭呢。"

尤龙说："饭好了，可以吃了。"

周冰洁高兴地说："真利索，什么都弄好了。"

下班后还没有来电，做饭、吃饭都是用手电照明。

妻子问："今天有什么消息？对方说什么了？"

"没有，什么消息都没有。"

周冰洁的外甥女来电话说："老姨，事情进展如何？钱够不够用？我这里有钱，随时可以用……"

外甥女曾经是一名军官，转业后在南京与房地产开发商结婚，家庭生活非常好。她帮着问了大量的信息，了解了很多事情。城市赔多少，农村赔多少，怎么打官司，需不需要找律师……

这个手电桶的电很足，用了一个多小时，还很亮。

晚上九点还没来电，尤龙试着开了一下灯，灯瞬间亮了一下。

周冰洁说："你也太赶点儿了，亮一下就没电了，你应该买彩票去。"

第八章
老门透露想法

老门是双方的裁判者，他的内心决定着天平的倾斜度，偏向谁，谁就可能是赢家。老门的想法成了双方最烧脑的事情。

第九天，早晨一上班，老门就给尤龙打电话："你咋回事？一点儿动静都没有？我这是最后一次给你打电话，明天是最后一天，我就要上传案情了。"

尤龙心里一阵紧张，老门怎么一下子来气了，送了钱还用这种口气，是孙队长跟他的关系不硬，还是其他什么原因？

周冰洁说："咋突然这样紧张，你们的孙队长不好使？"

"不能，要是不好使，我当天就被扣了。"

"那是怎么回事？"

"我给孙队长打个电话再说。"

尤龙马上打通了孙队长的电话："孙老弟，我是尤哥，刚才接到老门的电话，他说时间不多了，明天就上传案件，什么意思？"

孙队长说："我去问问，一会儿给你回话。"

大约十几分钟，孙队长打来电话说："尤哥，我刚和老门谈完，案件要在十天内上传，这样全国交通系统就都知道了。所以，在今明两天要谈完，上传后就不好办了。"

"咱们给他送钱了，咋还解决不了时间问题呢？我在网上看过，十天不能和解可以延长，能延到三十天，实在不行还可以延长。"

孙队长回避了这个话题："你这个好谈，在保险基础上，对方顶多也就多要点儿精神损失费，给他点儿就算完了。"

"对老门是不是得有所表示？"

"不用，你给钱，他也不敢要，你拿的钱，我到现在还没给呢。"

一听孙队长这样说，尤龙如梦方醒，一下子找到了事情的症结，原来他没把钱给老门，怪不得老门会是这个态度。

尤龙马上给阿南打电话："阿南，你跟我马上去老门那里，孙队长没把钱送上。"

阿南惊讶地说："你这个孙队长办事也太差劲儿了，这么大的事咋不给送上呢？"

"阿南，你说，咱们给他送多少钱才合适？"

"拿一万吧。"

"好，我准备一万元，你来接我。"

三十分钟后，他们来到交警大队。

尤龙说："一对一最好，你比我会说，你去吧。"

阿南说："你是当事人，你去最好。"

"好，我去，然后，你再去跟他谈。"

阿南说："好，到屋里拉开他的抽屉，往里一放简单说两句就出来。"

"好，就这么办。"

尤龙来到老门的办公室轻轻敲门，随手打开门，老门正坐在那里。

尤龙说："门哥，这些天，我的案子让你费心了。我早就让别人表达心意了，出了些差头，这是一点儿心意。"

尤龙拉开他的抽屉把钱放在里面，老门没阻拦，假装推脱了一下，但不是真心的。尤龙转身朝门口走去，

尤龙边往门外走边说："一会儿我弟弟过来汇报一下与管小志的谈话情况。"

回到车里，尤龙对阿南说："送上了。"

"他没拦着？"

"没有。"

"那我去了？"

"慢，等几分钟。"

"为什么？"

"给他查钱、放钱的时间。"

过了一会儿，尤龙说："你现在去吧。"

阿南去了不长时间就回来了。

阿南说："给钱和不给钱真不一样，我一进屋，他就笑了。他问我，谈得怎么样了？我说，管小志、管小同哥俩谁也不接电话。他拿起电话就打给这哥俩，通了后就说，你们抓紧跟人家谈，到底什么意思？"

钱送上了，尤龙心里一下有了底，老门不追就有时间谈判了。

阿南非常感慨地说："有渠不放水是不行的。"

"有渠不放水，你说得太经典了。"

阿南说："只要老门给我们时间，谈判的机会就多一些。"

尤龙说："是的。现在，你可以给管小同的哥哥管小志打个电话。"

阿南说："直接给管小同打不好吗？"

"不好，有缓冲余地。"

阿南说："那好，我给管小志打。"

第一次，没接。阿南又打了第二次，管小志接了。

管小志的态度很好，温和地说："你好。"

阿南说："老弟，我是车主的弟弟，最近家里都安排好了吧，好几天没给你打电话，怕打扰你。"

管小志说："没事，我这几天净乱事，弟弟的岳母在我家住，还不让我出门，怕我们串通一气，说我糊弄他们，还说你们给我钱了。"

阿南一听他这么说，反应非常快："我知道你天天为弟弟跑很辛苦，你既出力又费钱，这方面我给弟弟考虑了。"

"我这两天身体也不好，打了两天针。"

阿南说："是啊，摊上这么大的事，都跟着上火。"

"是的，现在什么也干不了，老头、老太太一直闹。"

阿南说："不行到江城人民医院去看看吧，我在江城各大医院都有认识的医师，我领你去，费用我出。"

管小志想了想说："我被家里人闹得心神不安，好几天都没上班了，我都不愿管他们了。"

"老弟，你我都是给他们双方办事的代理人，咱们都是在错误的时间结识了新朋友。我想，这件事办完了，我们将是好朋友。我看得出，你们哥俩人厚道，从没乱糟糟的，这说明你们的人品非常好。"

管小志说："现在，我们就是老太太的事难办，她天天闹。"

阿南说："我看，你们还是开个家庭会，拿出一个共同的意见。"

管小志说的也是真的。宋玉的父母都是七十多岁的人了。管小同天天喝大酒，一天五遍，房无一间，地无一垄。尤其是他不会照顾宋玉，家里的一切经济来源都靠宋玉创收。

宋玉入殓后，两家人开始研究要多少钱的事，管小同、管小志、宋家的老人及女儿聚在一起。

宋国清是宋玉的父亲，他对宋玉格外亲，宋玉的死给他带来很大的打击。

宋国清说："我大女儿对我最好，每天卖大豆腐才挣三十元钱，都能给我十元钱买吃的，经常给我买药，大女儿最孝顺。你们不管要回多少钱，都得把心放正了。我大外孙还没结婚，得有一份。二外孙找不到，也不管了。小外孙要多给点儿，他最小，需要的钱也多。"

管小同说："老爷子，你说的不对，你大外孙从来就不来看她妈，无论是有病还是过年过节，我们一次都没见他来过。现在，她妈没了，还要分钱，这可不行。"

"怎么就不行，他还没结婚，也需要钱。"

管小同说："他都快三十岁的人了，能够自食其力了，不给他钱也行。"

老太太说："我大外孙多少得给点儿，妈没了，对方也能给一些钱，应该有他的份。"

管小志从小就在外面干活，懂的事情多，两位老人这么一说，他就明白这家人的心思了，人死了，亲戚也就断了。何况弟弟才跟宋玉过了九年，打打闹闹，没有太深的感情。现在，最难的就是弟弟能分多少钱的事。

管小志说："现在，钱还没到手，数还没出来呢，就开始谈分钱的事，有些不妥，我们应该商量怎么要钱的事，双方应该派出代表。"

宋国清说："我大外孙去。你们家再派一个代表。"

管小同说："你大外孙还不如我呢，斗大的字不识几个，连自己名字都不会写，他能干啥？"

宋国清说："那你说用谁，我们这头也不能只听你们的，要多少钱我们不知道，钱到手，你说给谁多少就给多少，没有信任，咱们得当事人明算账。"

管小志说："咱们现在不研究给多少钱的事，应该是要多少钱的事，对方能给多少钱的事。"

宋国清说："车主给多少钱了？医院的费用是谁拿的？丧葬费是谁出的？"

管小同说："这些钱都是车主拿的。"

"那你咋不告诉我，这事得让我们知道，给了多少？花了多少钱？"

管小同说："这方面的钱跟你们有关系吗？宋玉是我媳妇，安排她的后事是我要做的事。"

"那不行，这里面有我们的钱。"

管小同说："你可真有意思，宋玉刚刚走，你们就跟我'凉快'了？"

管小志说："老弟，你把花了多少钱向老爷子说一下，咱别昧着良心把钱花了。"

宋国清说："我现在就是腿脚不好使了，不然，我亲自向车主要钱，我女儿命没了，车主必须满足我的要求。"

管小志说："你的意思是不用我了呗？那我从今往后就不管了，我还得出去干活呢，不能因为你们的事耽误我挣钱。"

宋国清说："你有门路，认识人多，你弟弟的事你必须得管。"

"我可不管，多了少了的整不明白。"

管小同说："老爷子，我把花多少钱的事跟你说说，车主给了两万元丧葬费，医院的钱也是他花的。在火葬场花了五千元，去了一顿饭钱，还剩下一万四千元。"

宋国清说："我大外孙从大老远回来，他妈的事也料理完了，给他点儿钱让他回去上班吧，不用他在这里了。"

管小同说："老爷子，我可跟你说好了，现在，我按照你的要求给他三千元，以后有多少钱也没他的份了，老门说了，他也没有继承权。"

大外孙接过钱打工去了。

由于管小同家没住的地方，宋国清的病情越来越重，他和老伴只能回到远方的女儿家。

谈判的事还得由管小同、管小志哥俩办。

管小志是主事人，一切都由他来做主。接到阿南的电话，管小志的态度很温和。

管小志对阿南说："咱们的事也好谈，我们都在枫林县城住过，彼此都很了解。我想，谁也不会难为谁。"

阿南说："我哥哥是供电局的临时工，挣钱也不多，家庭生活非常一般。"

"哥，你若不提这个，我永远都不会说，他是一位科长，有正式工作。"

尤龙在旁边坐着，他们的电话内容听得很真切。当听到实质问题，他马上意识到，对方还是在以有工作为条件，想多要钱。

阿南觉得必须和管小志谈好，他是管小同的亲哥，做盐不咸，做醋酸，不能得罪他。

阿南很警觉："哥们儿，你要是想好好谈咱就往好谈，不想好好谈我也有办法，但咱是以安慰死者的角度来谈的。咱们没有太多的分歧。现在，共产党好，还能给咱们一份保险，要不然，要啥没啥，多难赔偿啊！"

管小志想摆一下自己在社会上的关系，打消阿南在社会上的气焰。

管小志说："我在江城红星大酒店干过，与红旗街周老七、周老四都是好哥们儿。"

"那太好了，红星大酒店的乐老板是我的好朋友，我和周老七、周老四也是铁哥们儿。你现在就给他们打个电话，他们对我说个不字，我就没脸跟你谈了。有这个面子，咱们以后应该能做好朋友。"

红旗街的周家兄弟在江城打仗是出名的，尤其是周老七、周老四最有号，在红旗街哥七个没人敢惹。

前些年，他在红旗街天马洗浴中心当维护场子的保安人员。一天，一位客人在请一个按摩女，女人按着按着，他就向女人怀里摸，不让摸就打人。

服务生听到女人的叫声马上进来问："先生，你怎么打女人？"

"打女人算啥，我连你一块揍。"

这个人又把服务生打了一顿，鼻子都打出血了。

这样一闹，负责安全保卫的周老七来了。

他一进屋就问："咋回事，谁在打人？"

服务生说："就是这个人，打女人，还打我。"

这个人说："是我，怎么地？"

周老七说："哪有白打人的？服务生，我给你们报仇的机会，揍他。"

几个服务生一看有人撑腰就朝这个人大打出手。

周老七嫌服务生出手太轻，一挥手让保安人员一齐动手，打得这个人翻身打滚，浑身没好地方，青一块，紫一块。

周老七很仗义地说："把他送进医院，该治病治病，只要他服气就行。"

这个人确实有点儿来头，他是江城某领导的妹夫。

只见领导的妹妹坐在当地派出所的桌子上说："你们把打人的都给我关起来，我要撕碎他们。"

由于是群殴，十个人打一个人，每人罚款一万元，全部赔给了这个人。

周老七从此有名了，凡是来天马洗浴中心的人，都知道周老七。

现在周老七已是集洗浴中心、农副产品、中型超市等固定资产上亿元的大老板了。打仗亲兄弟，上阵父子兵，他们已成为红旗街有名的周家七兄弟。

江城地区"有头有脸"的人，阿南都认识，有的也给面子。

阿南当时就给周老七打了电话，周老七很热情，晚上要请喝酒。

阿南对尤龙说："咱俩回江城的时候到周老七那去一趟，跟他见个面，打个招呼。"

尤龙说："老弟，周老七跟你非常好吗？"

"那当然，他必须给面子。"

"我就怕这件事让他们参与进来，不仅办不成事，而且还会整砸了。尺度你把握，我可整不明白。"

"周老七是个讲究人，没问题。"

返回的时候，两个人来到红旗街周老七的洗浴中心，接见他们的是周老七媳妇。

七嫂很热情："哎呀！阿南来了，快进来坐。"

七嫂在与几个女人唠嗑，很温馨的样子。

阿南说："七哥在哪儿？"

"你七哥刚出去办点儿事，他让我告诉你，等他一会儿，十几分钟就能回来。"

阿南说："我路过这里，想看一眼七哥，他没在就算了，哪天再来。"

七嫂将两个人送出门外。

晚上快下班的时候，老门给尤龙打电话："你们谈得怎么样？"

"没结果，对方不说数。"

"他什么意思？"

"不知道。"

"这么办，明天上午九点，你们双方都到我这来。"

"好的。"

明天就要谈判，尤龙心潮起伏，担心对方狮子大开口，会以七十多岁的老人为条件，要很多精神赔偿，他们能开多大的口子呢？这些问题压得他喘不过气来。

第九章
谈判中的阿南

阿南从一个农村娃成为一名温泉总经理，虽经过锻炼羽翼丰满，但还是缺少文化修为，仍然有他不理性的一面。尤其是他把与女人的来往当成了一种炫耀。

按老门要求的期限，第十天是达成协议的最后一天。如果达不成协议，老门就得把案子传到网上，走法律程序。这样一来，和解的可能性就没了。

成哥是谈判代表，尤龙给他打电话，把近两天发生的事说了一遍。

"成哥，我是尤龙。"

"我知道。"

"老门让明天去谈判。"

"他给约的？"

"是的，我给他送了钱，阿南向他汇报与对方谈话内容时，老门的口气都变了。"

"这个环节把握得好，我那时候就办错了，公检法的一把领导都找了，他们都给说话了，办事的人一分钱没捞着，结果我吃了大亏。"

"我和阿南研究这个问题了，把钱直接给办事人，不通过中间人，一对一的还能收，还能办成事。这叫有渠得放水，不放水，渠也只是个摆设。"

"对，我就没这么做。"

"成哥，你明天有时间吗？"

"有没有时间我也得放下一切事情，这是大事。"

"真够意思，谈完这件事，我请你好好喝一顿。"

"不用，需要我就吱声。"

"好，我给阿南打个电话，了解一下他和管小志的谈话情况。"

"好的。"

尤龙给阿南打了电话："老弟，老门来电话了，他让两家明天九点到交警队去和解，看能不能达成协议，我跟成哥说了，让他和对方谈。"

阿南说："这两天，成哥也不知道细节，怕他说不上去，我和王少兵去。"

"好的，你同成哥说一声，好好休息。"

"你放心吧，不算个事。咱们是经过多年培训出来的。"

不管阿南是安慰，还是真的自信，尤龙都不放心。因为，对方也找了律师，也是有文化的人，也"身经百战"，什么都懂。

一整夜，尤龙心神不宁，基本没合眼，死者发出的血腥气味还能感觉到，他的心情仍然没有调整好。赔偿和死亡几乎同等重要，不是说人死了就很好地解决了，得看你摊上什么样的家庭，是不是依法裁决。从事情的发展来看，一切都没有按照法律的步骤走。首先是老门，他在以十天期限上传案件为由，强迫和解。这样一来，对尤龙就不利。时间不等人，你不与人家和解，就得依法行事对工作造成极大的威胁。你想要工作，就得跟人家和解，被动地答应对方提出的一切要求。

时间对管小同来说，多久都无所谓，他只是坚定要多少钱的问题，同时也说明，管小同还是给老门送礼了，当天那几个有身份的人就跟老门打好了招呼。

阿南说："只要给了钱，他们跟老门怎么说都无所谓，他办案多年，他知道会怎么做。"

尤龙觉得他这种说法还是不靠谱。

第二天八点，尤龙准备上班的时候，孙队长来了电话。

孙队长说："昨天，我请交警队的大队长、达仁物业公司经理在江城吃了鱼餐，我们在一起谈了你的事。如果能达成协议，下一步给办'责任对等'，以不承担责任为目的。"

"谢谢老弟，你为哥费了这么大的心思，这是最好的结果了。"

"你啥意思，是达成协议，还是走法律？"

现在，尤龙才彻底明白，孙队长也是两头传话之人，他的底都是孙队长传出去的。孙队长要他说出想法就是在掏底，然后通过物业公司经理传递给管小同做到知彼知己。

看来，谈判和真正的战争是一样的，双方都是智慧的较量，谁坚强，谁强硬，谁敢于背水一战，谁就是胜利者。

管小同在拿工作说事。尤龙的底线是走法律途径，判三年以下，或判一年缓一年，对工作有没有影响无所谓。

因为，在责任承担上，他正常行驶，没打电话，没抽烟，没超速，没喝酒，死者横穿马路，一定有责任。

尤龙面对的是一些不想走法律的人，这让他感到非常为难。

尤龙说："如果在法律范围内我可以接受，在法律范围外，就得走法律途径了，我现在班都不想上了。"

孙队长听他这样一说："对，给他太多也犯不上。"

这时，阿南打电话："姐夫，车就在你楼下。"

尤龙匆匆下楼来到阿南车里，后面坐着一位美女。

尤龙说："江城阿南到哪儿都有美女陪伴。"

阿南说："美女能压阵，这位是我三妹。"

尤龙没回应。

其实，尤龙很反感他带女人，谈话的时候实在不方便，江城地区才多大的地方，熟人经常碰见，扯一根头发腮都动，说不上哪个女人就跟对方有亲戚，跑了风怎么办？

阿南说："三妹对我很好，总给我买吃的，我腿疼马上给我买膏药贴上，真好使，不疼了。"

尤龙说："老弟，你妹妹这么多，身体受得了吗？你的腿就跟这些有关。"

"我讨女人喜欢。"

这位女人掐了一下阿南："你这死鬼，顺嘴胡咧咧。"

阿南会说话，也讲理，喜欢他的女人有多种身份。

南方一文化女子与阿南在网上相识，两个人通过看照片，亮身份，感情越走越近。阿南给她快递上等的长白山花粉，给她老公寄东北野山参、鹿茸、鹿鞭。女人感到阿南不是骗子，特别可交。

一年过后，她有个活动正好来东北，顺便到江城看阿南。阿南给她安排到五星级大酒店，请她吃特别风味的东北菜，吃松花湖的"三花一岛"——鳌花鱼、鳊花鱼（边花鱼）、季花鱼（吉花鱼、鲫花鱼）和岛子鱼。新杀的年猪烩菜，白肉血肠，乌拉火锅，松花江虫鸡蛋，名贵的松蓉，在营养学上，高蛋白、维生素、矿物质、低脂肪、名贵的菌类食物都让她摄入体内。

大美长白山，醉人松花湖。阿南驾车带她看到了神奇、神圣、神韵的长白山天池，观看了长白大峡谷、地下原始森林，泡温泉，最后游览了松花湖。

阿南安排的行程是：第一站，两个人去长白山两天，第二站去松江湖。

晚上，阿南问："你的网名起的很特别，为什么叫蒹葭？"

蒹葭说："这个名字，来自《诗经》中的'蒹葭'。蒹葭苍苍，白露为霜。所谓伊人，在水一方。溯洄从之，道阻且长。溯游从之，宛在水中央。意思是：河边芦苇青苍苍，秋深露水结成霜。远方情人在何处？就在河水那一方。逆着流水去找她，道路险阻又太长。顺着流水去找她，仿佛在那水中央。我是带着这个心情来找你的，也是带着梦幻来找你的，想不到你真像诗中的人，让我饱览了天造神设的自然美景，吃到了天然名贵的食物。人生他处有知音，江海那头有情人。你为我创造了醉人的生活，一生一世足矣了。"

阿南最崇尚的就是有情有义的文化人，社会上乌七八糟，匪气十足，贪污受贿，卖官鬻爵等形形色色的人，他最看不上。对这样的文化人，他从不动粗，非常尊重。

阿南问："以后我也不叫你的真名了，这诗意的蒹葭，永远记在心间，哪怕是人生的一瞬，也会成为我整个生命的亮点，遇见你是我的缘，见到你，面朝大海春暖花开。与你同行，我心潮澎湃，无限感慨。能遇到你这样的江南美才女是我今生的荣幸！"

蒹葭说："你是一位高大、粗犷、豪放的东北爷们儿，英雄形象。"

阿南想，蒹葭提出自己是东北爷们儿形象，意在是喜欢自己，只是这个女人太含蓄了，高雅得让人有些够不到。东北爷们儿狂放但不能动粗，东北爷们儿野性但也温柔。第一夜，阿南决定不动蒹葭，让她好好休息，感情是第一位，不能让她有不爽的想法。

第二天归来，阿南问："蒹葭妹妹，累不？"

"不累，今天比昨天好多了，这长白山真是太美了，一点儿污染都没有，没有一点儿人为的雕饰，纯天然的美。"

阿南说："人都说来到长白山许个愿会有百分之七十的成功率，你有什么愿望？"

"我的愿望已经实现了，就是梦中有个你，遇见你也是我的缘。"

"你们江南人温柔甜美，说话也好听，真是一方水土养一方人啊！"

两个人登完山都出了很多汗，身上很不舒服。

阿南见她衣服湿漉漉的就说："看你，出了这么多的汗，快回屋洗洗吧。"

蒹葭说："你就在我这里洗吧，别过去了。"

"不好意思。"

"呵呵，你一个东北大老爷们儿还很羞涩。"

"在你面前真有点儿害羞，你好比一块美玉，我这个粗手笨脚的人，一不小心就会碰碎，实在不敢触碰。"

"在网上你怎么敢那么狂野地说，现实面前怎么就不行了，一块美玉，你握得越紧越能感受到它的质感。"

"我怕你这朵娇花被东北风吹谢，被摧残成枯萎的枝条，忘却回家的路。"

阿南在绞尽脑汁，拼命地迎合着，生怕破坏意境引起南方美女的反感。

蒹葭走上前，亲了一下阿南，阿南将她抱起一阵狂吻，就像一头雄狮扑到了一只小鹿，没有任何反抗余地。

两个人温存过后，蒹葭怕阿南太累就对阿南说："好好歇歇吧，今天你够卖力啦！"

阿南很听话，停下来说："我不能让你白来，屋里屋外都要让你享受到极致的美感和享受。"

蒹葭说："我算尝到'东北虎'爷们儿的滋味了，太猛了，中国猛男在东北。"

阿南说："其实，我很想和你在一起，我畏惧你的美丽，怕你笑话我是个大老粗。"

"那你为什么敢动我了？"

"一是你对我有好感，表达出了真心实意；二是如果我不动你，回去后，你一定会有很多想法，你会猜测我不是个男人，没有这方面的能力，会让你产生许多想法……"

"就算你说的都对吧。"

蒹葭在阿南这里玩儿了四天，感到非常快乐。

四月中旬，一位女子找到阿南让他带她到江城游玩。阿南带她去了雾凇岛。当两个人行驶在路上，天空就飘起了鹅毛大雪，雪花落到地上就化了，有的挂在树枝上，不一会儿树枝湿漉漉一片洁白。雾凇岛江岸宽阔，江水清流，眼前的雪形成了一条条白线就像帘幕，朦胧，虚幻。岸上柳枝冒出了嫩芽，柔柔摇摆，江鸭在水中嬉戏，争抢着吃江里的鱼虾。天的另一头，透着红亮的夕阳。

人们把三十岁的女人比作成熟的苹果，好看又好吃。

这位少妇打开车门手伸出车窗："这里真是太美了，能在这里待一会儿，此生足矣！"

阿南说："美才女，作首词吧。"

"好吧，词的题目就叫《雾凇岛》。"

岸阔渺渺
浪花滔滔

江鸭嬉戏春意闹

柳丝柔柔
斜阳耀耀
帘幕满眼雪萧萧

阿南非常敬佩这个女人，想不到她能将这美丽风景现场作词。

又过了两年，这个女人不像从前那样欢快了，她离婚了，又来到阿南这里，而阿南也没有当年那么热情。只带她到江岸驻足了一会儿。

她返回家的时候，给阿南写了一首词：

江　　岸

那年初春时
江岸雪飘飘
杨柳吐新蕊
江鸭水中闹

今年初春时
江岸静悄悄
杨柳无颜色
江上无水鸟

叹春寒
人亦老
残雪袭身人衣薄
那年乐陶陶

阿南对尤龙说起这些事的时候，眉飞色舞，非常骄傲，得意忘形。

说自己很招女人喜欢，他也喜欢女人。

尤龙说："老弟，你风流倜傥，拈花惹草，这是有罪的。可别玩儿大了，伤着自己。"

"不能，我有度，不该碰的坚决不碰。我在刚刚创业的时候，杨老板有一个小三，长得非常漂亮，二十一二岁。有一次，老板喝了很多酒，让我把小三送回家。这个杨老头满足不了小三，小三有些性饥渴。我把她送到家时，她就把衣服脱了，穿着睡衣，用脚勾我。我知道她是啥意思，装作不懂。她问，我长得不美吗？我说，你长得很美。那你为什么不喜欢我？因为，你是我老板的女人，宁穿朋友衣，不占朋友妻，这是我的原则。哼！你是个无情无义的家伙。

尤龙问："你怎么处理这件事？"

阿南说："她见我不上道儿，我怕她恨我，从此对我不利，就岔开话说，我出去给你买点儿吃的。我提着东西回来说，老板打电话叫我，让马上过去。就这样，我躲过了她的纠缠。"

尤龙说："你这件事处理得还算有水平。"

尤龙和阿南理解的不一样，阿南以让女人欢欣为荣。而尤龙认为阿南也只是一部机器，在消耗生命的能量，也是在缩短着生命。

尤龙对阿南说："直白点儿，我认为生命里有很多事是有定数的，你超前消费就会提前结束这种能力。"

阿南说："我也很会保养啊！吃了很多补药和保健品。"

"你还不如说宁在花下死做鬼也风流。"

"你说对了，我真是这个意思。"

他们说着故事很快就来到了交警队，尤龙一推门，老门的办公室锁着，敲一下门屋里没人。他心想，这不是第十天了吗，马上就要上传案件了，怎么都不着急了？说好了九点见面，怎么人没了……

尤龙和阿南在交警队院里等着，过了很长时间仍然没见到人。

阿南说："姐夫，给老门打个电话问一下。"

尤龙打通了老门的电话："门哥，我是供电局小尤，我没见着管小同，他们没在交警队。"

从电话中就能听出来，老门在打麻将，他一下觉得被老门要了。如果真的是十天的期限，他就不会出去玩儿。

老门说："你别找我，跟他们联系。"

原来，老门把双方约到这里，是让自己谈，并不想做中间调解人。

尤龙对阿南说："人走了，不想谈了。"

阿南说："我给管小同的哥哥打电话。"

阿南打通了对方的电话就是不接，一连打了好几遍，还是不接。

阿南说："刚才这哥俩谁来交警队了？"

尤龙说："管小同来了，他哥哥没来，可能不愿意管了。"

阿南说："不是，我有一个感觉，好像与达仁物业公司经理有关。"

尤龙说："来之前，孙队长给我打过电话，他和交警队长、达仁物业公司经理昨晚在一起吃饭了。就在三十分钟前，问我是私人和解还是走法律。我一听这是要口供，马上决定通过法律。我想，这句话是起作用了，他们不同意咱们走法律，因为，走法律途径要的钱少。管小同是带着要多少钱来的。"

"是这样啊！那管小同咋走了？"

尤龙说："可能接到了物业公司经理的电话回去了，重新研究对策。"

阿南说："很有可能，打电话不接，咱们怎么办？"

尤龙说："回去吧，人家不想跟咱们谈。"

"好吧，咱们也走。"

尤龙说："今天，我请你们吃饭，枫林县城随便挑，可劲儿吃，这里没有太贵的菜。"

阿南说："也不一定，也有贵的。"

尤龙说："吃大雁吧，这是最贵的，一盘四百三十元，蛤蟆一盘才三百元。"

"是吗？还有大雁？是野生的？还是人工养殖的？"

"人工养殖的，还有野猪、狍子是野生的。"

阿南说："咱别在这里吃了，离事故点儿太近。"

尤龙说："好，就到江城吃吧。"

女人说："到我家吃吧，我妈都买好菜了。"

尤龙说："不用，去江城，想吃啥你们随便挑。"

他们来到一个特色饺子馆，要了几个菜。

这时，一位基层所长给尤龙打来电话说：'哥们儿，我才知道你的事，缺钱吱声，我有二十万元，现成的，随时拿。"

"好的，谢谢！"

简短的一句话，尤龙感到温暖。

他是叶所长，尤龙为他办了一件棘手的事，他很懂得知恩图报。

那一年，尤龙做党务工作，负责媒体宣传。叶所长的辖区有个农网工程，内部员工从中赚到了一笔不小的钱。其他员工看着眼红，感到不公，将情况挂在内、外部网站。内部网站归系统管理容易删除，外部网站影响面较大，又没有认识的人，无法删除。

这件事影响了叶所长的政治生命，属于特大行风事件，供电所工程管理不严，私干工程。必须严肃处理，涉及职务问题。

叶所长找到尤龙说："主任，我这个事太大了，无法挽回了。你有没有认识人？帮我把外部网站的信息删除了，多少钱都行。"

尤龙说："你这一说，我还真想到一个人，他专门同多家网站有联系，我试一下，也许他能帮上忙。"

尤龙在媒体有一群好哥们儿，他给省城的王记者打了电话："哥们儿，我是尤龙，你在哪儿呢？"

"尤哥，别提了，我这几天连家都没回，在网站为好几家删信息呢。"

"哥们，你在哪个网站？"

"×××网站。"

"我也给你添点儿麻烦呗？"

"说，反正是陷在这儿了，债多不愁人，虱子多不咬人。"

"哥们儿，那网站删一条信息给多少钱？"

"一千元。"

"你把我们单位的信息删掉，我给你两千元。"

"你的事，我可以不要钱。"

"不要都不行，只要你帮我删了。"

"好吧，我就在这儿，跟他们的管理员都成好哥们儿了。"

"你现在就删除，我看着呢。"

"哪条？"

"枫林县私干农网工程那条。"

"就这个，好的，我给你删了。"

"谢谢，以后，你告诉管理员，我们单位的信息不能挂。"

"行，我告诉他们。"

尤龙和叶所长眼看着就没了。

叶所长说："真是太感谢了，太有力度了，我都愁死了。"

"你真赶点儿，正好，我的铁哥们儿在那里。"

叶所长说："等这个记者回来，我好好请他吃龙虾、鲍鱼，我有两瓶二十年的茅台酒，咱们好好喝。"

叶所长心中的愁云散了。

为此，党委书记还夸叶所长有能力，自己的梦能够自己圆，消除了这起特大行风事件。

尤龙对叶所长说："你回去后，也得安慰好内部员工，既然在工程上有不平衡的事情发生，就说明你管理上确实有漏洞，你让多收钱的人拿出一部分，请大家吃顿饭说明情况，人家就理解了。从此，不再挂网了，从根本上解决问题。"

叶所长说："在机关工作真有经验，我咋就没想到呢。"

尤龙说："这跟机关工作没有关系，钱的事最容易出问题，谁都盯着的利益一定要公开、平等。"

"以后，可得注意点儿。"

"这件事也是个教训，你要算好经济账。你想，因为这件事被撤了职，一年得少收入多少钱？正常的就不少，加上额外的呢。比如，一年少收入八万元，今后，你还得工作十五年，那就是一百二十万元。哪多，哪少？"

"是的，人得往长远看，目标看远点儿，掌好眼神儿。"

"是的。"

以后，叶所长把尤龙当成了知己。当他听说尤龙发生交通事故的时候，他是真心借钱给尤龙。

阿南从卫生间回来，饭菜已经上来了。阿南一落座，脖子上的大金佛就向外晃一下。

尤龙说："你带这个，佛祖能够保佑你，但也感到人没品位，怪怪的。"

阿南说："我天天不离身，冬夏都戴着。"

阿南身边的女人说："不能离身，这是护身符，天天戴着。"

正说着，尤龙的一个供电所长朋友打来电话："哥，我刚听说你的事，用钱我这有。"

"好的，关键的时候老弟出手了，太谢谢了，我钱够用。"

紧接着招待所长打来电话："主任，这几天事情处理的怎么样了？需要帮忙吱声，钱我能帮助一些。"

"谢谢大哥，钱够用。"

下班回来，尤龙的心情比往日好了许多。

到家门口的时候，他让阿南停车。

尤龙说："老弟，你回去吧，我到菜市场买点儿菜。这些天你最辛苦，谢谢了！"

进入菜市场，里面有一个福利彩票店，有双色球、刮刮乐等多个品种。尤龙有种冲动，真想上前抓到几十万元大奖。

昨晚，尤龙打灯的一瞬间，灯亮了一下。

妻子说："你真赶点儿，来电的一瞬都能赶巧，买彩票吧，能中奖。"

尤龙说："有机会咱俩抓一下，也许真的可以中奖。如果中奖了，让对方可劲儿要钱，要多少给多少。生命是无价的，咱也不跟人家讲了。"

"是这样，抓五百万元，咱们俩工作都不要了，实在太累了。"

"是的，我也不愿意上班来回跑，光在道上一天就耽误三个小时。"

"是的，抓五百万元，用一百万买个好房子，过好下半生。"

晚上散步，两个人看到这个彩票站，尤龙心里活跃起来，试一试吧，现在正是缺钱的时候。

这时，他才理解三姐家那年出车祸后，倾家荡产。现在，她一分钱也舍不得花，有时打工挣的仅有的二十元钱也要用掉十元买彩票，把人生最后一个翻盘的机会给了彩票站。

人生都是有梦想的，在生活拮据无助的情况下，他的梦想就是金钱。因为，他需要金钱来支撑生活的衣食住行，金钱是生存的希望、生活的保障。

有了钱能够解决很多生活的负担和苦难……也可以免去打官司。

尤龙想，何不尝试一下，花去十元八元的也无妨。但也这样想，现在的点儿多背啊！这么大的灾难都能降到自己头上，能中奖吗？

他没抓过彩票，向彩票站人员打听怎么弄，十元的刮刮卡最高奖项是二十五万元。五元钱的刮刮卡最高奖项是十万元。他花去了十五元各买一张。

尤龙说："我不会刮，你帮我刮吧。"

服务员说："这是你自己的运气，你还是自己刮吧。"

按照她的说法，尤龙刮开了奖项，对号入座，大奖一个也没有，这是意料之中的事。

刮开五元的，对上一个，还是五元。

服务员给尤龙五元钱，尤龙决定留着它买菜。

第十章

形形色色的手腕儿

　　案件拖得越久，双方的想法就越丰富，都想脱离法律之外来解决问题，这是谁都想做又难以做到的，可他们却要去尝试，不撞南墙不回头。

　　老门不再追究时间和上传案件的事。第十一天，按理说对方该喊价了，不知是不是按照法律出价，是不是以老门算出的价位要钱。对方喊价是多少？自己能不能接受？许多疑问在尤龙心里反反复复。

　　周冰洁说："你早点儿走吧，老门不是让你去吗？到他那里了解点儿情况，还能给你支支招。"

　　"不用忙，你也不知他向着谁，都说老门两头吃，今天，只要能见到他就行。"

　　周冰洁说："我什么也不参与，也不知道咋整。"

　　"不用你，你该干啥干啥。"

　　尤龙认为，对方要得太多，没能力赔偿就得走法律这条路，很明显他们就是在用工作来要挟。如果走法律会影响工作吗？应该找成哥问一下。

　　尤龙打电话给成哥："成哥，向你探讨一个问题，如果同对方走法律途径，对工作有影响吗？"

　　"没有，因为，这是交通事故案，你没超速，没喝酒，没打电话，正常行驶，她不顾一切地横穿马路。她挡了你的路，让你无路可走。我和你不同，我的案子吃亏的是没给办事人送礼，净找大官了，结果折在办事人这里了。正如你们所总结的：渠挖好了，没放水，这水都得放到位啊！"

"案子也得到检察院、法院吗？"

"对呀，这是必走的程序。"

刚结束通话，孙队长来电话说："尤哥，我再提醒你一下，我和大队长、达仁物业公司经理在一起喝酒时，大队长说，如果和解，你负同等责任，对你工作没有任何影响。"

尤龙马上意识到，对方所有人都希望和解，这是从达仁物业公司传来的，他们和自己的目的相同，只是钱不一样。孙队长和达仁物业公司经理是好朋友。如果答应和解，他们就会狮子大开口，要很多钱。看来，这里存在着思想斗争，底是不能透露的。

尤龙说："如果他们漫天要价，我无力赔偿就只能走法律了。他们就是因为我有工作，我真不想上班，五十岁的人了，不像年轻人，珍惜岗位，担心前途。我家现在生活负担很重，老婆糖尿病、高血压，还供一个大学生，一个工薪阶层能有多少钱？"

妻子听到电话的内容，感到事情变味了："你们的孙队长咋和死者的经理联系上了？"

"他们是好哥们儿。"

"这就麻烦了，一切信息都会传给对方。你们这个孙队长有点儿吃里爬外。"

"差不多，我当天给他一万元，他没送，还不让我送。结果我自己偷偷送上了，人家也不追时间了。"

"他怎么会这样做人？太缺德了。"

"我就觉得有点儿差头，说不出来，结果是因为他没给送钱。"

"不想这些了，能平安保命就行了。"

"是的，假如我的对面来了车，迎头相撞，那可是更大的惨象了。你能不能见到我都不一定了。"

周冰洁镇定地说："你是有福之人不会遭受大难的。"

阿南在楼下等着尤龙，车上有一个女人，长得不错，大约三十多岁。

尤龙打开车门说："你好。"

她回答说："你好。"

阿南说："这是我的彩虹妹，帝王歌厅副总。"

"有气派，这么大牌的老板压阵。"

一路上，阿南说着帝王歌厅十二号小姐好看，二十五号小姐好玩儿，四十五号小姐有病，八十五号小姐挣不到钱……挑了好几个小姐身上的毛病。

彩虹说："你真烦人，这不是砸我的生意吗？我们歌厅的小姐一律是选拔出来的。一是有年龄限制，在十八到二十五岁之间。二是有学历要求，必须大学以上学历。三是要求长相，必须看着顺眼。四是要求身高，必须在一米六四以上。五是身体健康，身体没有任何病症，比如皮肤病、性病等，要经过体检的。"

阿南说："我跟你说彩虹妹子，这可不是我说的，是我的一个哥们儿说的，他说，把四十五号小姐约出去了，这才知道一些情况。"

"那好吧，我明天就检查她的身体，如果是这样就辞了她。"

"你可别这么做，别因为我说个笑话，就让人家丢了饭碗，我会有罪的。"

彩虹说："八十五号小姐为什么挣不到钱？"

"她岁数太小，没经验，给点儿东西就行。彩虹妹，你们歌厅聘了一群祸害人的机器呀！"

"你们男人贱货太多，这是专门给贱男人准备的。"

"呵呵！还挺人性呢！"

"那当然，一到十号一般人是用不到的，她们不仅长得好，身材好，还是大学以上文化，唱歌也好听，她们是一些专门瞧不起贱男人的。"

"我才明白，你们歌厅在全城排在第一就是因为这个。"

"我们歌厅以高雅为上，绝不苟同那些低俗歌厅。"

"她们是按时间挣钱吗？"

"是的，服务一小时三千元钱，基本是倒一杯酒五十元，喝一杯酒一百元，跳一支舞三百元。当然，这是专门给有钱人、有品位的大老板准备的，没钱人也消费不起。"

"你在她们身上投入的也不少吧？"

"每人签一年的合同，合同期间每人配一台红色马自达6轿车。"

尤龙说："你这生意做得简直太活了，正好迎合有钱人！"

阿南说："你歌厅比我温泉效益还好，咱俩换吧。"

彩虹说："你真能扯，温泉可以永久地开下去，我们这个行当，是风险性营业，说不上哪一天就被关了。"

说着话，车就到了交警队，尤龙见到了老门，他没有任何表情。

老门问："谈得怎么样了？"

"没啥进展，就是不说要多少。"

"你找他谈谈。"

尤龙还以为，老门能帮着出点儿什么良策，没想到他很平静地说了这样的话，没有起到任何作用。

出了交警队，尤龙对阿南说："老门让给对方打电话联系一下。"

阿南说："我给管小同打一个电话。"

电话通了，对方没接。

阿南又打了一遍，对方接了："哥，你好。"

"老弟，你挺好吧？"

管小同说："我在给岳父打针，倒不出空儿。"

"兄弟，你不对劲儿呀？都十多天了，你还不吐口，你啥意思？"

管小同说："不是，不是，我家现在开锅了，顾不过来，孩子离不开我，老人需要我照顾……没时间。"

"咱们都是山上的狐狸，就别跟我谈聊斋了。"

放下电话，阿南生气地说："这小子埋藏得也挺深啊！耍我，我决定今后折腾他。"

快下班的时候，老门给尤龙来电话："你们谈得怎么样了？"

"没有进展，他家就是说都有病在医院打针。他家是不想和解了，不是今天有事，就是明天有事。我在想，如果把保险加上点儿精神损失费，砍一砍价也就行了，实在不行就走法律吧，我也没那么多钱给他。

第十章　形形色色的手腕儿

小舅子给买个车，我也用不起，房子是贷款，老婆高血压、糖尿病。再说，我都五十岁的人了，也没有那么大的责任，判一缓一无所谓。"

"你还真能想得开。"

"是的，人都死了，我服法也可以。"

"对方不一定是讹人。这样，你周一到我这来。"

"好的。"

尤龙被折磨十一天了，跟警察这样说也标志着他内心在开始强大，此时的心就像压在石头下面的草，终究会以强大的力量生长出来。对方的举动，让他不再沉浸在给人带来不幸的自责中，活着就要面对，生存就要抗争，当法律和道德都说不通的时候，只有让自己的内心强大起来，别人不可能让自己挺起胸膛，只有靠自己。

跟老门说过一番话后，他觉得这是内心压抑许久的释放，人都死了，好好地活着比什么都重要，以后的生活还得继续，日子还得恢复正常状态。

晚上，尤龙想给阿南打电话，怎么也打不通，他怕阿南和自己的说法不一致。连续打了多个还是不通。没办法，给他发了一条信息：你给对方打电话之前，先打给我，我和老门交底了。

第二天早晨五点钟，阿南来电话："姐夫，什么事？"

尤龙说："是这样，我已同老门摊底了，意思是在保险范围内给点儿精神损失费就行了。如果不行就走法律。"

"你应该有这个态度，这样喊有好处，让他们看不出咱们的底。"

"老门让我去一趟。"

"好的，我接你。"

"不用了，路上堵车，我打车到你那里。"

来到龙华温泉洗浴中心，阿南的车停在那里，里面坐着一位女士，阿南和副总在谈话，尤龙一到马上出发了。

阿南介绍说："这位是我们公司副总王少兵，对社会上很多问题分析准确，思维缜密，不露马脚，他听说了你的事就想来。"

"谢谢老弟。"

王少兵说："要是能知道对方的底牌就好了。"

阿南说："这是不可能的，他们想要多少，只有他的老丈人、大哥知道。"

"那他们掌握咱们这头不？"

"应该掌握，枫林县城巴掌大的地方，供电公司有不少人是管小志的同学、朋友。"

阿南带着王少兵是有原因的。

王少兵最初是开出租车出身，前些年他经常被欺负，一天挣不到多少钱，每天不是遇到喝酒的不给钱，就是遇到一伙无赖还会遭到打骂。

一次，他拉一位很有钱的老板到歌厅，送到后就离开了，不一会儿，车里的一个手机响了起来。

这是一位失主的，王少兵靠边停车接了电话，方知是刚才去歌厅那位老板的。

王少兵说："你在歌厅门口等着，我马上送过去。"

老板说："好的，里面的信息很重要我给你五百元钱。"

这是一部很高档的手机，三星牌，四个角镶着钻石能值两万多元。

王少兵迅速返回歌厅。

要电话的人不是那位老板，是五个男人。

他们来到王少兵面前说："是你捡到了手机？"

"是的。"

"拿过来吧。"

王少兵说："这是一位老板的，得他亲自来取。"

"老板不愿出来，交给我们吧，我们替他拿。"

王少兵不放心便问："你们说，这是一部什么样的手机？"

"三星牌，镶四颗钻石。"

"好吧，给你们。"

"你还要这五百元吗？"

对于王少兵来说，这么好的手机，一个大老板给点儿钱也行。

王少兵说："你们随意。"

一个很粗野的人说："你真不知好歹，手机是你偷的，你还想要钱，打死你个王八蛋。"

几个人有的砸车，有的打人，把王少兵打得遍体鳞伤，头晕无法动弹。

这时，一位过路人报了警。不一会儿，附近的警察赶到制止了打人行为，将几个人带到派出所。

这几个人硬说是司机偷了他们老板的手机。

王少兵说："我开车拉人，怎么会偷你们老板的手机？把你们老板找来问个清楚。"

警察说："你们老板在哪儿？"

"在帝王歌厅。"

这位老板姓杨，是一家煤炭公司老总，他让手下人前去取手机，半天没回来，于是就出来看。

他问服务生："我的几个兄弟哪去了？咋还没回来？"

"先生，你们的人被警察带走了。"

"呵！真不省心。"

杨老板来到派出所，一进屋，见他的几个兄弟在一个休息间待着。

杨老板说："警察同志，真对不起，给你们添麻烦了。"

警察问："你在什么单位工作？"

"我是三岔沟煤矿总经理。"

"这几位是你的员工？"

"是的。"

"这部手机是你的？"

"是的。"

"在什么情况下丢的。"

"我打车时丢的，就是这位司机拿的。"

杨老板看得清清楚楚，司机被手下人打得很重，要赔很多钱。

他话锋一转说："我的手机就放在包里了，不可能掉出来，一定是这位司机趁我不注意拿的。"

王少兵说："你这么大的老板，咋就不凭良心说话呢？我要是拿了你的手机还送回来干啥，直接卖掉或者给人不就行了？"

杨老板手下的一个职员说："你看这手机不错，我们老板一定能给你很多钱，所以你是财迷心窍，利益驱动才送回来的。"

王少兵生气地说："我是看你们老板官大很像样，手机有重要内容，离开它会玩儿不转，所以才赶紧送回来，你还反咬我一口。"

王少兵说没偷，老板和手下人说偷了，事情僵持不下，很长时间没断案。

王少兵给阿南打电话："南哥，快来帮我一下，我被人给黑了。"

"怎么回事，在哪儿？"

"兴安派出所，我在车里捡到一个煤矿杨老板的手机，我给他送到帝王歌厅，结果他的手下人打了我，很重。"

"你稍等，我马上就到。"

阿南和王少兵也有一面之交。那是一年冬天，阿南喝了很多酒，一直到后半夜才散席，他东倒西歪地走着，不知不觉就倒在路旁睡着了。王少兵开车经过这里，发现沟里有一个人躺着，呼吸已经很慢了，冻得失去了知觉。

他费了很大的劲儿才把阿南拖上车，送进了医院。

医生说："这个人喝得太多了，酒精麻醉，再晚来一会儿就冻死了。"

住院的押金都是王少兵垫付的。

阿南醒来后才发现自己在医院。

阿南问医生："我这是咋地了？为何在医院，手也受伤了。"

医生说："你遇到好人了，是一个叫王少兵的出租车司机救了你，不然你就得冻死在路边，以后可别喝那么多酒了。"

"王少兵留电话了吗？"

"留了，我这里有。"

"我给他打个电话。"

阿南打通了王少兵的电话："王师傅，救命恩人，你好，有时间你到医院来一趟。"

过了两个小时，王少兵来到医院。

一进屋，医生说："就是这位师傅救了你。"

阿南跪在床上，双拳一抱施礼说："救命恩人受我一拜，今生我愿为你做出一切，在生是父母，救命是兄弟，我永远忘不了你。"

王少兵说："没那么重，救人是应该的，谁遇到你都能这么做，我们是雷锋服务队，我是车队长，我们救过很多人了。你别多想，我生活不宽裕，出院后，把垫付的钱给我就行了。"

阿南感动得流着泪说："世上能有你这么好的人，实在是难得，不图名，不图利，一心想着别人，我真是太敬佩你了。这么的，我留下一句话，在江城你遇到了难处，办不了的，你给我打个电话，我帮你。"

"好的，南哥。"

阿南掏出两万元钱交给王少兵说："这是我的一点儿心意，谢谢你的救命之恩。"

王少兵说："南哥，你这么做就把感情整淡了，救人一命胜造七级浮屠。我很值。"

"想不到，你的思想境界这么高，令人敬畏。"

如今，王少兵真是遇到难处了，好心得不到好报，还被纠缠在这里，他情急之下想到了阿南，都说阿南能摆事，什么人都不怕，还讲理。这种事情也就阿南能摆了，何不找他帮着处理一下？

就这样他打通了阿南的电话。

龙华温泉原址是省地质勘探大队在钻石油的时候发现的，阿南通过关系贷款将温泉水引入到江城，生意非常红火，男女老少没有不想来的，这里有大众间、中档间、高档间、豪华间、超豪华间。

大众间二十元钱泡温泉，高档间、超豪华间食宿一体几千元不等，享用的设备环境也不一样。有大众游泳池，豪华游泳池。龙华温泉建在城内，在全省乃至全国都是少见的。本地人，外地人，外国人，熙熙攘攘，络绎不绝，生意兴隆，财源滚滚。

兴安派出所长到警员都去过龙华温泉。他们不是半票就是免票，阿南与他们都非常熟悉。

阿南一进屋所有警员起身："南哥好。"

阿南说："哪位是杨老板？"

阿南一到警察都给面子，杨老板感到阿南不一般。

杨老板不再傲慢："我是。"

阿南说："哥们儿，不是我说你，你在山沟里挖煤光顾挣钱了，除了钱，你也得学点儿政治，王少兵是江城雷锋出租车队队长，做好事千万件，救过好多人的命，救助别人仅垫付费用达十多万元。电视、广播经常宣传他的事迹。你一个破手机，再贵重也不会让他动心。我们俩什么关系都没有，前几年，我喝多了，醉倒在沟里，差点儿冻死，是他送我到医院，付了医药费。我们不能让好人寒心，如果做好事的人还遭到诬陷，这个社会还有什么正义可言？"

经过阿南义正词严的说教，杨老板不好意思地说："阿南说的对，做好事的人就应该得到好报，不能让他们寒心。"

他掏出三万元钱对王少兵说："这是我给你的医药费，赶紧到医院包扎一下，不够，我再拿。真对不起，从阿南这里，我才知道你是江城雷锋出租车队队长，不会因为一部手机而动心，都是我的手下兄弟的错，也是我心里失衡了，给你造成了心灵和身体上的伤害，实在对不起，我和我的兄弟向你道歉！"

阿南将此事和解了，他还把"江城的哥雷锋服务队"拾到手机还给失主的事迹，提供给了江城广播电台，很多人都能听到他的事迹。

王少兵是江城服务形象大使，阿南想，这个人思想品德好，为人真诚、敦厚、有亲和力。如果到温泉来工作，生意一定会更好。

他对王少兵说："老弟，我知道，你很热爱你的事业，是这个行业让你实现了为人民服务是快乐的这一人生价值。但我想，服务行业也要有资金投入，我也想加入你们的行列，你来我的温泉当副总，主抓温泉服务业务，工资每个月三万元，年薪三十六万元，奖金另计。"

"南哥，你对我的期望值太高了，谢谢你看得起我，我可以试试，你还是按雇一般人的收入来对待我。如果我干得好，还能适应，你就给我涨工资。你还是先给我定年薪八万元吧，多了我也承受不了。"

"好吧，我同意。"

在阿南心里，王少兵这样的人很难遇到，不为金钱所动，不被利益所迷惑，以事业为快乐，以追求人生价值为目标。这样的人干起活来有无限的精神力量、无穷的动力。他会树立正义和正气，给人们带来的都是正能量，能够引领员工积极向上，出业绩，激发创造力。

果然，第一件事王少兵就在雷锋车队打出一则广告语：江城龙华大众温泉，泡出健康、美丽无限。

大众档次二十元泡温泉，只比不是温泉的洗浴中心高出五元钱，这对普通人来说，是最大的享受。

在王少兵心里，薄利多销也是策略，在大众面前，虽然挣钱很少，但人流不断同样会有大的收入，最主要的还能让普通百姓泡上温泉。

龙华温泉以突出地域文化为特点，大厅墙上挂的都是本市著名画家、书法家、摄影家的作品，人们可以随处欣赏到江城的风光美景、文化气息。

最显眼的还是康熙皇帝写的《松花江放船歌》：

> 松花江，江水清，
> 夜来雨过春涛生，
> 浪花叠锦绣縠明。
> 采帆画鹢随风轻，
> 箫韶小奏中流鸣，
> 苍岩翠壁两岸横。
> 浮云耀日何晶晶？
> 乘流直下蛟龙惊，
> 连樯接舰屯江城。
> 貔貅健甲毕锐精，
> 旌旄映水翻朱缨，
> 他来问俗非观兵。
> 松花江，江水清，
> 浩浩瀚瀚冲波行，
> 云霞万里开澄泓。

这首诗是用草书写的，大镜框，装帧精美，挂在最显眼处，增添了文化厚重感。

走廊、包房、客厅、餐厅、游泳池到处都是书画作品，有的是摄影作品，有的是画配诗。体现更多的还是地域文化，尤其以雾凇景观为最多。

人们在蒸汽池里，汗珠滚动的时候看着冰雪和雾凇的画面，心里舒服很多。

雷锋车队到温泉设一条服务专线，身体健康的老人免收车费，年纪大的到温泉必须有家人陪伴。

经过王少兵雷锋车队的宣传，大小客商，普通民众，纷纷来温泉。一年下来，仅温泉普通餐厅收入达亿元。

今天，阿南把王少兵带来是有目的的，如果和风细雨地谈，王少兵的柔性就能用上。如果是一会儿唱黑脸，一会儿唱白脸地谈，自己就可以了。

尤龙说："这些天，我也被折腾得坚定了，和解不了就走法律，五十岁的人还怕什么，杀人偿命，欠债还钱，天经地义。"

阿南说："姐夫，你该有这个态度。人有事得敢于面对，不能被事情击倒，我看你这些天瘦多了，脸色不好，情绪也低沉，别怕，一切都会过去。"

王少兵说："兵来将挡，水来土掩，主要是采取正确的方法，于公于私都合理。"

阿南说："好在对方把人入殓了，他们不会把人抬到单位闹事。最起码稳定一半了。现在，最怕的就是他们狮子大开口。"

尤龙说："我给成哥打过电话，他说要多少都是对方的事，给多少是咱们的事，给多少他都不嫌多，要多少都嫌少，这件事就像买大白菜一样，慢慢砍价吧！"

王少兵说："成哥说的对，这可不是一蹴而就的事，得慢慢来，把对方磨得筋疲力尽才行。"

尤龙说："我的意思是谈判的时候，直接跟他讲明走法律是什么情况，不走法律是什么情况。也就是：和解了咱们多承担责任，把保险的钱再加上一两万元精神补偿费，数额在二十五万元左右；走法律对方也得承担责任，第三者才得十几万元。"

尤龙一伙人来到了交警队，车停在大院。

阿南说："我先给管小同打电话，把对方的意思告诉老门。"

阿南打通了电话，对方就是不接。过一会儿，又打了一遍，还是不接。

阿南说："这小子在整事，他还以为能拖垮我们，太幼稚了，哪有要钱人往后拖的？"

阿南又打了一遍，对方接了。

阿南带着情绪说："你咋回事？不接电话呢？还有没有和解的意思？我告诉你，我没时间陪你，前一段时间我不忙。现在，我没时间了，这是最后一次给你打电话。"

对方着急地说："哥，哥，不是。现在，我老丈人在医院打针呢，没有时间。"

"那好吧，你不想谈，咱就走法律。"

"哥，我一会儿给你打电话。"

对方把电话关了，很显然是不想谈。

他们来到老门的办公室，汇报了这一情况。

在老门心里，他也想尽快通过和解的方式了却此案，如今，已是一拖再拖。

老门拿起电话打给管小志说："你怎么回事？和解的事是双方的，怎么像求你似的？"

管小志说："门哥，我马上跟对方谈。"

"好，你找个地方，说在哪儿就行了，车主在我这里。"

老门放下电话说："你们跟他联系吧。"

阿南和尤龙走出交警队，准备和对方第一次交锋。

管小同指定的地点是县拆迁办下设的一个办公场地，拐了几个弯才到这里。

这是一个很静的地方，拆迁办的一个头目在院里等着。

他说："就在车里唠两句吧，屋里也不肃静。"

车停下了，管小同找的人进了车里。

管小同说："他是我老叔。"

尤龙说："你就在这工作？"

"是的。"

"你叫什么名字？"

"我叫李生。"

"我想起来了，你在我们单位有招标项目。"

"对，我给供电局盖了两栋楼。"

尤龙说："你还给我们全体机关人员每人买了一件五百元的衬衫。"

"对，从你们单位的机关人员到领导，我认识不少，跟孙队长是好哥们儿，跟城南供电所长也是好哥们儿。"

"你说的两位也是我的好哥们儿。"

李生是枫林县拆迁办下设的一个经理，他擅长以黑吃黑的方式解决问题。

阿南说："一晃，十天过去了，我深为给你们的亲人带来不幸感到自责，这些天来，我一直在学习、查看交通事故，如何赔偿的问题。根据规定，我想在我们多承担责任，多报一些保险的情况下，再给你两万元的精神补偿，你们看行不行？"

管小同没有吱声，不做任何表态。

李生对管小同说："你说说，你要求的标准要多少才感到心理平衡？"

管小同说："九十五万元。"

阿南说："你要钱也得靠点儿谱，不能没有根据地随意要，赔偿金、抚养费、精神损失费都是有规定的，法律有明确的条文。我希望你能找个律师或者明白人了解一下，不然没法谈。"

阿南明白李生是以黑道手段来吓人的。他可能是讲理之人，但不一定懂得交通法。意思是管小同要找一个明白交通法、赔偿法的人。

阿南接着问管小同："你就说底线是多少？"

管小同说："我上有老，下有小，九十万元吧，不能再低了。"

阿南说："你要多少，我们都可以理解，人的生命是无价的，可是法律是有规定的。出水才露两脚泥，咱们不能玩儿埋汰的，还得有依据才行。你要的价都超过城市标准了，城市法定标准是四十万元左右，农村标准是二十万元左右，况且，还得是全责的情况下。"

管小同没有出声。

他继续对管小同说："老门也给咱们分析了，我们在负全责的情况下才能算到二十四万多元，不然就没这么多。当时，你哥哥在场，他回去后跟你说了吧？"

"说了。"

李生接过话说："老门算那玩意儿不准，净瞎整。出事那天，我也去了，也看了现场，那就是汽车的责任。人都死了，留下老人和孩子，生活困难，本该要这么多。"

尤龙知道，他这是瞎掰，开始玩儿混的了。

尤龙说："你是个讲理之人，但没有研究法律和交通法规，交通事故不是要多少就能给多少，在法律上是有标准的，抚养费、精神赔偿、死亡赔偿都是固定的。"

李生说："我们没到你单位闹事就不错了，如果管小同带着物业员工、亲戚、朋友都到单位帮着要钱，领导办不了公，看你咋办？"

阿南说："玩儿阴的是我最拿手的把戏，你可以让这帮人试试，在枫林县你可以提任何一个人，我都能摆平。"

阿南一是吓他，不让李生有这样的想法。二是用气势压倒他，不让他插手这件事。

阿南的这番话确实让李生的内心有所动摇，他也听说过江城阿南，黑白通吃，能量相当大，今日一见果然不凡。

在枫林县，李生也是响当当的人物，作为拆迁办经理，没有一定的社会背景是做不了这项工作的。

枫林县北街有三万平方米的地界要拆迁，其中有一户私人商店，因钱给的少就是不搬。

商店老板叫郑老七，家里一共五口人。全家人靠这个商店过日子，生活过得很殷实。

李生带着一大群人找到郑老七说："你小子挺倔呀！别人都走了，就你不识时务，还在这里赖着？"

郑老七为了能要到更多的钱，拆迁办人员曾多次上门做工作，给好处，他就是嫌少，说什么也不答应。最后，开发商答应给他比别人多一倍的钱，他还是不同意。

这是枫林县最硬的钉子。

郑老七说："我全家就指望这个商店活着，现在你们说动这个地方就动了，钱也不给到位，我就是不搬，看你们能把我咋地？"

李生说："我倒不能把你咋地，我会用勾机将四周的房子都拆除，你家就是一所孤零零的房子，谁还上你家商店买东西？"

"有能耐你就拆！我就不信你敢这么干！"

没想到，李生真的把这片房子拆了，一家家都清理出去，只剩下郑老七家。由于是破坏性拆迁，郑老七家的房子墙已裂缝，房盖开始漏雨了，成了危房。

李生又来到郑老七家说："这样的房子你还住啊？别一下雨倒了，伤着你们。"

郑老七说："我家房子原来挺好的，是你们给破坏成这样，伤亡也是你们造成的。"

果然，这一日下了一天的大雨，这所房子真塌了，砸死了两个人，郑老七不得不搬出去。

开发用地全部清理出来，李生和开发商开始集资建楼、盖房。

李生在枫林县有钱有势，他同开发商联手，通过贷款、借款，找人集资等方式，召集亲朋好友入股分红。

李生对亲朋好友说："你们有多少拿多少，三个月后楼就盖起来了，这些楼房一卖就挣百分之四十的利。"

亲戚、朋友纷纷投资，在他们心里有楼房在就有钱赚。让所有人没想到的是，工程并没有继续下去，开发商老板卷款跑了，很多人赔了钱，最多的损失五百万元，最少的也损失十万元。

集资人骂李生与开发商勾结，骗取钱财，不得好死。但不管怎么说，开发商和李生发家了。就连供电局的孙队长也上了他的当，损失了几十万元。

李生知道面前坐着的是江城阿南，才知道有些自不量力。

他赶紧软下来说："你们的事，我参与不做决断，只是跟着说说，数我不给你们定，看来，你们的事只能靠法律了。回去后，让你哥哥管小志做主吧。"

离开的时候，管小同说："我现在都顾不过来了，孩子成天找妈，老丈人也离不开我，一点儿时间也没有。"

阿南说："你这老实人能说出这样的话，都是别人教的吧？"

管小同没有出声，似乎是一种默许。

对方要九十万元，尤龙没有能力赔偿，情绪不太好，心里很沉重，他心想，只能走法律了。

返回的时候，阿南看出了他的表情。

阿南说："男子汉大丈夫，谋定而后动。这只是第一轮谈判，还早着呢。咱们应该找个明白车辆事故的人，仔细了解一下，做到心里有底。"

"找一个吧，我们虽然给老门钱了，但心里还是没底，从侧面看看。"

阿南说："我有个好哥们儿，与江城交警大队事故处长非常好，找他分析一下情况。"

"好，走吧。"

不知这位处长在不在，能不能找到，能不能给尤龙指点迷津，提供精神支撑。

第十一章
走法律是为了吓对方

法律是最有力的武器，法律最不讲情面，也不倾向于任何一方，既无情又公正。尤龙喊走法律的时候，对方所有人的想法都将成为泡影。

阿南联系的人叫史忠，瘦高个儿，三十多岁。他是一位饭店老板，史忠曾和帝王歌厅歌女发生过矛盾。一次，几个歌女到史忠的饭店吃饭，几个歌女要了一大桌子菜，四瓶白酒，三箱啤酒。这些人大吃二喝，吵吵闹闹。不是挑菜做得不好就是摔个杯，打碎几个碗盘。

结账的时候，服务员把摔碎碗盘的费用都算上了。歌女不干了，不仅骂服务员还动手打人。把客人都吓跑了，二十桌的人没给钱，损失很大。

史忠打了带头的歌女一个耳光说："你们这些小骚货，什么来路？哪家的野种？如此猖狂，打人还骂人，给我造成这么大的损失！"

歌女说："你今天有点儿装大了，吃不了兜着走。"

她给彩虹打了电话："彩虹姐，你快来吧，我们在江岸饭店被人打了。"

史忠应变能力也很强，他以为，这么多女人既然敢闹事，肯定有来头，背后一定有人撑腰。

他马上打电话给阿南："阿南，你快过来，我这里有一群女人在闹事，肯定有来头，她们在约人。"

"好的，老弟，我马上到。"

阿南加大油门快速来到江岸饭店，史忠出来迎接。

阿南问："咋回事？"

"她们是歌厅小姐，又打又砸的，把人都吓跑了损失好几万元。"

"她们是哪家歌厅的？"

"还不清楚，就是觉得她们来头不小。"

史忠搬出一把椅子放在门口，阿南刚一落座眼前来了一串红色马六轿车，小姐统一着红色服装，每台车都有一名黑色西服保镖，他们一到就把饭店包围了。

阿南的四周都是黑西服围着，气势汹汹的样子。

阿南指着这些黑西服说："看你们一个个的熊样，哪个是摆事的人啊？还清一色红马六，黑西服，太能摆谱了。"

这时彩虹从车里走出来："阿南，你在这干什么？"

阿南说："你来干什么？兴师动众的！"

"我的人被这家饭店扣下了，是来要人的。"

"你看你的人把饭店闹的，进屋看看。"

彩虹随着阿南进屋，室内杯盘狼藉，八个歌女在屋里关着。

阿南说："这位就是饭店的史老板，你看你的人给饭店带来多大的损失，人都给吓跑了，以后都不敢来了。"

彩虹问："他是你什么人？"

"啊，你们都是我的好朋友，所以，都不能较劲儿。"

彩虹说："南哥的面子，我必须得给。史老板，你看损失多少？"

"也就几万元。"

"那好，我给你四万元。"

阿南说："两万元吧，就这么定了。"

史忠说："南哥说了算，我同意。"

帝王歌厅的人撤了，史忠非常感谢阿南。

史忠说："南哥，你今后到我这里一律免单，有什么事小弟头拱地办。"

史忠与阿南结下了友谊。

史忠认识一位朋友，叫宫良，是江城交警大队事故处处长，宫良已经在交通岗位工作十五年了，业务精，本领强。

　　阿南给史忠打电话说："兄弟，我听你说过，在江城交警大队认识一位事故处长，我的亲戚开车出事了，想了解一下事故案情，帮着分析一下责任，好吃个'定心丸'，你帮我联系一下。"

　　史忠说："我有这样的朋友，他是江城交警大队事故处处长宫良。"

　　"好，你给我约一下，看能不能见一面。"

　　"我马上联系。"

　　史忠和宫良有过一次交往，那是他开车撞伤了一个老头，案子就是宫处长办的。从此，史忠和宫良成了好哥们儿。

　　史忠来电话说，下午两点钟到交警大队三楼302房间见面。

　　尤龙说："老弟，中午了，把史忠找来吃顿饭。"

　　"好吧。"

　　尤龙请他吃了手工包的饺子。

　　两点钟，三人来到宫良的办公室。

　　史忠对他们进行了介绍。

　　阿南说："我们来就是想了解一下发生的车祸能占多大责任。"

　　宫良处长说："简要说一下事故经过。"

　　尤龙说："宫处长，我是前几天在枫林县发生的交通事故，事情经过是：我在202国道正常行驶，限速八十迈，我的速度是六十迈以下，一个四十七岁的女人推着自行车跑步横穿马路，我没来得及躲闪，本能向左打舵刮到了自行车，她头先着地，然后，报120救护到医院抢救无效，两个小时后死亡。"

　　史忠说："她这是走别人的路，让别人无路可走。"

　　阿南说："她这是抢别人的路，让别人无处躲避。"

　　宫良说："你这个情况应该不重，如果重早把你扣押了，第一件事就是连人带车同时扣下。他们没有扣你，这说明你的案情不重。"

　　阿南说："对方现在要九十万元，如果我们走法律，能赔多少钱？"

"你先启动强险，然后是第三者保险，这得需要判多少责任才能定。"

尤龙问："会影响工作吗？"

"不会，你的案件不构成刑事责任，如果构成犯罪，你得拿几十万元放在交警队。"

尤龙说："我到现在都不知道自己该承担多大责任？"

"你的责任不会很大，其实，当天都出来了，他们是骗你的。"

"这件事主办人最重要吧？"

"也不是，但也得和交警搞好关系。在同等情况下，稍有倾斜，责任就不一样了。我给史忠办过的案子就是这样，他开车将一个老年人撞成重伤，送医院抢救无效死亡，经过检察院、法院，史忠判得很轻，没有受到多大的经济损失。事后死者老伴还质问我，是不是秉公执法。其实，案子尘埃落定，又能如何？"

尤龙说："听君一席话胜读十年书，我心里敞亮多了。"

"你的案子是谁办的？"

"枫林县交警大队事故科的老门。"

"我知道了，你是文静联系的案子，我还给老门打了电话，那天他在打麻将。"

尤龙感叹地说："哎呀！绕了这么大的弯，归到一起了，原来是你呀？"

大家都喜出望外，没想到先前和现在找的都是同一个人。

尤龙说："我和文静是一个村的，文静叫我姐夫。"

宫良说："我与文静是同学，你的情况不是很严重，跟工作也没有什么关系，刚才说的这些都是实情，我和枫林县的事故科长是同学，今明两天，我问问他。"

"好，谢谢了。"

了解一下自己的案情，尤龙心里有种舒适感，案子在责任上如果真的像宫良说的这样就好了。

还没到家，妻子周冰洁就来电话问："出来数没？"

"出来了，要九十万元。"

"这咋没根据呢？说要多少就要多少？"

"这才是第一轮，还得往下砍呢，实在不行就走法律。"

"你没跟这人家谈，咱们多担责，他才能多拿钱。"

"说了，他们也知道这个，老门给算的账，心里一切都清楚，就是想多要钱。"

"行啊，实在不行就通过法律解决。"

亲戚们都非常关心尤龙，沈阳的大哥、二哥都来电话询问。

大哥说："小尤哇，数出来没有？对方向你要多少？"

"出来了，对方要九十万元。"

"这么多不能同意，实在不行就走法律。"

"我也是这么想的，要多了就走法律。"

"钱不够大哥这有。"

"够了。"

过了不大一会儿，二哥也来电话问："要多少钱？"

"九十万元。"

"这家伙没少要，沈阳才四十多万元。我向一位哈尔滨检察院的朋友询问，他说，走法律也不影响工作，实在不行就走法律。要那么多钱，给办事人员也够了，还能交不少朋友。"

"看看吧，如果他家要的太多，不让步，我赔不起就得走法律了。"

以后，同事、朋友、亲戚纷纷来电话询问。

妻子说："这家人要的太多了，没法承受，要是可以的话把房子卖了给他们。"

"你住哪儿？"

"租房子呗。"

尤龙说："走法律不是我无情无义，这样做能使我度过内心难关。如果有钱，我们可以给他一大笔，让他的孩子有经济保障。这件事我一直愧疚、自责，是我给一个家庭造成了悲伤，孩子失去母亲的痛苦。"

周冰洁说："一晃，这件事都半个月了，你的小脸灰突突的，这些天一直没吃好、睡好，别案子没结，你先倒下了，你得调整情绪了。你得想开，不管怎么说，你是完好无损的，什么都可以重来。”

"道理讲得通，可我毕竟是身带命案啊！心头难以平静。"

也许是这个案子周冰洁一直没有参与，在她的心里没有什么压力，整天正常上班，正常起居。在她心里，报出的保险给对方，再给点儿精神补偿就行了，家庭生活影响不大。可是对方不按法律的标准来要钱。

周冰洁说："咱不能总是沉入这个案件中，得过正常人的生活了，明天，我带你登山，看桃花。"

尤龙说："行吧，十多天来，身体一点儿力气都没有，一动就疲乏，都虚脱了。"

第二天，吃过早饭，两个人徒步去了桃花山。

过去，他和妻子经常驾车到桃花山，春夏秋冬成为桃花山的常客。

桃花山很大，也很美，四季风景不同。他们喜欢桃花山有很多的契合点。

春天，百年的桃树直接蓝天，花开烂漫，如层层彩云，蜂蝶群舞，蜜意花丛。少男少女奇装异服，打扮得花枝招展，在几公里大的桃花山穿梭着，留恋着，忘却了回家的时间。

夏天，桃花山显得厚重浓郁，是避暑的绝佳之处，山脚下是碧波荡漾的松花江，天上群鸟飞翔，江上游船荡漾。江面的凉风一阵阵直往山上灌，就像天然的空调，把人们吸引过来。桃花山上，人们或跳舞，或踢毽，或唱歌，或拉琴，朗诵诗歌的，写生作画的比比皆是。

秋天到来，枫叶满山，火红一片，哪怕是短暂的几天，那瞬间的美丽，足可以让人盼到明年。脚下的红叶软软的，就像踩在红色地毯上，令人陶醉，流连忘返。

冬天，这里肃静如夜，人们踩在积雪如棉的大地上，雪挂伴着奇形怪状的桃树，婀娜多姿，有的像亭亭玉立的少女，有的像清晰的线条黑白分明。天上脚下都被白色包裹着，如入美丽的天宫。

周冰洁每年春天，都在同一棵桃树下拍照，确实有种"年年岁岁花相似，岁岁年年人不同"之感。随着生活的好转，她的衣服一年比一年品种多，纱巾也有几十条了。

尤龙是妻子的专业摄影师，几年前就买了相机。妻子带上很多彩色服装，加上各色纱巾搭配，桃花下一个个美丽的倩影便留下来。

这些年，他给妻子拍了几千张照片，有的放在博客里，有的放在微信美篇里，自我欣赏，自我陶醉，着实开心。

今年的桃花比往年更加灿烂，周冰洁是跑步进入桃花山的，红的，白的，粉的，各色的花朵竞相开放。桃花源里有的在拍婚纱照，有的在拍古典照，有的还在演出服装店租来一大堆服装。有五四青年服，有狩猎服……一位年轻的少妇梳着五号头，穿五四青年服在拍照，尤龙和妻子站着看了很长时间。

少妇说："有想法没？你们也可以用的。"

周冰洁说："不用，就是觉得你很有创意。"

尤龙说："这里可真香，太美了，犹如仙境。"

周冰洁不由得作诗一首：《题桃花山》

> 桃花山上我醉花
> 如蜂如蝶人入画
> 流连美景不忍去
> 明年还来摄芳华

她的诗是高亢、昂扬、激人上进的。而尤龙此时的心情还是沉沉的，因为，一个人的生命刚从他手上断送，案子还没有结，内心仍是不乐观。

面对桃花满山，他无心观赏，也应和着作了一首诗：《游桃花山》

> 桃树灿然花如海
> 奇异艳装蜂蝶来
> 香飘万里撩人意
> 此季不为尤郎开

周冰洁说："你呀，还是没调整过来，快乐一天也是过，悲观一天也是过，你以快乐的心情过一年和以悲伤的心情过一年，那就是两个世界的人。一个在天上，一个在地下。如果你总是阴沉下去，那将是什么日子？"

"这个道理我懂。"

周冰洁说："你忘了？你们单位的小杜，他年轻，有才能，生活富裕，多年前就有几栋住宅，高级轿车，就差当官了。他想先当科长，然后再当局长。这一年终于有了机会，他花了很多钱，在竞聘的时候，因为一票的积分，没有竞聘到科长岗位。从此，他在生活和工作中彷徨、忧郁。最后得了肝病，只有一年多就去世了。"

"我知道，同事经常提起这件事。一是分析这件事有些人做得不公，有失良心。二是认为健康第一重要，没有了健康什么都没有。"

尤龙很清楚妻子在安慰自己，其实，他已经走出了那片阴霾，剩下的事，不就是赔偿吗？成哥不是说了吗？这个过程就像买大白菜，需要砍价的。

第十五天的时候，柳凡、蒋功成都来电话。

柳凡说："大伙都凑点儿钱，给他得了。"

尤龙说："那可不是给点儿钱的事，是九十万元，退休也挣不回来了！"

蒋功成说："最好是不走法律，那玩意儿太麻烦。"

正说着，孙队长来了电话："千万别走法律，走法律你工作就没了，得损失五六十万元。"

孙队长表现出不满的口气。

尤龙知道，孙队长与达仁物业公司经理是好哥们儿，物业公司经理肯定在给管小同传话，孙队长和达仁物业公司经理应该有要多少钱的沟通，自己的活动情况他会传递给对方。

尤龙说："实在不行就得走法律了，我也不怕什么工作的事，爱咋咋地吧。"

这是尤龙的一个策略，就是让孙队长把他的心思传过去。

由于单位有不少人与管小志认识，这个策略就是想打消对方的讹诈心理。

尤龙对柳凡说："你平时也可以对他们说，开车都加不起油了，没钱。另外，咱们局有些事也跑风，让一些哥们儿别谈论这件事。"

柳凡说："你不来，我现在也不上班了，到班上点个卯就走。有人问我，事情处理得咋样了。我说，没打电话，怕影响人家办事。"

"做得好，够哥们儿意思。"

不一会儿，阿南来电话说："你单位那里也得整好，要防止小人在里面使坏，也许有不少人两眼盯着你的岗位。"

尤龙说："我也考虑到这一点了，没问题，我和领导处得不错，他们不能拿案件说事，我在正常上班，涉及不到单位。"

"那就好，现在人心险恶，表面看风平浪静，背后却是你死我活。"

"你看得很透，谢谢老弟，替哥想这么多。"

其实，阿南说的是对的，尤龙的企业时刻都在有人盯着各个岗位，几乎是无孔不入。

第十二章
赵副局长想提升职位

在大大小小的岗位流动上，在人员上上下下，进进出出中，一定会有居心叵测的人在暗地里窥视着某个岗位。单位出了些状况，有的人想圆梦，有的人想破梦。没有永远的朋友，只有永远的利益，在他们的行为上得到了充分的体现。

这一天，钱万成局长坐着一辆黑色奥迪轿车飞快地奔驰在高速公路上，车载音响一首首草原歌曲在不停地放着。他悠闲地闭着眼睛，似睡非睡，偶尔还跟着唱两句。

钱万成对司机说："这些歌是我最爱听的，有时会进入歌曲的某个场景中。尤其是自己一个人的时候，基本是靠这些歌来打发寂寞的时光，自己就像草原上的牧羊人，在外孤独地漂泊、流浪……"

司机说："是的，局长，我也爱听这些歌，有意境。"

钱局长说："尤其是这些凄婉的歌，能够把我当年的心情抒发出来……"

几年前，钱万成局长曾与妻子过着天各一方的生活，在遥地任职期间以上网听歌来打发对亲人的思念，同时也学会了很多歌曲。

钱万成随着音乐正大声地唱着，手机突然响起来。

他在手机屏幕上一划只听对方说："局长，矿区供电所长李继群把员工打了，有好几个员工帮着打。"

钱局长一惊马上精神起来，他猛一起身急切地说："什么？什么？

仔细说。"

打电话的是党委办公室主任史策。他很勤快，善于沟通，具有左右逢源的能力。他知道，钱局长早有安排，外出期间发生任何事情都要第一时间通知他。

今天的事，史策觉得事情闹得很大，应该及时报告钱局长，钱局长惊慌地追问更证明了自己的判断。

史策想，哪怕矿区供电所长李继群是自己的好哥们儿，也要马上报告，别闹出大乱子，事态控制不了，报告不及时，那就是失职，工作上的被动。况且李继群所长打过不少员工。这一次打的可是一根筋的主，解决不好也许会造成很大影响……

史策将了解到的过程详细地向钱局长做了汇报："局长，是这样，今天单位有个送电任务，矿区供电所有一条检修线路，结束后需要送电，所内员工孙强负责送电任务，他说送电命令没到不能送，怕出事。李所长说孙强不听话，不给面子硬是让他送电，孙强坚持没有命令就是不送。就这样李所长动了手，其他员工也帮着打了孙强。"

"打得重不重？"

"说是不重，没有肢体损伤，孙强脸上有轻伤，他上医院了，还报了警。"

"你继续观察，要亲自到所里了解详情，随时向我汇报。"

"好的。"

钱局长放下电话，觉得不是心思，怎么一出门家里就不稳定了，这个李继群简直太冲动了，没下令你送什么电呢？你打员工是不是觉得跟我不错才这么干的？

钱万成迅速拨通了李所长的电话："你怎么搞的？怎么总跟员工打架？你的领导素质哪儿去了？这件事你一定要处理好，处理不好你就别当这个所长了！"

话说得干脆利落，他没听李所长做任何解释。

钱局长不放心，他又拨通了党委郑书记的电话："郑书记，你在家可要处理好矿区供电所打架的事，不能扩大影响，臭肉不可外扬，要把一切影响消灭在内部，你带党办主任史策、生产部梁主任、安全部姜主任，亲自到矿区供电所控制住局面……"

郑书记是从外地调入枫林县供电局的，到任还不到一年，对企业员工情况不了解，只知道李继群所长跟钱局长关系不错。

郑书记说："这件事党办主任史策跟我说了，那个叫孙强的员工太执拗，性格内向，跟谁都不来往，引起大伙儿反感被群殴了。不过，没打坏，现在是周末，我派三个部主任去了，让他们好好劝劝孙强。"

郑书记并没有觉得这是多大的事，他认为员工打架也很正常，尤其是人没打坏，况且李所长同钱局长是好哥们儿，不需做出多么严肃的处理，不会出现大问题，过一夜就会好的。

钱局长有些不满地说："郑书记我可跟你说，现在，我不在家，省公司这里学习需要三天，一切可全靠你了，员工打架有关企业稳定，本身就违反了纪律，也是你的一项重要工作，出了事我可找你！"

钱局长之所以用这样的口吻跟郑书记说。一是过去钱局长同郑书记在一起搭过班子，现在又来到枫林县工作心里高兴，两个人关系融洽，说话比较仗义。二是钱局长比郑书记大五岁，两个人年龄有差距，说话必须给面子。如果工作上配合得好，郑书记将来就有希望往上提拔。所以，无论如何两个人都会很好地配合工作。

两个人到枫林县上任的第一天，郑书记在酒桌上就感慨地说："当党委书记要'补台不拆台，参与不干预，到位不越位，独办不包揽，帮忙不添乱。'我一定能配合好你的工作，形成班子合力，提升企业凝聚力，增强员工的向心力……"

电话里听到钱局长这样说，郑书记表示："你放心吧，小事一桩，我已派党委办公室、安全监察部、生产部三个部主任前往调查情况了。"

郑书记虽然工作认真，但他对企业和员工的情况了解不透，他以为李继群一定能自己梦自己圆，一个供电所长肯定能解决好这个问题。

他打通了李继群的电话："李所长，怎么搞的？咋还打起来了？打坏没有？孙强怎么样？能不能闹出大乱子？"

李继群是何许人也，企业内外他打了无数的仗，没有一次是输的。在全县也是挂了号的。他是特种兵出身，拳脚利索，一个人可以对付三四个。平时就戴拳击手套练功夫，跟他发生冲突的人都会不同程度受伤。

在李继群心里，做人必须硬气，只要先出拳就能防止其他人的拳头打来。

矿区有一个叫田三的钉子户，他欠电费达四十万元，谁也要不上来，不管谁去，不是挨打就是受骂，灰溜溜地回来。李继群到矿区供电所上任，遇到的第一件难事就是田三。在李所长心里，电是商品，用多少电就交多少钱，这是天经地义的事。

这一天，他叫来两名员工说："你们跟我到田三家要电费去。"

"所长，你还是别去了，这家伙实在不好惹，前任所长就是因为这笔电费没要上来，辞职不干了。"

"真窝囊，电费还要不回来，走，领我认一下他家的门。"

员工觉得这个李所长是个硬茬子，具有泰山压顶不弯腰的气势，跟着他能挺起腰杆来。

三个人一进屋李所长就说："这是田三家吗？"

当时，他家只有妻子和几个工人，厂房的机器还在加工粮米，一箱箱、一袋袋在打包。

田三的妻子纪小红穿着很洋气，老板娘的气派。

纪小红说："你们是干啥的？"

李继群说："供电所的。"

她一听是供电所的就明白了，心想一定是来要电费的。

纪小红说："咋的？又来要电费了？"

"我是供电所长李继群，现在，我先把你家的电停下来，把电费交齐再送电。"

说完，他将田三家的电停了。

临走时，李继群扔下一句话："告诉你家田三，将电费送到供电所。"

厂房停电粮米不能加工了，影响了效益。在田三家这是头一回，原来是供电所长换了，还是个不知死活的家伙。

田三家的用电量的确不小，是全镇最大的粮米加工厂，每天电费达千元。

田三在全县也是有钱有势的人物，工厂里的事都由妻子来做，他只是负责销售，剩余时间基本在打麻将。

李所长一走，纪小红带着哭腔将电话打给了丈夫："田三，你干啥呢？"

"打麻将呢。"

"你还有心思玩儿，快回来吧，家里让人把电停了！"

听到这个消息，田三把麻将一推："不玩儿了，有人在给我添堵。"

下午，他召集六七个打手，开着两台轿车来到供电所，有的拿捧子，有的拿刀，见到员工就打。

他们边打边问："是谁停的电？是你不？不容分说就将两名员工打得头破血流。"

李所长到政府办事没在单位，刚出去就发生了这样的事情。

当他接到员工被打的消息，马上架车飞速赶回供电所。所里有的员工倒在地上，两名受重伤，其他人也不同程度受伤。所里门窗玻璃，电脑、电视全部被砸碎，一瞬间室内一片狼藉。

这对每战必胜的李继群所长来说，简直是奇耻大辱。他想不到刚刚上任就让这个叫田三的人来了个下马威，而且是突然袭击，速战速决。

他将几名员工拉到镇卫生院，交上医疗费，对员工进行了包扎，安顿好后，他只身一人来到了粮米加工厂。

田三一看李所长是一个人来的，以为他是被打怕了，来服软的。

他带着喜悦的心情说："你就是李所长吧，你不要不识抬举，哪个所长到镇里来都要到我这打个招呼，就你不懂规矩。"

李所长说："啥叫规矩，我早已领教过了，被打服者才会守规矩。"

"哎！你这人悟性很高吗！认识很深刻。"

"那当然，哪有不变的事，我看这件事，咱还真得私了。"

"说说看。"

"你把我们员工打伤了，所里的设施也遭到了不同程度的损坏，需要不少赔偿金。"

还没等李所长说完田三就抢着说："就当停电的损失了，咱们两不欠。"

"不，你没明白我说的意思，我是说这件事得有个说法，被打服者不承担任何医疗费，也不得经过法律部门，而且还得把该还的都得给了，你看行不？"

田三一听非常高兴地说："太行了，正合我意。"

他以为供电员工确实被他打服了，这是彻底怕了。他这个闪念还没收回来，李所长朝他面部猛击一拳，只见田三的鼻子立刻喷出了血，这一拳实在是太重了，田三的鼻梁骨当时就被打塌了。他满眼金花乱窜，耳朵嗡嗡作响，脑袋失去了知觉，一点儿反抗的余地都没有。当他的身体向后倾倒的时候，李所长一把将他扯住，一个快速转身，朝着他的一只胳膊猛推一掌，只听咔嚓一声胳膊就被折断了，田三大叫一声就晕了过去。

这一系列的动作只在几秒钟就完成了，厂内所有员工都没看清是怎么回事。

这时，有的员工见田三挨打了，拿铁锹的，拿棒子的都奔了过来。这对李所长来说，他们根本就不是对手，一是没有得到过正规训练，动作太慢，缺少快准狠的意识。二是他们没有必胜的信心和胆量，他们早已被李继群的动作和狠度所折服，一个个上来时有些趔趄、踉跄、跌跌撞撞的样子。眨眼工夫，六七个人都倒在了地上。

他对惊呆了的纪小红说："你是女人，好男不跟女斗，我就留你个完美，要不然让你香消玉殒，咱们说的好，各自治病，不准经公。"

说完，他潇洒地离开了粮米加工厂。

由于各自都有伤，田三说他胳膊被打断了，属于重伤。李所长说，有两名员工大脑受损，终生要成为植物人。田三没办法，觉得经公也不会得到便宜，只能将胳膊接上，等待慢慢恢复。

李所长不依不饶，到医院找到田三说："你要是个爷们儿就得对你说的话负责，兑现你的承诺，将欠我们的四十万元钱还上。"

田三哀求地说："你能不能等我好了再说。"

"行，你啥时候给钱，我啥时候送电。"

田三服气地说："我是遇到爷了，栽在你手里了，好，明天把四十万元给你，让我媳妇给你送去。"

"好，我也说话算数，钱到位立即送电。"

后来，这件事在全县还成了一个传奇故事，说李所长拔掉了钉子户，为企业挽回了四十万元经济损失。其实，李所长到矿区供电所也是钱局长有意识安排的。

有一次，钱局长对李继群说："好钢用在刀刃上，我得榨干你的智慧，矿区供电所可不是一般人能干得了的，那里比较复杂，头头脑脑的都在那里开工建厂，没有点儿血性的汉子是不行的，我想只有你才能扭转矿区供电所的局面。"

就这样，李继群到了矿区供电所。

李断群制服了田三，别人也害怕了，不想交电费的也主动送上来了，企业没欠电费的了。

郑书记或多或少听说过李继群所长的情况，在头脑里留下了他爱打架，拳头硬的印象。

为能准确了解情况，郑书记说："李所长，你到医院看看，别给孙强打坏了。如果打坏了，你可就要吃不了兜着走了。"

"郑书记，你放心，我打架心里有准，不会的。这小子是个滚刀肉，该打。"

"你这是莽夫行为！怎么一点儿不懂政治呢？你是基层领导，哪有领导伸手打员工的，违反纪律不说，也磕碜啊！"

"是的，当时我非常来气，他跟我较劲儿没忍住动手了。"

"你赶紧跟三个主任配合好，他们上你那儿去了，明后两天是休息日，孩子考学，我得回家看看，千万别出大事！。"

"好的，不能，你放心吧。"

孙强是个少言寡语的人，他平时不爱与人交往，让干啥就干啥，没事的时候爱看些人们不愿涉猎的书籍。比如，他看《易经》专门想研究人什么时候死，谁在什么时候有好运，什么时候走背运；他研究《奇门遁甲》相信修炼到一定层次人能穿墙而过，能将商场的钱、物靠意念搬出来。总之，在别人眼里这些都是无法实现的，他就想把这些成为可能。他花费大量精力研究这些知识，多年后人就显得不正常，人们也远离了他，感到他怪怪的，他也感到别人也是怪怪的。

他说，道不同不相为谋，一个人的层次不同，也无法交流。

这天下午，外面下了一场大雨，一条线路遭到雷击跳闸，经过巡视，在四点钟的时候，员工发现了事故点，并做了及时处理。一切准备就绪，只等上级来令送电。孙强是安全员，他很有责任心，也从不越格。

所内员工对他说："孙强，我们的活都干完了，你送一下电看是否正常。如果正常我们就回家，不在这等了。"

孙强说："那能行吗，现在正联系上级呢，什么时候来令什么时候送。"

"你这人太死性，多少年了，我们一直这么做的，早推闸，早没事，早回家，何乐而不为呢？"

"不行，这是我的责任，安全问题我说了算。"

大伙见拗不过他就去找所长。员工七嘴八舌都不说孙强好。

李继群所长一听员工的汇报，说安全问题都由他负责，就是不给送电。他觉得这个孙强不开窍，就来到孙强面前说："你就把电送上吧，别让他们在这傻等了。"

"那能行吗？整出事咋办？"

李所长带着气说："出事我负责，你就送吧！"

"不能送，没来令肯定不行，出了事，你也兜不住，我同样跟着受罚。"

李继群耐不住地说："要说你这人就一根筋，我们总这么干，哪次出事了？"

没等所长急孙强到先急了："我说不行就是不行！咋地吧？"

李所长不容分说就抽了他一撇子，随后又踹两脚，其他员工也上来对他一阵狂踢。他爬起来就上医院了，脸部被打青了一块，身上多处被踢得青青紫紫。

孙强觉得自己没有做错事，在坚持正义，下决心不放过打他的人，他向派出所报了案，民警没有来。

三个主任来到供电所，李继群气愤地说："这小子轴性，十头老牛都拉不动。"

党办主任史策说："李所长，孙强要是挨了你一个人的打好像还能消停，可他被几个人揍一顿心里能服气吗？别整出啥事！"

"这小子不揍不老实，现在所里人都孤立他，也没人理他，整天也不跟人说话，净整一些没用的。"

史策说："李所长，你也别这样想，他可不是一个能让人打服的人，据说，他的功夫不在你之下，他在部队也是特种兵，他智商超常地高，他在赵家镇供电所的时候，曾把镇里最有名的一霸制服了。"

李所长感到很惊奇："是吗，还有这事？"

"那当然，你还是不了解手下员工。"

孙强是后调入矿区供电所的。他原来是赵家镇供电所的线路工，由于工作踏实、认真、肯出力，就被调到矿区供电所当上了安全员。

史策说得对，孙强不是一般战士，他在部队曾是陆军特战队员，参加过对越自卫反击战，也有过惊人的战绩。他在部队受特种训练达十年，飞刀几乎指哪儿打哪儿，他的各种枪支射击技术也是一流的。他能单掌开石，一指穿入人的身体。

孙强的能力是在赵家镇被发现的。

提起赵家镇的流氓，人们一下子就会想到大黑，在镇里有他在，没人敢说第一。

他出手狠毒，从不给人留情面。每当人们在歌厅唱歌，他就到各房间看一圈，看谁的房间有美女，好看的都得要到他的房间。一是如果有人说个不字，伸手就打。二是他让美女喝酒，如果不喝就搂在怀里硬往下灌。实在灌不下去，就将酒全部从乳沟往下倒，一直看到从下方流出来。两种情况必选其一。每当他到哪个歌厅，知道大黑的人，一看他来歌厅吓得都躲藏起来。

几年前，他通过强硬手段将一位农民的鱼塘要到手，几年下来，他挣到了一大笔钱。屡屡得手的好处告诉他，人就是弱肉强食，欺软怕硬，这世道撑死胆儿大的，饿死胆儿小的。做人不破不立，只要不怕死，什么都会有。基于这样的想法，他唯利是图，有利就夺，没有一点儿人情味。

他手下有一批小偷，在镇里每周三、周五赶集，这些小偷就像放羊一样涌向人群，小偷如果发现某个人钱多，会以十几个人围上来，有的在跟这个人讲价，有的在挤他，有的人在打掩护，有的在偷，镇里的人都知道他们是大黑的人，恨之入骨又没有办法。

有一次，大黑看上了供电所一名女工，她长得眉清目秀，楚楚动人。他来到供电所就想欺负她，吓得女工不敢上岗工作。

他坐在孙强的对桌旁若无人地说："怎么没人倒水呀？别说老子砸了你们的狗窝！"

孙强眼睛盯着他像看耍猴的表情。

大黑说："你瞅啥？找削啊？"

孙强没给他倒水，也没给他烟，没叫他一声黑哥，这让他感到很不自在。

大黑说："你小子他妈蔫了吧唧的，不声不响，连个屁都不放一声。"

孙强说："你放尊重一些，别说我对你不客气！"

"哟！我还头一回踩着你这个土坷垃，小样，揍你就像碾死一只蚂蚁！"

大黑想拿孙强出气。他伸手就想打孙强，只见孙强抓住他的手腕用力一扯，大黑就被拽到怀里，他像抓鸡一样，揪住大黑的脖子向下一按，大黑就趴在地上，孙强朝他的肩上咔咔就是两掌，大黑的两只胳膊就脱臼了。

大黑疼得嗷嗷叫，全是求救的声音。

孙强说："把你能耐的，还到供电所撒野来了，打死你个下三烂！"

"你是爷！你饶了我吧！"

孙强对号叫的大黑啪啪又是两掌，大黑立刻停止了喊声。

孙强说："你马上滚蛋，如果再让我碰到你欺负人就扭断你的脖子。"

孙强制服大黑的事，一夜之间就传遍了全镇，这件事大快人心，大黑从此也消失了，不知跑到哪儿去了。

其实，孙强要是同李继群几个人动手，可能所有人都得倒下去。因为，孙强学的都是一招毙命之术，在他心里，他不能把同事当成敌人来对待。所以孙强只是躲着他们受了点儿皮外伤，这是他们没有想到的。

通过这个事例，足以证明孙强是有勇有谋之人，他的不言不语是因为没有找到同层次的人，没有人能与他的爱好产生共鸣。他把一切时间都用在学习和钻研自己喜欢的东西。

三位部主任来到供电所，首先向李继群和员工了解情况，大家反映的与发生的一样。

李继群说："这小子我不太了解，就是不团结大家，看着来气，所以打了他。"

梁主任说："事不太大，但影响大，孙强做的是对的，没有上级命令不能送电，这是安全规定。首先是孙强有理，你们应该给人家道歉。"

"我可不给他道歉，他该揍！"

姜主任说："孙强既是你的同事又是你的下属，你打了人应该到医院看看，事情发生了不要憋着，还是解开泄愤为好。"

"你们不用管，他能咋地！也没打坏。"

史策说："主要是你不知孙强咋想的？如果他不服向上反映情况就对领导有影响了，对企业业绩也会受到冲击。"

李继群说："他？小样，我打不死他！"

梁主任说："你可能不了解，他比你的功夫好多了，他学的是一招制敌，只要出手对方就会倒下。"

梁主任平时也爱学武术，爷爷是抗日英雄，曾一个人对付三个日军，打死三个鬼子，腿部被日军用刺刀扎成重伤。他的九节钢鞭就是跟爷爷学的。

梁主任、尤龙、姜主任与孙强的关系非常好，他们曾在东北电力大学学习四年。几年来，他们在一起交流思想，经常在一起喝酒，谈天说地，习武切磋。同学们除了与孙强谈不来《奇门遁甲》，其他的都能正常交流，而且还能从他身上学到一些更加尖端的东西。

李继群不服气地说："我说呢，打不着他。"

姜主任说："孙强人不错，绝对没有坏心眼儿，他业务精，有心计，思维敏捷，应对能力强。他参加对敌战斗，有死中求生的本领，我们不能低估他，他要是有什么想法，恐怕我们谁都不是他的对手。"

史策说："对，正好咱哥仨跟他不错，到医院跟他谈谈心，了解一下他是怎么想的，别把事闹大了。李所长，你也和我们去看看，赔个不是，道个歉，也许就过去了。"

"我不能去，这小子肯定不能放过我，再不就是让我打服了。"

梁主任说："希望你的天真想法是对的。"

姜主任说："咱们还是上医院吧，看到真人才知道啥样。"

三个人买了很多补品和水果，一进屋孙强很高兴地说："哥几个挺够意思，还来看我。"

史策说："怎么样？有问题没？身体有大的损伤没？"

"没问题，只是有几处轻微的皮肉伤，最主要的是他们打在了我的脸上，这块青了，让我心里产生愤恨。"

梁主任说："供电所这几个人不会打架，打人不打脸。"

孙强说："他们没有安全观念，工作作风太差，狗屁不是。这样的人不该当所长，什么党员、职务都应该拿下。"

史策说："兄弟，别生气，有一句话说得好，'得饶人处且饶人'过后又都是好兄弟。"

"你们是来看我的？还是为所长说情的？"

几个人几乎异口同声地说："来看你的。"

"走，我请你们上饭店，边吃边聊。"

他的举动让人非常意外，本是来看病人的，还要接受病人吃请。

史策推脱说："哪天吧，你现在不方便。"

"我没啥，咱们是好哥们儿，谁也改变不了，不耽误事，走吧，这点儿伤不算什么。"

几个人随他来到医院旁的一家小酒馆。

孙强要了很丰盛的一桌下酒菜。

孙强说："我让冷杰回家取两瓶茅台酒，咱哥几个好好喝一顿。"

冷杰是孙强的妻子。菜刚上两盘，冷杰就到了。

她一进屋，孙强就向几位介绍："这是我爱人冷杰。"

大家纷纷点头说："认识。"

冷杰说："几位，我们好像都见过面，孙强常提到你们，也应该说，你们是孙强最好的朋友和同事。"

史策说："是的，我们在一起上东北电力大学四年，几乎总在一起学习。"

梁主任说："咱这兄弟有内秀，别看不爱言语，但心里有数，人好，沉稳，也聪明。"

姜主任说："也有点儿歪才，总爱整一些尖端的东西，比如人练到一定程度能穿墙而过，人在什么时候可以上哪个星球，怎样能同外星人接触，地球人有多少是外星人的后代……"

冷杰说："他爱挑战极限，总爱探讨人类难以实现的东西，说白了净干些没用的事。可他在我心里却是个好人，他除了喝点儿酒，其他不良嗜好几乎没有。我不求他大富大贵，不求他出人头地，只求他平平安安。"

孙强家住江城一座豪宅，开着宝马轿车。按照国家小康生活标准，他家早已实现了小康生活。冷杰是白求恩医科大学毕业的大学生。她业务精，有管理能力，在江城第一人民医院上了三年班后，在矿区镇开了一家诊所，镇里和乡村的居民头痛脑热、感冒发烧都到她的诊所来，她家的效益也非常可观。

史策说："这个想法也对，我看孙强也没有当官的想法，要是有就凭你的条件和人脉，怎么也能找到桥梁和纽带，甚至早都上了台阶。"

冷杰说："这个我们根本没往上想，我现在最不理解的就是李继群，他一点儿人情味儿都没有。前几天，他得了重感冒，我亲自给他治病打点滴，病治好了，花好几百块钱，我们一分钱都没要。现在，因为工作上的事，把孙强打成这样，况且据我所知，孙强做的一点儿毛病都没有，全是按照安全规程做的。"

史策说："是的，嫂子说的对，嫂子对安全工作还挺懂呢。"

冷杰说："你们的工作和我们在安全上没有多大区别，我们在治病救人中，安全观念不逊于你们，应该说人命关天，不能有一丝马虎大意。就李继群那思想和行为，他也配当所长？"

姜主任直入主题说："既然事情已经发生了，你打不还手，骂不还口，一切责任都是他李继群的。现在也无法挽回了就放过他一马，让他过来道个歉，医疗费他拿，这样解决你们看行不？"

冷杰说："你能做了他的主？他能放下这个架子？你们要知道，他跟你们局长关系不错。"

几个人一时让冷杰说得哑口无言，无以应对。现在，他们才真正感受到有理走遍天下，无理寸步难行。思维处于一段短暂的空白，还是冷杰打破僵局。

她接着说："好了，你们哥几个聊吧，我得回诊所了，还有很多事呢。"

三个部主任也赶不上一个诊所所长，冷杰看事入木三分。哥几个真就做不了李继群的主，李继群还在固执地认为孙强被打服了。所以，他是不会前来道歉的。

虽然说，哥几个的感情还一如从前，但这场酒喝得让人能够明白，孙强夫妇的意思已经表明，他们的事情还得自己梦自己圆，解铃还须系铃人。

酒桌上的气氛很好，哥几个正在一点点渗透，深入浅出地找一些可以做通孙强思想的突破口。这时史策的手机响了起来，来电是赵副局长。

赵副局长说："我到医院了，你们在哪儿呢？"

史策说："我们同孙强吃点儿饭，唠唠嗑。"

"在哪个饭店？我也去。"

史策说："在医院斜对面。"

孙强有些不是心思，他觉得这桌饭安排得有些反胃，本来是想请哥几个喝酒解闷，赵副局长不就是来做工作的吗？

医院距这家饭馆只有百米左右，不一会儿赵副局长就到了。

赵副局长高高的个头，胖胖的，看不出多少灵气，但也不缺乏睿智。他通过前任领导搭桥走上了领导岗位。

那一年，各单位在争创标杆企业。他当时任高阳供电所长。他们供电所作为标杆必检单位，局里投入了大量资金，从房屋装修到服务大厅亮化，整个所焕然一新。

上级部门检查的时候，给予这个所高度的评价。

他们说，从科学管理来讲，你们的电网架构合理，设备管理规范，经营管理创新，人员素质高，企业形象好，服务质量优……观一隅而知全貌，这个供电所具备达标条件。

高阳供电所代表着全省和地区管理上的标准，为企业争得了荣誉，所长的名气、人气指数也攀升到了前列。因此，他被提拔到了领导岗位。

赵副局长一进屋，眼睛扫视一下餐桌，他看到了两瓶茅台酒，心里惊喜地说："呵，还有茅台酒？"

史策反应快："来，赵局长，正等你呢。"

其他部主任也跟着说："快坐，赵局长。"

赵副局长开门见山地说："你们打架的事轰动了全局，事虽不大，但影响极其不好。"

大家一阵沉静。

他接着说："孙强性格内向，做啥事太拗，也就是说，整啥事不痛快。当然，供电所长打人也是不对的，希望你们不要再往前赶，吃点儿亏就吃点儿亏吧，做出影响企业的事，谁的脸上都无光。"

孙强将酒杯使劲儿往桌上一放："我就不信了，按安全规定操作还成了无理取闹，影响企业形象了，这个世道还有没有正义和公理了？"

赵副局长不了解孙强的性格，也不知他在想什么。

赵副局长以领导的口吻说："首先，你态度要好，从自身上找原因，一个巴掌拍不响，双方打起来肯定各自都有毛病。"

孙强将酒往地上一倒："几位，你们喝吧，我累了，回去了。"

说完他起身走了，几个人在此尴尬了很长时间。

赵副局长给自己下台阶说："这真是个难缠的家伙。"

赵副局长的到来，使大家心里都不是滋味。一是破了酒场，和谐气氛一瞬间消失了。二是他做思想工作的方法太过于简单，对孙强这种人不可直入主题，要春风化雨一样，慢慢渗透，悄然进行。孙强虽然表面上老实，软弱可欺，实际上是外软内强。他最不怕的就是对方的强硬，宁折不弯，有必须灭倒面前对手的心理。

赵副局长的方法属于下下策，激起了孙强的强烈不满。

赵副局长有自己的想法，他打算把事情弄大，最好是影响到郑书记的业绩，危及他的岗位，如果郑书记能动，党委书记这个职位很可能就是自己的。

第十三章
事件在升级

很多事情不是想当然的，往往会事与愿违。孙强的事并没有像钱局长想的那样，把事情控制在本企业范围内。

周一上班，地区公司总经理接到了一封署名孙强的来信。他把自己挨打的过程进行了详细的叙述，在材料最后还提出了要求，表明了自己的态度。要求对不讲安全规程的供电所长做撤职处理，对帮凶打架的员工给予处分。他的要求引起了地区公司领导的高度重视。

地区公司总经理给钱局长打电话说："钱局长，你在哪儿呢？"

"曲总好，我在省公司还没回来呢。"

"你抓紧回来，把你们这点儿破事处理好，你们公司连员工打架这样的事都解决不了！一个叫孙强的员工来信说，你们供电所长李继群违反安规，采取强硬手段让员工送电，不送电还挨打，你们要重视这个事件，这封信也有可能邮给省公司总经理一份……"

钱局长马上给郑书记打电话："郑书记，你咋整的，家里这点儿破事都整不明白！孙强实名信都到市公司了，曲总提出要求必须把这件事处理妥当。你赶紧找到孙强本人，跟他谈，矛盾绝不能再激化了，地区老总咱们还能说上话，再往上就使不上劲儿了。"

"好的，我马上去办。"

打完郑书记的电话，钱局长又拨通了李继群的电话："你这个所长当的怎么一点儿政治头脑都没有啊！你打手下员工本身就是一件不光彩的事，好事不出门，坏事传千里。你们的事已经到市公司老总那儿了。你能请神，不能送神，这是你最大的缺点。你现在就去孙强家赶紧道歉，整不明白所长就别当了！"

实名信将被列入企业年终考核内容，这对郑书记来说也是党委工作不利的一面，它关系着企业评先选优的指标，弄不好还会影响班子的业绩。郑书记不敢怠慢，他立即召集三个部主任和李所长，亲自带队前往医院。

郑书记对三位主任说："给孙强买点儿啥呀？要不拿点儿钱？"

史策说："他桌上床下都是吃的，老多了，什么都不缺。"

郑书记问："他家庭生活咋样？"

史策说："在咱们局来说，他的生活是一流的，很少有能比上他的，住的是江城最高档的住宅，开的是七十万元的宝马。"

郑书记有些自言自语地说："看来，工作不太好做啊！"

几个人都觉得郑书记说的对。因为，孙强家生活没有任何负担，钱能解决的问题，在他这就不好使了，孙强不缺钱，缺的只是公道。

郑书记对李继群说："你一定要向孙强道歉，作为一名供电所长首先要拿出你的诚意，你本身就不占理，而且还触犯了安全规定，说大则是大事，追责的话，所长都当不成了。说小可以小事化了，就看你怎么办了。"

"医疗费花多少钱我都拿，看这小子还有啥说的！"

"你认识问题不透彻，啥事都要往最坏了想，如果不是赔钱这么简单，局势就不好控制了。最初我都没在意这件事，只是一般的打架，真想不到这小子会这么较劲儿。"

一听这个情况，李所长有些不知所措了，他万万没想到孙强会这样跟他较真下去，对他开始不依不饶了，李继群这时才感到无所适从。

李继群气愤地说："这小子打的还是轻，打服就好了。"

梁主任说："人哪有被打服的，也不是被吓服的，以理服人才是上策。"

郑书记说："史策，给孙强打电话，就说咱们看他去。"

史策拨通了孙强的电话："孙哥，我是史策，我和郑书记一行去医院看你，别走等我们。"

"你们别来了，我谁也不见，来了你们也见不到我。"

放下电话史策说："郑书记，孙强不让咱们去。"

"先到医院再说。"

两台车行驶了半个小时来到了矿区医院，几个人朝住院处孙强的房间走去，当他们打开房门，里面空空的，东西已收拾利索。一问医生，说是昨天就已经出院了。

郑书记说："走，到他家去。"

史策又给孙强打通了电话："孙哥，我是史策，郑书记想看看你，你在哪儿呢？"

"你们别来了，我没心情。"

话还没说完，孙强就把电话撂了，把几个人搞得一头雾水。

郑书记说："知道他家在哪儿不？"

史策说："知道。"

"走吧，到他家。"

几个人又驱车来到他家，这是一处很豪华的住宅区，南面是松花江，视野开阔，江面上游船荡漾，沙滩上人海茫茫。

每家房的窗口都是厚厚的大块玻璃，显得明亮高雅。楼与楼之间视线通透，没有遮挡。小区清洁干净，绿草、鲜花、树木都是名贵品种。他们来到了豪宅面前。

到门卫经过登记和询问，了解到孙强家的门牌号，几个人来到了他家门前，无论怎么敲门，家里也没人回应。打电话，关机了。

他们只好回去研究对策。

郑书记把赵副局长、尤龙、史策、梁主任、姜主任、李继群召集在一起，召开专门会议进行研究。

大家刚刚落座，钱局长也来到会议室。

钱局长喘着粗气说："把班子成员也都找来开个紧急会议。"

尤龙将生产局长、赵副局长召集上来。

大家聚齐后，钱局长说："想不到我离开三天时间，就出了这么大的事，孙强还实名写信捅到了市公司。这足以说明我们工作不细，方法简单，一个只是打架的小事却酿成了不可挽回的局面。大家知道，行风事件同安全生产应该同等重要，行风安全是企业的政治生命，有时要比安全生产还重要。郑书记把这几天的工作向与会的人员说说，让大家都了解一下，现在也不用藏着掖着了，属于雪堆埋孩子，纸里包不住火。"

郑书记说："这件事可能全局员工都已经家喻户晓了，我就不说细节了，周五的下午，我派三个部主任同孙强进行了沟通，当时他表现还是挺温和的，还请三位部主任喝茅台酒。后来，赵副局长到场说了他几句，他一反常态，袖子一甩，酒杯一推，走人了。今天上午，我们打算看看他，可他昨晚就出院了，我们想到他家，家里房门紧锁，打电话不接，以后就关机了，情况就是这样。"

赵副局长说："这小子软硬不吃，听不进言语，我没跟他说几句就走了。"

郑书记说的情况大家也都清楚，一切就看钱局长的做法了。

钱局长说："这件事虽然小，但性质不简单，它已成为我们局当前的头等大事。现在，孙强的问题既是生产问题，也是行风问题，是一把双刃剑。说安全问题，反映的是我们安全工作不扎实，安全观念淡薄，随意性大。说行风问题现在已经成为越级上访了，说明我们抓员工思想工作不切实际，组织纪律性差。"

钱局长显得很疲惫，从他的表情中看得出，他到省城开会这几天，并没有休息好，这件事牵扯了他的精力。

钱局长心情沉重地说："眼前，我们要做好以下几项工作。"

大家一听局长要交代工作，便拿起笔进行记录，内容是：

第一，将我们召开的处理孙强打架事宜的专题会议，时间放在事出当天，由办公室做好记录。

第二，把我们派人到医院的情况写清楚。

第三，对李继群所长做出处理意见，给予严重警告，处罚工资加奖金五千元，三个月内不得安全奖。其他打人员工给予警告，处罚三千元的工资和奖金，医疗和其他费用全部由打人者承担。大家看，这样处理能不能符合要求，对照局规局纪处理得轻不轻，人事部门和办公室要找到相关的依据形成会议纪要，以文件的形式下发通报。

第四，要将处罚的文件拿给孙强看，让他知道我们并不袒护任何人。

第五，要想尽一切办法同孙强取得联系，找到他的家人、亲属、好友及时沟通，将隐患消灭在地区范围内，不能再扩大影响，做到可控、能控、在控状态。

李继群觉得祸是自己闯的，本该是自己承担责任。

他站起来说："钱局长，是我给大家带来了麻烦，我看，我还是辞职吧，满足他的要求。"

赵副局长说："你辞职也不一定能解决问题，再说，也不知他的要求是啥，处理问题要有依据，触犯哪条就按哪条处罚。"

钱局长说："尤龙，有人反映你跟孙强关系非常好，你可以通过哥们儿感情来解决这个情况。"

赵副局长说："尤龙有案在身没时间处理这个事，他自己的案子还怕影响到企业呢。"

钱局长觉得赵副局长说的有道理，就没有安排尤龙插手这件事。

钱局长说："这件事这样办，赵局长带队找孙强的岳父谈谈，据说，他岳父很有能耐，咱也得防止他做糖不甜做醋酸。"

赵副局长说："好的，散会后我马上去。"

郑书记说："史策，你要不间断地给孙强发信息，告诉他我们已做出处理意见，都是按局规局纪对照办理的。"

会后，史策发了很多信息，不间断地打电话才通了一个。

史策接通电话的时候，如释重负地说："孙哥，你的电话可算打通了，有一个事想告诉你，局里对李所长已做出了处理，我手里有文件，你看行不？"

"好吧，你拿来吧，我在江城重庆火锅城等你，正好请你吃火锅。"

来到火锅城，孙强果然在那里等着。

史策打着招呼来到他的面前："你看，这是打你的人被处罚的文件，都是对照局规局纪下发的。"

"不行，在我心里对他们处理得太轻了。现在，他们把我已逼上一条不归路了，既然我都把事情反映到地区，影响已经造成了，我也只能走下去了。"

"孙哥，我想你还是别往前赶了，适可而止，见好就收吧。这件事对你来说也不是什么好事，你挨打了，他们也受到了相应的处理，你再往上找，也是很艰辛的，亲朋好友会觉得你不够大气，同事也会不理解你。"

"你别说了，今后也别跟着搅和了，事情咋办我心里清楚，心里的痛只有我自己明白，你告诉其他几位哥们儿，从此别来找我了，也别和我联系了。"

说完，他将文件往餐桌上一放，转身走了，连火锅都没吃。

史策将见面情况向钱局长做了汇报。

钱局长说："你们几个通过各种办法和他联系，我同他见一面好好谈谈。"

"现在，他的电话打不通，可能都换号了。"

"那就上他家门口等，直到见面为止。"

按照钱局长的要求，几个人组成的联系小组，派出一台专车蹲守在孙强家的楼下，一天下来不见人影，打多少个电话也不通。

郑书记说："到他们家诊所看看，跟他妻子谈谈，看什么态度。"

几个人来到诊所。

冷杰不认识郑书记，她看到史策几个人就说："你们随便坐吧，有事就说，我这病人太多。"

史策说："嫂子，这位是我们局的郑书记和赵副局长。"

冷杰连看都没看极为傲慢："什么事，说吧。"

史策插过话说："好几天没见着孙哥了，打电话也不通，上哪儿去了？"

冷杰也没给史策面子："你们局的员工上哪儿去都不知道，咋管的？"

郑书记说："责任都在我，我没有教育好企业员工，对员工管理不严格，让你的家人跟着受苦了！"

冷杰说："企业教育再好，也会有不听指挥的，社会败类哪里都有！"

赵副局长说："无故半个月不上班就开除了。"

冷杰说："开吧，我们不要班了。"

赵副局长不知是出于什么目的，说这样的话。他也许是想吓唬一下冷杰，以为冷杰会珍惜丈夫的工作，会做出让步，制止孙强的行为。没想到弄巧成拙，起了反作用，还酿成了僵局。

冷杰说："你们也不用再来人了，我们也不想见到你们。再说，我们给了你们五天时间，在这几天的时间里，哪个人道过歉，打人的人一个没见，见的都是领导，都是来给打人者说情的。我的家人挨打了还成了错误，穿梭一样找来找去，真是不可理喻。以后史策你们也别来找我们了，别说连你们一块告。"

孙强和冷杰的路让赵副局长堵死了。这项工作走向了死胡同，他们很尴尬地离开了诊所。

郑书记为让员工深刻学习文件精神，从打架事件给企业造成的影响中吸取教训，要求每名员工写出心得体会，做出保证，电子文档纸面两种形式上报到党委办公室。

郑书记向党委办公室提出要求，将员工的意见和建议梳理出来，找出共性和感悟深刻的，列举出来供大家学习。

党委办公室经过梳理提出这样的共性认识：

一、解铃还须系铃人，李所长既然能打人就应该自己解决，自己梦自己圆，要么继续打，直到打服为止，要么跪地求饶。

二、李所长打完人应该当天就去道歉，他有点儿装大了，收不了场了，这件事放在谁身上都想不开，所长带领员工群殴一个人，忍无可忍，不出这口气难以在企业找回颜面。

三、李所长不是很有钱吗，能打人就用钱来摆平，拿十万元或更多的钱上门赔礼，也许能过这道门槛。

四、不管怎么说，孙强是有理的，是冤枉的，他这么做是对的，这种伸张正义的方式是最好的渠道，只有这么做才会引起重视。

五、孙强有点儿过，不知天高地厚，人也没打坏，几天过后连皮肉伤都没留下，打人的也被通报处理了，气也应该消了，见好就收吧。

六、孙强比较傻，要想上告为何不在医院要点儿证据，拿着被打的证据说话更有效。

七、这不是钱能摆平的问题，孙强家不缺钱，给多少钱他都不会要，要的是正义和平等，要及时同孙强沟通，不可僵化矛盾，以免造成更大的不良影响。

八、局里出的意见太早了，也不问问受伤者是如何要求的，如果平不了孙强的愤怒，事情等于没有解决。

九、孙强是个倔强的人，不可对他有一丝的疏忽，他思维缜密，做事果断，有超前谋划的能力，做任何事都执着，应该小心谨慎对待。

十、李继群所长还是不行，想硬就硬到底，打服为止。

十一、李所长现在什么都不用做了，经济上、政治上都受到了处分，基本达到了要求。

十二、企业和社会需要稳定，也是第一位的，不能疏于对孙强的控制，防止事件升级不可挽回。

十三、两个人谁也不服谁，那就采取比武对决，谁倒下谁输，简单了事。

经过全体员工的集思广益，收集了十三条共性意见，可谓黑白分明，真知灼见，群众的智慧如此之大，几乎面面俱到，无一疏漏。

郑书记看着这十三条意见，只把第十条去掉了。

他交代党办主任史策说："你把这十二条存档，留个底给上级检查组看，用不了明天，市局就会来人。"

还未说完，尤龙就通知郑书记，地区局纪检组到了，马上到四楼会议室开会。

郑书记既有一些紧张又有所安慰，紧张的是上级还是来人了，这说明事态的重要性已有很大影响；感到安慰的是从打架事件发生到现在，他做了大量的工作，件件有记录，事事有落实。

地区来的是纪检书记，他说："你们局发生的打架事件，这个叫孙强的员工已把事情反映到省公司老总那里了，省公司总经理亲自批示，一定要看住孙强，动员他的家人帮助做好工作。绝对不能再升级了。"

他提出要求后，还查看了事件发生以来，枫林供电局开展的教育活动，郑书记将处理事件的文件和员工建议十二条拿给他看。

纪检书记说："你们处理得及时，准确，就是人没看住，省公司老总有令。如果这件事到国家层面，你们都得挪地方。"

死看死守，对于这些人来说，难度非常大。现在，连孙强的影子都看不着，不知什么时候孙强去了省公司，现在能不能在北京呢？一想到这些，领导班子成员感到毛骨悚然。因为，他们的职位将会被孙强事件所动摇，弄不好会被撤职或者降级处理。

孙强的岳父是镇医院的副院长，他已知道孙强挨打的事，好在没受重伤，他没太过问此事。

赵副局长带着几个人找到孙强的岳父，说明了来意，让孙强的岳父帮忙做一下孙强的工作。

冷副院长说："我女婿可不是一般人能做通思想工作的，别看我们爷俩处得融洽，这些年没红过脸，但我心里还真没有把握。因为，我不知道他一天都想些啥，做些啥，给我的印象就是不招灾、不惹祸。"

赵副局长说："我倒很了解你们的姑爷，一个字'轴'，跟他也说不进去话。"

史策一听他这样讲，怕影响了工作的开展，他接过来说："爷们儿，我和孙强是好哥们儿，这是我工作的失职，让你姑爷受委屈了。"

赵副局长说："冷院长，让你费心了，我们国家电网在行风建设上考核非常严格，可千万别让你女婿到上级找啊！"

赵副局长在有意透露企业的秘密，他很希望事情闹大。

冷院长说："是啊，我们医院也这样，不过，我们单位没有矛盾这么尖锐的。"

冷院长这么一说，赵副局长马上明白，以前发生的事冷院长是清楚的。

赵副局长说："冷院长，你能带我们见一下孙强吗？"

"可以。"

由于冷院长家也在江城住，半个小时，几个人就到了孙强家。

还好，孙强也在家，一行人进屋，孙强没有任何动作，什么也不说，让他们无所适从。

冷院长开门见山地说："孙强，你还是别较劲儿了，这对你的身心也是个打击，实际上也是两败俱伤，费力不讨好的事……"

"行了，您别说了，我已给这些人五天的机会，他们没有好好把握，尤其是你们这些做领导的，都是围绕如何把人制服、管住，根本就不为别人考虑。自从事情发生以来，你们哪个是站在我这一边说话的，都是想把事摆平，不影响你们的业绩和职位来做工作。你们把我当人了吗，当成兄弟一样来看待了吗？一切都是否定的。"

冷院长接着说："供电部门也给那些人处罚了，你也可以消消气了。"

"您别说了，再说我就不认您这个岳父了。"

冷院长立刻停止说话，他知道女婿说一不二，说到做到，他想好的事谁也改变不了。

一阵沉寂，赵副局长说："孙强，你别太往心里去，错误也在我这里，一个是做的工作不及时。二是对员工教育不够。"

"你能教育出啥样人啊？不是我说，你们领导的素质比普通员工都差。"

赵副局长一下被噎了回去。

史策说："给你造成这么大的伤害，我负有不可推卸的责任。你有什么要求尽管提，在我们权限范围内能够解决的都可以。你身体现在不好可以多休一段时间，好了再上班。"

"李继群不是能打吗，那就让他付出打的代价，我的目的是将他开除，你们同意吗？能做到吗？"

赵副局长说："这个恐怕不行，打人致残等重大伤害才能开除，我们得根据法律来定性，不能嘴上会气。"

"那好吧，我们没什么可谈的了。"

说完他进了另一个房间，将门一关不知做什么去了。

赵副局长每次做工作都进入僵局，造成极大的被动，这些人一时不知如何是好。几个人还是悻悻地走出了孙强家。

下楼后，赵副局长说："上级让我们死看死守，我们两个人一班，前半夜我和史策看着，后半夜梁主任和姜主任看着，要细点儿心，别看跑了，跑了你们就别当主任了。"

姜主任说："赵副局长，如果发现他出来咋整？"

"悄悄地跟着，看他上哪儿去，想干啥，只要不往上级跑就行。"

"如果上火车站想坐动车呢？"

"不能，我已把他报到上级了，他现在成了重点人，在车站挂号了，他的身份证买不到车票，而且一买车票，车站就会将他留下来。"

"这样做虽然多了一道保险，但也有物极必反的可能。"

"那你们也得精神点儿，防止他从别的渠道跑。"

他们的举动早已被孙强看在眼里，他心里升腾起莫名的羞辱和恨意，想不到这几个人会来这一手，还在我家门口看上了。就连自己过去的好兄弟也守在楼下，把自己当成贼来对待。好吧，既然你们已把人逼上了绝路，那就不客气了。

在部队的时候，孙强就是攀爬能手，他可以徒手从十楼用十几秒钟落到地面。条件是只要每家窗台上能站住脚尖的地方，他以降落的方式，手搭在窗台的一瞬间脚就离开，动作协调，非常连贯，天衣无缝，富有美感。

他家住三楼，这对他来说最方便不过了，别说用以往的动作，就是直接自由落体式他都能做到。他从窗子出来向下一纵身，一只手就搭在了脚下的窗台上，他又一纵身直接落到草地上，无声无息，只用了两秒钟。

赵副局长和史策几个人却还在苦守。

第十四章
阿南找尤龙出游

当尤龙对自己发生的事感到可悲和无助时，阿南找的几个女人生活更是无依无靠，比起她们，尤龙的内心有所缓解了。

尤龙的案件到了第十六天，这是"五一节"的前一天，很多单位已经准备放假，有的在安排节日值班情况。

阿南来电话说："姐夫，我看你情绪太低沉了，'五一节'到了，找几个人散散心，我领几个小妹出去玩儿，给你增添些灵感。"

"哎！现在，还哪有心情玩儿啊！心思不在这，就想着怎样和对方谈判了。"

"我和你心情一样，可是，也不能总宅在家里，该走也得走。我现在事也多，都排不过来，有的人都好几个月没见了，嗷嗷地找我。家里的活也多，库房还得清理。"

"我帮你清理库房去吧，正好没啥事。"

"不用，我有不少闲着的员工，让他们帮我就行了。"

尤龙知道，阿南非常忙，他还有一块地能卖上好价钱，舅丈前段时间去世了，留下一大块田地。现在，那里要建陨石文化园。地价一下金贵了，这所占地三千平方米的房子，被博物馆征用，开始动工了。房子需要处理，东西需搬走。

尤龙对阿南说："真是有钱人越有钱啊！"

阿南说："这块地能挣一笔钱，我和博物馆的哥们儿沟通了，那里肯定修路，建陨石纪念园，现在有的地方都给平成场地了。"

"好啊，你又发大财了。"

阿南转移话题说："刚才，我的一位妹妹打电话，儿子上学前班了，长得可好看了，和我大儿子小时候一样。"

尤龙知道，阿南的女人不计其数，自己都不知道有多少个。

尤龙问阿南："老弟，你那些妹子就跟你一个人好啊？你对她们还挺热心呢！"

"跟我好的妹子，如果让我发现跟了别的男人，我就不理她了。天下女子多了去了，我可不在乎哪一个。"

"有对你专一的吗？

"有啊！"

尤龙和阿南扯了一会儿闲话，这时有人找阿南。

阿南说："来人了，你等我电话。"

"好的。"

不一会儿，阿南打来电话："姐夫，你准备一下我接你，有四个女生两名小老弟，咱们一起出游，不远走，接触一下转移一下注意力，听到电话下楼。"

"好的。"

过节了，阿南不仅帮尤龙办事，还要为尤龙出车，非常辛苦。尤龙想给阿南拿两瓶好酒。

出了门，阿南的车正等着，车里坐着两个女人。

打开车门尤龙说："你们好，这是给阿南带的两瓶好酒，把后备厢打开。"

尤龙问阿南："老弟，到哪儿去？"

"先吃松花湖鱼餐，然后登桃花山。"

桃花山下有一个渔村，松花湖的"三花一岛"鱼餐样样齐全。

来到渔村正是中午，两台车共八个人，四男四女。

尤龙问阿南："他们都是哪儿的女人？"

阿南说："是兄弟们的朋友。"

尤龙有种不爽的感觉，认为她们可能不是正当职业的女人。

经介绍，几个女人来自东北三省。她们都是二十多岁，四个人在一起租房住。

四个女人中有三个大胖子，只有叫张芳的长得好看，她二十六岁，高个头，牙齿洁白，体型匀称。

尤龙给阿南的两瓶五粮液酒被小强拿到了桌上，给每位女生满上，四位女生谁也没推脱，可能是第一次喝好酒，或者根本就是能喝。

这个场子是小强张罗的，他想请阿南出去玩儿，找了几个女朋友活跃气氛。

阿南让尤龙来，主要是结识小强和大国两位哥们儿，小强的大哥是省厅的一个处长，如果经过法律很可能用得上。大国是老板，有很强的社会关系。如果对方再找不三不四的人就由大国出面。

阿南给尤龙介绍小强，也是有目的的，将来也许能用上。

介绍朋友的时候，尤龙心里很不是滋味，让这些陌生女人知道自己发生了车祸，有些不舒服。

小强提酒说："过节了，今天把大家召集到一起，就是出来玩儿的，吃鱼餐，然后登桃花山。相见是缘，来，喝一杯。"

一个胖女子说："干了。"

大家感到震惊，这可是三两一杯的白酒，好像喝白开水一样，一饮而尽。

一开杯，小强就被将了一军。

小强没办法也跟着干了这杯酒。

其他几个女人喝了一半，从形式来看，这几个女人都非常能喝，看来，两瓶白酒是不够她们喝的。

第二杯酒由阿南提，他看着窗外的桃花，见景生情。

阿南端起杯作了首诗：

桃花源里荡心扉

山珍美味鱼儿肥

今年看花美人伴

不知明年还有谁

大家都称赞阿南诗作的好，有才，有男人味，愿跟阿南做一生一世的朋友。在阿南心里，这几个女人虽然年轻，但一个也没看上，根本打动不了他。

小强的意思是四男四女可以自由组合，但谁也没有这样做。喝酒的气氛非常好，有的想喝啤酒，服务员就搬来一箱。

第二瓶白酒也喝没了，能喝酒的几个人都是在一口一杯的情况下喝的。

张芳提酒说："尤哥的事，我也听出个一二了，既然事已经出了，就不要为此忧虑了，一切都会过去。与大家相见是一种缘，希望大家玩儿得开心、快乐。"

另一个胖女人专门同小强拼酒，小强喝不过她，感到很被动。

散席后开始登山。

尤龙想在几个女人身上找点儿题材，他选择了那个好看的女人。

尤龙问她："你成家了吗？"

"成家了，又离了。"

"有孩子吗？"

"有。"

"多大了？"

"十岁。"

"你结婚挺早啊！"

"是的，十六岁就结婚了。"

"在青春年少的时候就成家了，没玩儿着，是吧？"

"别提了，后悔死了。现在都二十六岁了，年龄这么大，没有任何好机会了。"

"你还真别这样想，一切都会过去，好事也会来到，不要太灰心。"

这时，小强喊尤龙，让到他那里去，他终止了跟她谈话。

小强对尤龙说："下一步就得让阿南吓他们了，不能让他们这样抻着，该给他家点儿态度了，这件事要软硬兼施。"

尤龙说："他家在县城找了个拆迁的经理，很有实力。"

"你得和公检法的人建立联系，不然，走到那一步容易出麻烦。"

"检察院咱没有人。"

"我帮你找。"

"好，走到这一步时我找你。"

小强说："检察院方面我负责了。"

尤龙转移话题说："老弟，这几个女人都是你找的？现在，她们都在干什么？"

"什么工作也没有，每一天都很难过。"

"这么苦？"

"是的，她们马上就要出国了，都是出去干非常艰苦的活。"

"她们的命运，真是太可悲了。"

"是的。"

与小强谈这几个女人，尤龙心里很沉重，为了生活她们还要吃很多的苦。

尤龙来到了大国面前。

大国说："你的车不能要了，得卖掉，不行就用我的水泥顶账，帮你顶出去。"

"等这件事办完了再说。"

下午三点的时候，老门给尤龙来了电话。

老门说："这几天利用放假时间跟对方谈谈，过节后案子就得往下走了。"

"门哥，我的意思就是想把案子结束在交警队，我的底线是保险部分给他，再给他拿点儿精神补偿费。给我点儿时间，实在不行我就得走法律了。"

"好的。"

第十五章
表明心意

　　尤龙曾是陆军特种部队的侦察兵，三十年前曾斗过歹徒，在车厢里震慑了窃贼。可如今，自己有事了，怎么也整不明白。他一直想得到老门的帮助，哪怕是给指点一二，或者出个主意……

　　五月，告别了一丝丝寒冷和无奈，用细雨诉说着大地的情怀。五月，告别了萌芽的痛，迎接着火一样的期待。万物像山一样拔节，像海一样澎湃，它们拼命地疯长，丢掉了所有的羞涩，尽情地创造一个青葱翁郁的世界。

　　五月，人们敞开了心扉，迎接着万朵花开，捧着一份最珍贵的爱。

　　劳动节来到了，尤龙一直没有忘记县政府人大这位好人，到现在也不知他叫什么名字。给他发个信息，在杏花开放的季节，祝福他出入平安。想了想，给他写了一首诗：

　　　　杏花满园荡春风
　　　　香飘万里伴君行
　　　　感动世间好人在
　　　　终身不忘此份情

　　祝劳动节快乐，出入平安，家人健康！尤龙。

　　不一会儿，他打来电话。

"喂，我是县人大的小陈，哥，你的事处理得怎么样了？"

"对方要九十万元，第一轮谈的。"

"用不了这么多，也就二十多万吧。"

尤龙说："对方在以工作为要挟。"

"实在不行就走法律，跟工作一点儿关系都没有。"

"听说到检察院得抓人。"

"不能，你的事不重，我都看到了，向左打舵。"

"我也不认识啥人，心里没底。"

"没事，我给你问一下法制局的人，了解一下情况。"

"老弟，你真是我的贵人，处处帮助我，这件事处理完了，我请你吃饭。"

"不用，三天假结束就上班，上班这天，你到我办公室来一趟，我给你找人咨询一下。"

"好，太谢谢老弟了，净想着我。你的帮助让我非常感动。"

放下电话，尤龙心里一阵温暖，这个兄弟真好，不认不识就这么关心自己，在自己感到无助的时候，是他出现在面前，在我发生事故不知所措的时候，是他帮着处理了一切。

放下电话，周冰洁问："谁来的电话？"

"当天发生事故帮我的那个好人。"

"你总能遇到好人。"

"是的，这个人可帮了我大忙，等事情结束要好好谢谢他。"

不一会儿，阿南来电话："姐夫，'五一'你们都放假吧？"

"是的，放假。"

"这阶段我也想了很多，对方横穿202国道，那是国家一级公路，应该是封闭的。咱们不超速，没酒驾，没打电话，没抽烟，正常行驶。不知对方有没有精神病。如果有，为什么没有监护人。如果没有，为什么不按交通规则走路？"

尤龙说："对方就是有病，咱们也查不出啥了，人都入殓了，我们纠不出什么了？"

阿南说："你说的对，如果她有病着急入殓，我们也没办法了，找不到啥证据。"

尤龙说："老门也来电话了，让这两天联系一下，谈一谈。"

阿南说："这两天，我想把家里的事处理一下。"

"好的，这两天你休息一下，最后一天给对方打个电话，联系一下。"

尤龙的二哥几乎天天来电话打听案件办理情况，远方的亲人都很牵挂这件事。

度过黑暗的四月，尤龙心情也不像往常那样沉重了，事故场景在脑际开始淡化，那个难闻的气味也消失了。

周冰洁说："外面的天多好，蓝蓝的，清澈透明，满园花开令人心醉。走，咱俩去赏花吧，漫漫溜达，累了就打车，饿了就下饭店。"

尤龙一想，儿子在大学参加了驾驶技术考试回不来家，这个节日也就两个人过了，五月毕竟是开满鲜花的季节，给人以热烈、温暖、舒适的感觉。

尤龙说："好吧。"

尤龙知道，妻子做了精心的准备，一直忙活着出门的东西，近半个小时没闲着，不知都带些什么。

走出园区，来到江边，心里一下敞亮了。草地上的蒲公英一望无际，比天上的星星还密集，在太阳的照耀下鲜碧刺眼，简直太美了。

周冰洁穿的是浅色衣服正好与鲜花、绿草相配，她很爱拍照，尤其以人物为主，每一品种的鲜花必须留影。这也来源于她上像，她的照片是上微信美篇的，四十多岁的人拍下的照片和二十多岁没有区别，而且还很美。一是她会笑，脸上没褶皱。二是她牙齿整齐、洁白，皮肤光亮。三是她戴着一副学识眼镜，有文化的气息。四是她总保持乐观，面容姣好。

她之所以爱拍照，是因为尤龙有着多年的摄影经验，能够拍多种多样的照片，明星的，秀女的，古代的，五四青年的，再加上后期制作，那形象也很迷人。

周冰洁带了很多衣服，纱巾，凉帽……共装了一大袋子，可以换着法的拍。

江城的风景实在太美了，江中有游船，打鱼船，桃花在水边绽放延伸向远方。树下是绿草和蒲公英，天空是鲜艳的奇形怪状的风筝，一群群野鸭在天空飞翔。有的人把鸟放出笼子，落在桃树上，人的手上，肩上，供人拍照。一对对婚纱摄影穿行在桃花林中，痴情，陶醉。

周冰洁在拍照中或蹲或卧，或站或行，一会儿全身绿色，一会儿红色，一会儿白色，再加上各色纱巾、凉帽的搭配，两个人拍了近五个小时，周冰洁感到非常满足。

回到家输入电脑一张张翻看着照片，一遍遍地欣赏着。

她高兴地说："今年的春天，桃花江水深千尺，不及老公送我情。"

尤龙不嫌疲劳为周冰洁尽心尽力地拍照，给她留下了很多美好的回忆。

尤龙说："五月江岸桃千树，万朵桃花一人开。"

他所表达的是：她陶然于满目花开的五月，心无旁骛地奔放于花丛中，这种欣然绽放的情愫，美丽的世界只属她一个人。

第十九天的时候，阿南来电话："姐夫，明天就上班了，你得和老门有汇报，告诉他，咱们已和管小同沟通了，他还是不想谈，在有意往后拖。他们家还是他哥哥管小志说了算，一切都是他拿主意。咱们就像一人扯着绳子的一头，越扯越紧，谁也不想放在地上，一步一步在往法律方面靠近，非要扯断不可，这对双方来说，都是错误的。"

尤龙给老门打电话："门哥，你好，向你汇报一下这两天我们沟通的情况。我与管小同联系了几次，他家还是管小志说了算，他们对和解不感兴趣。他哥哥不出面，我们在想办法跟管小志谈，再给我两天时间。"

老门说："那你就跟他们联系，跟管小志说。得快点儿了，时间不多了。"

"好的，谢谢门哥。"

尤龙给阿南回了电话，并说明了这个情况。

阿南说："在时间上老门不追，咱们就好整，还是'四大爷'说了算。"

他指的是还是送了厚厚的一张张红色百元人民币起到了作用。

阿南接着说："还有一个重要环节得走，老门的上级也得表达，不然，有些事他不好办。所以，这个案子怎么也得往下走，跟大队长接上头最好能送上钱。"

尤龙说："明天第一件事就办吧。"

没过几分钟，阿南又来电话："姐夫，我刚才和成哥沟通了一下，综合了一下意见，今天找孙队长把钱顶上行不行？"

"不好说，让孙队长办还不如咱们直接给了。"

"成哥跟我说，老门这边千万别忽略，他那时就吃亏在没有给办事人上款。找的都是上级大官，咱们还是把钱送晚了，从老门把保险的价格一公布，我就听出来了。他开始为难咱们，说话也不客气了。这说明孙队长办得不对劲儿，你们俩沟通的比较少，我以前觉得你跟孙队长挺近的。如果咱们始终按自己的思路走，就没有这些麻烦。"

阿南想了想接着说："你这么办，大队长咱们也不认识，你准备两万元钱，给老门一万元，大队长一万元。因为，案件扣头的时候他们必须到一起，你现在给一个人顶钱，肯定不行，到下一个环节他也得卡你，他俩不通融还是不好办。把钱顶上，咱们爱咋谈咋谈，在时间上咱们可以拖他，对方就会主动找咱们，咱们也可以主动找他。要不，他们老拿刑拘威胁你，里挑外撅你受不了。因为，他把握着咱们的根，对不对？"

"对，是这样。"

"就像昨天当面算出的数纯是在坑人。"

"对，我感觉到了。"

"我当时就想，孙队长怎么办的呢？我有些怀疑。因为，我感到他和你就像柳哥似的，都是身边的好哥们儿，办事不能出差头。"

"我也没想到，他没把钱送上。"

阿南说："他这事办得不对劲儿。你这么的，我才起床，昨天睡的也挺晚，今天咱们把钱送上。"

"行，不过得下午才行，现在是中午了，人家午休了。"

"现在是几点了？"

"现在是十一点半。"

"他们几点上班？"

"下午一点。"

"咱们现在还有唠嗑的机会，他的办公室说话不方便。如果用有力度的人把他约出来最好。办案的时候门都开着，不让关上，关门都是毛病。"

"是这样，咱们去这些趟老门的办公室都像大车店似的。这事真难办！下午怎么也得把钱送上，但大队长咱们不认识，不太好办。不能冒昧地送，人家不敢要。"

"如果你们的孙队长不行，咱们就找别人，钱一送马上就好使。"

"我们的孙队长说，现在给不行，人家不能要。"

"他是不是没起作用？"

"第一步起作用了，因为，没拘我。"

"那你说咱们咋整？不行就找我的哥们儿，他跟大队长是'老铁'。"

"实在不行咱们直接送，让他知道是咱们的事就行。"

"好，我给他打电话，告诉他帮着把钱送上。"

尤龙说："只要能送上就滑溜。不用通过孙队长和你的哥们儿也行，咱俩直接送。孙队长代表单位的联系人，送钱的事也不让他知道。"

"这回得一定送到手。"

"咱们进屋啪的一给钱，三言两语就走人。"

"对，对。"

"事故科的案子非常多，几乎每天都发生交通事故，他都不知道是哪个案件。但是，结案的时候，大队长得签字，别人都不管用。"

"老弟说的对，这回就得靠咱俩的能力了。大队长这里我们要表达好，不能吃大亏，磕碜啊！"

"你说的对，绝不能在这里折了。"

"下午几点？"

"一点准时到，把事办了，我心里也没有太大压力了。"

"好了，一会儿我接你。"

过了一会儿，阿南打电话说："我找的穿线人始终不接电话，再不就是关机。"

"不用，我们直接来，一对一更好。现在，我转变了一个思路，不用挖渠，直接放水。"

"直接去，是不是太唐突了，人家不认识敢收吗？"

"一对一，应该没问题。你想，你找人说话，然后，咱们去送礼，在情理上说得通，但收礼人心里会不安的，最起码你找的人会知道他收礼了，多一个人知道，就多了一份风险。"

"你说的有道理，官场上的心理我把脉不准。"

"咱俩同去汇报谈判情况，说几句你就撤出去，然后，我一对一送钱。"

"行，就这么办。"

阿南来接尤龙，开车的是小强，阿南和他的妹妹坐在后面。

尤龙一上车就赞美说："香车，美女，靓哥呀！"

这已经是第四次见到这位美女，也熟悉了，她知道了尤龙的事，也开始交流了。

她说："摊上死人的案子最闹心了。前几年，我哥哥打架把人打坏了，人家来了好多人闹，把我哥关起来了。后来，我家找到了一位领导才放了出来。那一阵子，我们全家人都跟着上火。"

阿南说："龙哥也是很能打的，特种兵出身。"

小强说："龙哥这么厉害？"

尤龙说："好汉不提当年勇，二十二岁以前经常打架，习武练拳，那是保家卫国的需要。都是过去的事了。"

小强问："在部队参加过战争吗？"

"差一点儿，那是参加世界维和部队执行一次任务的时候，我们师抽一个侦察大队，我是其中的一员，战前训练期间特别苦，每天负重爬山，长途奔袭。我现在就是吃老底了，身体都不结实了。"

小强问："你与别人打过架吗？"

"打过，在家的时候经常打架，都打出名了。"

"在农村也能打出名？都跟啥人打？"

小强三十岁，现在，还跟一帮哥们儿打打杀杀。

尤龙说："我小时候看了《少林寺》电影后，就喜欢上了武术，当时没有人教，也找不到老师就练习飞菜刀，由近到远，把好几家的墙都砍漏了，功夫不负有心人，我的飞菜刀很准，二十米内，可以定点；后来，就练轻功，主要是上树，上到树梢，让树枝压弯还不断；练上房，一步上房，跳下来落地无声；练力气，农村没有专门的器械，就搬麻袋，每袋苞米一百五十斤，一个胳膊夹一袋，没想到还真有力气，倒在地上三个人怎么都按不住，我还能给他们上撅。有了力气就爱动手，村里村外的小伙子、地痞、流氓，我看不顺眼的就收拾他们，一两个一起上也不是我的对手。"

小强问："从此，你就打出名了？"

"是的。"

尤龙的出名是从县城一个叫霍三的人开始的。

三十年前，尤龙十八岁。

霍三在县城排名老三，专门打全县出名的人，人们非常怕他，一见到他就躲避。他听到青年乡有个叫尤龙的打架厉害，就带一台大解放车，特意来找尤龙打架。"

那时，村里来一台汽车很气派，时而有汽车从村边经过，小孩子都跟在后面追，看看自己有没有汽车跑得快。尤龙也这样跟汽车赛跑过，经常超过汽车的速度，有时还爬上汽车坐一段路再回家。

霍三带来个大汽车找尤龙打架，村里像炸开了锅，不大一会儿就围观了很多人。

霍三问："谁是尤老八？"

老八没什么特别的，就是在一个家族中排行老八，尤龙的小名就叫老八。

尤老八在村里是最优秀的小伙子，干活利索，勤快，学习也不错。由于家里穷，高中没上完就退学了，主要是考上大学也念不起。

自从他喜欢上了强身健体等各方面运动，他就不间断锻炼。身体素质超强地好。他从不欺负人，也不挑事。但谁在他面前都不能动手动脚。如果惹恼了他，对方会被他摔在地上痛得直打滚。

霍三一问，有人告诉了他。

尤龙正在家里。

霍三来到尤龙家说："你就是尤老八？"

"对呀，我就是。"

"听说，你挺厉害我来会会你。"

"有必要吗，开着解放车来我们农村打架。"

"我就是想灭你们农村出名的人。"

"我不想跟你打，因为，我们没有仇。"

"那不行，既然你打出名了就不是你的事，而是我的事。"

"你的事？这跟你有关系吗？"

"当然有，我一个县里第三号人物，主要是我没找到对手，必须会会你这个乡巴佬。"

"怎么会，是你死我活的吗？"

"也可以。"

尤龙说："你别看我是农村人，但我不怕事，也从来就不知道被打的滋味。俗话说得好，打仗没好手，骂人没好口。既然你非得打，我们得有个君子协议。"

"说吧，随你。"

尤龙说："你不就是想知道我有多厉害吗？咱俩别在村里打，到野地里去，别让其他人知道，你若输了也有面子。"

霍三说："你少废话。"

说时迟，那时快，话到拳到。尤龙不知道他会如此狂野，一个直拳就朝尤龙的面门打来。尤龙没来得及躲闪，嘴角处被拳头刮出了血。

尤龙从来就不怕任何人，更喜欢别人先打自己，把自己激怒，然后进行反击。

霍三的个子矮，胆大，动作灵敏。

打人不打脸，打脸就会使人没面子。

尤龙的火一下被点燃了。

当霍三的第二拳打来的时候，尤龙一下抓住了他的拳头，另一只手又将霍三的手抓住，然后，轻松地将他的两只手合在他的一只手上，尤龙腾出一支闲着的手。只见他脚往霍三的腿后一放，用力一推，霍三的身体起空倒在地上。尤龙骑在霍三的身上，一只手像铁钳子一样握住他的两只手不放。另一只手朝他的脸上一顿猛打，只见霍三的脸向外喷血。两眼被血遮蔽了。霍三被打蒙了，东西南北都找不到了。

村民都看得过瘾，啧啧称赞尤龙会少林武功……太厉害了！跟谁学的？师傅是谁……尤龙从此被传得神乎其神。

霍三屁滚尿流地跑回了县城。

村民说，这小子回县城搬兵去了，还得来人。

后来，很长时间，也没有听到霍三的动静。

年底，尤龙参军当了特种兵。

小强问："尤哥，你当上了特种兵，回到家乡那些流氓更怕你了吧？"

"不是怕，只是他们打不过我，尊重我。但当兵还是很有作用。"

尤龙在三十多年前同歹徒进行过较量。

那是一次探亲回家，在哈尔滨通往家乡的长途客车上，车还没开，四名歹徒一个把门，两个看守，一个在车上挨个人翻钱物，过筛子抢钱、抢物。有的不同意就被另一个人拉下车狠狠地打一顿，在地上翻滚。

尤龙还以为这个人跟他们发生了什么冲突。后来，才看清不同意掏钱就被挨打。

男男女女已经有十几个被掏过了，有的人在哭泣，有的人很惊恐地等着被掏。尤龙知道，这里虽然是自己的家乡，但社会地痞还很多，人们外出都有一种忧虑。

歹徒已搜到前座的一个女人，女人手捂着衣兜，歹徒用力撕扯，这时全车的人都把目光投到穿军装的尤龙身上，那目光把他当成了救星。

此时，尤龙已气愤不已，他像抓小鸡一样将这个歹徒提起来，狠狠地摔在过道上。

尤龙大声说："赶紧滚蛋，否则我废了你们这几个败类。"

一个歹徒拔出刀要拼命，尤龙飞起一脚将刀踢飞扎在天棚上。

尤龙说："你们识相的把钱扔下快走，趁我还没发怒，我刚从老山前线回来，杀死了不少敌人。如果你们想死，我就成全你们。"

尤龙这样一说把他们吓住了。

歹徒一听是老山前线回来的英雄，吓得把钱丢下就跑了。

尤龙问司机和押车的："你们咋不把车开走？就这样看着被歹徒明抢？"

"没办法，他们经常来，我们也不敢得罪，否则就不让我们跑线了。"

小强听到这个故事说："龙哥真有老大的派头。"

"不是，当时也只能以老山英雄的形象吓唬他们了。因为，他们都怕英雄。"

小强说："我要是有你这把好身手，早成有钱人了。也正因为我总跟人家打架，不好好过日子，不是给别人打坏了，就是被别人打了，老婆总跟我操心，离婚了。"

一路上，讲故事，说笑话，来到了交警队。

外来车辆不让进，阿南车前放了一块政府的牌子，由于经常出入，门卫已熟悉了这台车，车一到电子杆就抬起来了。

大队长的屋里有一群人，他们还是进去了。

大队长说："你们找谁？"

尤龙自言自语地说："有人，一会儿再来。"

两个人就在走廊里等，大队长屋子里的人就是不出来，两个人心里很着急。

阿南说："你得想好了怎么说，他不认识咱，能见吗？"

尤龙说："没事，当天他要扣留我，见过一面，"

阿南有所放心地说："啊！这样还好一点儿。"

其实，尤龙认为，大队长不一定能认出自己，只有提到这件事才会知道。

过了很长时间，屋里的人出来了，大队长也跟了出来。

他刚要锁门，尤龙来到他身边说："大队长，耽误您一两分钟，有事跟您说一下。"

他又返回办公室坐下，两眼看着尤龙。

尤龙说："我是供电局的，叫尤龙，发生了交通事故案，您还记得吧？"

"知道。"

"这些天来，老门一直办理我的案子。现在，人已火化了，正在和解中。这些天来，我的事没少让你们受累。"

说到这，尤龙看了一眼阿南。

阿南拿着手机会意了他的神情说："我出去打个电话。"

阿南把门关上，尤龙马上把钱拿出来，放在他的笔记本下面说："感谢大队长，这是一点儿心意。"

"这可不行，绝对不行。"

尤龙转身离开，他没有动也没有阻拦。送礼成功了，一对一的策略就是好使。

回到车里，阿南高兴地说："你可真神速，这么快就办完了。"

尤龙说："他没拦就说明还是愿意要的，一对一能给对方安全感。"

"没想到，送上礼是这么高兴的事。就好像心头压着的石头卸掉了，把包袱都丢给了收礼的人。"

小强说："这年头钱是爹，谁能不听爹的话？"

阿南说："现在反腐倡廉多严厉啊！风生水起。当官的战战兢兢，如临深渊，如履薄冰，谁也不敢收礼。有些当官的不收礼也不办事，推不开门，找不到人。由打麻将改钓鱼了，由喝大酒改遛弯了。"

尤龙说："你还挺懂政治！"

阿南说："是从一些哥们儿那知道的。"

几个人都跟着高兴，觉得这个大事终于可以解脱了。

尤龙说："哥几个，下一个环节到县人大，找帮我报警的那个好兄弟，他给我介绍一位法官咨询一下。如果走法律，我会不会影响工作。"

尤龙给人大的小陈打了电话，约在下午两点。

尤龙准时来到办公楼前，小陈出来迎接。

小陈说："哥，我帮你找了法治科长，跟他谈谈。"

他来到这位科长的办公室。

法制科长说："我们好像见过面。"

尤龙说："曾在工作检查中一起吃过饭。"

尤龙把事情经过说了一遍。

法制科长说："你的案子不是很重，而且还很轻，能占十分之四的责任就不错了。因为，你没超速，正常行驶，她横穿202国道，还不在斑马线上。"

尤龙说："对方现在要九十万元，我无力赔偿，是不是得负法律责任？"

"这要看交警部门如何认定了。"

尤龙带着疑问："如此说来，交警还是最主要的？"

"那对呀！到检察院、法院都要以交警出的认定书为准。"

"有人说只要发生死亡就负主要责任或全责。"

"这不一定，得分是什么情况。"

"事故发生时，我蒙了，不知所措，小陈老弟帮我报的案，我负责抢救伤者，到医院交了医疗费，垫付了两万元丧葬费。我的想法是，多承担点儿责任，把保险的钱拿出来给他，然后再给点儿精神补偿费。"

"你要是走法律，他只能拿十多万元。"

"差不多，我也咨询律师和相关人员了，基本是这些钱。"

科长拿起电话打给一个人说："我问一个事，车撞死人了最重能判什么刑？"

对方是个女同志，她说："那得根据情节来断定，严重的判实刑。"

他放下电话说："你这个如果是有一半以上责任，就得是三年以下，一年以上缓期。不过，你这个案子不重，如果重早被抓起来了。"

"经过法律，对工作有没有影响？"

"政府公务员有，只要判刑的就被开除出公务员队伍。你们是吗？"

"我们是纯国有企业，不是。"

"你们局长是？"

"我们局长也不是，现在叫公司经理了。"

"对，是有合同的，没有公务身份，对工作没有关系。"

科长对尤龙很热心，仔细帮他分析了各种情况，尤龙感到很欣慰，起身表示感谢。

回到车里，尤龙对阿南说："得给管小同、管小志哥俩打电话，跟他们谈。"

阿南说："我这就打。"

一个，二个，三个，四个，管小同怎么也不接。

阿南说："我给他哥哥管小志打。"

管小志的电话通了，很长时间才接电话。

阿南说："我给你弟弟打电话，他说什么也不接，总这么拖也不是办法呀！是不是得有和解的诚意啊！不想谈就走法律得了。"

管小志抢话说："不是你想的这样，现在他家……"

"你听我把话说完，我想，这些天，你也了解了不少情况，从法律上，人情关系上，你应该都做了不少准备，可是，你们也得有点儿根据呀？"

管小志说："我们知道自己，也了解别人，他要这么多也是有根据的，去年的同一个地点，也发生了一场车祸，那是一个大货车，赔了一百万元。"

"这是啥根据，同样地点，情节是不一样的，我们没超速，没酒驾，在202国道正常行驶，你家弟妹推车跑着穿越隔离带，连人行道都不走，死者也要负很大责任。我是这样想的，我们这一方从责任上多揽点儿，保险多赔点儿都给你。"

管小志转移话题说："我弟弟家太复杂，我也不想管了，他老丈人看着他，不让走，还要到我家住，说我收你们贿赂了。现在，我猪八戒照镜子——里外不是人，没办法。"

不知对方是不是推脱，谈话没法继续了。

阿南说："下个环节还得需要你来谈，你弟弟拿不了主意，净听不走正道儿的、村里人、左邻右舍的架拢。"

"我现在有个工程，过一两天就回去。"

很显然，管小志不想管这件事了。主要是他前几天帮着谈，提出了几种解决问题的办法。老太太说，他收了车主的贿赂。管小志一气之下出门干活去了。

郑书记来电话："尤龙，好几天没看到你，事情处理得怎么样了？"

尤龙说："领导经常来电话问候，真是太谢谢了。"

"都是哥们儿，跟着着急，不过，你别上火，事赶上了，有啥事吱声。"

"好的。"

放下电话尤龙心里有种温暖，与领导的关系还是没有白处。尤龙和郑书记没有隔阂，一直很融洽。

从发生交通事故到现在，很多人在关心尤龙，有经商的老板、朋友、同事、好哥们儿来电话，有提供智力支持的，有提供经济支持的。他的内心开始强大起来。朋友多了路好走，看来，平时多维护朋友，别人有大事小情的都帮助维护，等自己有事的时候，别人也会帮助你，情感是相互的，只有付出自己的爱心，才会得到别人的关心。

第十六章
事情突变不知所措

　　好不容易送上的钱给退回来了，尤龙心里一下没了底。看来钱真的不是万能的，只有人心才是可靠的，只有法律才是靠得住的。案件的发展让尤龙的内心一直纠结着，无所适从。

　　第二十一天，事情没有任何进展，尤龙的心仍在忧虑。

　　阿南来电话说："姐夫，我感觉到孙队长不是好饼，好像在里面整事，死者宋玉是李家村的，孙队长和村支书好。他们前两天喝过酒，你的情况他都能跟村支书说，他也一定会把知道的情况对管小同说，弄不好他们都在跟着要钱。"

　　"对，这个可能性太大了，即使孙队长不是有心的，他也会把我的情况说给对方，我的底他们是掌握的。"

　　"孙队长真不是个东西，吃里爬外，在整事。"

　　"这个咱还没法确定。有个事我得告诉你，刚才老门来电话了。他说，要是走法律，对方只能得十几万元。他为什么告诉我这个？"

　　"这是送钱起的作用，他开始为咱们提供有用的信息了。"

　　"我问他，如果走法律，我是不是得判一缓一？老门说，那不一定。"

　　阿南说："这就把你扔这了，案子走到检察院是至关重要的，这边你必须先找好关系。他的意思是这话咱能听明白,说明老门接完钱是办事的人，知道不？"

"知道。"

"这就是人的作用。"

"对。"

"他跟咱们一笑，那个眼神儿笑得诡异，我就知道是啥意思。"

"我跟老门说了，我把保险二十万元给他，再给一二万的精神补偿，就这个标准了，再多我也给不起，和解的时候，你就按这个标准来办。"

阿南说："你跟他这么唠，他能把这个话带过去，这样的话，孙队长再和村支书、物业经理说什么也是武功全废了。"

"对，那些算计咱们的人都不好使了。"

阿南说："人家老门交给对方底了，其他人的主意都没用了。"

"对。"

"这事我会办，现场他得像宫良那么说，死者离斑马线好几米呢，责任划分的时候，那也只能是对等，半儿对半儿。"

"嗯。"

"时间长了都能明白。"

"嗯。"

"宫良说的对，他再找人也没有用，也得按法律执行。如果咱复议，他会承担法律责任，对他的职位就有影响了。"

"老门说，这几天跟对方好好谈谈，这都超过二十天了。我说，你给我创造点儿时间，我跟他谈。"

阿南说："我现在给管小同打电话，你听我电话。"

"好的。"

阿南把电话打给管小同，管小同就是不接。

第二十二天，尤龙上班处理一下工作上的事，赵副局长在抓房子维修工作，一个吊车正将人举起处理房顶上的破损处。

尤龙来到赵副局长面前说："赵局长，这些天让你费心了，我还得需要几天时间。"

"行，你忙你的，现在也没啥事。"

请了假，尤龙打算到老门那里汇报管小同不接电话，没法谈的情况。

这时老门给尤龙打电话问："你们谈得咋样了？"

尤龙说："管小同始终不接电话，没谈上。"

"过一个小时，你到我办公室来。"

"好的。"

一个小时后，尤龙来到老门的办公室，老门见他进屋便打开柜门，从里面拿出两个信封说："你送的钱赶紧拿回去。"

尤龙说："就放在你这吧。"

"不行。现在，上面抓得紧，最重要的一条就是吃拿卡要，你同对方要好好谈谈，时间可不多了，我们局长会抓你的。"

"那得让我们局长跟你们局长通个话，做个担保吧？"

"是的。"

晴天霹雳，三百六十度大转弯，情况逆转。尤龙心里非常难受，感觉到事情很严重，怎么给退回来了？是不是没法办了……

他走出屋马上想告诉阿南，打电话怎么也打不通。于是，他发了个信息：情况有变。

这时周冰洁来电话说："老公，事情有进展吗？办得怎么样？"

"不怎么样，钱给退回来了。"

尤龙乘枫林县通往江城的公共汽车，车上一女孩儿身边有一个座位，他问这个女孩儿："这有人吗？"

女孩儿说："没人。"

尤龙坐下来。

汽车走走停停。

尤龙慢慢回想哪里出了问题。钱退回来老门是不是就不买账了？老门经常说要被抓起来。看来，自己很快就要进看守所同罪犯打交道了。到监狱可真是个磕碜的事，同事会怎么看？朋友会怎么看？肯定会说自己没能耐，小气不拿钱……很多不良的想法在他的脑海里徘徊不去。

这时，车长开始卖票："还有谁没买票？"

尤龙掏出十元钱递给车长。

身边的女孩儿问："车长，到江城监狱在哪儿下？"

车长说："到时我告诉你。"

尤龙心里更加难受了，怎么怕啥来啥，他正想着监狱的事，就有人要到监狱，这是预兆还是巧合……..

阿南打来电话："姐夫，有什么变化？"

"我坐公汽返回江城，说话不方便，下车后打给你。"

"好的。"

回到家，尤龙简单吃了点儿饭，这时接到阿南打来的电话："姐夫，我找了一个很有能量的老板，他是江城房地产开发商，我把成哥、大国找来，在一起研究一下。"

"好，我现在打车到你那儿。"

"来吧，都到我这里集合。"

尤龙第一个到，阿南在等着。

阿南说："成哥好像来了，咋没进屋？"

尤龙起身打算出去迎接，但没看到。

尤龙对阿南说："成哥挺够意思，给个信就来了。"

"成哥一般人请不动，就我好使。"

说着成哥到了，他着一身浅灰色休闲装，白色鞋，非常清爽，干练。

尤龙迎上前说："成哥始终这么精神，利索。"

成哥说："咋突然出现情况了？"

尤龙说："可能是钱给少了，全被退回来了。"

"这也不一定是坏事，现在，你这样想，和解后，他会要得你很为难，你会拿不出这笔钱。"

"会是这种结果？"

"你想，现在，他们接到了这笔钱能为你做什么？案件定型了，事故的责任早已在他们心里，就是没早早地给双方，只有和解才能要到钱。"

阿南说："这个判断成立。"

尤龙说："如果走法律，我是不是就得蹲监狱？"

"那得看你负多大的责任，是不是违法行为。如果是，就会被刑拘，然后是检察院审批拘捕。"

"我不想被刑拘，主要是怕丢人，一天也不想，在单位及同事面前过不去这道坎。"

"我那时不得不进去，因为，对方要我一百万元。你知道，十年前，我三十岁，家徒四壁，一无所有，亲戚朋友也没凑上五十万元。给不上人家，就得服刑法。"

"实际上你服法期间也是在挣钱。"

"对，你理解的对，蹲一天都是在给家里挣钱。"

"我的情况是，我们公司的孙队长说。如果我们和解，交警队就给办对等责任。我的驾驶证也保住了，停车费也不要了。"

"这是不错的结果，你的情况很乐观。十年前，这样的事情要是放在我身上，我会很高兴地接受。你的事故情节也不重，很好解决。"

"现在给老门和大队长的钱退回来了，明天就要同对方谈判，这对我们很不利。"

这时，阿南联系的人都到了，大家聚到成哥朋友的饭店，要了几个菜，开始研究应对明天的谈判。

成哥说："这位饭店老板是我的好朋友，我出事的时候，他还啥也没有呢，给我拿了五千元钱。"

尤龙说："真够意思。"

成哥说："多亏有一些好朋友，不然过不了这道坎。"

不一会儿，一位着装绅士的人走了进来。

阿南说："我给大家介绍一下，这位是崔哥，江城鑫发房地产开发公司总经理。这位是成哥，中铁副总。这位是枫林县供电司办公室主任尤龙。大家都是我的好朋友，都是为尤龙出谋划策的，在此谢谢大家。"

这顿饭是临时促成的，不在于吃喝，只在于找到解决问题的办法。

相聚的几个人里，只有崔老板是第一次见到。他着白色半袖衬衫，深蓝色裤子，戴一块名贵手表，抽中华烟，拿着几万元的高档手机。他的举止和形象，给人一种盛气凌人的感觉，似乎有种什么事都能办的印象。

崔老板说："我不饿，刚吃过饭，一口也喝不了。尤龙，你把事情的经过和情节给我说一遍。"

叙述案情经过，已经成为他内心的一件烦恼了，这些天，不知说了多少遍，他只挑重点说了情节和经过。

崔老板说："你把事故经过形成材料给我，注意一点，要说实情，实话，别把朋友装在里面。"

听他这样讲话，尤龙心里很不是滋味，内心的距离有些远了，没觉得他能办成什么事，只是阿南说他有能力。

尤龙说："行，晚上把材料交给你。"

崔老板说："那好，我先走了。"

送走了崔老板，尤龙和成哥回到座位。

成哥对阿南和尤龙说："我看，让崔老板出面意义不大，这件事不是找多少人就能解决的，最终是通过谈判和解，或者在法庭宣判才能解决，我就犯了这样的错误，找了不少能人，有好几个大官，最后，一走法律谁都没好使。"

尤龙同意了成哥的说法，事故责任不变，多大官也解决不了问题，白搭钱，白费事。

阿南也赞同成哥的说法。

他们正唠着，店里来了一位四十多岁的女士。

成哥喊了一声："曲姐，你好啊！多年不见了。"

"是你呀！太巧了。"

这是一位胖乎乎的女人，她坐在成哥邻桌。

成哥说："这是我小时候的同学，一直在一起读到高中。"

成哥搬过一个凳子放在自己身边对酒店老板说："再给拿一双碗筷。"

成哥转身对女人说："干啥来了？"

"找老同学说说话呗。"

这时，其他人才明白，饭店老板、成哥和女士都是高中同学。

成哥给女士倒了一杯酒。

女士说："你别倒，我一口也不能喝。"

成哥说："这么长时间没看到你，干啥去了？"

"我昨天刚从北京回来，我老爹没了。"

"是吗？咋没说？不知道啊！"

"是出的车祸，被一辆大车撞死的。现在没了主意，不知要多少钱能行。"

一听女人说出这件事，尤龙心里一怔。事情真是太巧了，坐在女孩儿身边说是上监狱，正在研究赔偿给对方多少钱，这位女士来到了身边……"

尤龙说："真巧合！"

成哥看尤龙一眼安慰说："别往心里去，跟你没关系。"

尤龙对这位女士说："你还是喝一口酒吧，成哥是专家，你跟他谈谈，他知道你能得到多少钱。"

饭店老板说："你爹在哪儿发生的车祸？"

"在区公安局门前。"

"是不是昨天发生的。"

"是。"

"我当时正在那儿。老头骑摩托车，穿白鞋。"

女士说："对，穿白鞋，骑摩托车。"

老板说："不对呀！摩托车上还有个女的，受伤了，被送到医院了。"

女士说："别提了，她是我爹的朋友，肋骨断了十二根。"

成哥问："你爹多大岁数？"

"七十二了。"

"那还能带个女的，真有精神。"

女士不好意思："嗨，别提这个了。"

大家能听明白，受伤的是她爹的女朋友。

老板说："我看那车祸完全怨你爹，你爹闯红灯，逆行转弯，撞在直行的车上，那家车都躲到别的路上了。"

女人说："我哥是警察，到事故现场后还把人家打了。"

成哥说："本身就是你家责任，这么干是违法的。"

老板说："自己爹被人撞死了，发泄一下也可以理解，但不能打人。"

成哥说："对方是什么样的人？"

"是十九岁的小伙子，刚发的驾驶证。"

"那倒没关系，主要是，他是什么样的车，有没有经济能力。"

女人说："有，他家有企业。"

"你要多少钱？"

"五十万元。"

"你要得太多了，属于瞎要，你的责任应该是百分百，但不能这么判，你就要个十万八万得了。"

女人说："我想快点儿结案，明天回北京。"

成哥说："带几万元回北京去吧。"

尤龙心想，成哥也太直了，一点儿也不向着同学，帮不认识的对方说话，还不让多要钱，这是成哥心里的隐痛还是出于公心？

女人有些心神不宁，起身走了。

阿南为了能让哥几个将来有个好玩儿的地方。他岔开话题对尤龙说："有机会到你战友那玩儿玩儿。尤哥的战友很有能耐，那年到上海，战友接待了他。宴会上，服务员倒一杯酒给五百元，喝一杯酒给一千元，领客人上厕所给一千五百元。"

成哥问："他是干啥的？"

"房地产开发商老板，在济南、郑州、上海、吉林等地都有房地产生意。"

成哥问："你怎么有这么好的战友？是怎么发家的？"

"他是我多年的战友，在部队的时候，他是班长，后来在驻地找了对象，结了婚，妻子怀了身孕。部队有规定不让战士在驻地找对象，他退伍后领着妻子到了上海，找到一位战友安顿下来。孩子快生了，他分文没有，为了生存下去，他求战友找活干，战友让他给楼房刮大白，一个工程下来，他挣了十五万元。缓解了紧张的生活。后来，老板让他负责楼房的电梯安装和采购，他从此发家了。再后来，当上了房地产开发商总经理。"

成哥说："干得真不错。"

尤龙说："他也是破釜沉舟。"

成哥说："是啊！这也是一种精神，没有这种精神很难成功。"

"说的对，成哥思想根基牢固。"

成哥问："你在哪儿当兵？"

"在吉林、辽宁两省多个地方。"

成哥说："战友情深，有机会跟你走一趟，玩儿玩儿。"

阿南说："等这件事办完，心情好了咱们就去。"

尤龙说："好的，这不是问题。明天的事，成哥、阿南咱们三个去，看都怎么做，都说些什么？"

成哥说："明天的事就是去泄气，我唱黑脸，你们唱红脸，让对方失望，这是必须走的一个过程。"

"好，就这么办。"

晚上回家的时候，尤龙闷闷不乐。

周冰洁看出了他的难处，带着安慰的口吻说："你又消沉下来了，你和阿南商量事情也不告诉我，我分析你们俩办错事了。没过几天就纷纷退款。"

尤龙说："我分析还是因为钱送的少。因为，下一步他们还得要钱，而且是一大笔钱，如果先收这笔钱，后期的钱就没法收了。"

不管怎么说，钱退回来了，尤龙心里没底又有些寝食难安了。

亲属们纷纷来电话问，事情处理得怎么样了……

尤龙回答："老门把钱退回来了，现在，还是那种僵持阶段。"

第二天，按老门的通知，到对方指定的地点进行和解，阿南带着枫林县的一个妹子接了成哥，几个人坐同一台车。

一进车尤龙就说："美女，成哥好。"

芳子坐在前面，尤龙和成哥坐在后座。

尤龙："昨晚基本没睡好，有种'出师未捷身先死'的感觉。"

成哥说："这就是磨人的事，双方都在耗着精力。"

芳子说："龙哥，你就跟他死扛，谁能扛到底，谁就是胜利者。"

阿南说："你别瞎说。"

芳子不吱声了。

尤龙问："如果我被判实刑，能给对方赔多少钱？"

成哥说："也就十几万元。"

"实刑就得蹲监狱吗？"

"应该是，我那时候，因为没有钱，也借不到上百万元，所以，就得蹲监狱。"

尤龙说："实际上蹲监狱也省了一大笔钱，一年要几十万元。"

"可以这么理解，我若是有钱就不用去了。"

"受苦没有。"

"没受着苦，我通过朋友找到了那里的领导，给我安排了一个好工作。我在监狱里负责看录像。摄像头对着男女监狱的宿舍、厕所，一举一动都看得清清楚楚。"

"为什么不让女人看着女人，男人看着男人？"

"这是个好差事，不找人捞不到这样的好活。"

尤龙问："新进去的犯人挨打不？"

"现在不打人了，就是干活改造思想。"

"和看电视剧不一样啊！"

"嗯，不一样，监狱把各类刑事犯分别关在不同的区域，避免了轻重刑犯在一起的混乱现象。"

尤龙也不知道自己的结果，可能哪一天就会被抓进去，他想多了解一下监狱的情况。

尤龙问："你别介意，人都说犯人没有自由，是这样吗？"

"犯罪，本身就是被剥夺自由，进去的人就是日复一日地重复着劳动，熬到刑满释放为止。"

"据说，那里也很复杂？"

"对，非常复杂，因为，监狱也是一个小社会。"

尤龙自我认定说："我也有可能去那种地方。"

"不一定，你的案子不重，不是全责，我的案子是负全责，死了两个人，而且对方的门路还很硬，给不起人家钱，也就只能去那地方了。记得我刚到监狱那天，正赶上家属探监，大厅里有很多家人在等待。有一个中年犯人从监狱里出来，他看到了自己的家人，很想上前说话，管理者没让他进大厅，他只能在门外等，他抽着烟，一支接一支地抽，很焦急的样子。接见的时间有限，我能看出他的内心反应，时间一刻一刻地过，对他来说，相望于咫尺，这是多么痛苦的一件事。"

听到他的讲述，尤龙有些恐慌和担忧，看来，用钱能摆平的事，还得用钱摆，进监狱是下下策了。

尤龙问："亲人探监想看看都不让啊？"

"监狱，就是改造人的地方，如果一切都像在家过日子那样舒服，就会有更多的人违法了，只有让犯法的人吃到苦头，才会有悔改之心。"

"也对，不吃苦如何能改造好？"

"如果我进去了，我也会像在电视剧里演的那样吗？很可能要有肢体上的冲突。"

成哥问："你行吗？那里可是人精集中的地方。"

阿南说："龙哥在部队是特种兵的侦察连长，还参加过维和部队，真刀真枪地干过。估计到监狱不会被欺负。"

尤龙的自身条件好，视力好，体能好，跑得快，身轻如燕，一步上房。可以像猴一样在树上跳着跑。

因为家里穷，念不起大学，他选择了当兵。新兵连结业，射击、体能训练、搏击都取得了第一名，分配到侦察连当了一名侦察兵。

连长说："如果在全团大比武中，你能取得优秀，我就让你当侦察班长。"

尤龙说："能吗，连长？"

连长肯定地说："能，我一定会建议营长，让你当这个侦察班班长。"

"好，我一定努力。"

尤龙一心想在军营做出成绩，走出贫困的农村。他不放过任何机会，努力训练。夏练酷暑，冬练严寒。功夫不负有心人。在全团五项全能大比武中，尤龙取得了第一名。

团里给记了三等功一次，年底就当上了侦察班班长，并加入了中国共产党。

这个成绩，在全团官兵眼里是非常难得的。尤龙出了名，大家都很羡慕他。

后来，尤龙当上了特种兵连长，在每年的军事大比武中，取得了多个奖项。

20世纪80年代，尤龙从部队回家看母亲，途中在边陲的一个小城停下来，由于是夜间，公交车停了，他就打出租车去火车站。出租车没按路线走，把车开到一处很偏僻地界停下来。

出租车司机说："你把所有的钱都掏出来，这样还能保命。"

尤龙向外一看，四周有几个人围了上来。

尤龙镇定自若地说："其实，别看你们人多，我还真不在乎。"

尤龙把胸脯向前一挺说："你猜一下，我这个是什么？"

尤龙的胸部出现半米长的硬东西。司机看过后也有些吃不准。

尤龙说："其实，我是劫车的，你的车太破了，是车救了你一命，我这个是微型冲锋枪，你们几个人还不够我一梭子弹的。"

司机吓得出了汗，他对其他人说："你们都别过来，我们遇到茬子了。"

其他人退了回去。

司机说："大哥，你饶了我，我送你到车站。"

"还要钱不？"

"一分不要。"

"好吧。"

司机乖乖地把尤龙送到了火车站。

其实，尤龙胸前别的不是枪，而是一把板斧，飞快的那种。大哥怕弟弟路上遇到坏人，就把板斧给他防身。

大哥说："这是我用好钢找人做的一把小斧子。你拿回去一来可以防身，二来可以用来砍猪排骨。"

尤龙接过斧子，仔细看了看。简直像上海滩斧头帮的斧子，实在太锋利，太好看了，尤龙很喜欢。

听到尤龙的故事，成哥感慨地说："龙哥这么厉害？"

尤龙说："那都是过去的事了，好汉不提当年勇，现在的筋骨，哪儿都不好使了，关节炎都得上了，这些年净吃老本现在啥也不是。"

成哥说："犯罪不如狗，狗还有自由呢，说啥也不能进去呀！"

尤龙说："这个可以理解，既然犯了罪就得服法，按法律规定的期限好好改造。吃多大的苦也得认，谁让我触犯法律了。再说，也必须承担罪过，这样心里还能平衡些，我就是这样认为的。"

"你这样理解也对，犯法了就要正确对待，老老实实地完成改造生活。"

"我已经做好了准备。"

成哥说："你的情况和我的不一样，也许是判一缓一监外执行。"

尤龙说："那就看明天能谈什么样了。"

"你要沉住气，不能暴露自己的心迹。这次谈判根本就不会有结果，也只能是给对方泄气，让对方看不到希望，打消念头。现在这个时候，你给他多少都不嫌多。"

阿南说："是这样，无法满足他们。"

尤龙转过话题："成哥，为了让你了解这几天发生的事情，我和你简要说一下。"

"你说吧。"

"今天，阿南和老门沟通了，老门问阿南，你咋不和对方谈谈呢？以前阿南打电话怎么也不接。现在，打电话对方接了。阿南跟他们急了，说，你要再不找我们唠，我就不理你们了，这是最后一次给你打电话。明天我就出门上外地了。后来管小同回话了，说是可以谈，我们就匆匆忙忙地去了。对方找了枫林县一个拆迁的经理，叫李生，是他跟我们谈的。"

成哥问："拆迁这个李生不也是爱打架的主吗？"

"是的，我们就坐在阿南的车里谈，开始喊价是九十五万元，阿南一听这个数急眼了，对方一下降了五万元钱，要九十万元不能变了。阿南没有还价，说，你得依法要钱，不能狮子大开口。我们就僵持上了。叫李生的这个人说，看来，你们得走法律了。"

成哥说："这个人家总用社会势力压人，我感到一时半会儿谈不

第十六章 事情突变不知所措

197

成。"

尤龙说："你说，真走法律了，我应该怎么办？对工作有没有影响？我现在还真不懂。"

"他们背后肯定有人给支着儿，现在谈不下来，最后法院那里也是谈，走法律都怕麻烦，案子一到法院人就得到，人得先抓起来。不过，你的案子好谈，假如真的进去了，你能省三四十万元，也挺好，在监狱那是在挣钱。"

"对，还不少挣呢。"

"咱判刑不也得给人家钱吗？"

"那是法院规定的，不给钱可能会加刑。如果没有工作可以这么办。但是，咱是不能走法律的，宁可多花钱也不能进去。"

阿南说："对，不能进去。"

成哥说："一般蹲了都不给钱。"

尤龙说："如果有房子，车和财产能不能都给变卖了？"

成哥说："这都是扯淡，你有的是招对付这个。到时候你可以说是妻子的，给妻子写个欠条，欠钱啥的，提前改到她名下。"

"如果到这一步，就想点儿其他办法。"

"你这个可以跟他谈，你的保险三十万元，可以放在一块跟他谈，找什么人也不管用，他们什么事也办不了，也不敢打你，不敢骂你，他能把你咋地？"

尤龙说："对方就一个办法，人死了，多要钱。"

阿南说："要的太离谱了，法律规定是有数的。"

成哥说："明天我跟他唠，看他是咋厉害的。一次不会谈成的，他们都是在幻想能拥有多少钱呢！"

尤龙说："你是最明白的了，我们都得靠你支着儿了。"

成哥说："其实最好的办法是老门跟他们谈。老门肯定跟对方说，别整太多，差不多就得了。"

阿南说："老门不会这么做的。"

成哥说："死人的一方都是这个路子，就是往多要让你砍，明白没？"

"明白了，我的想法是，保险给他，再给他一两万元的精神补偿。这个路子能达到要求吗？"

"这个肯定能达到要求，你把心放在肚子里，肯定没事。你的案子肯定往下走，到法院花个三五千的，那也比先前费个十万八万的强吧。法院那头找人办个取保，你有单位不涉及逃跑。刑事责任这块再研究，谈不下来就得往法律那走。这种谈判就像买白菜似的，白菜必须得买，钱还得要，几个轮回他们的心气就下来了。对方一看没啥好招了，真没钱了，也就赖了。另外，你跟阿南的态度，第一要挺住。第二不给还价。说没钱，谈都不谈，有招你就使去吧，扭身就走。这个尺度一定要把握好，你让他感觉到你真没钱了，你整得像大款似的，人家还不得多要啊？"

"是的，得低调。"

"这件事也不是你找人，他也找人就能办好的，没有啥用。"

"对，给多少钱那是心里必须能承受的。"

"你让他要去，你说，咋没要四百万元呢，转身就走。你说，有招就想去。你就这样谈，要不，总是没完没了。"

阿南转移话题问成哥："你有个山庄？"

"没什么，就是一个破平房，没事的时候到那里看看。"

尤龙说："成哥，山庄有啥需要我帮忙的，尽管说。"

成哥又把话题拉回来说："不用。你就把心态放好了，我去跟他们谈。你想要钱咱就谈要钱的事，你不想要钱咱就拉倒。让他丧失信心，我们就是这个路子。"

"行，我有不明白的再找你。"

成哥说："九十万元也好，九十五万元也好，最后钱数得出来。另外，花多少钱咱也不能进监狱，进去多硌碜。"

"对，想什么办法也不能进去。"

成哥说："一是不能负刑事责任。二是不能进去。我那时钱都准备好了，我以为在监狱里两个月就能出来呢。可是对方没搭理我，结果在里面待那么长时间。"

尤龙说："对刚刚发生事故的人来说，很难整明白。其实，给老门送钱也管用，没送钱时总喊十天的时间到了，送上后，也不追了。"

成哥说："一般情况下，十天肯定下不来，得一个月吧。"

尤龙有些安慰地问："成哥，你的意思还有时间？"

"肯定有时间，你跟老门商量，等个三天两天的。"

尤龙说："谈不下来可不好整了，是不？"

"谈不下来就往下走，检察院、法院，一步步地来。也许到最后一步效果会更好。"

尤龙问："是不是到法院那里就不好了？"

"对，谈不下来就没招，只能往下走。百分之九十都不太好谈。现在，他家就好像赶上动迁了似的，他得整一笔钱。这些穷人贼烦人，非常难对付。"

"是啊！老多人给支着儿了。"

"咱们的意思是不管他要多少，我一分钱也没有，然后走人。"

"哈哈！这也是个办法。"

"真的，我说也行，阿南说也行，说完再用一个唱红脸的拉回来，就说那天心情不好，闹心。"

"哈哈！这个招，可取。"

"我那时候对方跟我要一百万元，我听到后，扭身就走，我不谈了，就说没钱。"

这时尤龙的电话响了，对方是公司的赵副局长。

尤龙知道，赵副局长在利益上触角无处不在，不管是不是权限范围内的事都想参与。一是想树立自己的权威。二是利益为重。公司的其他部门，从主任到科员对他印象都不太好，他不爱配合别人的工作，啥事都得通过他，否则就执行不下去。

这个电话尤龙心里特别清楚，眼下正是公司搞暖房工程，他的关心和问候一定包含工程方面的事情。如果尤龙没有时间处理这些工作，他就可以完全代劳了。

尤龙接过电话，只听赵局长说："你的事情处理得咋样了？"

"对方火化了，但没有喊数呢。"

赵副局长说："咱先不着急，那头他得着急。"

尤龙带着请示的口吻说："赵局长，您说，咱们用主动找他吗？"

"不用，他得找咱们要钱，我估计那头也得马上来人。"

"对，他们已经找人了。"

"咱们一找他，对方更得拿捏咱们了。"

"现在，我还把握不了尺度，对方的心思不好掌握呀！"

"咱们现在就是放挺，他要多少，咱不能一下子就答应了，双方得拉几回锯。"

"孙队长还追我快点儿和解结案呢。"

"不能这么办，钱在咱们手里，给不给咱们说了算，我的意见是慢慢来。"

尤龙说："对方家庭很复杂，到现在也没有一个说了算的，没有准确说法。"

"那也可能是那头家里意见不统一。"

"是的，那头没有找到恰当的人。"

"他们可能正在研究谁说了算。"

"赵局长，你说对方人火化完了，对咱们有利吗？"

"交警队有要求，火化完了才能进行和解。"

尤龙说："对，老门说，十天之内必须火化，不火化十天之内的费用由车主一次性拿齐，十天之外所有费用都由他们自己承担。"

"火化了没信儿，等到周一就能有动静。"

"我想跟老门碰个面，探探底，能赔多少。"

"啊，对，看看交警裁决大约能多少。我想，他们不能以裁决这个数为准，肯定还得额外要。"

"对。"

赵副局长说："那就跟他们谈呗。"

"嗯。"

赵副局长说："别着急，别着急。"

"行，工作上就靠你了。"

"行，往后拖一拖，越往后拖对咱们就越有利。开始，他们在感情上还很沉重，还没有走出来，家属可能承受不了。但时间一长，可能就淡化不少，这样就好谈了。"

"是的，应该是这样。"

"好了，有事电话联系。"

他的电话一是问候。二是了解一下尤龙案子的进展情况，有没有时间来办理暖房工程。果然，这件案子太棘手了，不是马上就可以结案的。

阿南要先将这位美女送回去，将车开到她家附近。然后，给管小同打电话问清了谈判地点。

阿南的车带着谈判代表向李家村驶来，不知双方怎样谈判，能不能和解。

第十七章
在李家村谈判

　　谈判是手段，是技巧，是最佳的表达方式。双方选好了谈判代表，有的唱黑脸，有的唱白脸，都是在精心设计，有备而来的，他们在严阵以待。

　　谈判地点是管小同确定的，设在李家村。李家村距枫林县十五公里。

　　在202国道，有个去往李家村的路口，阿南以为，从这个路口下去，很快就到了。

　　这是一条沙石路，春天已经翻浆，重车把路轧得走了形，坑坑洼洼，时而有水，时而是泥。阿南的轿车走几米就刮一下底盘，咔咔作响，看得出来阿南对车很心疼。

　　阿南打通了管小同的电话："哥们儿，我们已经到康家小卖店了，还有多远？"

　　"还有十里路吧，前面有个横道往右拐是村部就到了。"

　　"你咋找这么个地方，太难走了。"

　　对方没回话。

　　尤龙、阿南、成哥知道自己是主要责任者，主动权在对方手里，一切对方说了算。对方不谈也没有办法，农民也不上班有很多时间。

　　轿车在吃力地爬行，慢如牛车。

　　尤龙说："对方是管小志说了算，管小同一切都听他的，管小志是后台主使人，他若不在场也谈不成。"

正如尤龙说的那样，在决定谈判日期后，管小同带着大哥找到管小志问："二哥，咱们明天谈判都让谁去？"

管小志说："让大哥、许虎、小同、村支书，你们四个去。"

"你不出面？"

"这一轮我出面没有用，你们也谈不成，就是一次碰面。李书记有组织能力，能说会道，让他给对方上一堂政治课。"

"李书记能照咱们说的做吗？"

"能，我跟他说好了，再说，屯里屯亲的，他不能胳膊肘往外拐！"

"得请他喝酒吧？"

"谈判过后请他喝酒。"

大哥说："老二，我也不会说啥呀！"

管小志说："大哥，你什么也不用说，你脾气不好，爱发火，那就对他们发吧。让他们感到与我们谈判非常有难度。我们也不是白给的。"

管小同说："能不能打起来？还不知道对方来的是啥人？"

"不管来的是啥人，我们采取黑白两道并用的办法给对方施加压力，让他们招架不住才能多给钱。"

管小同感慨地说；"二哥说的这个招管保好使，就这么办！"

大哥说："许虎唱黑脸怎么样？"

许虎说："只要让他们害怕，咋地都行。"

管小志说："许虎老弟，你把在监狱学到的都用上，吓唬他们一下。"

管小同问："二哥，我怎么说？"

"你什么也别说，如果想说，就说少九十万元不谈。"

"他们能给这么多吗？"

"你傻呀！给不了多，就往下降呗！要的多，剩的不也多吗？"

"二哥说的对。"

管小志来到村部，找村支书帮忙谈判。

村支书说："小志，你不用出面，对方也能猜出我们的用意，我们怎么想的，他们也会知道。我们就说你到外地打工了，过几天才能回来，不爱管弟弟家的事，给对方增加时间上的负担。"

"这也会让对方感到我们诚意不足。"

"这就对了，只有这样才能多要出钱。"

管小志说："李书记，你是咱们村最有能力的人，有你在，他们肯定对付不了我们。"

"这一点我相信，我也有自信，但也不能忽视对方。因为，他们都是江城人，来的也一定是能人。"

"你跟他们谈，我心里有底。"

李书记说："不过，小志，主意还得你拿，底线是多少，是往成了谈还是往散了谈？"

"这一次还是往散了谈好。"

"那就达不到目的了。因为，你们喊过九十万元不动，他们也没还价，这说明我们的数与他们的底线有很大差距。"

管小志说："我们守家在地，说来就来，说走就走，来去自如。他们离家远，也许会折腾不起，人一懈怠就会妥协。"

李书记说："小志，你真不白在外面闯，思路清晰，有见识，我们有希望赢。"

商定妥当，第二天，几个人提前来到村部等候。

阿南说："管小志这小子前两天我给他打电话了，他说不想管了。管小同的老丈人、丈母娘都责备他，说咱们给他好处了。"

成哥说："这都是借口，在推脱。"

阿南说："不管是啥，咱们都得面对，现在还不知道在场的都是些什么人。"

李家村都是新盖的红色瓦房。看到这样的房子，尤龙心里感到不快，心想，这个村这么富裕，对方一定不会少要钱！

李家村在大山深处，尤龙突然想起来了，前几年负责宣传工作的时候，曾扶贫这个村的三名学生，村支书姓李，也许谈判的地点就是这个村。

尤龙说:"前些年,我来过这里,没想到这个村变化这么大,家家都盖上了新房,村干部可能也换了。"

果然,管小同在村部门前等着他们。

村部在村子的西侧,离人家有二百米,是个很静的场所。

几个人下了车来到村部,大院是一堆粗木头,与房顶齐高。尤龙走在前面,一进屋,里面还有三个人。

管小同介绍说:"这是我们的李书记。"

李书记说:"谁是车主?"

尤龙说:"我是车主。"

尤龙抬起头看了一眼村支书,很面熟,好像在哪儿见过。

这时,李书记说:"我见过你。"

尤龙说:"我也有这种感觉,一定见过。"

李书记说:"我想起来了,几年前,你来过我们村。那时,你是搞宣传的。"

尤龙说:"对,就是你接待的我们,没想到,今天是在这种情况下相见。"

李书记没说话,在回想着,纳闷儿着。

李书记抬起头望了一眼尤龙说:"我这记性,那是十年前的事了,为村民架设用电线路、架桥,扶贫三个贫困学生就是你来做的宣传。我想起来了,你是尤龙,因为你的宣传,村里变了样,百姓发了家,很多村民富裕了,三个孩子也考上了大学。"

"他们都在哪儿?"

"一个在哈尔滨,一个在大连,一个在山东省。"

尤龙感慨地说:"真不错。"

事情是这样的。枫林镇的李家村地处县城西部偏僻山区,素有"小西藏"之称,李家村是这个大山深处的"原始部落"。十年前,这里贫困落后,道路不通,而如今一排排砖瓦房挺立在村中,从贫穷到富裕,这个变化得益于这个镇的供电所长付国友。

2002年8月,枫林镇供电所长付国友上任后的第一件事,就是了解全镇村民用电情况。村民反映电压低,没钱改造线路,制约了村里的经济发展。他马上组织员工对全镇村民用电情况进行勘察，有两个社的用电问题需要马上解决：李家村共八百五十二口人，只有一台十千伏安的变压器，仅能满足村民的照明用电；偏远一点儿的人家在线路末端，点的电灯还不如蜡烛亮。付国友千方百计为村里争取项目，筹措资金，为村里新安装了一台三十千伏安的变压器；而后又投资八万元，新架设一条二十基杆的用电线路。有电了，有的村民开了粮米加工厂，有的开了养殖场；为能让村里物资运送出去，付国友通过多方协调用车拉来了十多节水泥管，同村民架起了一条可以排水的桥。这座桥修成后，大车、小车都能通过，水再大也冲不毁，彻底解决了村民出行不便的问题。村民称这座桥为"致富桥"。通过宣传，镇里还出资为村里修了一条沙石路，电力企业还资助了三个贫困生，解决了他们上学的费用。十年过后，这里家家是新房。

有了这个前提，谈判的氛围就好了很多。李书记将会议室两侧各放四把椅子，确实有谈判的准备。

李书记说："来来来，几位先坐下。"

李书记是被对方请来当调解代表的。尤龙一看对方能讲理、懂法的也就是村支书了。

尤龙说："我介绍一下，这两位都是我的亲戚，一位是姑家表弟，一位是舅家表弟，没外人。"

李书记说："这位是管小同，也就是死者爱人，这位是管小同的姑家表哥，这位是管小同的大哥。我在村里工作，受管家之托与几位见个面，对此事进行调解。"

在尤龙心里，他还以为管小志一定在场。因为，对方的联系人定为管小志，一切由他做主，他不来说明这个谈判要泡汤，诚意不够。

这时，成哥说："各位，今天，我们到这里来，就是要同几位见个面，平心静气地谈一谈，把双方的想法进行沟通，协商这起事故的赔偿问题。来的时候，我又到现场看了一下。首先，我把事故过程简要地回顾一下。我尤龙哥是在早晨上班途中，行驶在202国道，在没超速、没抽烟、没打手机等规定的情况下，突然与推自行车快跑横穿马路的宋玉相遇，躲闪不及，刮到自行车造成重伤，经医院抢救无效死亡。我们积极发扬人道主义精神，及时救人，拿钱住院，伤者死后主动拿丧葬费两万元，解决你们的难处。此期间，我们曾到省、市公检法多个专业部门，了解事故情况和性质。通过找律师等方式了解赔偿情况。"

李书记接下来说："我想，大家都是带着诚意来的，二十多天来，双方通过找律师，学习法律，找公安局、检察院、交警队人员了解事故的性质和赔偿情况……大家心里都有谱了。我相信在每个人的心中都有一条线，而且是不变的底线。那么，你们的位置在哪儿，我希望你们说出心里的底线，看看我们能不能接受。"

李书记面容慈善，说话讲理依法，语言流畅，表达内容清晰明了，在情理上说得到位，在法律上有章可循，有据可依。在尤龙心里，这个村支书是个能人，很难对付。

来的时候，阿南、成哥就定好了，不能说出底线，这个时候，给多少都不多。只能听对方的底线是多少，看能不能接受。

村支书明显在为管小同争口袋，阿南感到形势很不利。

他马上接过话茬儿说："管小同总是被人架拢，自己没个主意，按理说，自己的事应该自己说了算。过去，打电话不接，再打干脆就关机了，根本就不想谈。"

李书记说："那时，他还没有从悲伤中走出来。你想，一个家庭就这样破碎了，从此，他又当爹，又当妈，孩子这么小，他多么艰难。他家里事情多，可以理解。"

对方的表哥叫许虎，此人五十多岁，着一身工作服，黑面孔，小眼睛，满脸横肉，说话像蛙声有些刺耳。

十八岁那年，他在市场卖猪肉，靠强买强卖发家。

有一次，一位少妇在他店铺买肉。

少妇说："给我割这块，买一斤。"

许虎刀法利索，手法灵巧，一下就将此肉割下来，瞬间在里面夹了一块猪肚皮，用称一量二斤半。

少妇说："我只买一斤，你干啥给我割这么多？我不要了！"

许虎说："你不要我卖给谁呀？这是你要的，谁能百分百地割准啊？"

少妇来气了，转身就走。

"你给我站住。"许虎蛮横地说。

少妇说："我不买了，咋地吧？"

"不买就是在砸我的门面，称完的肉不要了，老子还从没遇到你这样的人！"

"我就不要了，你能咋地？"

少妇刚说出口，许虎上前就朝她脸上打过去，少妇的鼻子立刻出了血。

打人不打脸，这是打仗人必须遵守的规则，打脸属于破相，违法的时候判的比较重。

少妇脸上一流血，就有人上来围观。

有一个人说："这不是李老师吗？怎么挨打了？"

市场附近就是派出所，有人报了警。

警察来到面前说："你打了人，赶紧领人到医院看伤。"

许虎蛮不讲理地说："不就是鼻子出血了吗？看什么伤？"

警察说："那你给拿六十元钱，让她自己去。"

"不行，六十元钱，够我挣好几天的。"

警察说："这样不行就得先拘留一天。"

"拘就拘，无所谓。"

少妇到医院看了脸，确诊为面部受伤。

许虎以为打了一下脸没什么，无所谓，还在死扛。

警察说："受伤那个人面部神经打坏了，在住院，需要五千元治疗面部神经。"

许虎说："你们玩儿我呢？这么一会儿就五千元了，钱就那么好挣？够我干一年的了。"

警察说："你不拿这些钱就得蹲监狱了。"

"蹲就蹲，能怎么的！我也不是没蹲过！"

结果许虎真的在监狱蹲了六个月。

他出来后仍在菜市场卖肉，谁都不敢买他的肉，人们绕着他走。

后来，他改行了，也没有什么起色。三十年来没有大的变化。

近两年，他涌入了无职业人群中，街道管理部门给他提供了一个食品加工商店，他的生意开始红火了，随着生意的扩大，他还雇了几个人，自己当上了小老板。

有了钱，他的翅膀又硬了。

现在，表弟家出事了，特意找他来帮忙谈判。

许虎说："我打伤过人，蹲过监狱，什么事都见过，我弟弟家人没了，就想多要点儿钱。现在，剩下的都是老人和孩子，生活上非常困难。拿一百万吧，不然，我就让我的兄弟到你们单位闹，看你给不给钱！"

李书记说："前期，你们把事情处理得非常好，我们很满意。第一时间报警，第一时间打120，及时抢救伤者，到医院交钱，体现出了人性的关怀；农村人没有钱，你们还垫付了两万元的丧葬费，为死者家属解决了入殓费用，但在赔偿问题上遇到了阻力。"

村支书句句在理，分寸把握得好，思维缜密，说话没有任何漏洞。很显然他们也有唱黑脸和红脸的。

成哥说："人之常情，你们要多少钱，情绪多么激动，这些，我们都可以理解。因为，人在气头上都会发生不理智，不依法办事的行为。你们这些想法和招数，我也都考虑到了，要钱也无非就是这两种方式，一种是心平气和，如春风化雨般地要。一种是恶狠狠地，什么招数歹毒就用什么。其实，人都是被敬大的，不是被吓大的。这对我的人生经历来说，我遇到过不少这类事情。对我来说，我见过鸡，见过鸭，还真没见过（鹤）吓。"

李书记说："我们知道你们也一定能找到硬人。据我所知，你别看管小同在农村，他的人要比你们的硬，无论是省、市、县，都有能说上话的人。"

尤龙说："这个我们不比，也没这个必要，现在是法制社会，关系再硬也得按法律办事，向情向不了理，何况是刚性极强的法律。我敢断定，我们双方无论找到多大官，谁也帮不了这个忙。"

许虎说："我们把人都入殓了，不然抬着尸体到你们单位，往单位一放，看你们能咋地。"

阿南说："你们都是有修养的人，不可能做出这么肮脏的事情。"

尤龙说："这是个人的事，跟单位没有任何关系，你们闹的目标不对。这也是违法的，你的思路有问题。"

许虎说："九十五万元不讲价。"

成哥说："你不能这么说，既然咱们能坐在一起，就是研究双方都能承受得了的事情，人都有自己的底线。"

李书记说："既然你们心有谱了，你们说出来，你们的底线是多少？看我们能不能接受？"

谈了很长时间，管小同一言不发。

这时他突然冒出一句话："九十万元，不能变。"

许虎对阿南说："我还以为你们来的都是能打仗的人呢，如果是这样的话，我能找人打死你。"

阿南说："你找的人能打死我？这我可不信，我最不相信的就是这样的事。小儿科，你别扯这个了，我最瞧不起这样的人。"

许虎仍在以自己势力来维护自己："我们可以对车主动手，最起码也得打他一顿解解气。"

阿南说："打人是犯法的，你不懂啊？"

"我们就是打他一顿又能怎么样？他把人都撞死了，法不责众，大家拿他解解气，不也得受着？"

阿南问："你打人进监狱没蹲够吗？"

成哥说："这些都不是解决问题的办法，要知道，死者是有责任的，她在202国道横穿马路，还不在人行道上，这要是在发达省份是不可能发生的事。从人性角度考虑，我们第一时间报了警，第一时间对人进行了抢救，第一时间垫付一切费用，考虑到你们家属及亲人沉浸在痛苦中，在火化时我们及时提供了两万元丧葬费，一切做得都是主动的，你们还提什么打架斗殴的，有意思吗？这种办法能解决问题吗？"

许虎说："我蹲过监狱，在里面见的事情多了，谁狠谁就是赢家。你们要是不给钱，我就找人摆平你们。"

成哥说："这是法制社会，下三烂的手段不好使了。如果好使的话，我可能早用上了。这方面你就别想了，轮不到你。"

李书记说："这样谈不会有结果的，你们得有一个能说了算的。"

阿南说："我们这方面我可以代表做主，你们这方面管小志说了算，可他没来，咋谈吧？"

管小同说："我哥哥在外面干活呢，回不来。"

双方都在以找能人摆平对手，谈判陷入了僵局，越来越激烈了。

许虎说："我就是这么想的，不给钱就找人到单位闹，见人就打，看你能怎么的？"

尤龙说："大家都不要吵了，这样谈不会有结果的。打人是违法的，打坏人是要花钱的，逞能解决不了问题。如果咱们双方都不想和解，我们就走法律，这个案子我还真不怕。多日来，我咨询了几个律师，相信你们也没闲着，心里也有数了。法律是独立于人情之外的重要保证，是保护双方利益的准绳，这个准绳不利用，还在这里杀呀，打的，能解决问题吗？我们的案子一部分是民事，一部分是刑事。到检察院、法院那天，法律判多少，我给多少，这样是最好的了，没必要在这里吵吵闹闹。"

许虎说："现在是，我们的日子难过，家里老老少少的没人管。不快点儿解决，我们不会让你消停的。"

很显然，管小同一方的策略也是深思熟虑的，他们唱的都是黑脸，就是想动硬的，用强硬的手段吓唬人，让尤龙尽快让步。

尤龙看得出，这几个人也就村支书是说理的，把他拉出来谈谈也许能解决一些问题。

尤龙对村支书说："管小同是你村里的子民，你为他负责的心理和此时的心情，我都理解，你出来一下，我和你单独谈谈。"

尤龙将村支书请到了屋外。村部的院子很大，一人才能抱得过来的粗木头堆成了小山，两个人来到了木堆旁。

尤龙说："我第一眼看到你时，就有一种亲切感，你慈眉善目，对人和气，说话讲理，也懂法，我很欣赏你的为人。另外，我们还有过一面之缘，共同为村里做了些事。"

"是的，你的宣传为村里解决了大问题。如今，路通了，村民过上了好日子，这里有你的功劳。可是，管小同的事既然找到了我，我也得出个面，他毕竟是我们村的人，乡里乡亲的。"

尤龙说："这个我绝对理解，你可以维护他的利益，但这么谈是无法和解的，我们犹如两头扯着根绳子，都不往目标上靠，越扯越紧，最后只能扯断。咱们的事每走一步脚下都要有根，要以法律为依据，不应该漫天要钱。你们考虑的问题是，这个案子走法律是多少钱，在这个基础上你还想要多少钱，要多少我能承受得了，你们要有个准确定位，不应该是狮子大开口。"

村支书终于说出了对方内心的话："我们村有不少人认识你们孙队长，他是我们村出去的，姓管的就是瞎要钱。"

尤龙心里一下明白了，原来孙队长是这个村出生的，当了兵后分配到了供电局。怪不得这个谈判如此艰难，原来他和老门一样，这边讲和解，那边谈对等，真是别有用心。

这个谈判就是在跟高手过招。

听到村支书的这句话，尤龙心里感到一阵温暖，但他没有表现出高兴的表情。

尤龙说："你们可能知道，宋玉是农村户口，按我们省的标准，在法律规定中，她才能得十几万元。现在，要九十万元，多出多少倍？我不是大老板，也没有做什么买卖，工薪阶层，没有积蓄。如果我是大富豪，我也会很潇洒地说，九十万元，行，不谈了，和解，全给你。"

"那你想给多少？"

"现在你还没看出来吗？给多少都不会嫌多的。"

"是这样，在气头上。还得慢慢沉下来，过一段时间，人就会现实一点儿了。不过，管小同家真的很穷，房无一间，地无一垄，家里确实困难。"

"管小同怎么找一个比他大七八岁的女人？"

"一个是穷，一个是因为他爱喝酒，没人嫁。"

"李书记，我的想法是，保险下来的钱都给他，他可以盖个新房。然后，手里还有近二十几万元钱，足可以把孩子供到上大学。就咱俩说，管小同才四十岁，很年轻，妻子的失去，让他在村里一下子成了有钱人，他可能会找对象，重新成家。如果我们双方僵持不下，只能扯断这根绳子，走法律，他也只能得十几万元。"

尤龙在给对方制造一个美好的愿景。

"对，这个结果还是不错的，老婆的死能改变他的生活质量，这是现实。何况他们的婚姻也是凑合着过，应该说宋玉的命不好，她嫁过三家。第一家是赌徒，生个儿子；第二家据说也不咋的，是个小偷，又生个儿子。这第三家是管小同，还是个酒鬼，这就是命。"

"我也相信人的命天注定，河里死的人井里死不了，尤其是我的一撞，分秒不差。如果我在家提一下鞋的工夫就能避免，这件事让我相信了宿命。但我也知道，生命是无价的，妈妈是无法复制和取代的，最受苦的是孩子，小小年纪就没了母亲，对这件事我感到非常自责。"

"是啊，管小同天天喝大酒，也不一定能抚养好孩子。"

这时，管小同走过来，在旁边听着，一声不吭，也不插言，怕他们之间达成协议，他是出来监听的。

管小同说："我不想走法律，就想多要你两个钱！"

管小同又透露出了自己的心迹，原来他不想通过法律来要钱。这个结果是尤龙求之不得的。走法律，尤龙得被判刑，工作会丢掉，判了刑，服过法，一生是戴罪之人。在同事、亲人、朋友面前都会没有颜面，这是他最不想要的。

管小同的一句话让尤龙心里有了底，看来，这个谈判就是时间问题，如果老门给时间，也许钱数就能降下来。

这时，许虎与阿南冲出门外，在门口来来去去撕扯起来。时而大骂，还想打一架。

阿南对许虎说："你能代表管小同不？"

"我能。"

"你怎么能？管小同现在一个人睡觉，你每天可以和老婆孩子在一起，温暖一家人，你怎么能代替他的孤独。你现在五马长枪的，只能让他心寒，还能给他什么？"

许虎气愤地说："你少跟我扯犊子，不给钱，我就找人要你命，别看你们是江城来的，我找的人能撕碎你。"

阿南说："就你这个小人物，我还真没看上眼儿，你把最能的人叫来，我看他是什么德行？跟我叫板，不好使。这就是谈判，若是别的场合，我不会放过你的。"

许虎说："小样儿，我就跟你死磕了，咋整都行，现在我就能打死你！"

两个人往一起靠近，真有打的意思。

阿南指着他气愤地说："你说的是人话不？来，来，来，你打死我，你不打死我就不是你爹的儿子！"

这时成哥拉住阿南，推开许虎说："没必要伤了和气，谁打坏谁也得拿钱住院，都是钱上的事。"

李书记要上前制止。

尤龙扯一下李书记说："别，别，别，打不起来，发生这样的矛盾也正常，话赶话，打嘴仗，我带的人有素质，只是发泄一下内心的激愤，肯定打不起来。"

尤龙大喊："阿南，你别出声了，成哥你把阿南拉到车里。许虎，你也别骂了，各自都让一步。"

尤龙在供电公司工作，供电企业服务百姓用电，每天都与客户打交道，人们都很了解这个单位，在人们的心中也有一定的位置。通过交谈，李书记开始的强硬态度就有了明显的改变。

阿南往车跟前走时愤怒地说："什么玩意儿！还跟我玩儿埋汰的！"

李书记对尤龙说："老弟，这次是谈不成了，下次再来，可别带你这两个弟弟了。"

尤龙答应着说："行，不带了。这些天，我没车了，让我弟弟拉着我，来回走方便。"

尤龙把成哥推进车："你也上车吧！"

尤龙转过身对李书记说："下次谈判，你选个好地方，我请客，咱们边喝边谈，没必要吵吵闹闹，心平气和地解决这个事情。"

李书记说："行行行，就这么办。"

尤龙一行离开了村部。

第十八章
孙队长透露心思

这个案件在所有人眼里都不同意走法律，而不走法律的结果就是多给人家钱，要多少给多少。失去了法律的保障，双方是无法和解的。孙队长也不同意走法律，他说他在里面做了很多工作，走法律就什么忙也都不上了，从此也不管了。拿不出那么多钱的尤龙仍然陷入困顿之中。

成哥和阿南还在气头上，两个人没说话。

走出村庄几百米，尤龙对两位兄弟说："我单独把村支书拉出去，就是想知道他们的底。这个村支书我们以前见过面，他是对方的主心骨，我必须了解他的想法。其实，我也担心他带人到单位闹事，这样就难办了。"

阿南问："你们俩谈得咋样？有效果吗？"

"有，李书记说了，管小同一家就是瞎要钱。"

阿南说："这就好，只要老门给我们时间，就能把钱降下来。"

尤龙说："其实，给多少时间都没用，管小同能耗得起，他也不上班，没有地，等多久都行。主要是交警这里不允许。眼前我们最主要的就是底线不能破。开始，我以为这次能谈下来，进屋一看，管小志没来，对方后台不在现场，肯定谈不成了。"

成哥说："你们发现没有？人和人的智商都差不多，你想到的别人也能想到。其实，他在不在场也都会是这个结果，今天这个形式是他们早就想好的，他们的打法就是让我们招架不了，妥协。"

尤龙说："城乡接合部的人更难缠，每次谈判都找个有社会背景的人。"

阿南说："他们找的还真不是手，都没名。如果他们把邢二，陆六找来，还能有点儿说服力，但我也认识他们。没想到他们找的人都是二混子，臭无赖。你的案子变得相当复杂，交警大队长与达仁物业公司经理关系非常好，孙队长与村里人及这些人又有联系。"

尤龙说："是这样的，我们的一举一动他们都很清楚。"

阿南说："我跟他们说保险全给他，咱们再给他二三万元的精神补偿。也就在二十四万元左右。"

成哥说："这个就是我们的底线，法律规定的也是这个数。"

尤龙说："对方也会知道这个底线，我对李书记就这么说的。"

阿南说："对，你这么同村支书唠，他能把话带过去。现在孙队长没什么用了，老门也把底交给对方了，他说的责任都在你，也不一定都有用。现场证据都有了，就如宫良说的那样，死者离斑马线好几米远呢，责任划分的时候，只能占对等责任。追究刑事责任对你伤害太大，双方都清楚这个情况。"

尤龙说："对，现在我们双方都知道了底线。"

成哥说："如果老门办差事儿，咱们可以复议，对他的职位会有影响。"

尤龙说："老门也打电话追我，说时间不多了，过节期间同对方唠唠。我对老门说，你给我点儿时间，对方不好谈，老门答应了。他说，趁这几天放假，你们跟对方谈谈，底线是保险部分都给他，精神补偿也可以考虑点儿，上班之后最好能和解。"

成哥说："这个底不能给他们，就让他们喊数，我们等着，钱在我们兜里，掏多少钱，我们说了算。"

"关键是我们也不知对方的想法，从实际上来说，不是他们心虚，而是我们。"

阿南说："走，我们找宫良问问，看下一步咋整？"

联系好了宫良，几个人向江城驶来。二十分钟后，进入江城交通指挥中心，宫良早已等在那里。

尤龙、阿南、成哥同时来到宫良面前。

阿南说："宫处长，又来麻烦你了。"

宫良处长一点儿也不摆架子很和气地说："咱们就在车里分析一下吧。"

几个人都进了他的车里。

宫良说："在我印象里，我只记得要给你办对等责任，我还同你们县的老门打了电话，我对他说，不是需要你向着我什么，你就按实际来，只要求公正就行了。"

阿南说："我们刚同对方谈过，没有任何效果，对方死扛，这是第二次谈判了，他们每次都找社会人。还提出把村里、物业的人都找来到单位闹，把老人抬来放在单位。"

宫良处长说："这些都没有用，如果他们闹事就可以给警察打电话，他们这是扰乱公共秩序。"

成哥说："死者家里人说，不想走法律，就是想多要点儿钱。"

宫良处长说："我见过鸡，见过鸭，还真没见过大讹（鹅），他们凭什么呀？"

尤龙说："我们双方都不清楚什么责任，所以，心里都没有底。"

宫良处长说："交警在十天之内就应该给你们认定书了，现在是多少天了？"

"二十七天了。"

"这么多天都不出认定书，这本身就违法了。属于程序违法，必须改正。这要是在江城，我们是不敢这么做的，和解了就给办对等，不和解就要承担主要责任。要知道人命案是来不得半点儿含糊的，谁敢有这个胆儿啊！我看你可以走复议了。"

成哥问："对警察复议有好果子吗？"

"也不绝对，但必须证据确凿。一般情况下是赢不了的，自己办的案一定得做实呀！"

尤龙说："我给他们都送了钱，昨天退回来了，我现在心里没底了。"

宫良处长说："也可能是对方嫌给的钱少，或者对方找的人硬，他们办不了。"

尤龙说："我问了老门是什么责任，他说承担主要责任。"

宫良处长说："那也是蒙你呢，他既然敢办对等，就说明你的案子本身就是对等，不重要。"

尤龙说："我到现在为止，真理不清头绪了。"

"这就是老门一贯的做法，给你对等，你得感谢他，对方和你多要钱，也得感谢他。也叫作通吃。"

尤龙惊叹地说："原来是这样，老门真是太厉害了！让人云里雾里的，真有手段。"

宫良处长说："他们也不敢随意做出认定的，其实，认定书当天心里就有谱了。"

几个人都很感慨：原来是这样啊！

宫良处长说："枫林县的事故科长是我的同学，我给他打个电话问一下你的案子。不过，这样的事还真不便于参与。"

尤龙能够理解，宫良也是交通警察，也曾办过多个案件，不好干预别人。不过，经宫良的分析，尤龙的思路还是有些清晰了。那些恐慌、无奈、彷徨淡化了很多。

回到家，尤龙的手机响了起来。

来电显示是孙队长："尤哥，你不糊涂吗？你不能直接给大队长送钱，他能要吗？"

"我就是想感谢他们，他们对我说了，向着我，这么长时间没有表达，总觉得不对头。"

"我和大队长是多年的老铁了，他说，不能要你钱。你说你没责任，法律就得让你有责任。你什么都不说，交警就给你对等。这事是只可意会不可言传的。"

"我哪懂这么深的奥妙啊！"

"没到这一步呢。"

"可老门说没时间了，让赶紧跟对方谈。"

"对方想要钱就给你时间，对方不想要钱就得走法律，但得需要公司领导出面担保一下。"

"实在不行就走法律吧，我都五十岁的人了，无所谓了。"

"走法律我可就管不了啦，我只能在交警部门这里帮你。"

孙队长已经暴露了心迹，他同对方的亲属朋友都认识，他已把尤龙的自然状况说给了对方。如果走法律，很多人的想法、意图、利益都将成为零。尤龙在内心是不想走法律的。因为，他查看过很多资料，问过很多人。走法律还是对自己不利。

上级工会有个好哥们儿叫李洋，两个人是在宣传工作中结识的，尤龙向他了解这一情况。

尤龙打电话说："李老弟，哥有个事想请你帮个忙。"

"哥，你说吧，什么事？"

"我想咨询一下，咱们企业员工如果发生交通事故被法院判一二年，或判一缓一，工作还保不保了，对工资有没有影响？"

"哥，我在工会工作这么多年，还从来没遇到过这样的情况，没处理过这样的事情。很多人都私了啦。"

"好吧，兄弟，麻烦你了。"

尤龙思来想去又想到了枫林县检察院的纪检书记，这个人在十几年前与自己相识。参加地区精神文明培训班在一个宿舍居住，加入县摄影协会是他引荐的。到检察院工作后，尤龙请他到公司为员工上法律课，关系处得不错，何不找他咨询一下。

第一次打电话没接，尤龙就给他发了个信息：孙书记，我有事想咨询你，有空儿给我打个电话。

过了一会儿，孙书记来了电话："哥们儿，我刚才会个朋友，没听着，你什么事？"

"啊，我一个月前，摊上个事，开车将人撞了，到医院抢救无效死亡。我听交警部门说，这个案子最终还是送到你们检察院，我想问一下，到检察院都办些什么手续，能不能不通知就把我抓起来？"

"你现在是什么状态？"

"我在工作呢。"

"你是不是取保状态？"

"是，单位领导担保的。"

"你也可以到我们检察院批捕科提前办理一下手续。"

"我是说，我在公安局这里担保了，在检察院也得担保吗？"

"是这样的，检察院的第一个程序也需要担保。"

"好的，等案子一到，我办理一下，需要你帮忙的地方，请你帮忙。"

"行，哥们儿，最好别整到法院去，到了法院就影响工作和工资了。"

"好的，谢谢孙书记。"

走法律，法院会判几个月的实刑，可能就是一二年缓期，这样一来就会影响工资和工作。仔细一算，还是不走法律合适。可是，在对方心里，他们也不想走法律。因为，按法律规定得到的钱要比私了少得多。

现在，孙队长也不让走法律，尤龙想到的是，孙队长可能同对方有什么交易，不然不会这么极力地阻挡事情的进展。

一天，在交警队大院孙队长说："你跟他们好好谈谈，走法律你至少要损失五十万元。谁也便宜不着，对方少要钱了，你人生有个抹不去的污点。"

尤龙说："可是，没办法啊！和解，对方往死要钱。走法律，对方还不同意。我就是图个轻闲，不和他们争来争去了，既然违法了就得受法律制裁，这样我心里还能好受一些，平衡一些。"

"你看，你早说呀！我在里面说了那么多话，答应人家那么多的事。现在，你一句走法律，我白在里面忙活了。"

"现在，对方不是知道我们想私了吗？所以才狮子大开口，谈不下来，没办法。"

"好吧，从此，你的事我不再管了。"

孙队长与死者一方可能有什么承诺，他表现出很不愉快的语气，说完马上驾车离开了。

尤龙分析了孙队长此时的心情，一是他与村里、达仁物业公司有来往，相互间有交流，或者有过什么承诺；二是赵副局长被调走了，不在本公司负责纪检、经营、车队、办公室、工会等工作了，他没了靠山。

尤其是，赵副局长的事刚刚结束，仍然心有余悸。

去年7月，枫林县遭遇了百年不遇的洪水袭击，由于电线杆被洪水冲倒，五座水库停电，泄洪闸打不开，人工手摇需要十个小时才能完成，洪水袭来人全跑了，最后导致全县水库被洪水冲垮，巨浪像高墙扑向枫林县城。洪水所到之处房倒屋塌，低洼处的楼房洪水上了三楼，没来得及抢救的财产随洪水漂走，无数车辆被淹没在洪水中，不一会儿就没了踪影，洪水还带走了人的生命，惨象不堪入目。

供电指挥，立杆架线没有车，说是车都让赵副局长借出去了，耽误了抗洪抢险。

正当人们把车的事当成焦点一样谈论时，赵副局长负责的工作出现了一个更大的事件，员工二十多人集体找他谈工资的事，要求涨工资和地区供电员工挣一样的钱，同工同酬，必须给个说法。

车的事员工都知道，赵副局长有靠山肯定没事儿。若是放在别人身上肯定受处分。

赵副局长把找他的人都涨了工资，反映情况的人得到了好处，公司的老员工心里却不平衡了。老员工说，年龄越大贡献越多，所得企业的报酬就越多。相反，老员工全部被划在了圈外。这不仅不利于企业稳定，而且也让员工失去了对企业领导的信任。

赵副局长还利用这次机会保住了自己的表弟——孙队长。

在公司领导扩大会议上，赵副局长说："以后，不管哪个部门做出什么样的规定，必须经职代会通过，没有职代会通过，我们每位领导都承担不起这个责任。"

他的意思是不论是什么事，都得他说了算，只要上职代会，他那些职工代表就得听他的。一把局长和党委书记的事也得通过他来解决。

他的职代会作用发挥得淋漓尽致，在为表弟竞聘车队长的时候，他从中起到了直接的作用。

公司决定提拔几名班组长和机关管理者。赵副局长的表弟在车队已经开车多年，他相中了车队长一职。

他对表哥说："哥，我们队长马上就要退休了，这个位子实在太好了，你也没几年干头了，帮我把车队长一职整上。"

赵副局长说："老弟，这个岗确实不错，也挺适合你。可是，现在徐卓是副队长，他应该自然接任。"

"你想个招把他调走，然后，我参加竞聘肯定能行。"

"也只有这个办法了。"

赵副局长用尽了心思，终于把副队长徐卓调走了。

地区局要从枫林县借一名司机，人车同借。赵副局长提出让徐卓副队长去。原因是，他技术好，能代表企业形象。

赵副局长负责办公室、生产安全和车队管理，他提出的想法没人反对，谁也不会参与这件事。

开会这天，班子其他成员根本没把这当回事儿。

被调走那天，徐卓提出异议说："我到地区局开车是帮忙，以后，有什么说法没有？"

赵副局长说："待遇不变，时间也不长，也许过几天就回来了，你技术好，你去那里对企业和个人都有好处。"

"赵副局长，你看，能不能派别人去，我是副队长，老队长马上退休了，他根本不管事了。现在，我一走车队的安全问题可不保啊！"

"上级要人，你是最佳人选，安全问题我有考虑，这不用你担心。"

"能不能不去？"

"怎么可能，上级给的是死命令。"

徐卓明白，这可能是调自己离开，车队长的岗位肯定不保了。

正如他想象的，调走没几天，公司竞聘了一批新人。

赵副局长给每个职工代表打了电话，要求选自己的表弟，结果真的选上了，而且是高票额赞同。

从此，人们都承认了赵副局长的能量。从机关到员工都说，枫林县供电公司赵副局长才是实权人物，比一把局长和党委书记都好使。

如今，赵副局长被调走有很多传言，有人说，他有经济问题，被上级知道了。

有人说，他在金钱上手伸得太长，手下人的权利全部上收，他吃肉，别人连汤都喝不到。

有人说，他与领导班子不和，与其他领导抢活干。

有人说，他是被一个老板整走的，老板在他手上根本挣不到钱。

还有人说，赵副局长走了，很多基层所长都高兴……

也有人安慰赵副局长说，你去了一个所有领导都想去的地方，那里的工作轻闲，自己说了算，想上班就去，不想上班就在家玩儿，没人管……

孙队长对赵副局长说："还是不走好，在这里实惠，有权，到那里什么事也没有，少挣多少钱呐!

赵副局长说："这是上级领导的意思，不是咱能驾驭得了的。"

现在，尤龙的案子没有完结，孙队长不管了，交警队那里一下子就没联系人了。尤龙的心里很矛盾，既有解脱的感觉又有失落的心情。

第十九章
汇报谈判情况

两轮谈判下来，没有任何结果，对方找的人都是很难谈的人。尤龙想向老门求助，哪怕送上礼物，可老门一直保持缄默，什么也不说。

第二次谈判已经过去两天了，尤龙打算把情况汇报给老门，让他掌握谈判进展与状态。

他拿起电话打给了老门："门哥，我是供电局尤龙，你说话方便不？"

"说吧。"

"前天，我们同对方谈了一次，对方共四个人，其中有村支书。他们家没人做主，找的人总有社会背景的，见面就要打架，用使狠来解决问题。实际上他家是他二哥管小志说了算，但没出面。管小同找的人非常倔，就是硬气地要钱，村支书也定不了。总之，没谈成。我想，你给说一声，让对方来一个说了算的人，坐在一起好好谈谈，也许能和解。"

"那你就找呗。"

"是的，管小志在外地有个工程，说没时间回来，我想和管小志谈一谈，也许能好一点儿。"

"我给他打电话，你也给管小志打个电话呗？"

"行，我联系他，让他回来。"

"你快点儿整，时间不多了。"

"好的，门哥，'你那块'到什么时候都是你的。"

"那没事，完事再说。"

尤龙指的是给他钱，便说："你的关心，我心里明白。"

老门说："不说了，你先办你的。"

老门很聪明，多余的话什么也不说。

由于尤龙与阿南是亲戚关系，阿南是最出力的一个人，他来到尤龙家。

一进屋阿南就说："我的小老弟穆水泉开个汽车修配厂，等案子差不多了，把车开到他那不用几个钱就能修上，然后卖掉。"

"也行，出了这么大的事，开着它心里有负担。"

阿南说："我今天来，也有一个想法，这个穆水泉的哥哥是省公安厅的，如果在枫林县公安局那里出现了什么不测，就找他来帮忙。"

尤龙说："好像用不上，你想，枫林县公安局咱们有单位领导出面担保，又采取了财保，两方面都办了，他们还能有什么说的。再说，供电局与公安局还是友好单位，他们不会抓人的。"

阿南说："对，是这么回事。"

尤龙说："老弟，你先回去吧，有事我给你打电话。有时间你给管小志打个电话，找个地方谈一谈。"

阿南说："好的，我跟他们联系，你别给他们打电话，防止发生不愉快的事情，没法谈。"

"好的。"

在尤龙心里，老门他们把钱退回来，说明他们和对方走得也非常近，老门这种做法是在帮助对方。因为，老门前期已经把给多少钱算了出来，对方知道保险能回来多少钱，他们肯定在这个基础上多要一部分。

果不其然，没过两天老门就打电话追问。

老门说："尤龙，你们现在谈得怎么样了？"

尤龙为了拖一下时间回答说："我们约好了，明天谈一谈。"

"那好，快点儿整。"

尤龙赶紧给阿南打电话："老弟，有件急事跟你说一下，老门刚才来个电话，问我们谈得怎么样了，我说约好了，明天谈。你看怎么办？"

"一会儿我给对方打电话，就说警察追咱们双方加快谈判进程，他们不会往后拖的。"

"行，你联系吧，定下来给我回话。"

不一会儿，阿南来电话说："我与管小同联系上了，开始他不接电话，有意拖，最后还是接了，我跟他定好了，明天到交警队会面。"

尤龙说："成哥是咱们的谈判代表，明天是不是带上他？"

阿南说："其实，这个案子就咱俩最明白，跟对方接触的也多，咱俩就能对付他们。成哥在江城买了一个山庄，开了一块地，种了很多菜，栽了很多果树。老婆不在家，天天接送孩子上学挺忙的。"

"这样的话就不通知他了，别牵扯太多人的精力。"

经过多次见面，尤龙看到很多人在给老门买烟，有的是二十元左右一盒的，有的是百元一盒的。尤龙不吸烟但能感到吸烟人的喜爱。

两个人提前来到交警队。尤龙打算第一个见到老门，给老门打了一个电话："门哥，你好，我是供电局尤龙，我现在去你那汇报一下情况。"

老门说："不用，你一个小时后再来，我现在有事，出去了。"

"好的。"

尤龙想及时见到老门，他提前来到老门的办公室等着。这时，走廊里出出入入有几十人，有的步伐混乱，有的惊恐万状，有的匆匆忙忙。有人说，两个人才五十多岁，当场就死了。

尤龙问："怎么了，出事了？"

一个四十多岁的男人说："刚刚发生的车祸，两死一伤，真惨啊！"

原来，这些人都是为交通案件来的，有的是受伤者一方，有的是肇事者一方，这些人如自己当天发生事故一样的神情，受伤者一方已没有了悲痛，在研究能要多少钱的问题。

尤龙才感到，这里就是办交通事故的地方，天天都在处理大小事故，对交警来说是习以为常的事情。他不会因你的伤悲有所动容，也不会因你的喜悦而欢欣。

尤龙站在办公室的门口，不一会儿，老门大步走了过来，他见到尤龙没有说话，当打开房门，他也随着来到办公室。

有几个人也想进来。

尤龙说："你们先等一会儿，我和门警官有几句话要说。"

老门说："你们先出去等一会儿。"

于是，这些人便退到门外。

尤龙递上两条中华烟说："给门哥买两条烟，一点儿心意。"

老门没伸手接，什么也没说。

尤龙将烟放在办公桌上，用报纸盖上。

尤龙说："门哥，现在，我与对方的谈判遇到了难处，你有什么好办法？怎么和对方谈，给出出招。"

"我哪有招啊！还得靠你自己。"

老门语气很生硬，两条烟一点儿作用都没有，就连一句温暖的话都没听到。尤龙感到很失望，求助的心立刻凉了。

老门没有再说什么，他拿出手机打通了管小同的电话："你到没？"

"到了。"

"你进来吧。"

只两三分钟，管小同带着一个流氓模样的人来到办公室，阿南也随着进来。

老门说："你们的事都差在哪儿啊？"

管小同说："主要差在钱儿上。我们要九十万元，他们始终也没还价，最后给了二十万元。"

阿南说："二十万元是以法律这条线来谈的，主要是你家二哥说不管你那些烂事。人死了二十万元，行就行，不行就拉倒，法律有严格规定。你根据啥说要九十万元，你得让咱们双方都不离谱，你说呢，大哥？我们十分同情对方的伤痛。"

老门把头转向管小同带来的人问："你是干啥的？"

管小同说："他是我姑家表哥，是红房子歌厅老板。"

这位老板说："你们没看到入殓当天的情况呢，那是非常悲惨的场景，老人，丈夫、孩子哭得非常伤心。"

阿南说："哥，你听我说，这个场景就不要语言描述了，以后的事我们做，你来看。因为事情已经促成了就不要多讲了。从我们的做法上一切都体现着人道。第一时间报警，第一时间报120，将人送到医院抢救，该垫付的钱垫付了，我们也没超速，没逃逸，主动拿出两万元丧葬费，体现的是人性的关怀。回头配合办案民警把材料完成，做了笔录，你说还让我们怎么的？还有比这更人道的吗？"

"火化当天，你们没有去看，没有尽到该尽的义务。"

"哥，你说的不对。当天你们内心非常痛苦和悲愤，可能会发生口角，或肢体冲突。这个后果你能想到吗？你说你打他两下子，他得受着，你要是过激的行为，他也可以不受。有些事情要互相谅解，心里有，但不一定做得十全十美。"

老门问："你是？"

"我是他的弟弟，舅家的弟弟。"

老门说："这个事吧，这么的，要能行呢就商量商量，不行呢就走法律。走法律很麻烦，但是你们要九十万元肯定不行，都超过一大半了，但是对方也不可能一点儿不拿，说五元钱就是五元钱。这个事换位思考一下。如果说这个事情有余地就商量，没有余地就通过法律来解决。我把事故认定书给你们。我找你们也就是把事说清楚，也别拖了，拖也没必要，早晚也得出头。农村事也忙，打工也能挣点儿钱。这么长时间了，你们双方心里也有定位了。一会儿你们商量，实事求是，说这个事就这些了，少一分钱也不行，别浪费时间了。说这五元钱还能商量，还能四元五角呢，听明白没有？说是调解，我们交警就按文件来，你们要按规定谈，按规定你能得到多少钱，按法院能判给你多少钱，心里都有数，咱们呢也别狮子大开口，他们呢也别少给人家，该承担的就承担，钱花得再多也买不来人的命。就这么玩意儿，你们自己商量吧。这个事大家也都清楚了，既然来了，也都能说了算，说了不算也不能来。"

歌厅老板说："这么的，大哥，你能给多少钱？"

老门说："你们也别在这屋谈，上休息厅谈。"

尤龙说："好，别影响办公。"

老门说："去吧，在这里有什么话也不好意思说。"

尤龙说："来，就到休息室唠一唠。"

几个人来到休息室。

阿南说："实际上吧，这个事情也好解决，拖个一年半载的也是这么个情况。"

尤龙说："这个事还是你二哥说了算，他懂法律，也讲理，他还是没来。"

阿南说："今天的谈判是最后一次，我现在就能代表做出决定，你们能吗？"

对方没有吱声。

阿南说："你把最大的底线说出来，让我听听。只有双方在法律依据的条件下，按照人道的情况下才能走下去，"

歌厅老板说："我们就想多要点儿钱，给他再说个媳妇。"

尤龙说："你没有个基数咋谈，不在法律规定的条件下，无边无沿，漫天要价能谈成吗？就按法律了断得了。如果到法院你得起诉，按规定也就能得十七八万元。"

阿南："咱不能这么说，也许法院能判一百万元呢。"

"对，也许真能判一百万元。法院判多少，我给多少。"

阿南说："换位思考，如果是我，也想多要点儿钱。也不想走法律。因为，走法律确实难以得到更多的钱。你们家的人老实巴交的，也不是蛮不讲理之人。"

尤龙说："要我说，管小志没来就是不行，他懂法律，你们不懂法律，没个谈。"

阿南说："管小志是你的二哥，你打电话听他说说，他在外面干活接触的人多，懂得多。"

管小同说："忙，来不了。"

阿南说："管小志心里非常有数，别看你们都是哥们儿，一母生九子，九子有个别。我也不是说，少要点儿就是好人，我是尊重法律。因为，咱们是讲理之人。如果是不讲理之人，一个钱没有，你判他就服法，钱没有，你不也得受着，况且现在还有保险跟着。我想，咱们从保险中多拿点儿，让你心里舒服点儿。"

对方没有吱声。

阿南接着说："如果你要走法律程序的话，首先，事故科把案件往检察院一交，人家根据现场照片事实来取证。如果你对交通事故有异议，咱们任何一方都可以复议。我希望咱们双方别走到这个程度。我们的保险是三十万元，交抢险十万元，商业险二十万元。别以为这三十万元都能拿出来，那得根据双方的责任来划分。国家也不是傻子，不会让你全部取出来的，你不要有这个想法。"

歌厅老板说："我不跟你扯这些没用的，拿多少钱能行吧？"

双方各有其辞，无法定论。

阿南说："你听我把话说完，假如我们负百分之七十的责任，你才能得商业险七万元，加上强险才十七万元。如果是走法律的话，这十七万元得法院来裁决，你想要出来，那得老长时间了。我从法律的来龙去脉，帮你搞清楚。"

阿南也不管说的对不对，把想法一股脑都说出来了。

歌厅老板说："法律，我们都咨询完了，你这么的，你看我们给你的价，你们能不能接受，不能就走法律。再不行，我找人摆平你们。"

尤龙说："现在，这个案件不是说你有没有人的事，你不论找多大的官，都改变不了这个事实，向情向不了理，不是找到什么人就能摆平的事。"

歌厅老板说："这个事，在法院很可能是判半年，一年，你要想好。"

阿南说："这件事，从开始我一直跟到现在，我相信法律是公平的。"

歌厅老板说："这么的，咱们可能谈不成了，你就给七十万元吧。"

说完他带着管小同离开了。

对方很生硬，态度很坚决，尤龙心里很沉重。

尤龙说："现在是没法谈了，把情况向老门汇报一下，咱们也走吧。"

尤龙来到老门的办公室，房门大开着，尤龙一到门口，老门就看到了。

老门说："啥事，就直接说吧。"

"一句话，对方要七十万元。"

老门说："知道了。"

尤龙转身离开了。

第二十章
对方不谈陷入僵局

谈判是心态的较量，看谁能把心沉下来，保持一种持久不变，毫不动摇的稳定。

一晃，发生事故一个月了，阿南一直跟着谈判。

阿南对尤龙说："姐夫，咱们还是直接到枫林县吧，你上班，我打电话跟他们联系，联系上就跟他们谈。"

"好的。"

尤龙在心里揣摩着对方，他们在做什么呢，到底想不想谈？他们的底数想要多少？实在不行，真得走法律，不同他们谈判了，法律是公平的，判多少给多少，省着煎熬。

阿南的手机发出长时间的嘟嘟声。一个，二个，三个，阿南打了多个，对方就是不接电话。

阿南生气地说："不接电话，我给他哥哥管小志打。"

电话里回答：对方已关机。

阿南说："这两个损种，开始玩儿捉迷藏了，他们肯定同老门有沟通，心里有底了。"

尤龙说："我给老门打电话，让他跟对方说一下。"

"打一个吧，通过老门找他们，好使。"

尤龙打通了老门的电话，老门也不接。

尤龙说："可能是处理案件呢，没时间接。"

"那好，咱们直接到老门那里，跟他说说。"

"好吧。"

两个人直接来到老门办公室门前，门关着，里面没有声音。尤龙敲了一下门，里面仍没有回音。推了一下门，房门紧锁。

通过这些天的交流，两个人已摸索出了规律，老门只在上午办公，下午打麻将。

不管谁来，他都这么说："你明天上午来，你后天上午吧，大后天上午来吧……"

用这些话来搪塞，为下午打麻将提供时间。如果在下午打通了他的电话，偶尔能听到麻将声。

阿南说："你班上还有没有事了？"

"没有，都安排完了。"

"那我领你到江城满族庄园散散心吧。"

"啥庄园我也没有心情玩儿。"

"那也比在家宅着强，放松一下，缓解一下紧张的心情，这件事你想快也快不了，不是自己决定的，变数太大，不过说来说去都是钱的事，这只是时间问题，正确面对吧。"

"好吧，也没别的招了。"

满族庄园是五年前建立的，老板花了大笔资金承包了松花江一片水域和一座山，对自然景观进行了加工，可谓精雕细刻，打造出了既有古朴美又有现代感的人文景观。

这里原来就很美，大山阻隔了江水，驱使江水转弯，江面宽阔，烟波浩渺，水鸟成群，岸上垂柳依依，野花遍地。

老板的人文景观是：还原了三百年前康熙王朝发达富裕、兵强马壮、歌舞升平、渔牧游猎的生活场景。

老板将河道进行了清理，安装了排污设备，五公里的河道能行大船。在松花江两岸种植了名贵好看的树木。

每天夜晚在满族庄园都会有民族特色表演，在声光电效果的配合下，人们会看到满族美女的演出。

阿南将车直接开到庄园贵宾停车场，这个停车场有专人迎接，不需要登记，车进来就有人帮着开车门，告诉你走什么路线，如何游园。

保安队长认识阿南，一下车保安队长就上前迎接："南哥，你好，你找谁我马上给你联系。"

"不用，我和你们老总联系好了。"

果然，阿南一转身，庄园老总就迎了过来。

"兄弟，鹰妹，来，到这边坐。"

庄园老总把阿南等几个人带到一棵参天的老榆树下，往上看，树上有一个小木屋，非常别致。没想到这位老板会把房子建在树上。

人们叫他风总，近五十岁，一脸和气。

风总说："南哥能把鹰妹请来，也让我增容啊！"

阿南走到哪里都愿意带女人。

他约来的女人叫鹰，是江城的美女明星，曾参加过全国选美大赛，获得过第一名。鹰身材很美，年芳二十八岁，大方，刚性，很有力量感。

她的名字也许同她的形象有关。一是她可能打架很厉害，有飞翔、凶猛之意。二是因为她长的美，头头脑脑的人都很喜欢。总之，能把鹰约到身边的人很少。

尤龙、鹰几个人坐下。

风总说："我只是利用了这山山水水建造了这个环境，供朋友吃喝玩乐，你们喜欢哪里就随意玩儿全部免单。"

阿南说："风总，我知道你在为儿子筹备婚礼，有什么需要帮忙的，尽管说一声。"

风总说："老弟，还真不瞒你说，这一张罗可不要紧，天南地北的朋友太多了，还缺十台车，食宿也没安排妥呢。"

阿南说："这点儿事，我来做，我给你安排二十台路虎，五台奔驰，两台捷豹。凡是能住的人都到我的温泉，一律免费。"

风总感动地说："老弟，你可给哥赚面子了，到江城来的客人能吃上最好的饭菜，洗最好的温泉，坐最好的车，这是我对这个婚礼的梦想，没想到都让你解决了，钱不是问题，我给你。"

"外道了，风哥的事我怎么能要钱呢？你这里就像我自己家一样，说来就来，吃喝管够，没少祸害你，就这么定了，你的客人全部住到温泉，车接车送。"

"谢谢老弟。"

阿南说："这位是我姐夫，枫林县供电局办公室主任。"

风总说："有缘，都有个枫字。这么的，今晚，你们都享受最高的待遇，晚上的大型活动外宾不来了，你们就坐外宾的位子，那里有中华烟、茅台酒、高档菜和水果，随便用。"

尤龙以前来过这里，也没心思看。

阿南说："姐夫，能来不？"

"不能，晚上有别的事。"

风总说："啥时候都行，我就在南面的办公楼里，随时找我就行。"

尤龙说："谢谢。"

阿南说："风总，你有事就忙去吧，我们在这里待一会儿。"

"那好吧，我就不陪你们了。"

风总把保安队长叫来说："这几位走到哪里都开绿灯，一律免费，你现在什么也别干，全程陪同，提前服务，照顾好客人，他们是我最好的朋友。"

保安队长说："放心吧，风总。"

阿南说："队长，你陪鹰转一转，我们在这里唠一会儿。"

于是，鹰同保安队长走了。

阿南对尤龙说："周涛给我来个电话，他遇到了困难，我还没来得及办呢。"

"什么事？"

"周涛的生意让北京来的张老板挤了，文静和他又好上了，把周涛的份额都给了他，周涛让我找人修理他。"

"周涛和文静不是有一腿吗？"

阿南说："北京来的这个张老板长得漂亮，会说话，周涛往哪儿摆呀？"

尤龙说："生意场上的事，不好办啊！"

阿南说："关键是，怎么把北京的张老板弄走？"

"那文静还不得知道是周涛干的，情仇敏感啊！"

阿南说："大河镇有一帮人，我认识几个，跟他们在一起总能看到你死我活的事，都是打打杀杀的主，不行咱雇人。"

尤龙说："不行，违法的事咱还是不做。宁在直中取，不在曲中求，钱，还是靠自然挣的好。杀杀打打中得来的钱不好花，得来了心也不安，吃不香、睡不安的钱，最好不去挣。"

阿南说："我也挺恨这个北京的张老板，这小子还是没能耐，跑东北来混，夺朋友女人，夺人钱财，挡人发财路，真想找个人把他脚筋挑断。"

"也别这么想，不是正道来的钱没有安全感，周涛不是说了吗？文静在做质量不过关的钢材生意，总有一天会被人查出来。周涛离开她也许是个好事。记住，福祸是相依的，在福中可能有祸存在，在祸中可能有福依存。现在，周涛从祸中分离出来就是福。"

"你说的有道理，先不管了，让他们同流合污吧。"

"通过我自己的事就可以证明。我反思过，人的有与无都是命里注定的，多一分不可取，少一分也不可无，都是老天安排好的。拿多了就得吐出来，只是自己不知道通过什么形式来了结。"

"对，我也曾这么想过，过去，我用各种手段挣来那么多钱，一分也没攒下。现在，依法经营，靠本事吃饭，还财源滚滚了。"

"所以说'善有善报，恶有恶报，不是不报，时候没到'这句话是对的。"

"对，有因就有果，我那些年杀杀打打的，没遇到好人，也没得到好报。所以，还得走正道。"

尤龙望着鹰的方向，那是靠江边的一个流动的水域，水从山上淌下来，形成一片落差很大的瀑布，然后溪水散开来，铺向百米宽的沙滩上，水清透底，各色小鱼在水中游动，水刚好没过脚面，暖暖的。几十个孩子在水里拼命地跑着跳着，有的在拿水枪向鹰射击。

尤龙说："你的鹰在那里跟孩子们疯呢。"

阿南说："走，咱们也进去玩一会儿。"

保安队长见阿南、尤龙走过来，马上把门打开。栅栏外很多大人、小孩儿在观望，尤龙想，他们咋不进来玩儿呢，这里多美呀！

尤龙回头看一眼售票处，票价是八百元。心想这么贵，难怪没人进来。

窗口有明确的说明，水上乐园专门为贵族儿童建造的，可以让孩子在这里玩一天，有人看管，一切后果由庄园负责。

庄园能有这样的承诺是因为他们早就有百分百的把握。他们把所有的硬件都包上了柔软的材料，在近千平方米活动场所嬉戏不会担心撞伤，每个孩子有一个大人看管，家人可以陪伴孩子，但有安全约定。

这片水域设计得非常科学，水从松花江引出，从高空落下，进入阳光下的沙滩，水就成了热的。流过的水又回到江里，沙滩上的水永远是流动的，清澈透明。

冬天，这里就成了很好的滑冰场。

满族庄园确实豪气，春夏秋冬，风景各不同。

春天，有灯光装饰的游船供人游玩。熏风拂面，淡绿的柳枝在江岸婆娑、摇曳，清香扑鼻，鲜花在两岸开放。

夏天，有浪遏飞舟，松江潜泳，亭台水榭，树屋纳凉，满族风味美食。

秋天，有枫叶满山，洁白的桦树林如美丽少女，亭亭玉立。

冬天，有雾凇凝结的玉树晶莹剔透，如入天宫，人们称她为雾凇仙子一点儿也不为过，徜徉在其中如同自己处在仙境一般，静美，惬意。犹如仙女在陪伴自己。这个时候，满族火锅就派上了用场，可以吃到鲜美的东北杀猪菜，白肉酸菜血肠火锅。可以在寒冷中让自己吃出一身透汗。然后，去泡温泉。

总之，满族庄园就是让人享受、高兴、快乐的地方。

阿南来个电话，晚上有活动，尤龙正好想回家，几个人各自离开了。

下班的时候，周冰洁回来了，她第一句话就问："谈得怎么样？"

"人都没见到，对方不接电话了。"

"对方在干什么？不想要钱了，还是同老门勾搭上了，故意整事？"

"很有可能，咱们的钱退回来了，可能是他们给的钱多，或者比咱们的人硬。"

周冰洁说："你没问问，走法律对你的工作有没有影响。如果没有影响就由法院判也行，何必跟他们浪费这么多精力，时间再长谁都受不了。"

尤龙说："我问了，没有一个明确的答案，我们企业从来没有遇到过这类事情，人事部门也不知道如何处理。"

"对方肯定不想走法律，法律判的才多点儿钱，他们一定想办法多要钱。"

"是这样，现在，咱们这样等待也不是办法，应该找个懂法的人咨询一下。"

周冰洁说："我同一个律师咨询过了，他给算了一下能赔多少保险的问题。与对方谈判的事，他只是说钱在我们手，跟他耗着。"

"现在，关键是老门不给咱们时间了，紧追咱们。"

"他咋这么没水平，又要钱又退钱，让人无所适从。"

"咱也摸不透他的心里呀！"

周冰洁说："我想起一个人，我二姨家的妹夫是江城客运站车队领导，他跟交警打交道多，跟他说说，看他能不能有好办法。"

尤龙说："这个案子我不想让亲属知道，不光彩。"

周冰洁说："没事，我跟表妹都说完了。"

"你嘴可真快。"

周冰洁将电话打给了妹夫："小陈，我是周姐，你姐夫的案子僵持上了，对方不谈了。你经常遇到这类案件，你有什么好招没？老门把钱退回来了，是什么意思，是不敢收还是嫌钱少？我们现在整不明白了。"

"姐，你不说，我还真不敢主动帮助你们，怕打乱你们的思路。我很早就想参与进来。现在，你说了，我就帮你找一下人，我们与江城事故大队有联系，我问问，弄清他们是什么意思。"

"好，谢谢妹夫。"

"没事，应该的。姐，枫林县交警队谁给办的案子？"

"是一个叫门志信的。"

"好，一会儿我给你回话。"

没过十分钟，小陈来电话说："姐，我打听过了，你的案子就是送钱太少了，所以人家给退回来了。现在，可能是对方把钱顶上了，所以不给你时间。"

听到小陈的电话，尤龙心里很痛，没想到老门会要这么多钱，拿时间紧卡车主，拿对方也有责任卡受害者，这个老门真是太厉害，两头堵。

尤龙说："我的案子出现了民事和刑事两个方面的责任，刑事责任是要受到处罚的，要上检察院、法院来解决；民事责任还得赔偿，赔偿完了刑事方面如何办理，咱们还不知道，与其等待谈判还不如找检察院的人了解一下。"

"找清莲，她是我的高中同学，她现在就是检察官，工作泼辣，说一不二。"

"行，找她了解一下。"

夫妻两个人要找检察官了解一下案子，想做到心中有数，不知这位女检察官能不能给支几招，有没有水平，尤龙在翘首以待。

第二十一章
找检察官谈案情

当遇到困难的时候，一定要找贴心的朋友解忧，她能为你出主意想办法，让你知道，你不是一个孤独的人，她们在关注你。

清莲是周冰洁的同乡，两个人在高中一起读书都是前两名的尖子生。每次考试不是清莲第一就是周冰洁第一。最后，两个人都考上了大学，一个上了财经大学，一个上了法律大学。毕业后又通过了公务员考试进入政府部门工作。

周冰洁和清莲两家住在同一条街，相距四里路。

周冰洁正要给清莲打电话，没想到清莲先来电话了。

清莲说："哎！我说，你这家伙怎么一个来月没和我联系，干啥呢？"

"没干啥。"

"咋一个电话都没有呢？"

清莲有责备的意思。

清莲爱好文学与周冰洁有共同语言，到一起就有说不完的话。两年前，清莲出版了一部散文集，在出版前，她把样本交给周冰洁帮着审稿。由于工作忙，周冰洁把审稿的事交给了尤龙。尤龙花了十天时间仔细审阅稿件，挑出很多问题。

周冰洁对尤龙说："你看的可真仔细。"

尤龙说："她都要出书了，这是最后一道审稿了，出来后再发现错误会很后悔的。所以，给她好好检查一下。"

当周冰洁把审过的稿子交给清莲时，周冰洁说："我跟你说实话，你的书我只看了几篇文章。"

清莲抢话说："干啥呀！就指望着你出菜呢！"

"你听我把话说完。"

"你的文章耐人寻味，写得非常好，尤其是在乡村生活的场景，写得真实，笔法灵活，表达到位，令人感动。看你的书如同和你本人在一起交流，体现出了你的个性。但是，由于我工作太忙，就把这个任务交给老公了，他比我强，他在宣传报道上全省排名第一，写的文章体裁全面，各类文章都会写，发表了千余篇作品，获得过多个奖项。"

"原来你有后备军啊！我说你咋这么看淡我的作品。"

"我老公和我的观点一致，文字优美，语言清新、流畅，文如其人。"

清莲说："什么样的性格就会写出什么样的作品，人如其文，说得很对，我也赞成这个观点。"

以后的生活中两个人你来我往，互通有无，在一起经常小酌，谈文学，谈事业，谈腐败，谈家庭，谈生活，上下五千年，纵横千万里，内容无所不包，有时会争论得面红耳赤。

过去的日子里两个人经常组织家庭聚会，很谈得来，交往也亲密。

今天，周冰洁有求清莲的意思，没想到她来电话了。

周冰洁说："正好我有个事想咨询你。"

"那我往你那去，大约二十分钟吧，我得走过去，锻炼身体。"

"好，二十分钟。"

放下电话，周冰洁对尤龙说："清莲要过来，我们收拾一下接她。"

尤龙说："正好跟她了解一下我发生的案子。用不用请她吃点儿饭？"

周冰洁说："见面再说。"

两个人下了楼，正好同清莲相遇在大门口。

清莲见到周冰洁就说："你这家伙，待的真老实，我不给你打电话，你就没个动静。"

周冰洁指着尤龙说："你看一下尤龙有什么变化没有？"

清莲瞄了一眼尤龙，眼神有些犹豫，诧异，没有任何反应。

周冰洁说："我家出大事了，他开车刮自行车了，对方是个女的，到医院没抢救过来，死了。现在人家向我们要九十万元，我们没辙了。"

"哎呀，妈！看你把我吓得，我还以为尤龙得绝症了呢。"

"没有，他被这件事闹的。"

"要我说，你们俩都是一路人，思维咋就跳不出来呢，他要多少就给多少啊？不还有法律这条准绳吗？咋就不用呢？"

周冰洁说："遇到这件事，我们都六神无主了，不知如何是好，这边是警察限时间，那边是要钱，狮子大开口，要我们九十万元，倾家荡产也给不上啊！"

"简要说说过程，我们科室经常办理类似案件。"

于是尤龙就把车祸的经过又向清莲复述了一遍。

清莲很轻松地说："看把你们愁的，多大个事呀！不就是个意外事故吗？警察你不要怕，他那里不行可以到检察院和解，检察院和解不了法院还有一次调解，你不用着急。"

尤龙说："办案的老门说，他可以调解，如果我们能和解，他就给办对等。"

清莲说："你这个案子必须到检察院。"

尤龙说："老门说不用。"

"死人这么大的案子，他交警就能押下？我不信。"

"办案的是枫林县交警事故科的门志信，他对我这么说的。"

清莲有些犹豫了，她放低了嗓门说："难道国法还能不一样？不能啊！才十多里路，办案的程序和标准就不同了？真让人费解，也许你们枫林县就这么办的。"

"那你说，我的案件咋整？"

清莲说："反正我们办死亡事故的案件就是这么办的，必须到检察院和解。检察院是必经的一关。"

尤龙说："如果是这样的话，交警这里就可以不用管了吗？"

"多少也得管，防止他移交案件的时候说坏话。"

"可我给他们每人一万元钱，都给退回来了。"

"不知根知底，他们不敢要，他们不敢随意要钱，会找一个稳妥的人和你要，而且会要得你很为难。"

"我的一个亲属也帮我打听了，说是钱拿少了。"

"如果他们给你办对等了，你们双方说不上得给他多少钱。你想，他说给你办对等，你就只承担民事责任，给钱了事。他会告诉对方多要钱，这里肯定有他的份，他会授意对方，这就叫作两头吃。你不承担责任了，你高兴，对方多拿到钱了，也高兴。都高兴了，老门就敢收了。"

"清莲，你不愧为优秀检察官，分析得太透了。"

清莲说："要我说，你的案子就到检察院、法院和解，对方的想法一下就作废。"

周冰洁说："江城事故大队的交警也这么说，到法院也就十多万元。"

清莲说："对，你的案子不会用多少钱。"

周冰洁说："对方整个社会人对我们说，要多少就得给多少，吓我们，作为咱们家还真没跟他们一样，找的人都是讲法又讲理的人，偶尔也有唱黑脸的时候。"

清莲说："你这么的，你也不用黑脸白脸的。再说，打人他也有毛病，你也不是不赔他。你不跟他谈了，咱们走法律，让他正常走呗，爱咋咋地呗。"

尤龙说："你说的对。"

清莲说："到法官那里别人能整十万元，到你这就能整二十万元啊？我看不可能。"

清莲的意思是检察院不会太过格，也不能像老门那样。

尤龙问："如果老门把我的责任整得很重呢？"

清莲说："我跟你说，老门拿不出来重的。法官也拿不出重的来。因为，官司到我们检察院是我们起诉。起诉是这样的，一切和解都不起诉。如果和解了跟法院一点儿关系都没有。和解的，法院都不判罪。"

"原来是这样，我根本不懂法。"

清莲说："你这样，你可以跟他这样讲，人的生命是无价的，我要是有一百万元，一千万元，你要的数我马上给你。可是，我一个工薪阶层，怎么能承担得起这些钱？"

"对，生命是无价的，不能用钱来衡量。"

清莲说："你跟他说，要不就是法院判多少，我给拿多少。这件事，我的愧疚都无以言表。"

尤龙说："我有点儿不知所措了。"

清莲说："法院、检察院你都不用管，他让你签字你就签字，无所谓的事儿。"

"警察要是给我主要责任，法院不得给我判一缓一，或者是判二缓二等刑吗？"

清莲说："没有的事，你说多少，我就给多少，只要拿钱的，没有判刑的。"

"到法院给钱就不判了？"

"对呀，周一我给你问问，我对桌的同事专门办理这样的案子。"

周冰洁说："走交警队是不是也走检察院？"

清莲说："对，走交警队也必须走检察院。交警队就是这种情况，我一个人不找，你能判我啥责任？如果不服我可以复议。"

"还可以复议？"

清莲说："那当然，老百姓就是因为不懂法，着急，说到公检法马上就懵了。"

尤龙说："老门说，如果我走法律了，到检察院还得送钱，到法院也得送钱，而且还要很多钱，不送就得判刑。"

清莲说："他吓唬你呢，他要是那样的话，就让他走去呗。就因为没那么严重，他才那么说你。"

周冰洁问："你说他这个事绝对判不了刑吗？"

清莲说："我说，这事，在你身上就好像多大的事，你知道我咋想的，你一说尤龙有什么变化没有，我还以为得了不治之症，把我吓得，原来是这么个事。"

周冰洁苦笑着说："我跟你说，我这些天都不行了，血压升高，心跳加剧。"

尤龙说："我以为还得被判刑，判一年缓一年啥的。"

清莲说："你可拉倒吧，一个意外事故咋会这么严重！你的违法纯属意外，属于过失犯罪。"

周冰洁说："从一开始，我什么话都不敢说，一直就这么默默地陪着。有些事我也不知道，他的同事、好友、战友都给出主意，想办法。还是听你这番话有拨云见日之感。"

尤龙说："这些人没有你说得清楚，这么有力度。"

清莲说："这都不是个事！"

尤龙说："就是因为钱没给到位，一直这么拖着。"

清莲说："现在，你们双方的心态是：他要多少都嫌少，你给多少都嫌多。"

尤龙说："对，对。"

清莲说："现在有一个必然的矛盾在里面，这必须得有一段时间来磨合。如果达不成协议，也没什么。因为，你这里没有恶意，没有主观上的故意。"

尤龙说："你的意思是实在不行，走法律也无所谓？"

"对，走法律有很多好处，法是独立人情之外的重要保证，离开了法，你的官司都无法谈下去。所以说，谈判都得依照法律进行。"

尤龙说："我们的谈判就是没有依法进行才漫天要价，造成僵持的局面。"

周冰洁说："他表现可好了，第一时间报警，报122，及时抢救伤者，及时付钱，而后又给拿了两万元丧葬费。人性上一点儿也不差事。"

尤龙说："现在，老门黑上我了！吓唬人，把我整得不知如何是好。"

清莲说："老门这种人就那玩意儿。我对妹妹及亲人说，如果发生打架斗殴的现象，你们谁也别找老门那样的，碰到他那样的就是刀子割肉！你拿的多，他以为你拿的少。我老妹子就发生了打架到了法院，我妹妹拿不出钱来……"

周冰洁问："你认识老门？"

"认识，那时他还是公安局政委。"

周冰洁说："妹子，你可是我们的贵人，我们家尤龙自从发生了这件事，净遇到好人了，刚发生事故的时候，他蒙了，有一个不相识的小伙子，后来才知道是人大的。他说，你别慌，我已经帮你报警了，打了122，一会儿就来救护车。你信任我不？尤龙说，信任你。那好，你把车钥匙交给我，我帮你负责车的事儿，你负责救人。"

清莲说："这事一般人遇到都能帮忙，不是个事。"

周冰洁说："他单位的同事也非常给力，帮着在医院办理手续，送人上火葬场。对方有人问，你们是车主的什么人？他们就说是好朋友。对方一共几十人，到中午了，对方一个流氓模样的人说，你们是不是得供我们吃饭？柳凡说，供你们什么饭，就这种气氛再喝点儿酒还不得打起来？自己解决吧。"

尤龙说："我很感激这些好朋友。"

清莲说："这就是朋友，关键的时候能来到眼前。"

清莲是个对朋友很热心、非常真诚的人。她直来直去，不绕弯子，想你了就打个电话。想办什么事就闯闯荡荡地去，她一直相信没有过不去的坎儿。

她妹妹得的是肾坏死病，必须在一定时间内换肾，在大家的帮助下，有的拿两万元，有的拿五万元。她又找了许多福利单位和政府官员，最终为妹妹筹集到四十多万元。为妹妹做了手术，成功解救了妹妹的生命。

清莲说："我不也是吗，我妹妹出院了，我感谢的都是给我拿过钱的人。我对妹妹说，人家是救你命的人。现在，哪家有事我都在还。当然，也交了不少朋友。我们家涉及的是生死存亡的事，在我心里，只有自己去寻找那份平安和安宁。"

尤龙说："谢谢你，清莲，你真的如莲花一样，一尘不染，你的一番分析，给了我很大的力量。之前，我几乎处于没有目标和方向的状态。"

"你可别把这件事看得太重了，你现在不是好好的吗，这就是最好的答案，能用钱摆平的都不是事。你着什么急，钱在你手，想什么时候给就什么时候给。"

"对，你说的对。"

"好好的，等案子完了我请你们。"

通过一番谈话，尤龙的内心确实解压了很多。

晚上，阿南给尤龙打电话说："姐夫，明天是周日，我在松花湖定一桌鱼餐，主要请宫良夫妇，餐馆的老板还是个养车户，也是我多年的好友，曾与宫良有过交往，在他家请宫良，感谢这些天来对我们的帮助。"

尤龙说："正好，我早就想感谢宫良处长。"

宫良确实诚心诚意地帮助尤龙，两次找他分析案情，给尤龙很大的安慰，他需要还人家的情，正好表达一下谢意。

第二十二章
感谢宫良警官

有困难一定要感谢给你出主意的人，是他帮你走出了困境，是他们为你排解了内心的忧虑。

时间过得很快，一晃，案子已过一个月了。

尤龙与对方没达成协议，心里仍然像压着沉重的石头。请宫良吃饭只是感谢，不期望他能有多大的帮助。

早晨九点，阿南驾车接尤龙，打算早点儿到松花湖。因为是周日，去松花湖的人很多，入口要交车费，阿南早已安排妥当，可以免费通过。他这样做主要是面子上的事，让宫良带来的亲戚、朋友畅通无阻。

当阿南的车来到入口时，大门栏杆果然自动升起来，其他人必须买票通过。

黄老板的鱼餐馆很有独特的风格，有地上包房，有火炕包房两种，有爱坐火炕的可以上炕就餐，火炕的温度各有不同，冬天喜欢烫脚的就可以脱鞋烙脚，冰凉的脚一会儿就能烙透，非常舒服。喜欢温暖的可以坐在炕上喝酒，屋里温暖如春，让人有一种温馨惬意的心情。所谓鱼餐纯是在松花湖打来的鱼，一点儿也不掺假，有的饭店都是人工养的鱼，买回来放在鱼池里，经过几天的喂养去掉土腥味上桌。经常吃鱼餐的人，从颜色、大小、肥瘦就能看出来。当然，真正的松花湖鱼价格也不菲。

黄老板的鱼餐馆有多种做法，根据鱼的大小，种类，食用方法也不一样，上来的鱼有炖的、炸的、蒸的、煮的、酱的、煎的，让人有很强的食欲。

黄老板四十二岁，身材好，长发披肩，眼神灵动。具有《沙家浜》里阿庆嫂的胆识和机智。

有一次，她的鱼餐馆来了几个地痞，吃完饭，喝完酒，一算账三千二百元，他们嫌菜太贵，想要赖。

一个人上前说："你这鱼也不是松花湖的，吃着也不新鲜，还卖这么贵，这不坑人吗？"

另一个上前说："就给五百元算了，不然的话找食品监督局去。"

黄老板说："就你们几个也配吃松花湖的鱼？我的餐馆专门招待有识之士，根本就不需要你们这种低层次的人来，你们懂不懂？吃过松花湖鱼没？"

黄老板一看几个人不想给钱，就抓住他们的弱点，说他们没有层次，不识真假货。一石二鸟，不仅羞辱了他们，还表明他们没有钱吃不起松花湖鱼餐。

几个地痞确实想用少量的钱吃到松花湖的鱼餐，他们已在多个餐馆达到了目的。没想到这个女老板还挺厉害，根本不怕吓唬。

其中一个秃头鼓着大肚子上前说："你还想不想开店了？我表哥可是食品监督局的，现在就让他来检验你们的鱼，看是不是真的，如果是假的你可就停业了！"

他们想以大吵大闹来影响她的生意，达到不给钱的目的。

黄老板从容地说："来吧，身正不怕影子歪，我光明正大经营。况且，我的餐馆还不愿意卖给陌生人，你看到没有，各个房间的客人都是熟人，也就你们几个在玩埋汰的。"

秃头说："这么的吧，交个朋友，打打折，我们不难为你了，给你五百元，撤了。"

"你这种朋友，我看都不想看到，别说是交朋友了，照单买吧，否则就报警。"

秃头说："别怪我不客气了！我们可是从监狱刚放出来的，大不了再进去。"

"那就是你们喜欢进去呗！今天大姐成全你们，拼个你死我活。"

说完，她操起一把菜刀就朝秃头劈来。

秃头马上举手交枪状说："姐，停，我们给钱，你厉害。"

秃头从包里拿出四千元钱买单。

黄老板一分不少地收了三千二百元。

在找钱的时候，黄老板说："你们以后别这么闹了，大老爷们儿连口头食都解决不了，还有什么出息！我最瞧不起有胳膊有腿健健康康不能自立的人。如果你们没饭吃，姐天天养活你们，天天让你们吃松花湖鱼餐，你们不嫌碜磣就行。"

几个人被一针见血地揭了短，被黄老板扒扯得体无完肤，表现出了她的胆识、机智与勇敢。

秃头说："姐姐令人佩服，讲理，嘴上功夫厉害，整不过你，我们服了。兄弟们快撤，别在这丢脸了。

这时，各个房间的门口响起了雷鸣般的掌声。

黄老板这才注意到，她与地痞吵架的过程全被这些熟悉的朋友当热闹看了。

黄老板脸一红不好意思地说："哎呀，我发泼了，实在不体面，让大家见笑了。"

这时，阿南端一杯酒过来说："黄姐，你刚才为我们演了一场精彩的美女豪杰短剧，太振奋人心了。如果江城美女都像你这么机智、勇敢，我想，江城的地痞流氓都会销声匿迹了。来，为黄老板压惊，也为美女英雄表示祝贺！"

所有人都出来举杯祝贺。

阿南说："以后，黄老板这里就是我阿南常来的就餐饭店，你的机智与勇敢我非常喜欢，能给客人带来安全感。"

大家都说："我们也来，这里安全，吃的香，感觉舒适。"

阿南说："黄老板有两个亮，一是人漂亮，二是人敞亮。"

这时有一个人说："我给她添一亮，她胸挺大的，三是胸亮。"

大家哈哈大笑。

黄老板说："洪经理，你这个没正经的，喝着马尿也没堵住你的骚嘴。"

洪经理大声吵吵说:"大家听听,黄老板这娘们儿给咱们喝的是马尿。"

阿南抢过话说:"洪经理,你好好看看,我们这是啤酒,就你自己的是马尿。"

大家又一阵大笑,酒场上气氛非常和谐、热闹。

阿南喜欢黄老板的为人,只要是朋友来松花湖吃鱼餐,他都安排在这里。一来二去,阿南成了黄老板的好朋友,黄老板也喜欢阿南的豪爽。

今天,阿南请客有两件事要办,一是以尤龙的名义感谢宫良。二是黄老板爱人曾与宫良有些恩怨,阿南想帮助解开。

阿南对黄老板说:"黄姐,今天这个人不同寻常,他是咱们交警大队的宫良处长。"

"这个人我认识,他还罚我们家八万元呢,老不给面子了,很难相处。"

"黄姐,他是我的好朋友,你也是我的好朋友,我想给你们调解一下,也成为好朋友。你们这片归他管,以后就方便多了。"

"行,老弟,这顿饭我请,那时候,我给他钱都不要,非要处罚我老公。"

"那时候,你不是没认识我吗?"

"你个死鬼,早点儿出现,我能省八万元,那时候八万元钱能解决多大问题,罚款我是贷款给的。"

"现在你不是发了吗,还提它干啥,朋友多了路好走。你家还在养车毕竟在他的辖区,有益无害。"

"老弟,我怕见面尴尬不知说啥好,当初我还骂了他。"

"没问题,相逢一笑泯恩仇,放心吧,保证让你们成为好朋友。"

"你真是我的好老弟。"

宫良带着妻子及妻子的闺密,阿南带着妻子、尤龙和穆水泉。

下了车,宫良说:"这里好像来过,有印象。"

阿南说:"你肯定来过,松花湖的鱼餐馆哪能没有你的足迹?大处长，谁不争着抢着请啊？"

宫良的妻子李凤说："现在可不能提吃请了，要低调做事。"

李凤是国家公务员，开朗，大方，一看就不是复杂之人。她的闺蜜叫冷艳，也是个大方、直爽、随性之人。

这时阿南喊着："黄老板过来，我给你们介绍一下。"

黄老板快步走过来。

"这位是江城交警大队宫良处长。"

黄老板上前说："我们认识，是在不同场合，我还骂了宫良处长。如果放到那时我还真的难以开口。"

宫良说："我知道，你当时吃了不少亏，损失很大，但我真的是公事公办。我这人就这性格，对不认识的人真的一是一，二是二，毫不含糊。你别怪我，那时候我们是陌路人。况且，你老公那个倔，天不怕，地不怕的样子，你还破口大骂，我只好秉公执法了。"

阿南说："好了，你们先说到这，一会儿黄大美人就坐在宫处长身边，好好唠唠，能上床才好呢。"

李凤说："阿南拉皮条的功夫很高哇！到了降龙十八掌的最高一层'亢龙有悔'了！"

李凤人聪明，不怯场，有时还很诙谐。

阿南说："嫂子对宫处长不放心？"

宫良处长说："她心大的就差把自己丢了，你看冷艳，长得是不是很漂亮，李凤出游十几天，冷艳天天给我做饭，你说这要搁一般女人能让吗？能放心吗？"

阿南说："搁谁都不放心，孤男独女的在一起，日久生情啊！不放心。"

"你嫂子就行，她相信冷艳。因为，她们从小就在一起长大，一起上的小学、初中、高中、大学，总在一起。现在，我们两家还住对门，你说我们的感情谁能比得了。"

大家都赞美说，真是太好了，没法比。

冷艳说："宫处长要是对李凤不好，我都敢把他推出家门，不让他回家。"

宫良说："你瞅瞅，我都等于有两个老婆了，多累呀！"

阿南接着介绍说："这位是枫林县供电局办公室主任尤龙，也是我表姐夫。最近，开车发生了意外事故，宫处长帮助不少，现在案情正在处理中。一段时期以来，心情不太好。今天，我带姐夫到松花湖散散心，跟朋友聚一聚，希望今天能有个好心情。"

宫良说："你的案子不是大事，没抽烟，没喝酒，没超速，正常行驶，没有主观上的故意，纯属意外事故。"

大家一一握手。

其实，尤龙谁都不想认识，只是希望宫良能给予帮助。

阿南接着说："这位是穆水泉，松江汽车修配厂经理，哥哥是省公安厅的，我多年的好朋友，为我帮了大忙。"

然后又是握手。

阿南接着说："这位是我老婆，郑蓉。"

阿南还没等把话说完，黄老板就抢先说："老大还是老五啊？"

"你这话说的，这不让我老婆心疑吗？"

"就你这样的，心疑才正常呢。"

郑蓉说："我啥不知道，他外面有很多女人，有的我都能叫上名字。"

郑蓉说的一点儿不错，有一个二十八岁的女人，叫小嫚，她长得不好看，但形体美，皮肤很白，穿什么衣服都能展示一种韵律的美。

她对阿南很专一，在温泉附近租了房子，从不找别人。她狂恋阿南，让阿南难以应对。电话、微信不断。信息只有这样的内容：我已为你做好了准备，随时恭候。

阿南说："这个女人还真不能甩，狂恋者容易走极端，只能像哄小孩儿一样，以有事为名巧妙拒绝。"

阿南大多时间在温泉住，一个月也只能同郑蓉聚一次。这对郑蓉来说无法忍受。有一次，她为了查清阿南在温泉到底有多忙，晚上九点钟的时候，她悄悄来到阿南的门口。听了听，没有任何声音，用微信一摇就在附近。

她问吧台服务生小赵："你们南总在哪儿？"

小赵回答："老板娘，我不知道。"

"他就在附近五十米内，我手机上都显示出来了，你怎么不知道？"

"我真不知道！"

"你知道就告诉我，如果撒谎你可就干不长了。"

"南总出去的时候没说什么，我不敢多问一句。"

"是你开的大门？"

"是的。"

"他朝哪个方向走的？"

"东方。"

"好，没你事了"

只要知道是东方，她就知道阿南的大概位置。东方是私人公寓，距温泉只有五十米，太好找了，就在这栋楼里。

三十米，二十米，十米，她来到了公寓大楼的五楼不动了，十米不是左门就是右门。阿南就在这两家的一个房间里。

她突然想出了一个主意，以查水表的名义一试就知道了。

她敲了左侧的房门，不一会儿出来一个中年男人："女士，什么事？"

"查一下水表，你帮我看一下你家水表的数字，我就不进屋了。"

开门人是个男士，可以断定阿南不在这家。

郑蓉离开这栋楼，返回到温泉大楼，在大厅里坐下来。

他打通了阿南的电话："你在哪儿呢？"

"我在外面玩麻将呢。"

"玩你个球，赶紧回温泉我有事找你。"

"干吗那么忙？"

"你见过我来温泉几回？"

阿南一想，这几年妻子还真没来过，她一来肯定有事，还是过去看看吧。

阿南对小嫚说："我得过去看看，可能家里有点儿事。"

小嫚娇嗔地说："你多陪我一会儿行吗？"

"不行，我老婆很少到温泉来，一定有事，我一会儿再回来。"

阿南一进温泉大厅就看见妻子在沙发上坐着。

"这么晚咋到这来了？"

"看看你，天天不回家是不是跟谁勾搭上了？"

"净扯，正经事还做不过来呢，哪有闲心勾三搭四啊？"

郑蓉说："你等我一会儿，我给你领一个人。"

说完，郑蓉就出了门。

阿南弄得不知所措，心想，郑蓉这是干什么？他知道郑蓉很厉害，也是个说打即骂的手，只好在这里等。

郑蓉来到刚才的另一个门前轻轻敲门，里面出来一个年轻女子："你找谁？"

"你好，我是龙华温泉南总派来的，给你送点儿水果。"

"谢谢，南总有应酬吗？"

"有，你们很熟吗？"

"非常熟，他是我最敬重的男人。"

"你叫什么名字？"

"我叫小嫚。"

"小嫚，他现在让你去一趟，在大厅等你呢。"

"是吗，我这就去。"

"你随我来吧。"

小嫚什么也没想，穿上衣服就出来了。

郑蓉蓄积在心中的愤懑情绪已经很久了，她就想找一个能撒气的女人释放一下。

小嫚刚下楼，郑蓉就挡在她面前。

郑蓉问："小嫚，你是南总的老婆？"

"不是，但我希望将来是。"

"是你妈个头啊！"

小嫚的话还没说完，郑蓉的拳头就砸了过去，一下就把她的鼻子打出血了。小嫚被打得眼冒金星，一见到血更蒙了。

郑蓉仍然没有放手，她抓住小嫚的长发，朝她脸上左右开弓扇嘴巴，打得小嫚没有一点儿还手能力。郑蓉越打越来劲儿，干脆把她按在地上，用脚踢，直踢得小嫚在地上来回翻滚，连招架的余地都没有。

这时，有两名巡警赶过来，将郑蓉拉起来。

警察说："干什么呢，女人还这么凶狠！打死人不偿命啊？"

两个人被带到派出所，警察进行问话做笔录。

当阿南来到派出所，人们才知道郑蓉是阿南的老婆，而且是如此厉害的角色。

有阿南在，小嫚没有提出赔偿问题，阿南答应给小嫚一笔钱，警察对郑蓉没做任何处理。

这件事之后，阿南对老婆还有种害怕的心理，心想，还真不能大张旗鼓地找女人，郑蓉急了都敢杀人。

阿南对大家说："我老婆到什么时候都排在第一位，就拿今天的吃鱼来说，我首先想到的就是老婆，到什么时候都是老婆最亲，别人只是打哈哈取乐。"

宫良说："阿南有正事，现在，像你这么大腕的老板，应该到处都有相好的，而你保持的真不错，不为婚外情所困。"

阿南说："宫处长认识问题深刻，有经验，回去后等着挨收拾吧。"

黄老板说："宫处长受身份限制，给他机会也不敢。"

阿南接着说："我再重新介绍一下，这位是黄莹老板，现在，店里都是她说了算，老公养车，什么也不管。"

黄老板说："欢迎各位来我家做客，今天的菜是我亲自掌勺，听到阿南的电话，我早就做好了准备，从最好的哥们儿那里要来的新鲜湖水鱼，最大的二十二斤，现在就可以上菜了。"

眨眼之时，大大小小的鱼全部端上来，摆满了一大桌。

第一杯酒由宫良处长提，他说："朋友都是越处越多，越多路就越宽，咱们都是见面少，甚至是没见过的朋友，没关系，不怕见的晚，就怕没发展。来，喝一口。"

黄老板反应机敏，她坐在宫处长身边，一会儿给夹菜，一会儿给盛汤，非常殷勤。

阿南说："你们看到没？美女专门挑大官亲近，黄莹这一会儿给宫处长的盘子都夹满了。咱们的盘子一块鱼肉都没有。"

宫良说："爱美之心人皆有之，我也是怜香惜玉之人，妹子别夹了，别累着，遭到忌妒了。"

宫处长喝得非常高兴，左一杯右一杯，不一会儿就喝得差不多了。

宫良说："这顿饭我答应一周了，才排到，昨天喝得太多了。不行，有炕没有，我得睡一会儿，昨天折腾了大半夜。"

阿南说："黄老板，安排炕，好好伺候宫处长。"

黄老板安排宫处长去了，很久才回来。两个人可以把过去的隔阂解开了。

宫处长睡觉去了，李凤和冷艳发挥了作用，两个人白酒、啤酒掺着喝，非常爽。

黄莹也过来放开了酒量。

尤龙处于低潮期，加之酒量小，干脆换了个角色。

尤龙说："我给几位美女制作两个下酒菜，你们好好喝一喝。"

四位女生异口同声地说："你还有这两下子？"

"那当然，马上就来，你们慢慢喝，稍等。"

尤龙在部队军事学院学的是后勤专业，受国家一级厨师培训了六个月，学过主副食制作，从刀工、营养学到炒菜的色香味上都进行过正规培训。

厨房里调料都是现成的，只用了十分钟，尤龙就制作出了四个小菜：蒜味黄瓜丁、虾味炝芹菜、辣味豆腐丁、香油土豆丝。他采用了最佳色彩搭配。比如，土豆丝里放了尖椒丝，芹菜里放了精细的葱丝，豆腐丁里放了花生米配色，黄瓜丁里放了小葱段。

这几个小菜一上桌，几个女人惊讶地说："好漂亮啊！太有食欲了。"

阿南开玩笑地说："真有性欲啊！"

黄老板说："什么欲？"

阿南说："都是人，同感，欲望。"

"你小子找抽啊？"

尤龙接过话茬儿说："先别吵，听我把话说完你们再吃，这四个小菜是专门为四位美女做的，主要是为你们摄取维生素、蛋白质及少量的矿物质。只有淡淡的脂肪和糖分。吃了后能保持更好的容颜。请女士们慢用，喝得尽情。"

黄老板说："尤主任，我不会放过你的，过来，必须和我喝交杯酒。"

阿南说："喝交杯酒太俗了，亲个嘴还行。"

黄老板说："别逼我，借着酒劲儿，我可什么事都做得出来。

阿南说："那你就当众把衣服脱了，让我们男生开开眼。"

黄莹说："这可是你说的，我发的光刺伤了你们男生的眼睛可别怪我。"

"不怪你，谁让我们想看了。"

黄老板一下把上衣脱下来了，没想到她玩的只是个游戏，她里面还有一个紧身衣服，更显得她漂亮，性感。

阿南说："我最喜欢黄老板这样的女人，大方，得体，幽默，聪明，几乎占去了很多美感。我曾感慨地赋诗：你美丽时我还小，我想你时你已老。真是恨不相逢未嫁时呀！"

李凤说："这个心思的原话是：'君生我未生，我生君已老，恨不同日生，日日与君好。'阿南是性情中人，是美女们追寻的目标。郑蓉妹子，你可要费心了。"

郑蓉说："我可不操这份心，他爱跟谁好就跟谁好吧，这年头眼不见，心不烦。等嘚瑟大劲儿了，也就蹦跶不动了。"

黄莹说："你这个观点也不错，看守一个人多累呀！还不如自己轻松过快乐日子。妹子，你在江湖比我混得明白，真能看得开，好样的，我欣赏你。"

穆水泉是最小的，今年二十八岁，基本没有插言的机会。他出去到菜园子摘了很多黄瓜，拔了很多大葱，洗过后拿上来也很受欢迎。

有说有笑，时间很快就过去了三个小时，宫处长睡醒了，他来了精神又接着喝了几杯。

他对黄莹说："妹子，以前的恩怨都过去了。以后，有需要大哥的地方，大哥责无旁贷。"

黄莹说："当着嫂子的面跟大哥喝一杯交杯酒，就当小妹赔不是了。以前的不快咱们一笔勾销。"

"好，一笔勾销。"

宫处长转身对尤龙说："兄弟，你的事不算个事儿，这十几年来，我处理的案子多了，有多少喝醉酒开车、无证开车、故意开车撞人的。你的案子就是个意外事故，什么事都没有，对方要多少是他的事，钱在你手里，你想啥时候给就啥时候给，这一点你说了算。"

宫处长说："不是我喝点儿酒就说胡话，我平时也这样，原生态的我就是这个样子，别人若像我这个样子早好了。我要不是性格倔早当一把局长了。比我小好几岁的都当一把了，我培养的人都比我官大，上哪说理去。我若不正直，也不能罚黄莹妹子那么多钱。当时，她好说歹说给我钱都不行，非要罚大哥的钱，大哥车超高，撞坏了公用设施，还无证驾驶，我没留一点儿情面。"

黄莹说："大哥，你别说了，你是好人，我现在过得很好了，不像那情那景了。你放心吧，那一页咱翻过去了。"

宫良对尤龙说："你的事就是我的事，我会关注你的案情发展，他们不管怎么办，最终得把案子送到我这里，我看他们怎么处理，差一点儿我就收拾他们，你也可以复议他们。"

尤龙说："谢谢宫处长，让你费心了。"

"没关系，明天上班我再给枫林县打个电话问一下。"

"好，谢谢。"

几个人真的是喝好了，东倒西歪的。

黄莹给李凤和冷艳一人拿了一条二十斤的松花湖大鱼，每人拿了十斤煎饼，李凤和冷艳有些过意不去。

李凤说："前一阶段因为太忙，没有时间出来玩，今天是难得的一次放松，感谢黄老板的款待。"

宫处长说："以后，你们谁买车，我能帮你们弄到好车牌号。"

大家都说：好的，不能少麻烦你。

第二十三章
对方给尤龙判刑

因为，老门没给出认定书，前几轮谈判双方都是在没有依据的情况下进行的。这对双方来说，就是凭感觉谈判。谁能征服对方，谁就是胜利者。

一连几天，双方都在挺着，没有任何形式的联系。这一天，尤龙打算到老门那看一下情况。当他走到交警队时，发现管小同站在门口。

尤龙非常友好地问："兄弟，你在这干什么呢？"

"我想找老门给咱们双方调解一下。"

"你们要这么多，咋让人家调解呀？"

"你们不也是给二十万以下不动了吗？"

原来他是想通过老门来进行和解，尤龙看出了对方的心思，他们也想快点儿结案，早些拿到钱。

尤龙问："老门在吗？"

管小同说："出去了，还没回来。"

尤龙说："他不一定回来了。"

管小同没有出声，看上去很老实的样子。哥哥和他要找的人没在身边，也很无助的样子。

尤龙认为，这是下午，老门不会回来的，他应该正在打麻将。

他把管小同叫到一个无人的地方："兄弟，你过来，到这来，咱们谈谈。"

管小同走过来，仍然没有说话。

尤龙问："你家还是你二哥说了算吧？"

"是啊。"

"他咋没来？"

"他到外地干工程去了。"

"那咱们的案子怎么谈呢？"

"那也能谈，问我二哥就行。"

"你回去可以告诉你二哥，在法律规定的基础上谈，别空中楼阁没有依据地要钱。大家都有空间，只不过谁也不想放下早已确立的目标。但这都不是现实的，要钱的人，要多少都不嫌多。"

"你想给多少啊？"

"我的想法很简单，法律上给报的保险都给你，再给你点儿精神补偿费。"

"不行，这太少了。"

"兄弟，这都不少了，如果走法律，你才能得十多万元，这样更少。"

"你有工作能走法律吗？"

"那咋不能，你要的多，我给不起，法律判多少，我给多少。"

"走法律不得影响你工作呀？"

"我知道你们总是以工作来要挟我。其实，我今年都五十多岁的人了，再工作两三年就退休了，走法律对我来说也没什么了。一是我当不了官，年龄超了。二是我马上退休了，也没有什么发财的机会和当官的愿望了。"

"我不想走法律。"

"关键是你在逼人走法律，你要这么多，我给不上，只能让法院判了。不过，走法律可是非常慢的，我同事前一阶段出了车祸，半年才拿到钱。"

管小同说："你们也想一想，给个合理的数。"

"行，你回去跟你二哥说，在法律规定的基础上给一个真实、现实的数。"

管小同转身走了，头也没回。

两天的时间里双方谁也没找谁，都在默默地用暗劲儿。最初的时候，老门偏向于车主，那他也只是想两头吃。现在，他把钱退回来了，只能吃到另一头了。所以，他会想方设法帮助伤者一方，也无非是让伤者多要钱，责任给车主大一些。

又过了几天，老门给尤龙打来电话："你想给对方多少？"

"我给他三十万元，门哥，你从中调和一下吧。"

"我没法调和。"

"实在不行就走法律吧，我认了。"

尤龙这样说，是因为老门已经和对方站在一条线上了，只有说走法律，他们的计划才会落空。

老门很冷地说："那就走法律吧。"

在尤龙心里，他一点儿也不想走法律。如果走法律，对方就会拿到很少的钱，这是他们不想要的结果。而尤龙这一方，无论是同事或者朋友都不提倡走法律。因为，走法律，对方会来闹事，单位领导觉得尤龙小气，撞了人还不快点儿给钱，会有很多人说三道四。

尤龙知道，这个时候管小同的人肯定在老门那里。他们在研究要多少，怎么才能多要钱。

这么一想，尤龙的心里就不是滋味，老门曾说向着自己，可现在一点儿也没体现出来。还很冷漠，一点儿笑容都没有，难道他就是这样的人？还是装的，能把老门琢磨透，可能事情就好办多了。尤龙的内心无依无靠，很失落。

尤龙给阿南打了电话，想把刚才发生的情况帮着分析一下。

对方很长时间才接电话："姐夫，我出门刚回来。"

尤龙说："有一个事我得告诉你，刚才，老门来电话问我，能给对方多少，我说给三十万元。让老门从中调解一下。他说调解不了。我感觉老门和他们在一起了。我说，调解不了就走法律吧。老门说，那就走法律吧。"

"你这么说有些不妥。"

"为什么？"

"你还是把底牌说出去了。"

"我不说不行啊，人家说咱们谈这些天，没给一个准确的数字，没法和解。我觉得应该说出底线。"

"说了也行，不然也真没法谈。"

"是的，我也是考虑再三才说出来的。"

"对方给你打电话没有？"

"没有。"

"他们葫芦里卖的什么药？"

"不清楚，现在是知己不知彼呀！很难谈啊！"

"我真想收拾这家人，打电话都不接，根本不想跟我谈。"

"他们怕你，也不敢见你。他们哪次谈都带个流氓！在他们心里就是想把咱们吓住，你说他们的想法多幼稚，咱们要是找这样的人，不比他们强多了！"

"有点儿逼我出手啊！急眼了我让他们把拿到的钱吐出来。"

"那倒没必要跟他们扯，这年头谁都不是被吓大的，咱就是不想他们没根据地要。他们不想往成了谈，有点儿胡搅蛮缠。"

"那就还得磨，只有把他们的锐气都磨没了才会消停下来谈判。"

"可是，老门不会给咱们时间，他会以时间不等人的态度来要挟。因为，老门把钱退回来了，他可以不领咱们一点儿情了。"

阿南说："现在很晚了，我明天一大早就给他们打电话，约他们谈。"

"好的。"

放下电话，尤龙心乱如麻，仍无睡意。这些天来，他日日烦忧，心绪不宁，基本在似睡非睡中度过。

第二天，尤龙刚刚安排好各项工作，管小同、管小志和许虎来到办公室。

尤龙很热情，让坐，倒茶，安排妥当后才坐下来。

尤龙明白，管小志才是说了算的人，他来了有助于谈判。

尤龙说："你们家都谈好几轮了，说了算的又不到场，我们谈了也没用。"

管小志说："我在外面包了个工程，没时间回来。"

许虎说："上次，我们闹得不愉快，那天，我态度不好，同你弟弟打了架，都是我的错。"

尤龙说："无所谓的事，话赶话，在气头上，都是在维护各自的利益，说点儿过激话都是可以理解的。"

许虎没说什么。

管小志问："老门跟你说了吗？"

尤龙说："老门什么也没说。"

管小志有些诧异。

许虎说："你得在监狱待半年了。"

"你在给我判刑啊？为什么？"

许虎这么一说，尤龙才知道，这话肯定是老门跟他们说的，而且是刚刚说完的，他们是从老门那过来的。

许虎说："死人了就得受法律制裁。"

"那就走法律吧，我撞了人，犯了罪，我承担一切责任。这样也省得咱们左一轮右一轮的谈判了，弄得双方焦头烂额，花费了很多精力，毫无结果！"

管小同说："我不想走法律，就想多要点儿钱。"

"你多要钱也是可以理解的，生命是无价的，就这么一个意外事故，就给两个家庭带来了难以承受的磨难。你家丈夫失去了妻子，孩子失去了母亲。我家孩子上大学，老婆有糖尿病、高血压。一个是家人的悲伤，一个是发生了经济上的危机。"

管小同说："你家怎么也比我家强，我家孩子才多大，你家孩子都上大学了。现在，农村二三十万算个啥呀？"

"可在我身上真算是个啥了。我工资一个月才三千元，一年三万六千元。我给你三十万元就够我挣十年了，可我再有两年就退休了。两年的时间里我才能挣七万元。我也得算自己的账啊，这样的工作我还珍惜吗？你们还老拿工作压人。我还真不如你们说的，我服刑事责任在监狱蹲几个月。你们想不到，在监狱这几个月也在挣钱呐！能挣好几十万元，那可不是白白进监狱的。"

管小志说："你的意思就是要走法律呗？"

"是的，你们要的太多，我承受不了，只能凭法律裁决了。"

"你真不怕工作受影响？"

"那怕啥，还有几年就退休了，我们单位也有你好哥们儿，你可以问问，我的情况到底是不是真实的？"

管小志说："你不提我还真不说，你们局我有好几个朋友，我早就知道你的情况。"

"知不知道都无所谓，我就是现在这个状况。工作我都不想要了，这一天大老远的，多不容易，过去还有个车开，亲属给点儿油钱。现在，车也不能开了，天天挤公共汽车，一天在路上三个小时，早就没了上班的想法。"

"我们没有拿工作压你，就是想人死了，多要点儿钱。"

"能不是吗？没有工作的人，一分钱也不用给你们，认罪不就得了。蹲监狱能挣多少钱，你们算过没有？"

"这一点，我们没有考虑。"

"因为这件事离你们太远，可离我却很近。我想过，我的案子不是多么重，没吸烟，没喝酒，没超速，没打电话，正常行驶，没有主观上的故意，顶多也就是判一缓一，或者判二缓二，还不一定影响到工作。"

管小志说："你的意思是必须走法律了？"

"是的，必须走法律。"

许虎说："那你就等着进监狱待半年吧！"

尤龙说："进就进吧。"

三个人匆匆地离开了。

站在窗口尤龙观察着他们的举动，走到大门外的时候，他们想走开，各回各的家，管小志又将他们召唤回来集合在一起说着什么，许虎想到机关大楼里，走了几步又被喊了回来。管小志想回来继续谈，结果又退了回去，他们犹豫了好几次，最后还是离开了。

看来，他们也是六神无主。

第二十四章
出认定书谈判变被动

双方已经煎熬一个多月了，绷紧的绳子可能会被扯断。正在这个时候，老门打电话让双方都到他这里来。老门就是司令，他的话不敢不听，不仅要来还得提前到。

尤龙到单位处理一下工作上的事马上到交警队等候，十几分钟后老门来了，还带进一个人。

老门对尤龙说："你先等一会儿，我把他的事处理完。"

过了一会，管小同到了，老门将两个人叫到屋里。

老门说："给你们多少时间也没用了，我们也不能往后拖了，这是认定书，你们拿回去。"

尤龙一看，老门给的是自己是主要责任，另一方负次要责任。

管小同一看自己负的是次要责任，他高兴地说："九十万元，不讲了，不行就走法律。"

他转身离开了。

尤龙说："门哥，你就一手办到底得了。"

"我怎么给你办到底，看你说的，钱也拿回去了。"

看来老门以前说的办对等的想法已经落空了，现在负主要责任意味着要走检察院和法院了。

出了认定书负主要责任，说明主动权没了，没有什么可以和对方抗衡的了，对方可以肆无忌惮地张开血盆大口来要钱了。

尤龙把认定书的事打电话告诉了阿南："老弟，老门今天把我们叫过去了，出认定书了，我负的是主要责任。"

"老门真坏，在关键的时候来这一手。"

"他说，咱们把钱拿回来了，意思是不欠咱们的，所以就这么办了。"

"你在哪儿呢？"

"我在回家的路上。"

"这么的，我现在就接你，我在江城西出口等你。"

"好吧。"

阿南的车由穆水泉开着，阿南坐在副驾驶上，二十分钟后会面了。

穆水泉说："还是找个律师帮忙吧，我认识王律师，她是个女的，很厉害，办了很多大案，三千元钱就差不多。"

阿南说："走吧，问问律师。"

三个人来到一个"民心律师事务所"。

墙上公示着几个律师的名字，穆水泉认识的女人姓王，是律师事务所主任。她在为一个人解释案子的事，示意穆水泉等一会儿。尤龙想，这个人一定很有能力，还是个主任呢。

处理完那个人的事情，她马上过来说："谁的案子？"

穆水泉说："姐，是我好朋友的，车撞人了，到医院没抢救过来。警察今天给出的认定书，负主要责任。"

"把认定书给我看一下。"

尤龙把认定书拿出来递给她。

女人看过认定书说："我一次交通案子都没办过，你这个案子，咋地都得到法院判刑了。"

"判刑对工作有影响吗？"

"肯定有影响，判一缓一也是刑事制裁呀！"

尤龙说："不是还有免诉的环节吗？"

"人死了，哪有免诉了，就到法院判了。"

"那我宁可蹲监狱了。"

律师说："你蹲监狱也得给钱，法院会判你实刑，而且还要判你给多少钱。因为，你是主要责任。"

尤龙的心更凉了，原本是给对方一笔钱，然后和解。如清莲说的那样，到检察院免诉。如果这个女律师说的是真的，就得蹲监狱，还得给很多钱。和解不了，到法院照样给钱，真是太难为人了。

尤龙的心到现在已经快崩溃了。

他出了门对阿南说："你们俩回吧，我和你姐回家好好商量一下。"

阿南说："咱们应该找宫良问一下，看能不能复议。"

"不了，我现在哪儿也不想去了。"

说完，尤龙转身走了。

回到家，妻子周冰洁问："有什么新情况没有？"

"有，出认定书了，主要责任。"

"老门不是说给对等吗？"

"他说，钱退回来了，意思是不能给对等了。"

"给我看看。"

尤龙把认定书拿出来交给妻子，她认真地看了一遍。

周冰洁说："这个办事人真缺德，不给钱就给主要责任，给钱和解了就是对等责任，在认定书上还能伸缩自如。"

作为政府领导干部，周冰洁第一次骂人，而且还是个老门。

尤龙说："拿回认定书后，我一看是负主要责任，心一下子就凉了，我们的谈判会更加被动，他们肯定会再加码，以后的谈判会更加艰难。"

这时，阿南来电话了："姐夫，刚才我到宫良那儿去了，他又帮我分析了一次案情，我们俩到现场看了，他说你可以复议。"

"复议会有胜算吗，那不等于老门出的认定书是错的吗？我们能干过老门吗？"

"宫良说，不一定，只有百分之一二的胜率。"

"所以，不应该走这条路。惹恼了老门，我们会更加被动，会有想不到的麻烦。"

"也是。"

"老弟，我没事，现在，摊上了就不能怕了，无所谓。"

阿南说："我打听了，你看老门那样子一点儿灵活劲儿都没有，他原来是公安局政委，是因为犯事才下来的。"

"要不说他啥话没有呢，给他那么多中华烟，没有一点儿效果，给他拿一万元钱他都不情愿要，原来是不缺钱啊！"

"遇到老门真没办法啊！"

"老弟，你也休息吧，累一天了。"

"好的，姐夫，别上火，事情总会过去，相信不会太久。"

"嗯，放心吧，我没事。"

放下电话尤龙对周冰洁说："阿南还要给找个人看呢，我没干。"

周冰洁说："我觉得你们把事办得像唱戏似的，没解决什么问题。很多人都会把一切事情归结到宿命论上，成功了他会说是按神的旨意做的，所以才飞黄腾达；失败了会说没按神的旨意行事，所以才遭此厄运。你可别听那些乌七八糟的了。"

"我们还找律师了，她说咋地都得由法院判刑，是没法改变的。这怎么和别人说的不一样呢？"

"她是个什么样的律师？"

"她是个女的，五十多岁，长得很难看，就像个农妇。"

"律师能说真话吗？她不能挣到钱一定得说不好办，不能办，给你增大忧虑感，让你多花钱。"

"可我不一定找她呀？"

"你要是有这种心理，找谁都得多花钱。"

尤龙说："现在，我可六神无主了，不行，我就不要工作了，跟儿子到南方去打工，儿子上班，我给做饭，有机会干点儿别的。"

"也行，看事情发展的结果吧。"

"对方也有高人指点，这个老门真是太坏了，阿南说，他原来是公安局政委。"

"我知道，全地区政府部门还有他的通报，他叫门志信，因为管理不当，有经济问题被撤职了。"

"他还有这样的事？"

"他们整得太过了，外地车一律不放过。"

尤龙头一次听到，老门还有这样的经历。

第二十五章
他曾是单位领导

      枫林县交通罚款严重的名声已经被传得沸沸扬扬，但领导层不知道，一个偶然的机会，乔市长发现了这一现象，并得到了及时整治。

    在接触过老门的人群里，他给人的印象是冷漠，一言不发，不好交流，难见温暖的那种人。他对谁都是沉默。听到他的话只有这样几句：你们出去等一会儿，明天上午吧，抓紧办，没有多少时间……我不能等你……很少听到让人感觉安慰的话。

    后来，了解他的人才知道，他曾是公安局的政委兼交警大队长，是因为犯了错误才被撤职的，他现在这个状态表现已经不错了。

    枫林县交警严重的吃、拿、卡、要现象是由门志信一手造成的。发现这一情况的是江城新上任的乔市长。那天，正赶上他过生日。

    枫林县的交通乱收费、乱罚款是出了名的。人们把这条路比作"蚊子""吸血蝙蝠"多，他们不管本地车还是外地车，多少都要叮出点儿血来。

    副县长把政委兼交警大队长门志信叫到办公室。

    副县长说："枫林县地劣山穷，经济落后，物产不丰富，唯有一条公路是经济收入和货物输出的大动脉，你们在做好工作的同时，在不违反原则的情况下，要兢兢业业站好岗，努力工作看好门，为我县的经济发展保驾护航。"

门志信说："还是请县领导给个明确指标，这样也好有奔头。"

"每年为县政府创收一千万元，怎么样？"

门志信说："我心里没有底，不知道能不能实现这个目标，最主要的还是我兼这个大队长没有信心。"

副县长说："门政委，你要坚决完成任务，超额部分作为你们的活动经费。完成任务优先考虑提拔问题，完不成任务也考虑你们的职务问题，咱们先君子后小人，这样总行了吧？"

门志信说："请领导放心，保证完成任务。"

门志信为能完成指标，他带领执勤人员加班加点工作，尽心尽力罚款，每天收入八万元。外地大货车至少要罚两千元，轿车一百至五百元不等。前三天的收入他们买了三台二手捷达。每个中队一台车。有了车工作人员更有动力了，收入也更多了。

枫林县管辖地段只有八十公里，这条路修得宽敞，笔直，没有红灯。老门在入口和出口处都设立了检查站。另外加了一道流动测速站，超速的车量一个也逃不掉。

有趣的是，有些司机一见到这样的路就想快速开车，根本就没想到有流动测速车，多数车辆都是加速冲到了出站口。其不知在出口处已经有了记录，他们早已把车型牌号传到位了，所有超速车辆一律拿下，不想扣分就多交钱。

有一个辽宁车牌的大货车，拉一车钢材到江城，这名司机叫小吴，他经常走枫林县，每次都给执勤人员二百元钱，与他们已经称兄道弟。

这一天，他拉着满满一车钢材正在前行。这些执勤人员猎鹰一样的眼睛早已锁定了这台运输车。

当小吴来到入口时，执勤人员一比画，示意让他靠边，他一看这些执勤人员一个也不认识。心想，今天是怎么了？执勤人员咋都这么陌生？

他脚踏刹车板刚一减速，然后又猛的提速冲了过去，执勤人员见状开车就追，小吴也加大了油门全速前进，以为跑了就会放过自己。没想到轿车紧随其后就是不放弃，大车拉的货物太重，怎么也跑不过轿车，跑出二十几公里，执勤人员就追上了。他们把车往前一横，大车来个急刹车，轮胎在板油路上冒出一溜烟，发出一阵刺耳的声音。大货车躲过了轿车撞在公路的护栏上，护栏被撞坏近二十米，差点儿翻到沟里。

小吴急了："你们就为了劫车呀？不要命了！这要是躲不过去咋整？"

车上下来四名人员，其中一个说："驾驶证、行车证。"

小吴明白他们是什么意思。

小吴说："你们是新来的吧？"

"是啊。"

"门大队长与我是多年朋友，我都在这条道上跑六七年了，两天一趟。"

带头的人说："你提谁都不好使。现在，我们有规定，任何人办案谁都不允许讲情，谁讲情谁下岗。"

"规定是人定的，定了可以改，过去门志信大队长可是没少照顾我。"

"你就别想了，门大队长不会给你面子的，你撞坏了公路设施，行车不听指挥，至少罚款八万元。"

"你先等一下，我给门大队长打个电话。"

小吴打通了门志信的电话："大队长，我是小吴，车被你的人给劫了。"

"你跟他们谈吧，我在北京培训学习呢，正在上课，可严了，实在不方便。"

小吴很纳闷，他为什么会搪塞呢？犯事了？听声音、口气也不像啊……这个门志信变得太快了，以前能办，现在说不行就不行了？

门志信在人情上的冷漠不仅体现在外部，在内部也有很深的不良印象。

事故科长李岩在执行任务时，发生了一起车祸，把一个年轻女子当场撞成重伤，后经抢救无效死亡。

因为是公车，死者家属向他要一百万元，原因是李岩开的车是交警队的，对方不依不饶。

门志信是政委兼交警大队长，正好负责此项工作。

李岩找到门志信说："大队长，我的事你看咋整？我都不知如何面对死者家属了，这么年轻就失去了生命，她的孩子还小。"

门志信说："你一个事故科长，天天办这类案子，怎么轮到自己就整不明白了？自己梦自己圆，自己解决！"

"可这是公家的事呀！我在执行任务。"

"你说是公事？干啥去了，我不知道！"

门大队长早就对李岩有意见，那是在处理一起大型交通事故上发生的矛盾。一个沙场老板，在工地施工时，运输车将两个人当场轧死，老板想私了，办案人就是李岩。

老板找到李岩说："你帮我把价压到最低，八十万元能下来，我给你二十万元。只要你不上报案子，能保住我的证件，让我正常开工不影响任何事情。"

李岩一看这个案子能挣二十万元，可以给到对方八十万元，这个案子应该能办成。

李岩说："我去和对方谈谈，如果能行你就先拿二十万元，我先不抓你，不然，你得先被关起来。"

李岩找到两名死者家属说："你们过来一下，我和你们说一个情况，你们想私了还是想把他关进监狱？"

有一个家属说："私了怎么解决？"

"私了就是给你们一笔钱，你们也不追究他的责任了，公了就是把他抓起来，服刑事责任，但你们只能拿到十几万元。现在主动权在你们手上，怎么选择由你们决定。"

"私了能给多少钱？"

"怎么也得超过规定的数。"

死者都是农民，日子过得贫困正需要钱。

李岩对村主任说："你帮着做一下工作，他们不同意我马上逮人了。如果案子经公，什么机会也没有了，老板得判三到七年，村民只能要很少的钱。你问问，他们是怎么想的？"

村主任说："事故再大也不是故意的，只是个意外，他们也没有仇，要点儿钱是最靠谱的事，把人整监狱去了，那就是个人财两空，咋地也得要一头啊！你跟老板说，多给点儿钱，老婆孩子正需要钱生活。"

"好的，我可以帮你们问一下。你们最好是喊出个价，我直接跟对方说。"

村主任说："经官得二十万元，不经官每家不能低于四十万元。"

李岩给沙场老板打电话说："你现在就把一百万元准备好，马上给对方，每家四十万元。那二十万元我得替你找一些人员办理，这等于在交警队和解了。

老板高兴地说："我马上把钱拿到位。"

就这样，案子按下来了，李岩给门志信五万元。

后来，门大队长在签字的时候，知道了李岩收沙场老板二十万元，才给自己五万元，他觉得李岩没看得起自己，从此对李岩不满。

如今，李岩自己摊上了案子，又是公出执行任务，门大队长置之不理，他很上火。

死者家属到单位闹，到李岩家闹，少一百万元不干。

妻子责怪李岩说："你真完蛋，为公家执行任务都整到家里来了，闹得鸡犬不宁，这日子没法过了。"

李岩说："是门志信不管我，他在生我的气！"

"你不是给他钱了吗？咋不给办事？"

"嫌钱少呗！"

"他不知道这是公事吗？"

"知道，但他把此事当成私事来处理，怕单位受影响。"

这一天，李岩又来找门志信。

门志信对李岩说："你处理问题水平太低，作为一名办案人员，还能让老百姓到单位来闹事，根本就不称职。一百万元你也不是拿不出来，据说，你家得有三百万元，就是拿出来给人家也不影响正常生活，咋就这么费劲！"

死者家属在李岩单位、家里两头闹，门志信对此案不理不睬，老婆又责怪他，李岩崩溃了。

这一天，李岩在水库边给妻子打了一个电话："老婆，你在哪儿呢？"

"我还能在哪儿，整你那些破事呗！"

"我去办一件事，案子马上就可以解决了。"

"快去吧，我受不了啦！"

"好的。"

说完，他抱着一块大石头沉入了水库。

李岩死了，在枫林县引起一阵轰动。

他的妻子闹到了门大队长家里。

李岩妻子说："我老公是在执行任务时发生的车祸，你不管，我就往上找，你得想好了，能不能保住你这个大队长职务，你其他的事别以为我不知道……"

李岩妻子一闹吓得门大队长立即决定给对方一百万元钱，了结了此案。

过后人们很不理解李岩为什么会选择自杀，作为一名办案老手，怎么就自己的刀削不了自己的把儿呢？人们百思不得其解……

通过李岩的案子，人们也知道了门大队长的为人。

那些年，枫林县这条公路已成为光天化日下明码标价的交易路。为了完成任务，门志信对打过交道的人一概不理，打电话不接，接了不办。他知道这些人都是为了免单的，他决定谁讲情也不给面子。

小吴希望门大队长能给这份情意，帮助解决现在的境遇，他现在才明白，罚款是不可避免了。

小吴对面前的执勤人员说："你们凭啥要我这么多钱？撞坏了护栏是你们劫的，不然就撞到你们的车了，人命都保证不了，你们就为劫车罚款吗？差点儿酿成特大事故？图的是啥呢？我真不理解！"

"说那么多没用，至少得两万元。"

小吴磨了很久，最后交了一万元罚款，还得自己去修车。

交钱的时候，小吴说："这些年，你们罚我的钱都有八万元了，大罚单的票子我都留着呢！不怕我到你们上级部门反映情况？"

"随便，我们是有规定的，你有能力就去吧！"

"好，你们等着。"

这里的交通罚款就是尤龙也感到非常厉害。

有一次，尤龙的沈阳表哥从枫林县路过，来单位接尤龙，刚走出城门执勤人员招了一下手，示意靠边停车。

表哥说："你们这里的警察很有礼貌啊！对外地车还打招呼问好呢！"

表哥开的是二百多万元的奥迪A8，起速非常快。

尤龙说："不对吧，我们这里可不是你想象的那样，挥手是靠边停车要罚款的意思。"

表哥往后视镜一看说："真是，他们追上来了。"

表哥一加油警车就远远地甩在后面，不一会儿就没了踪影。

尤龙说："你们外地的车不知咋走，下一个站点有劫车的，必须绕道走。"

"你们这里咋没人管呢？"

"穷的呗，还指望他们创收呢！"

"你们这里就是穷的，为了创收入，明知不可为而为之，有些人真是没脑子，早晚得被收拾。"

两个人逃出枫林县界外。

实际上，枫林县总能给过往的人一个错觉。

当人们进入枫林县的大门总有一种很开阔的感觉。高高的门楼，烫金大字，镶龙雕凤，气势恢宏。给人一种舒畅、和缓的心里。可是，谁都不会想到金光闪闪的背后却是另一番情景。

当人们怀着喜悦的心情走出大门口几百米的时候，路边儿便是临时检查站，所谓检查站也就是一台车加上两名执勤人员，每车必查，查则必罚。

后来，很多人都知道枫林县是雁过拔毛的地方，都不从这里过了。

在这条道上就像卖假货一样，只需别人上当一次。经常走这里的人给枫林县编了个顺口溜："宁走伊拉克，不从枫林过，枫林收费多，过门就被捉"。

意思是从伊拉克走还有一线生机，从枫林县过必"死"无疑。

去年，地区来了一个新市长，叫乔通，刚四十出头，是位仁者志士。

有一天，乔市长过生日，他说，生日就搞个家宴，将老同学霍市长一家请来，一起热闹热闹，绝不能搞得满城风雨。

乔市长给霍市长打电话说："老同学，我过生日了，不声张，不扩大，就咱两家，怎么样？"

霍市长说："时间由你定，我保证赶过去。"

乔市长与霍市长相距一百多公里，两个人经常私自聚会，从不搞公款大吃二喝。

乔市长说："给你充分的准备时间，下午四点半到我家，什么也不用带，啥都不缺，怎么样？"

"好的，准时到。"

乔市长和霍市长是大学同学，两个人博学多才，互相帮助，相互提携，靠一股子干劲儿，层层选拔总是排名第一，经过层层选举，一步步脚踏实地，最后当上了市级领导。

为了不引起别人的注意，霍市长借了弟弟的私家车，载着家人向乔市长的地界驶来。

霍市长的车必经枫林县境，一进入枫林县的大门，霍市长的心情格外敞亮，心想乔市长主管的地界不错啊！枫林县的名字多好！就像秋收时的景象，满山红叶，色彩怡人。

他正在追忆这个美景，车刚驶出门口，两名执勤人员一挥手示意靠边停车。

霍市长把车停下来，心想有什么事吗？他把车窗打开。

执勤人员伸过手说："驾驶证、行车证。"

霍市长拿出驾驶证递给他。

"你开的是别人的车，证件和车不相符，刚才过门超速了，罚款二百元。"

霍市长说："据我所知，借车使用不罚款啊。"

"不光是这个问题，还有超速问题，赶紧交二百元走人。"

霍市长打算弄出个究竟。

"你还是给我说出罚款的理由吧，我的车虽然不高档，但是新的，没什么毛病，我出门口才四十迈，路上要求是六十迈。"

"你车上没有灭火器。"

"那你可是无中生有了，我根本就没超速，车里也有灭火器。"

"我说你超了就超了，别跟我磨叨。"

"我提个人行不？"

"在我们县提谁都不好使。"

"在地区呢？"

"那就更不好使了，山高皇帝远，将在外军令有所不受。我们更不能听他的了！"

霍市长说："我是你们乔市长的朋友，有点儿急事，赶时间，你看能通融不？"

"我从来就没听说过有个乔市长，你在蒙人吧？"

霍市长一下就为乔市长担心起来，看来，老同学乔市长在这里并不乐观！上任这么久了，一名执法人员竟然不知道他是谁。

这名执勤人员见霍市长还在犹豫就催促："赶紧拿钱，走人，少废话，不拿钱就把证件扣下。"

霍市长一想，乔市长的管理任重道远，还是不去了，给他更多的时间和精力放在工作上吧。

他拿出二百元钱，交给了执勤人员，调头回家不参加乔市长的生日家宴了。

时间到了，乔市长还在等着老同学，左等不来，右等也不来。他想，霍市长向来雷厉风行，遵规守时，今天是怎么了？

他打通了霍市长的电话："兄弟，到那儿了，在什么位置？"

霍市长说："哥们儿，我在为你微服私访呢，你的地界戒备森严，忠于执法，认认真真收钱，一点儿不含糊，我打道回府了。"

乔市长赶忙说："说啥呢？咋回去了？你在过愚人节吧？"

"不是，哥们儿，现在，我送给你一个"生日特别礼物"，你的地界交通罚款太恶劣了！"

"怎么回事？"

"你们那里太乱了，守着国道收钱呢，把国道变成钱道了。"

"你能仔细说说吗？都看到了什么？"

"你的地界再不治理，可以轰动全国，会成为全国最响的一件事情。"

"说说看，遇到什么事了？"

"我的车，什么毛病都没有，他们随意编造理由收钱。我离开一段路程后，观察了一会儿，外地车辆一律检查收钱，大货车就更不在话下，排成队了，你们的丑就要丢出去了。"

乔市长格外震惊，原来，身边还有这样的败家子，这还了得，必须严惩。

他想，这件事一定是陈年旧账，要给这伙人一个措手不及。

乔市长生日饭都没吃，立即成立检查组，快速出击。枫林县的人做梦都没想到，会来这样一场风暴。

乔市长亲自带队，四个检查组分头行动，一组查收账目。二组负责查人。三组现场检查。四组作为纪检监察组进入有关部门检查。由于四个检查组同时进行，枫林县管理者没有任何准备，他们将近几年的账本用卡车拉走了，全县交警大队人员当场问责。

经调查了解、询问、财务审计等办法，这个县交通执法有严重违规行为，很多执法人员中饱私囊，乱收费、乱罚款时间久，影响坏，经研究决定给予政委（兼交警大队长）门志信撤职处理，并上缴所有罚金，其他人员换岗或调离本部门。

这件事轰动了江城地区，门志信就是这次被撤职的。

第二十六章
请律师出面

　　律师是人们打官司的主心骨，雇到一个好律师是排解责任的重要保证，尤龙就是在事情无着落的时候才请了律师。可是，律师的想法并没有解决管小同、管小志哥俩靠打人吓人的想法。人与人之间不能太过，把人逼急了就会有新奇的方法出现，并且会以其人之道还治其人之身。管小同 、管小志就引起了阿南的愤怒，在忍无可忍的情况下他出手了，一招制服了对方。

　　周五出的认定书，周六、周日两天放假。
　　周冰洁见尤龙睡眠不好就安慰说："出去散散心吧，别总在家里窝着了，憋出病来哪多哪少。"
　　"我还真没心思出去，我在考虑是不是该找个好律师，下一步可就真的涉及打官司了。"
　　"找我们街道那个小姑娘律师行不？"
　　"那么年轻能有经验吗？她打过交通案件的官司吗？"
　　"打过，就是不知道她的能力啥样。"
　　"她敢接这个案子吗？"
　　"我跟她说过，需要可以找她。"
　　"咱俩还是到你同学清莲那里问问，她也许能帮上忙。"
　　"我给她打电话。"
　　周冰洁拿出电话打通了："清莲，你忙什么呢？"

"我在单位值班呢。"

"我和老公没啥事，到你那看看，正好有事请你出个主意。"

"来吧，正好我没事做，就是在这里耗时间。"

周冰洁对尤龙说："咱们到清莲那唠唠，也许她能有好主意。"

"走吧。"

清莲所在的检察院距两个人只有一千米，走过去就行了。

尤龙说："咱给她带点儿水果之类的吧，她生活简朴，一个人净对付。"

"她帮了咱不少忙，我昨天买两件衣服给她老爸一件。"

"好，可以。"

经过门卫，上了楼，清莲早已等在走廊里。

一进屋周冰洁说："我们俩心里挺闹的，没地方去，找你聊聊。"

清莲说："你们的案子还没结呀？"

"没有，我们双方正谈在关键环节。昨天，老门把双方找去，给了认定书。对方接到认定书时说，必须给九十万元，不行就走法律。老门的认定书是不是有说道？尤龙也没问，拿上认定书转身回来了。我想问你，下一步我们该怎么办？"

清莲说："认定书没有异议，这个不用考虑，交警给你们再多时间也没有用，你想，都过一个月了也没有个结果，时间再长能怎么的。"

尤龙说："你说的对，这样谈判，再给一个月也不会有什么结果。"

清莲说："交警队该走的程序必须得走，帮你们，你们总有毛病，谈不下来。再帮你们，人家出毛病了。所以，警方不能等了。"

尤龙说："对。"

清莲说："你现在就是把心态放平，好处是，你求人了，多花少花都无所谓，钱失去了咱们能挣回来。别怕花冤枉钱，谁也拿捏不准这个事，我在救妹妹命的时候，花的冤枉钱太多了！"

周冰洁说："我们也这样认为。"

清莲说："你这个事得认准一条道儿，别整多个道，只有认准一条道自己才能牛B起来。"

周冰洁说："对方现在向我们要九十万元。"

清莲说："为啥向你们要九十万元，老门那里他花钱了。若不然，他的认定书能出那么偏吗？再说，那些黑道上的人天天跟着搅和，那得熊对方多少钱啊，吃饭得花多少钱！"

周冰洁问："以前老门想给我们办对等，因为要钱太多就没办成，一直僵持到现在。交警队和解能行吗？是在检察院和解好还是在法院和解好？"

清莲说："交警队可以和解，检察院也能和解，到法院还能和解，那得好几层呢，但得看案件的性质和恶劣程度。"

"你是说到检察院也能和解。"

"对，你的案子到了检察院，办案人员就会找你，由他给你办理。事出了，你也别怕事，坏事也能变成好事。当你这件事办完后，你一路上会交很多朋友。我们坐机关的得学习，人在社会不懂点儿社会，什么都不知道肯定不行。平时，找具体办案人吃点儿饭，慢慢就联系成朋友了。有些时候，不一定什么事都找'大头'，具体人能办成事就不用找'大头'。找'大头'你不知花多少钱，花少了他不给你办事，也不值。"

"对办案人怎么表示？"

"对办案人要侧面了解，他们是有规定的，不允许和双方单独在一起。如果是哥们儿那就另当别论了。办事就找最恰当的人，成本还低，还最快捷。要是找领导收完你钱了，也许会办不成，就当没那回事了。"

周冰洁对清莲说："姐们儿，你给看看这个认定书，我们还怎么做，需要干些啥？"

尤龙拿出了认定书交给了清莲。

尤龙说："我现在不明白，是不是负主要责任就一定得被判刑了？我不懂法律。"

"我记得以前跟你说过，检察院那里可以结案，但前提是必须得找人，该花钱花钱，注意影响和风险，不然人家不敢接。"

周冰洁说："清莲，我们给老门和大队长每人送了一万元，他们给退回来了。"

清莲说："这个问题只体现在两个方面，一是他们嫌少。二是怕担风险。我考虑他们不是怕担风险，而是嫌钱少。你想就你这个案子，他们都想给你办对等了。如果办成了，他们会要得你难以应对。十万、八万都是它。"

周冰洁说："我们也在考虑这件事，以为他们是怕担风险。因为，昨天尤龙单位的一名领导就被检察院抓走了。到省城一夜就交代了，官被免了，全县都知道这件事。"

清莲说："你要知道，他那是实质上犯罪，你那不是有意识的，是意外事故。事前你给人拿多少钱那是行贿受贿。事后，你给人拿多少钱那是人情。前后的事情不一样。"

"交警那里我们也送不上了。"

清莲说："每个人都有自卫意识，老门整不着钱，他也不硬整，他也担心自己出事，都知道加小心。我们原来那个副区长不就是吗，收人钱不办事，最后让人告了，结果进去了，待两年出来就心脏支架，没几天就死了，才五十三岁呀！人呐！不能整大劲儿了'扒皮'，不扒皮'还能留得青山在，不怕没柴烧，你不能干没命的事，命都没了还在乎什么利益上的事！有些官当的太糊涂啦！"

尤龙感叹地说："老门的灰色收入真多呀！"

清莲说："我还认识一个交警呢，我只是因为考路面，给他拿了五百元钱，你不认不行啊！"

周冰洁问："然后呢。"

"然后就处朋友呗，吃亏占便宜那就不能提了。"

周冰洁问："清莲，在检察院免诉拿多少钱能行？"

清莲小声说："不知道，真不知道。"

"那也没法办啊？"

"这你不用寻思，他会告诉你的。"

周冰洁问："清莲，枫林县检察院你有认识人吗？"

"哎呀！那个检察长是咱们区调过去的，他跟咱们青干班的同学都认识，到那一步再说。"

尤龙说："清莲说得对，抓住重点，准确率高。"

周冰洁问："清莲，我们不想再往后拖了，越拖就对我们越不利。你说，我们找个律师怎么样？"

"可以。"

"你有好律师吗？"

"你一说，我还真想起来了，我同事的爱人就是律师，他们一家人都在法律岗位工作，有的是公安的、检察院的、法院的，法律都赶上给他家开的了。"

"那太好了，你帮我找他吧。"

清莲说："老门那样的人很怕律师的。"

尤龙一听这句话很高兴地问："是吗？我还以为老门没人能约束了。"

清莲说："老门在律师面前不敢说错话。"

尤龙说："那真是太好了，我跟老门都不知道如何交流，不知道他们想的是啥，要干什么。老门从不说我的案子怎么走，一点儿指导也不给，真是太缺德了。"

清莲说："我告诉你，找律师多少钱，你们可得跟他谈好，我可不知道是多少钱，你们都是我的好朋友，我没法说。"

周冰洁说："没问题，要多少跟你无关。"

"那我现在就给他打个电话。"

清莲拿起电话打通了。

对方说："哪位？"

"我是你清莲姐，你今天有事没？"

"我在陪孩子玩儿呢，什么事？"

"是这样，我有个好朋友，发生了一起交通事故案，想请个律师，我想到了你。"

"他们在哪儿？"

"就在我办公室。"

"我到你那儿去。"

清莲说："我给你看孩子。"

"没事，我把孩子安排给身边的朋友，现在就到你那儿。"

"远不？"

"不远，离你那就两里路，我开车呢。"

"好吧，直接到我办公室来，我今天值班。"

放下电话，清莲说："他叫陈光，三十七八岁，是律师事务所主任，以前是个法官，后来改行当律师了。来到后，你们就跟他谈谈，他要是能接这个案子，就说明能办了。"

周冰洁说："得亏到你这来，能找到一个好律师，还这么有能力。你知道吗？昨天，尤龙的朋友帮找个律师是个女的，还是个主任。她说，无论如何都要到法院，判刑还得给钱，尤龙一下子就不知所措了。"

"那是瞎忽悠，民事上和解了，检察院就可以免诉了。"

三个人正说着，陈光到了。

清莲说："我给你们介绍一下，这两位是夫妻，我的好朋友，周冰洁姐姐，区里政府某局领导。尤龙姐夫，枫林县国家供电局办公室主任。这位老弟陈光，光明律师事务所主任。"

陈光长得很年轻，戴一副眼镜，白脸，稍胖，看上去很成熟。

尤龙对陈光律师说："陈主任，你看一下我的认定书，该怎么办？"

陈光律师接过认定书，仔细地看了一遍。

陈光说："你这个案子是简单的案子，没有太多的环节，就是一个简单的民事和刑事两部分。民事和解了到检察院一免诉就完了。"

周冰洁说："你是说在检察院可以免诉？"

"可以，我接过很多这样的案子，在我办的案件中，这样的案子是最简单的了。杀人案、盗窃案、收受贿赂案等都比这样的案子复杂得多，也难办得多。"

清莲说："这件事，我只是给你们穿个线，你们都是我的好朋友。多少钱，怎么办都由你们自己决定。"

尤龙说："陈老弟这么年轻就自己开了律师事务所，干得真不错！"

"我以前在法院工作，觉得没意思，挣钱不多，还没有多少自由。我喜欢自由自在地生活和工作，做自己喜欢的事业。所以，就辞去了工作，当上了律师。"

尤龙说："我一直都有你这样的想法，就是不敢放手，怕找不到比现在更好的工作，弃之可惜，留之无味。被拴住了，年龄大了更没有勇气了。"

陈光说："我是在二十五岁离开工作岗位走出来的，你这么大岁数就不行了，机会太少，也输不起了。"

"是的，没办法，只能这样耗着了。"

陈光话锋一转说："我办的案子都是大案要案，一年只办几个就完了。像你这样的案子只是在间歇中就办了。我一般也不接这样的案子，不挣钱。"

陈光律师阐明了自己的观点，标明了自己的身价。他的意思是说，他办案子的费用是很高的。尤龙觉得陈光律师在提价，恐怕要花一笔大价钱。阿南曾说过，请个律师也就三五千元，他能出多高的价呢？周冰洁也在想着这个问题。

尤龙说："这些年，你办了不少案子，全地区的各地公检法人员都认识吧？"

"不能说都认识，但能保证到任何一个县市都能找到好哥们儿。"

周冰洁被一段时期的事折磨得撑不住了，他对陈光说："我们就用你了，看你有什么想法。"

"我的想法是，用我可以，我也可以接这个案子，但你们得保证，对我绝对的信任，不能乱找人，以免出现冲突。"

尤龙说："你就是我的代言人，我的事就是你的事，就像亲兄弟一样，用人不疑，疑人不用，绝对的信任你。"

"行，我的律师费是两万元。我不知对你们来说是高还是怎么的。"

夫妻两个人都觉得高，但没有砍价，他们就是想依靠律师把一切事情办完。不想再受折磨了。

周冰洁说："行，我们同意。"

陈光律师说："下午三点钟，你们到律师事务所把钱交上。"

"好吧。"

陈光说："那好，先这样，我把孩子送回去，同事给看着呢。"

尤龙说："好的，下午见。"

两个人回家准备钱。

尤龙对妻子说："这个陈光出手太重了，要两万元。阿南说，只是三五千元就行，他咋要这么多？"

周冰洁说："多点儿就多点儿吧！赶紧办完得了，太闹心了。"

尤龙没说什么。

两个人到银行取出两万元钱，来到光明律师事务所。

由于是周六，也许光明律师事务所在放假，门锁着。陈光还没到，尤龙夫妇就找了一家饭店等候。一个小时过去了，陈光还没来。

尤龙说："这小子可能在练身价呢，让咱们觉得他值这个价。我给他打个电话。"

电话接通了："老弟，我们到了，你来没？"

陈光说："尤哥，我现在堵车了，你等我一会儿。"

尤龙对妻子说："律师说，还得等一会儿。"

周冰洁说："咱们到律师事务所等吧。"

正赶上有人来，律师事务所的大门打开了。

夫妻两个人对这个人说明了来意。

这个人说："你们在一楼等也行，到二楼也行。"

周冰洁说："在一楼吧，陈光律师一来就能看到。"

两个人等得不耐烦的时候，陈光才到。

陈光律师说："不好意思，叫你们久等了。"

来到办公室，陈光打开窗子，三个人落座。

陈光律师说："对方家属签字的时候，什么人签字你们都明白不？"

周冰洁说："不明白。"

尤龙问："陈主任，咱们在检察院和解就合法了吗？他们不会反悔吧？"

"肯定没事了，为啥呢？检察官需要立卷的，对方要给一个谅解书。上面会写清收到×××一切赔偿款××万元，一次性付清，从此以后不追究任何责任。不再提出任何告诉行为。"

　　周冰洁说："对，这是走法律途径。老弟，你说，办案的那个老门是不是怕律师？"

　　陈光律师说："也不是，主要是找对人了，找到了明白人，一些人就不敢唬人了。给你举一个例子：有一个副乡长，因为喝点儿酒工作没了。原因是喝酒驾车，把人撞死了。他醉酒驾车，在全镇闹得沸沸扬扬，谁能给他减轻罪责，他被判了实刑，免职处理。"

　　尤龙没太理会他的故事，直接转移话题。

　　尤龙说："我交强险了，第三者二十万元。"

　　陈光律师说："保险是责任越大，赔得越多，责任越小，保险赔得越少。保险这一块我有人，我能帮你多赔付一些。"

　　"那好，到时候我找你。"

　　陈光说："你赔了被害者多少，保险就给你多少。"

　　周冰洁说："要太多，我们真赔不起，供个大学生，贷款房。"

　　尤龙说："其实，我都不想要工作了，打算干点儿别的工作。"

　　陈光说："你要是倒退十年，应该没问题。现在，一是起步太晚，年龄也大了，没有那么多的时间打拼，仅仅是现有的成功经验还不够，要防止跌倒了爬不起来。"

　　尤龙说，"我就被这点儿工资限制住了，养家糊口还能对付，有点儿啥事根本没有保障。"

　　周冰洁说："我们一切就听你指挥了。"

　　陈光律师说："好，咱们心往一块想，劲儿往一块使。"

　　周冰洁问："这个时间如果对方来谈怎么办？"

　　"来也行，也可以谈，差不多也可以办。"

　　律师拿过两张纸，一份是委托书，一份是委托律师费用。

　　"你们把这个委托协议签一下。"

　　尤龙说："我来签吧。"

　　公章早已是盖好的，在最后处签名就行了。

律师说："你们想问我什么事，给我打电话。"

尤龙说："好的。"

陈光律师说："把给你办案交警的电话给我，我和他沟通一下。"

尤龙翻出了老门的电话号码。然后，拿出两万元钱也交给了律师。

离开了律师事务所。前方是面馆，两个人直奔这里。

一个多月来，两个人感到请了律师心里有了主心骨，精神也不那么压抑了，心情也好了很多。

周冰洁说："咱们就在这家面馆吃吧，回家不用做饭了。"

"行，进去吃吧。"

两个人落座，旁边又来了四个人，两名中年男女，两名年轻男女，像是一家四口人。

中年女人说："我已准备好了二十万元，全是从亲属那里借的。"

中年男人说："先别急着给，拖一拖，钱在你手，你着什么急？"

"这家人不好惹呀！"

"好不好惹也不能这么办。"

年轻女人说："我现在没主意了，对面就是律师事务所，找他们得了。"

中年女人说："不行，律师也不准啊！我同事家请了个律师，官司打赢了，又从中要了十万元。还吃里爬外。"

年轻男人说："可是，伤者家属开始到单位闹事了，我们受不了啦！"

中年男人看着比较稳重，主心骨都在他这。

中年男人说："那也得挺着，交通事故的案子就是这样，不谈几个回合是成不了的。"

听着他们的谈话，尤龙心里有些不爽，怎么到哪儿都能遇到这类事？尤其是谈到了律师，刚请的律师，钱是没少要，真的能帮助办事吗？

周冰洁看着尤龙会意了一下，知道这伙人也发生了车祸。

面馆里没几个人都在分散着坐。

周冰洁小声说："咱们请的律师两万元没给票子。"

尤龙说："我也没认真看那协议，不知写的都是啥。他要是往上填点都行，我只是在上面签名了。"

周冰洁说："不能有啥说法，他是清莲的好朋友。"

尤龙说："最好是这样，好像把自己交给律师心里也不是那么好。"

周冰洁说："咱不是没辙了吗，只能求助律师了。"

两个人吃完面离开了。

一进家门尤龙就接到了律师的电话："尤哥，我刚才跟老门说了很多，他说，你们双方都很难缠，不让步。他建议再同对方谈一次。以后，你再跟对方接触先同我联系。你在哪儿要让我知道。"

"好的。"

"我出个招，需要你们夫妻俩配合。"

"行，你说吧。"

"到时候我告诉你。"

"行。"

结束通话，周冰洁说："这个律师办事还很利索。"

尤龙说："阿南找的律师才要三千元到五千元钱。他要了咱们这么多，还不得积极点儿。拿人钱财替人消灾。再说，咱们也指望他了。"

晚上，阿南来电话说："姐夫，刚才我和管小志通电话了，他说要玩埋汰的，把小孩、老人带到你们单位大闹。我说，如果那样，你就什么都没有了。"

尤龙说："他不敢，他们要是把我逼急了，我宁可蹲几个月，让他捞不到钱。"

阿南说："我想约个时间跟他们谈一次。"

"好的，我请了个律师，让他跟你一起去。"

阿南说："对方非常苛刻，超过九点钟都不谈。"

"能同意跟咱们谈也算是好消息。那就八点半跟他谈，时间上可以妥协，钱上不可以。"

"最好不让律师知道。"

"为什么？"

"大多的律师都靠不住。"

"这个律师说了，找他们谈之前通知他。"

"那好，你给律师打个电话吧。"

尤龙给陈光律师打了电话，说明了这一情况。

陈光律师说："可能是我同老门说的有效果，是他通知对方和我们谈的，不过，在时间上不行，我明天上午有事，去不了，你跟对方说，下午一点怎么样？"

"好像不行，对方态度非常强硬，超过九点都不谈。"

"他只要同意谈了，绝不会差在时间上。"

"好吧，我让阿南同对方说。"

阿南与对方的解释是，他在外地往回赶，不能按时到达，需要对方给予谅解。

对方答应了，定为下午一点钟。

阿南对尤龙说："你和我姐还是研究一下，是不是不告诉律师。"

"我们研究了，律师懂法，他谈话的效果比我们强，他早就给老门打过电话，是他同老门商量，通知了对方同咱们谈。"

尤龙不清楚阿南为什么抵制律师，到底在哪里有问题。

第二天下午一点，尤龙坐阿南的车，律师驾车按指定地点向枫林县驶来。

一点钟，几个人同时到达枫林县。

阿南给管小同打电话，电话已关机。

阿南骂骂咧咧地说："真不是东西，关机了。"

他又给管小志打，也关机了。

尤龙和律师都感到无奈。

尤龙对律师没有好感，他想，如果按照对方的约定，一定能见面谈上，就因为律师有事耽误了。你拿了钱就应该帮人办事，怎么就推托呢？

尤龙说："对方可能生气了，要是早点儿来就好了。"

陈光律师接着说："这不是理由，他要是想真心谈什么时候都行，不是时间问题。"

这时柳凡来了电话："主任，中午管家兄弟来了，找你。我说，你有事，没来。他要你的电话，我说，不知道。"

"他是想找我谈谈，我就在枫林县。"

"主任，这个管小同可是喝大酒、赌大钱的家伙，他一天能喝五顿酒，把家里输得精光，啥也没有……"

"好的，知道了，办公室有啥事，你在那面顶着点儿，电话联系，下午我跟他们谈。"

"好的，你放心吧，这里你不用惦心。"

阿南还在打电话，他知道管小同这个大酒鬼现在很可能又喝上了。管小志在干工程，不可能总关机。

他几分钟打一个，终于打通了。

阿南说："管小志，你咋不接电话了？"

"啊，我们在吃饭。"

从电话里听得出来，他们在饭店喝酒。看来，谈判的事没指望了，喝完酒的状态不会好的，弄不好都能打起来。

尤龙对律师说："谈不成了，喝完酒东倒西歪的，肯定不行。"

律师说："这还谈啥了，改天吧。"

这时，阿南的电话里传来骂人的话："谈什么，不跟他扯，把电话关了，告诉他少九十万元免谈。不行就揍他，把他打回去。"

这些天来，阿南遇到的都是枫林县的流氓，对方每次谈判找的都是这样的人。阿南本不想通过社会关系来摆这样的事，想不到，对方总以打人的方式压人。真是欺人太甚了，不给他们点儿颜色看看，他们还真就不知道北了。

阿南说："管小志，跟你喝酒的是枫林县的什么人？"

"什么人？说出来吓死你！"

"你说吧，吓不死我，人都是敬大的，不是吓大的。"

只听电话里有一个人说："你说，你是哪根葱吧？"

阿南气愤地说："就是你了，今天你得罪我了，我非叫你在地上给我磕头不可。管小志，有种的你让他报上名！现在，你们在哪家饭店吃饭？"

电话里的声音说:"我叫貉子,枫林县老三,我在阿香饭店等着你,有种的你就来!"

"好,是你爹搂的,你就等着,我马上就到。"

律师一看没谈成还要打起来,马上说:"这么整不行,只能谈崩,不利于谈判。"

尤龙说:"本来,我也想好好谈谈,可对方每次都找社会上能打架的人,不往好道儿走,看来,还真得啥人啥对待。"

"打坏人可是违法的!"

"两回事,法律是对行为结果进行制裁,打架是对行为进行调整,过当的时候才会涉及法律。对方不追究,法律就不去约束。这种情况你没亲身经历过,看看吧,也许真的比其他方式好些。"

阿南给枫林县的一个哥们儿打电话说:"你马上到阿香饭店,在你的地界上我遇到了麻烦。"

"南哥,你别着急,在枫林县给你丢面子的事,我给你找回来。"

"你往阿香饭店去吧,我一会儿就到。"

接电话的是枫林县房地产开发商老板,名叫李一高,资产有几十亿。

有钱就有社会地位,李一高是县城有权威的人物,在枫林县很少有办不了的事。

阿南又给江城的小星打了一个电话:"小星,你马上到枫林县阿香饭店,有个小混混在难为我。"

打过电话,阿南向阿香饭店驶来。

李一高已经来到饭店,随后,阿南也到了。

管小同、管小志还有六七个人围在一张桌子上,喝得脸红脖子粗。

他们一看李一高老总进来马上站起身说:"李总来了?"

李一高没有反应过来,他不知道谁在饭店难为了阿南。

这时,阿南走上前说:"哪个是貉子?"

一个人站起身往胸脯一拍说:"老子就是。"

阿南从小就爱打架,几年没亲自动手了,今天,他觉得手非常痒痒,非动手不可。

阿南走上前，朝貉子的胸口猛的就是一拳，这小子吃饱喝足了，身子向下一弯，肚子里的东西哇的一声就喷了出来。

阿南快速转身朝他的后腿一点，貉子就跪在地上，阿南手一推，貉子就趴在地上，头磕在地面上。一连串的动作，确实让貉子磕了个响头。

其他几个人上前一步就想打阿南。

李一高说："你们都给我住手！是不是胆儿肥了？"

几个人停下来，很奇怪地看着李总，心想，这是怎么回事？李总怎么会帮他？

貉子自封为老三，他是指自己在打架上可以成为枫林县第三号人物。而在李一高心里，他只是一个小混混。

这件事要看发生在谁的身上，如果发生在普通百姓家就很难缠了，普通百姓是对付不了貉子的。

貉子跪在地上磕了响头，被阿南打醒酒了，来的人并没有把他放在眼里。何况李一高根本就不是帮他，而是帮别人打自己的人。

李一高走向前说："你小子活得不耐烦了，谁都敢得罪？"

貉子委屈地说："大哥，你咋帮他说话？他是谁呀？"

"你狗眼看人低，阿南你都不认识？"

这时，饭店老板阿香也过来说："这么一会儿咋打起来了？"

她回过头看到了阿南："南哥，你咋在这？"

阿南指着貉子说："这小子欠揍，我得好好收拾他一顿。"

阿香名叫韩香子，十年前，她开一家朝鲜族饭店，总能遇到几个吃饭不给钱的人。有一天，阿南带着几个兄弟来到这家饭店，正好遇上这几个无赖。

几个混混要了一条狗上满了一大桌。他们狂吃海喝，最后一抹嘴就想不给钱，走人。

韩香子说："哥几个，你们已经欠本店很多钱了，我都开不了张了！"

带头的是貉子。他看好了这家饭店，想把它搅黄，然后，以低价买下来归为己有。

貉子说："你开不了就让给我吧，饭店归我，你人也归我得了，给我当老板娘多好。"

韩香子二十多岁，人长得标致、漂亮。

阿南带的几个弟兄等得不耐烦了就喊："老板娘！快过来，我们还没点菜呢！"

"哎！马上过来。"

貉子身边的一个弟兄转过头大声说："你们先消停一会儿，等我们算完账。"

阿南的一个弟兄说："等你们还不得把老板娘欺负到被窝里呀！"

这话显然是有些挑衅的味道。

貉子在县城混出名声了，在他们眼里强龙压不住地头蛇。对不认识的几个人没有放在眼里。

有一个站起来对阿南说："你们是不是活腻了！找削啊？"

阿南的弟兄说："是啊，没人敢啊！放马过来吧。"

这几个小子也不和韩香子说话了，操起板凳就打过来。

阿南带的几个弟兄毫无惧色，不仅不躲还赤手空拳地迎了上去。枫林县这几个小混混，哪里知道，这几个人是刚从省城参加武术比赛回来的。阿南是他们的资助人。

几个人三下五除二就收拾了他们。

阿南走上前说："你们把欠老板娘的钱全都补上，否则让你们全变成废人。"

几个人还清了韩香子所有的饭钱。

阿南说："今后，韩香子的饭店只要有人欺负，我就视为你们搞的鬼，我肯定会找你们算账。"

貉子很委屈地说："南哥，我们肯定不会了。韩香子的饭店我们一定保护，就怕是别人干的。"

"保不了也得保，你们不是有能力吗，在枫林县不是有一号吗？你们不整事，谁还敢？"

韩香子说："我的饭店从此改名了，就叫阿香饭店，一是为了记住我南哥，二是只要是南哥来我全免单。"

从此这个饭店改名为阿香饭店。

貉子抬头一看打自己的人是江城阿南，心里一下凉了，江城阿南那是多大的腕儿啊！怎么又碰到他了？这不是找削吗？

这时，饭店门前又来了五台路虎车，下来七八个一律穿黑色半袖、戴墨镜的人，这阵势着实有些吓人。领头的叫小星，是江城有头有脸的人物，他是江城房地产开发商。

小星边走边喊着说："谁呀！敢欺负我南哥？"

这些人一下就围了上来。

酒桌上的几个人才缓过神儿，原来自己是遇到了真正的硬手，吓得一声不敢吭。

阿南指着貉子说："这些犊子太嚣张了，不好好说话，非得来硬的。"

几个黑大汉围过来："我们最喜欢硬的，来吧！"

还没等貉子等人说出话，几个黑大汉的拳脚就上去了，打得几个人在地上翻滚。

又惹到了江城阿南，貉子非常害怕，他大声喊："南哥，我们服了！别打了！我们给你磕头！"

阿南说："停，让他把话说完。"

貉子说："我有眼不识泰山，大水冲了龙王庙——一家人不认一家人了，我该打，我给南哥磕头赔不是。"

管小志也在市面上混过，他知道自己找的几个人不好使，而且可能要吃大亏。

他马上说："你们不是来谈判的吗？"

阿南说："这与谈判无关，先把这件事解决再说。"

阿南指着貉子说："你别给我磕，我已经让你磕过了。你给这哥几个磕吧，也不能让他们白来呀！都是你惹的。"

小星说："你小子在县城肯定是欺软怕硬的主。今天你惹着我了，你给我的兄弟磕头不亏。"

貉子心里的防线彻底垮塌了，他乖乖地对着黑半袖磕了三个响头。

小星将兜子往地下一丢，这是一百万元，你们谁想要多少自己拿。

管小同、管小志这十个人，谁也没敢动。

阿南说："打架的事解决了，下面是管小同家的事了，这是我哥们儿给你带来的钱，你不是说少九十万元不谈吗？现在，兜子里面有一百万元，你觉得拿多少合适，你自己定，一切都是你们说了算。"

管小同、管小志找的几个人指望不上了。

管小志说："这件事今天就别谈了，咱们改天再说吧，我们也绝不会狮子大开口，肯定在法律规定范围内谈。不打不相识，请哥们儿都回吧，没有解决不了的问题，我们谈判的思路有问题。这件事，我们也没想结仇，本想找几个人吓一下对方，没想到整砸了，我们的方法不当。"

阿南说："好吧，我们改天找个地方好好谈谈。"

律师一看事情得到很好的解决，心里很高兴。

他走上前说："我是江城光明律师事务所的，为了方便双方谈判，我希望由我出面跟大家谈，这样双方都不尴尬，怎么样？"

管小志说："我同意，由律师出面，给我们做中间人。"

尤龙说："好吧，就由律师给我们做中间人谈判。"

两伙人纷纷撤离了。

第二十七章
给钱一锤定音

艰难的事情总会有出头的那一天，只是一些人在受过程中的煎熬。当双方都熬不下去的时候，结果就出现了，眼前不再是迷雾，而是晴空万里。

尤龙认为一个人的生命是无价的，该给的一定不能少于法律规定的部分。

阿南说："从明天开始我陪你上班吧，他们别整一群人到单位找你，对你工作有影响。"

尤龙说："不能，他们有可能到单位同我和解，他们怕你，不想见你。"

不一会儿，陈光律师打电话说："你可别让阿南谈了，下一步应该好整了，我和你就能把他们谈好了。"

"行，就我们俩和对方谈。"

尤龙说："阿南，把你这些朋友全找来在江城摆一桌，我好好感谢他们帮我解决了大问题，枫林县爱打架的人不敢插手了。"

"用不上，他们都是我的好朋友，相互帮忙，没说的。"

"那好，等结案好好请他们喝一顿。"

"行，以后再说。"

回到家，周冰洁问："谈妥没有，到底要多少钱？"

"没有，不过解决了大问题，对方找人要打阿南，结果反被阿南制服了。他们不会再以下三滥的手段逼人了。"

"可别再拖了，快点儿结案吧，这样对谁都不好。咱们该给人家的就给。"

尤龙说："最初就是这个想法，我看他家挺可怜的。我算了一下能赔多少钱，宋玉是农村户口，法定全责才二十万元，咱们现在就有五万元，加上保险的部分得拿出很多钱，半辈子白攒了。"

"行，咱们好好的，还能挣钱，对方毕竟人没了，再也找不回来了。"

"是这样，就这么定了，咱们的底线报出的保险都给他，然后，额外再给一些钱。"

"对，就这么定了，明天来人就跟他这么谈。"

一夜无事。

第二天，尤龙乘坐单位通勤车上班，办公室小李问："主任，你的事处理得怎么样了？我一直也没给你打电话，不知如何说，也帮不上啥忙。"

尤龙说："快了，马上和解，完事了。"

尤龙也无法与同事说个仔细，因为，一切还是未知。

上班一个小时后，果然对方来了人，管小同、管小志哥俩和一个似曾相识的人。

尤龙说："来，三位，坐下慢慢说。"

三个人坐下来。

尤龙问："你们哥俩我了解都很本分，你这位哥们儿是干啥的？"

管小志说："这是我的一个亲属，陪我们来的。名字叫许虎，我的表弟。"

"我想起来了，到村部谈判你很强硬啊，后来咋不到场了？"

许虎说："我在外面干工程呢，没时间了。我以为你不再上班，应该在监狱里。"

"你为什么这样想？"

"我想，人没了应该服法，怎么也得先关起来。"

"你的想法很直接，但你不知道有取保候审一说，我就是采取后一种。当然，也可以财保，拿一万元放在公安局就行了。主要是人不跑就行，这一点公安局是相信我的。因为，他们也相信单位和我的领导。"

许虎很有心计，他很沉稳，专门挑厉害的地方说。

许虎说："看你人挺好，我也就实话实说了。最初，我真想用损招儿了，把老人、孩子、村民都组织起来到你单位要钱，你肯定受不了。"

尤龙说："如果是这样的话，我就报警了，你们影响了社会秩序，需要警察出面应对。有行为过当之人当场就得抓起来。再说，我也有自己的想法，和解不了就走法律呗，法律规定多少我给多少，很简单的事。你们的想法我也明白，就是想拿我的工作单位来要挟。我也可以不要工作，一个五十岁的人，还担心这个干吗，也不像年轻人有前途升个一官半职的。自从发生了这件事，我想了很多。如果你们坚持要九十万元，我就走法律。你们要知道，判实刑给你们的钱会很少。另外，你得清楚，你方也是有责任的，我找律师算了一下，你们才能得十七万元左右。我在里面也就蹲四至六个月，等于在里面每个月至少挣八万元。如果是判一缓一，我还可以在外面。"

许虎说："不对，我们也算了，保险我们能得二十四万元。还不算精神补助费。"

"二十四万元是指我在全责的情况下，可是，你方也是有责任的。"

许虎不吱声了。

尤龙为了能说服对方，他接着说："我都找好了枫林县的看守所长了，他是我的好哥们儿。我说，过几天可能到你这来蹲几天。他说，别开玩笑，咋地了？我说，开车撞人了，到医院没抢救过来，人没了，我得服法，到你这里蹲几个月。他说，不能和解吗？我说，和解不了，对方要很多钱，我拿不出来。他说，来吧，蹲监狱都挣钱，我给你单间，保证不劳动，不打骂，不体罚，当贵宾一样伺候。"

许虎说："前几年，我就是从这个看守所里出来的，你说的是杨所长吧？他也是我的好哥们儿。"

"说实在话，我还真想在里面蹲几个月赎罪，毕竟是命案在身，不受法律制裁，你们心里不平衡，我心里也不舒坦。"

管小志说："这一点我不同意，我们根本就没想把你整监狱里面去，也没有恨你，这个事谁都不是故意的。"

许虎说："其实，你现在是取保候审阶段，等于是在监狱里面了，你此期间就是在服刑，和在里面没啥两样。像我们没有单位的人，当时就得被关起来，怕跑了。"

尤龙说："你说的对，怕跑了，对方找不到。"

许虎问："你咋认识杨所长？"

"他是我们企业的女婿，他爱人在我们单位，也是好朋友，我每年都给他们看守所写春联，制作专题片搞教育。"

"啊，春联是你给写的！我们看的那些专题片也是你制作的？真有能耐。"

管小志见话题已经跑偏就接过来说："咱不谈这些没用的了，一切都过去了，咱们双方这一个多月来，谁都不好过，你这方面也想早点儿结案恢复正常上班。我弟弟也想早点儿结案，到外面打工，能遇到好的再找一个，重新组建一个家庭。"

尤龙说："对，老找些爱打架的人不是正道，一个月没干别的，就整这些没用的了。人不是被吓怕的，所以靠社会人摆事，解决不了实际问题，实际上法律才是最好的保障。"

管小同说："我们不想走法律，走法律给不了太多的钱。"

"和谈你们还往死里要，怎么和解呀？"

管小志在社会上混了多年，各类人也见过不少，还算是明白事理的人。

他说："过去，我们走了不少弯路，思路不对。我想，我方就我做主了，直接找你谈，不愿和阿南谈，他太厉害，我们怕他。"

"行，我也直接做主，说说你们的想法。"

"我想，我弟弟家毕竟有老人和孩子，负担很重，家里连房子都没有。这回没了媳妇，又当爹又当妈的不容易。你的保险也不少，不搭啥，最好把这部分给他。"

"这个你不用担心，报出来的都给你们，我也算过了，如果办成全责保险能拿回来二十四万元都给你。另外，就是精神补偿，在精神补偿上法律上没有明文规定，一般不超过五千元钱。我再给你十万元作为精神补偿。先前，我已经付给你两万元丧葬费了，这个得算在里面。"

管小同说："其实，一两万元在你们上班人手里不算个啥，在我们农村人身上可解决老大问题了。"

尤龙明白，他的意思是这两万元丧葬费也想要。

尤龙说："走吧，咱们去交警大队。"

四个人来到了老门的办公室。

尤龙每次去都给老门带烟，他什么也不说，一句谢谢的话都没有。尤龙也明白，烟给多少都是打水漂，什么问题也解决不了。

尤龙对老门说："我们谈妥了，我打算给对方三十四万元。包括先期付出的两万元丧葬费。"

许虎说："不应该包括，这是讲的。"

老门说："哪能不包括呢？人家先前拿出去的两万元，是我让拿的。"

尤龙说："我觉得做得够好了，你们用钱，我一分都没少，啥事都是我拿的钱。"

老门对许虎说："没少给，保险也算不出这么多来，你们也有责任。"

尤龙说："我的想法已经说明白了，你们研究一下，看行不行。"

老门说："我看这个结果行，你们几个出去研究一下。"

管小志一伙人出去研究了。

不一会儿，管小志回来说："我们同意了，就按尤龙说的办吧，同意和解了。"

管小同一心想拿到钱："什么时候能给上钱啊？"

尤龙说："一两天吧。"

管小同说："一次性全付清啊？"

尤龙说："那可不行，和解过程中你不讲信用，经常关机，再就是不接电话。我把钱都给你了，涉及办理保险手续你不提供材料咋整。怎么也得留十二万元的尾款。"

老门说："这样做是对的，你们得给提供材料，保险报回来之后才能结案。"

尤龙说："我一两天就给你们借到钱，这个数就这么定了，别再反悔了。"

管小志说："不能。"

和解的事终于尘埃落定，尤龙心里非常高兴，这意味着今后的生活中不会被这件事搅扰了。

在返回的时候，他乘坐枫林县的公共汽车回家，车载电视里放的都是开心的画面，一会儿小猫把狗打败了，猪上树了，狗抓到了耗子，人穿墙过了……

尤龙回到家，把和解过程说给了周冰结。

周冰洁说："行啊，早点儿结案早安心，这件事太折磨人，三十四万元一条人命啊！"

尤龙说："这件事律师不知道，是不是得告诉他一声。"

"应该跟他说，下一步就是他的事了，需要在检察院和解。"

"我给他打个电话。"

尤龙想了想对律师说："陈主任，今天上班的时候，对方来了三兄弟到我办公室进行和解，我给他们三十四万元，同意了，比原来的九十万元少五十六万元。"

陈光律师说："可以，在交警这和解比在检察院和解好，多一道程序，就多很多事。"

"检察院诉不诉的事就靠你了，民事这里就算是解决了。"

"好的，明天你到我这里来一下，有事要说。"

"几点到你那儿？"

"上班的时候来吧，八点半就行。"

"行，明天八点半到。"

周冰洁说："这个律师可能是要钱吧？"

"不一定，咱给他两万元了。"

"两万元是他的报酬，在检察院和解律师还得要钱。"

"他也说过，在检察院用不了啥钱，也就是少量的人情费，过后给他就行。如果这样就能结案，当然是最理想的了，事情能这么简单吗？"

周冰洁说："不可能，明天我和你去，看他要给我们出什么主意。"

第二天，尤龙和周冰洁来到光明律师事务所，陈光律师正在等候。

陈光律师说："一会儿我还有个案子，马上得走。"

在尤龙心里，这个陈光律师有些不靠谱，给人一种不安全感。既然受雇于人就得做事，怎么还忙着办别的事？

陈光律师说："你的案子民事部分结束了，刑事案子还没有结，剩下的就是检察院的事了。"

周冰洁问："你需要钱吗？"

"我正想跟你们说这事呢，还得需要五万元，主要是用在检察院的，我不能说是百分百可以结案。因为，任何事都有出差的时候。所以，我也不敢说保证行。我一定会尽最大的努力，把案子免诉在检察院。"

尤龙问："以下的事情我就不明白了，到法院必须得判刑吗？"

"不一定，还有一次调解的机会，如果调解不成才能量刑。"

"我的这个案子，判刑的话，能影响到工作吗？"

"这得看你的企业规定，国家也有这方面的规定，不过，你的情况不严重，很可能是判一缓一这种，能影响到岗位和工资。"

尤龙说："五万元什么时候要？"

"今天就得给我，我正好到枫林县去。"

"那好，我回去张罗钱，你尽心地给我办吧，事已经出了，花钱免灾。"

"好，尤哥这么说事情就好办了，这钱也不一定都用上，有的可能也只是感谢一下。"

周冰洁问："陈主任还有什么需要我们办理的？"

陈光律师说："从现在开始你们就不能乱找人了，一切都由我来办理，防止穿帮。"

周冰洁说："好的，我们不找任何人了，一切由你办理。"

陈光律师说："你得让管小同把家人的身份证、户口本、结婚证等各类证件复印，同对方进行签协议，我得看他们准确的名字，另外办理保险时也能用上。"

尤龙说："他们家可是很复杂的，宋玉生了三个儿子，大儿子在外面打工，二儿子找不到，三儿子九岁。老人也很大岁数了，还有两个女儿。"

陈光律师说："这些人的证件都得要，他们都得在协议书上签字。"

尤龙说："好，我通知他们。"

晚上尤龙有很多亲朋好友来电话问谈判情况，主要内容是和解没有？要多少钱……

第二十八章
亲朋的关怀

　　战友是悬崖面前的止步石，战友是困难面前的指路灯，尤龙有一群非常好的战友，他们在一直关心着尤龙。

　　双方和解加上给陈光律师的钱，尤龙需要向亲朋好友借三十八万元，这对他来说压力太大了。

　　正在为难的时候，战友郑重打来电话说："我听战友们说了，你遇到点儿事，别上火，钱能办的都不是事，缺多少钱？我给你拿，我先往你卡里存五十万元，什么时候有什么时候还，没有就算了……因为，你是我的救命恩人！"

　　郑重是山西省太原市的一个老板，他与尤龙在部队的时候是过命兄弟。

　　郑重高个头，白脸，气质清秀，高雅。尤龙任部队司务长的时候，郑重是侦察班长。

　　那一年，他们到大草原军事演习，部队下达命令，在八点之前，人员、车辆全部进入静止状态，伪装后不留任何痕迹。如果哪支部队被空中侦察机发现视为阵亡。

　　参加演习人员明白，阵亡人员说明演习是失败的。这是谁都不想发生的。这是一次陆海空三军联合军事大演习，很难得的一次，表现优秀人员可以立功受奖。

　　郑重带的侦察班在抢时间挖猫耳洞，他们必须提前半小时挖完，然后进行除痕伪装，必须和当时的地形一模一样，装甲车履带痕迹都要清除，然后，人员进入猫耳洞，潜伏起来。

对尤龙来说，他必须在七点半让全连战士吃上饭。否则，他们在猫耳洞里一蹲就是一天，吃不上饭的战士会受不了，也只能用压缩饼干来维持体力。

尤龙为使全连官兵吃饱肚子，他提出全体后勤保障人员要给官兵做一顿最爱吃的，也是想不到的饭菜。

炊事班长说："司务长，你下命令吧，我学会了山地野炊，你想做什么样的饭菜都行。"

"好，今天，我们给全连官兵做一顿意想不到的饭菜，让兄弟们吃着、拿着，在猫耳洞里不挨饿。我们给官兵的主食是烙饼，副食是大鹅炖粉条，饼要多烙，大鹅和粉条可劲儿吃，餐后，每个人分两张饼，在猫耳洞里吃。"

班长说："司务长，咱们的行军锅烙不了饼，锅太小炖不了那么多的菜。"

尤龙说："昨天，一进村庄的时候，我就采好了点儿，我们这里距村庄三里路，跑步的话也就十分八分的。这里留下三个人，两个人挖猫耳洞，一个人进行野炊，做一锅鸡蛋汤，不能放太多的盐。注意，我们这次行动要保密。其他人员跟我到村里烙饼、炖大鹅。"

炊事班长说："司务长，大鹅的毛很难去掉，耽误时间。"

尤龙说："你呀！别孤立地看问题，军民一家，军民鱼水情，你忘了？"

"司务长，你真高明，恐怕全团也属咱们伙食好。"

"也不一定，也许别人也会想到这一点。"

尤龙带着两名战士，提着豆油、调料，扛着白面进村了。

他来到村头的赵大妈家，一进院就喊："赵大妈，我要的大鹅准备好了没有？"

"准备好了，水都烧开了，上百人的面也和好了。"

"呵！动作够快的，太感谢了！"

赵大妈问："十二只大鹅，够不够吃？"

"够了，大妈，人手准备好没？"

"准备好啦，都在屋里就等你一声令下啦。"

赵大妈实在厉害，她找了十多名妇女早已等在屋里。

赵大妈是村里的妇女主任，全村妇女招之即来，挥之即去，绝对地服从。

尤龙与赵大妈打过几年交道了，每年军事演习都能见到赵大妈，还从城里给大妈带些特产，与村民处得非常融洽。尤龙有时也给村民带些过冬用品。

现在，要求部队离开村庄，住猫耳洞，尤龙就想到了做饭要有难度，官兵不一定能吃上可口的饭菜。他想，这次大演习如同真正的战争，要发挥军民的作用，让战友掌握作战时一切可以利用的条件，多些灵活性，确保连队吃饱饭，只有吃饱了才能取得最后的胜利。世界上很多战争都输在后勤保障上，这是血和生命的教训。后勤工作要利用一切条件，保障好部队官兵的饮食。

尤龙对赵大妈说："大妈，我们部队这次大演习不住村里了，一切都在野外，我有个想法，动员一部分村民，帮我们给官兵做一顿可口的饭菜。来个烙白面油饼，大鹅炖粉条。"

"行啊，司务长，这点儿小事太容易了，我来张罗。"

"那就谢谢大妈了。"

"谢啥，我们村里人缺医少药，发家致富，哪家不欠你的情啊！想还这份情都找不到机会呢！"

"大妈，您说哪儿去了，这些都是我应该做的。"

"你从城里给村民带来的药，很多人都吃过，治好了病可高兴了，没有一个不说你好的。"

这里是风沙盐碱地，甲亢是当地有名的地方病，老百姓的牙齿都是黑色的。尤龙每年都给村民带些药或者寄来，村民非常感激。

司务长来了，马上要给官兵做饭，妇女们争先恐后为这支部队出力。

赵大妈一声令下："大家分头干活，你们十二个人摘大鹅毛，不能偷懒，要快，三个人用两口锅烙饼，每个人有专人烧火。"

大家都听赵大妈的安排,立即行动起来。

司务长与村民鱼水情深,十几个人分工明确,赵大妈手脚麻利,一块块面在手上飞舞。

这顿饭共动用了四个大锅,两口大锅烙饼,两口大锅炖大鹅。只见村头人来人往,炊烟袅袅,香气扑鼻。

很快油饼、大鹅炖粉条全都做好了。

司务长按当时市场价拿出钱,交给赵大妈说:"大妈,每家分二十元钱够不够?"

"不用给,我跟她们都说好了,是报答你们这支部队的。"

尤龙说:"那可不行,村民能帮这么大的忙,我们已经感激不尽了。"

尤龙带领炊事班快速返回营地。

他给每个班盛一盆大鹅炖粉条,每个盆里大鹅身上的部位都很齐全,官兵想吃到哪块肉都可以看到。尤其是每个盆里都有鹅腿和鹅珍。粉条呈酱油色,非常有食欲。

盛好后,司务队长对连长和指导员说:"两位领导,快叫官兵们轮流吃饭,现在,离进入猫耳洞还有四十分钟,每个班吃完饭,还能节余二十分钟。官兵现在都饿了,吃饭和干活两不误。"

连长说:"这荒山野岭的,有啥好吃的,在猫耳洞里啃点儿饼干、喝点儿凉水得了。"

"那我们后勤人员不就失职了。走吧,都盛好了,别凉了,去了你就知道了。"

连长对通信员说:"通知各排轮流吃饭,十五分钟一换。"

通信员下达了通知。

各排长都在问:"有啥好吃的?煮面条吧?"

通信员说:"我也不知道,去了不就一目了然了。"

当连长、指导员、排长、班长都到齐的时候,司务长将棉被一揭,一排排的锅碗冒着热气,带着香味扑面而来。

尤龙说:"每个班拿走两盆,汤可以随时来盛。"

连长一掀锅盖,眼里是白面油饼和大鹅炖粉条。在荒山野岭,这是官兵做梦都想不到的。

排长、班长也同时打开饭锅，心里一阵温暖，纷纷高呼："哇！白面油饼，大鹅炖粉条！好香啊！太美了，快来呀，过年啦！"

官兵们吃着油饼、喝着热汤、啃着大鹅，绝不是让他们吃得舔嘴巴舌那种，而是量大可劲儿吃。

尤龙观看了一下说："侦察班长咋没到？"

江苏籍士兵说："我们班长说下轮吃，再有十分钟，我们班就都挖完了。"

尤龙说："这个思路不对，十分钟就能挖完，还不如都来吃个热乎饭，我去看看。"

尤龙从另一个大锅里拿了一只大鹅腿向侦察班长的猫耳洞走去。

当他接近猫耳洞时，他就对郑重喊："郑重，郑重，快出来吃个大鹅腿。"

里面没有任何回答。他把大鹅腿放在行李上钻进了猫耳洞。

一边进一边喊："郑重，郑重。"

当他接近郑重的时候，郑重手里还握着铁锹，已倒在猫耳洞里，身上压着厚厚的土。尤龙赶紧把他拖出洞外，采取胸外按压，人工呼吸的办法，郑重长出了一口气活了过来。这时班里的战士也赶了过来。

郑重脸色苍白，因用力过大缺氧导致休克。如果晚几十秒钟都无法救治，多亏司务长来得及时。

几分钟后，郑重恢复了体力，气色好转。

尤龙说："我给你留的大鹅腿差一点儿没被你带进坟墓一起埋了。你是累的，时间够用，不用这么拼命。吃吧，增加些体力，回去吃油饼大鹅炖粉条，鸡蛋汤。

郑重说："是吗，这么好的伙食？"

他站起身对班里战士说："就差这个大树根子没清除了，注意安全，两个人轮流干，一人干活，一人看护。"

返回途中郑重说："尤哥，你是我的救命恩人啊！这辈子，只要你有困难，我一定第一个到场。"

"别这么说，战友一回，谁都不会见死不救的。"

回到吃饭的地方，郑重被司务长抢救的事已经传开了。团长、营长也过来看望。还吃到了连队的油饼、大鹅炖粉条。

吃过饭，团长感慨地说："你们连是光荣的老连队，参加过抗日战争、解放战争、抗美援朝，战功显赫，英雄辈出……今天，有这样的战士不怕牺牲，敢于吃苦，有这样的后勤保障，你们一定能取得这次陆海空三军大演习的胜利。

演习结束后，郑重荣立了三等功，炊事班立了集体三等功。

郑重有一个爱好，就是喜欢处对象，一次，他在火车上遇到一个姑娘，两个人相互留下了地址，就谈上了恋爱。

郑重在全团军事大比武中，获得了五项全能，成为全团最优秀的班长。部队想给他提干，他由于恋着这位姑娘，说什么也不在部队干了。

复员后两个人到山西打工，最初是给煤矿老板打工，由于表现突出有工作能力，老板让他管理一些事务，由小到大，由弱到强。最后，他也成为一个名副其实的煤老板，资产达数亿元。

第二个打来电话的是个女人，叫方惠。她是女军官，转业后成为一名房地产开发商。

尤龙入伍第二年调到了师司令部当文书，负责司令部的军事实力统计和上报工作。在司令部的档案中发现一名女兵叫方惠，档案在司令部人却在师医院。

方惠来自哈尔滨，高个头，白脸，体形匀称，长得漂亮。

在整理档案时，尤龙发现她的档案有问题，就来到医院找到方惠。

方惠是高干家子女，天生高贵，有气质。

方惠说："尤龙，我想求你办件事。"

尤龙说："咱是黑龙江老乡，说吧，有什么事？"

"我想考军校，你能不能帮我补全档案材料？"

"差不多。"

当时，部队有规定，必须是高中毕业、当班长的才能允许考军校，优秀班长、三等功的加分。

"那你帮帮我吧，我没考上大学，不是干部身份。现在，我只能考军校了。"

尤龙说：“当军官也挺好，不过，你的人生选择实在是太多了，回去也能找到好工作。而我就不同了，农村户口考不上军校，转不上志愿兵就得回家种地。”

方惠说：“我看你不像农民，一定能出息出去。这样，如果你出息不出去，让我爸给你找个工作。”

“一个农民，能找到工作吗？”

“给你变一个吃红本粮的户口不就可以有工作了吗？”

“你说得也太容易了，我们农村人做梦都想变成吃红本粮的户口。我当兵的目的也是想变成这样的户口。”

“这个你不懂，也无须懂，给你办成就行了。”

尤龙说：“其实，我也想考军校，文书相当于班长，可以考的。”

“那我们共同考，你帮我把缺失的材料补齐行吗？”

“你放心，如果弄不成，把我的给你，一定让你考上军校。”

尤龙很会来事，他认识干部科的庞干事，专门负责报考档案材料审核工作。庞干事的妻子身体不好，也不想两地分居，尤龙负责家属房的管理，他给庞干事弄到一套房，庞干事非常高兴。从此，他既可以让妻子在大城市治病，又避免了两地生活的痛苦。

尤龙来到庞干事办公室说：“我有个事想求你。”

“什么事？”

“我想求你帮我老乡补齐档案材料，她是个女兵，想考军校。”

“你们谈恋爱了？”

“没有，不可能的事，她家是哈尔滨市的，我是农村的，差距十万八千里。”

“那你还帮她这么大的忙？”

“她也想帮我一个大忙。如果我回农村，她就帮我变成吃红本粮的户口。”

“她有这么大的能力？”

“是的，她爸爸是个大官。”

“好吧，我帮你。”

“谢谢，你这也是成人之美，帮助一个人实现了考军校的梦。”

庞干事当时就给方惠补齐了档案材料。

尤龙说："非常感谢，我也知道你很为难，可是，心里感情这道关真的过不去。"

庞干事说："我是真希望这名女兵能帮上你。"

尤龙说："我并不祈求这个，一切顺其自然。再说，今年我也考军校，说不定也能考上。"

尤龙将方惠的档案整理了一下，不合格的部分做了调整。缺少的材料全都补齐了。

尤龙对方惠说："你看，你档案里缺失的材料我都给你补齐了。现在，一切条件都具备了，好好复习，争取考上，实现你上大学的梦。"

"你帮我搭建了人生的阶梯，太谢谢你了！"

"呵呵，没那么重要，我非常爱做成人之美的事。"

方惠说："高三课本，我还有不明白的地方，把握性也不高。"

尤龙说："我认识一位高三老师，每天晚上，我都到学校接师长家的孩子，他今年考大学，晚上有补习班，我坐在那里也跟着复习，效果不错，不行你也去，我跟老师说一声。"

"那简直太好了。"

就这样，方惠也进入了高三补习班，每天可以复习几个小时。接送师长家上高中的孩子，正好可以送方惠。

半年下来，方惠的模拟成绩直线上升，超过了很多在校生。

尤龙的成绩虽然也不错，由于农村和城里教育存在着很大的差距，比方惠差点儿，主要体现在英语上。

报名的时候，方惠说："我们报同一所军事院校吧？"

尤龙说："你和我不一样，你学习好应该报高一级别的院校。也适合你的身份和地位，况且你也能考上；我却不然，农村出身，教育起点低，能考上就不错了，人生只有这么一次机会，我不敢冒险，也输不起，只能报最低的，把握性强一点儿的。"

方惠说："你怎么老有后顾之忧，我不是跟你说了吗，不行就让我爸给你变户口，你是不相信我吧？是不是认为我没这个能力？"

"不是，我想，能出息出去就不错了，我不敢好高骛远，输不起！"

方惠说："你不比我差，和我一起考，肯定能考上，咱们上一个院校多好，你不希望吗？"

"我希望，没胆量。"

"你还是不信任我，我可以嫁给你。"

"别随意开玩笑，这么美的女兵，地位又高，我可不敢娶。何况你马上就会成为军官，对我来说，一个是丑小鸭，一个是白天鹅，不可能成为一个家庭成员。"

"你真没改变农村人低俗的一面，也没有胆识尝试新领域的内容，保守，过于本分，说你啥好呢？"

"你说啥都不过分。因为，你我就是两个世界的人，环境改变一切，身份决定命运，我和你怎么会有同一种理想和方向，不可能的。你本身固有的，是我今生追求的，差距太大了，我无法给你幸福。如果真的如你所说，我就是在毁掉一个美丽的世界。"

"行了，不和你理论了，真气人。你想考什么院校？"

"中等院校，能考上，改变人生命运就行。"

"行，你考吧，考上了，变了身份，我们是不是就没差距了？"

"那也有，农村人有改变不了的东西，很难脱俗。"

两个人几乎没有共同语言，一切都来自尤龙的自卑。后来，两个人只是靠信件传递战友之情。

几年后，方惠正连职转业到哈尔滨一家房产局工作，后来，自己开发房地产，成为一位很有实力的开发商。

当她通过战友知道尤龙发生车祸经济有困难时，她马上打电话说："你把银行卡号给我，我给你打一百万元，这是给你的，感谢你过去对我的帮助。"

尤龙说："用不上了，郑重已经借我了，钱足够渡过难关。"

"你说实话，我还不知道你？有事不好意思说，到底够不够，我可是有钱人了，你不要工作都行，可以到我这来，给我当副总，月薪十万元，怎么样？"

"你别诱惑我了，你年轻时那么漂亮我都没动心，别说是现在了。"

"你少扯，现在，我还看不上你呢，墨守成规的家伙，没多大出息，就知道耕耘自己那一亩三分地，一点儿创造力都没有。"

"好了，谢谢，保险报回来就宽松了。"

"我就想还你一个人情，不然，我这辈子都背着你的人情债，太累。"

"你给我钱就结清战友情了呗！行，以后我需要钱就找你。"

"我不是那意思，你现在是困难时期，我应该帮助你，战友一场，况且还不是一般战友，若不是你关心、照顾我，我也不会有今天，我一直很感激你，心里有你。我去看看你吧！好多年没见到你了，变得更傻了吧？"

"还是别来了，相见不如怀念，人生若只如初见，心里永远装着当初的美好，会幸福一生。"

"你这家伙，这就是你的中国梦吧？"

"就算是吧。"

第三个打电话的是一位江城尚佳装饰公司的老板，他听说尤龙发生车祸后，马上打电话说："尤主任，我听说你的事后，不知说啥好，也帮不上啥忙，只能在钱上帮助你了，我这还有五十万元没处用，你可以随时拿去。"

"谢谢老弟，你还是扩大再生产吧，我知道你公司正在红火中，也需要做大一些，你就别管我了，钱够用。"

第四个打电话的是周涛。

他说："我能给你拿十万元，随时可以取。"

尤龙说："你媳妇同意吗？开会研究没有？随意答应这些钱别影响了家庭和睦。"

正说着，周涛妻子在旁边说："五万元还行，十万元多了点儿。"

尤龙听得很真切，也知道是给自己听的。

周涛说："你上一边去，关键的时候，你不帮，谁帮？"

尤龙说："怎么样？你媳妇是故意给我听的吧？你呀，一万元也别拿了，我这里战友拿的就够了。"

周涛要面子，还在坚持说："我说了算，给你拿十万元。"

"得了吧，别因为我出了事，影响夫妻感情，跟你闹离婚我可承担不起。"

尤龙拒绝了周涛的钱。原因是，他的妻子太抠，属于只进不出那种。尤龙知道，周涛做不了主不想用他的钱。

有一次周涛请客吃饭，花掉八百多元，妻子跟他干了一仗，嫌钱花多了。

周涛说："年八辈都不请亲人吃顿饭，花这几个钱，不至于这样吧？"

妻子说："干啥整这么高档次啊？我才挣多少啊？"

"挣钱就是首先给哥兄弟，然后是好朋友，钱留着干啥呀？"

"你要是再这么整……我跟你离婚！"

两个人打架的时候，亲属们听得很清楚。以后，周涛说请客，谁也不参加。

第五个打电话的是周冰洁的一个外甥女，她是工薪阶层，没有余钱。

她打电话给周冰洁说："老姨，我手里有三万元钱，正好明天出差到江城给你拿去。"

周冰洁说："我这个外甥女对我最好，有事保准到场，手里只有三万元都给我拿来了。"

尤龙说："娟子对咱们家就是好。以后，她有事咱们也得痛快点儿，亲属也得常沟通，多交流。如果没有这些好亲戚、朋友，就过不了这一关了，非得负刑事责任不可。"

一名供电所长也来电话说："哥们儿，我现在就是能帮上你钱，别的使不上劲儿，二十万元，你随时用。"

"谢谢老弟，钱够用了，凑齐了。"

阿南来电话说："可下和解了，给对方的钱我全包了。"

尤龙说："不用，老弟。这些天你为我花的钱就不少了，我应该给你拿点儿钱才对。"

"等你生活好的，现在是我应该帮你的时候。"

"真的不用了。"

朋友借的，亲人拿的加在一起只缺五万元，尤龙向同事临时借到五万元。

尤龙对几位同事说："保险钱下来马上给你们。"

第二天，一位工程老板也来电话："尤主任，我帮不了你什么忙，我能给你拿二十万元，现在就有，随时可以拿走。"

"好哥们儿，谢谢你，我的钱够了，别留了，做其他用吧。"

这位老板叫桦成才，是尤龙同学，两个人在内心上彼此欣赏，走得比较近，但与赵副局长有业务上的往来。

桦成才对尤龙说："你们赵局长太黑，干活一分钱也不让挣，有利润都得给他。"

尤龙说："那你就别干了，咱是同学需要回避的。"

"好吧，以后我不干了，这人实在没意思！"

赵副局长与其他领导配合得也不融洽，对尤龙这个办公室主任也极力控制，就连班组长、工人的利益也想占。有的员工实在看不下去了就说，赵副局长心太黑，在利益上捞得连汤都不剩。

员工对赵副局长这样比喻：你用枪对准他的脑袋说，如果你再贪，我就勾了。他说，你勾吧。最后，员工下了这样的结论，这样的领导是没救了。

这一天，上级突然来了消息，赵副局长被调离了。

尤龙对周冰洁说："管我的赵副局长调走了。"

周冰洁说："是不是因为他在领导班子拆台造成的？"

"不知道，原因太多。"

"你们那个上访户管住没有？"

"没有，他找了她的姑姑帮忙，单位不太好办了。"

"是吗？你说给我听听。看我能不能从中有所借鉴"

尤龙向周冰洁讲了孙强的事。

第二十九章
赵副局长暗示孙强

事件升级各有所需，同学变脸，兄弟反目。有的人希望企业出事，会从中受益，或者升官，或者发财。赵副局长以为孙强被打事件就是一个可以利用的机会。

孙强来到妻子的诊所一进屋就很着急地说："小杰，这下完了，我这一折腾，走上了不归路，他们开始在关注我的行踪了，看着我了。"

冷杰说："他们这是以大欺小，看着你的人原来都是好哥们儿，现在是来说情的，根本不是来讲道理的，他们就是想把大事化小，小事化了，让你白挨打。我就不明白了，李继群他比谁多个脑袋，还是比别人多条腿，他怎么打完人还有理了？动用这么多人来维护他？"

"你不知道，他指使这么多人打我，就是因为他同钱局长是好哥们儿，大伙都捧他的'臭脚'。"

"现在，我咋这么讨厌这个李继群所长呢，我为他做的够多了，给他治病一分钱都不要。没想到他翻脸不认人！现在，他们看事情闹大了，才来赔礼道歉，整得你变成了有理也是无理取闹！"

"是啊，开弓没有回头箭，既然我想讨个说法，就得下决心做下去了，李继群太招人恨了，当时他们打我那个劲儿，到现在都气愤，我要是不忍着非打残他们几个。"

冷杰想了想说："凭他李继群的劣迹行为，都够免职的了，这叫安全上的渎职，乱用权力，拿员工的生命开玩笑，处理得太轻了。这件事过后，没有咱们好果子。你想，你不拉闸他都能把你打成这样，你要是对他前途不利，说不上得下多重的手呢！干脆，一不做二不休把他拿下得了。"

"可我也不知咋整啊？"

冷杰眼睛向上一挑说："你真笨，找二姑去，二姑非常有经验，到哪儿下车，在哪儿反映情况，她都懂。"

事情如人们所预测的那样，对李继群处分、罚点儿款就能平息矛盾的思路是不对的，忽略了孙强内心的感受。

对孙强来说，他就是想要一个公正的说法，李继群如能带参与打架的人给孙强道歉，也就化解了矛盾。

对李继群来说，人给打了，也被处分了，罚了款，脸该丢也丢了，没什么可以再做的了，剩下的爱咋办咋办吧，被处理过的他不再积极配合了。

孙强连夜来到姑姑家，他把事情的起因，处理的结果，前前后后说了一遍。

姑姑说："你这个事说大就大，说小也小。"

"姑姑，怎么还成了大事了？"

"傻孩子，你知道这是什么性质？"

"什么性质？"

"不遵守安全规定，还打人。你们领导在努力保头上的乌纱帽。"

"姑姑，你说的对，企业也是稳定压倒一切。"

"你们这个打人事件，已经上升到了政治问题。"

"那我咋整？"

孙强正拿不准主意，突然手机响了起来，他拿起来一看，是个陌生号码。

"姑姑，你说，接不接？是个陌生人打来的。"

"接，不管是谁，看他怎么说。"

孙强在手机屏幕上一划电话通了："是孙强吗？"

"是我。"

"现在挺好的？"

"还行吧。"

"这几天你可受了不少苦，我也听说了，真为你感到委屈。"

孙强不知对方是谁，声音也不熟悉，心想这人想干什么，又是一个说情的吧？他还在犹豫、猜测。

对方又说："是这样，你现在已走上了不归路，还不如来个鱼死网破，这样也许还能为自己找回一点儿颜面。"

孙强一听这是最先帮自己说话的人，心里感到一阵温暖。

孙强迫不及待地说："你说，我怎么找回颜面？"

"是这样，他李继群不是打了好几个人吗，据我所知，被打的人都恨他。如果你牵个头，让他们联名签字，这就不是单一的打你这么简单的事情了。"

"谢谢你，能告诉我你的姓名吗？"

"还是不说了吧，你觉得有用就做，我只是为你打抱不平。"

"你是第一个帮助我说话的人，我非常感动。"

"哈哈，你一定能得到所要的，因为你有理。"

"对，我也是这么想的，我不能白挨打。"

"你也傻呀，据我所知，你没有在医院取得证据。"

"有，我住院的诊断都拿到手了。"

"那就好，你这样就可以捍卫自己，鸣不平了。"

"是的，谢谢你。"

对方略有所思，稍有停顿又接着说："现在可是最好的时机，上面一定会重视你的事。因为，你的事关系到安全生产这个大问题。"

"谢谢你的帮助和提醒。"

"好的，再见，注意身体。"

姑姑问："听出这是谁了吗？"

"没有，我在基层才认识几个人啊，真不知道是谁，听口气不像普通工人，好像是一位领导，肯定是我们局内的，也好像是赵局长的声音。"

姑姑说："这个人也许带着什么目的，他能用陌生号码给你打电话，就说明了这一点，他也是心里有鬼，也许在利用你，我们在各取所需。"

"姑姑，这个人很有心计，不仅知道我的全过程，还能说到点子上。"

"这个人的话倒提醒了我，你这么办，一是你写一封信，一定要投给最恰当的部门，把李所长因为什么打人，这几年都打了谁说清楚，要同被打的人联名签字；二是把这件事扩大到更多层面，你挨打的时候不是报警了吗，派出所认识李继群，他们是好哥们儿，很显然，他是向着李所长的，不出警这叫渎职。把他也带上效果会更好，这样他们就压不住你的事了。"

"姑姑的方法确实有力。"

姑姑说："世上最可怕的有三种人，一是不要脸的人。二是不要钱的人。三是不要命的人。我们被逼到这一步，也就成了不要脸的了。我对这件事的认识是：真理沧桑路，公平在人间，脚下磨难多，执着可见天。"

孙强说："看来，争取个正义也要承受很大的负担。"

姑姑说："你可要想好，你的事是可以放手的。"

"都到这个程度了，还放啥手了？"

"你能不能经得起折腾，我还真不清楚。"

"姑姑，你说我还有别的路可走吗，我已被他们像狗一样地看着，在全局员工面前，我被人家群殴，我给他们留够了面子，本来我想动手了，能打残他们，现在我都后悔没有还手。"

"那可不行，即使你打赢了也没用，也只是快活一下手脚，一切都是用钱来说话，说不定还会负法律责任。"

"姑姑，你陪我到上级部门去一趟吧，我知道，现在必须得往更高部门反映情况，引起重视，求得更高一层组织的保护。"

姑姑有些犹豫，她没有马上答应，在她心里，这真是一件不容易的事，没伤着人，也没伤着财。尤其是现在，被打青的脸都恢复正常了，什么证据也没有了。姑姑没有说话。

孙强撑不住了："姑姑，你不去，我自己去。我非得把李继群整下去不可，他太没人情味了，冷杰给他治病一分钱都不要，他还让人打我，实在太可恨了！"

姑姑说："要同你媳妇说一下，她是什么意见，拥护你不？这可不是一般的事情，会牵动一大批人，有的人会向着你说话，有的人也会骂你。"

"姑姑，是我媳妇让我来找你的，她也生气了。我媳妇说，你的一切费用都由我们负责，让你好吃好喝，给我们出出主意。"

"你小子太固执了，我真怕你吃亏，这么办，你先把被李继群所长打的人都召集起来，请他们吃顿饭，跟他们谈谈。如果他们都同意，你就让他们在信上签字，这可是非常有说服力的。"

姑姑认为，这件事需人多势众，能让上级部门引起重视。

孙强说："姑姑，我一切都听你的。"

姑姑说："在物欲横流的社会，道德底线很容易被突破，有的人在以身试法，只想满足自己的愿望，对这样的人真得整治一下。"

"姑姑，我经常看你的博客，你写的都是挺跟时代的，政治敏锐性强，正能量足。"

"所以说你得懂政治，不懂政治的人就是傻子。"

"真是这样，政治就是人整人吧？"

"这么理解太狭隘了，所谓政治也就是哲学，是关于人的思想如何能走上正道的学问……它可以不偏不倚，保持中庸之道。尤其是当人感到迷茫的时候，它能让人头脑清醒，确立人生目标和奋斗方向……能够正确地看待事物。当你在工作中遇到挫折的时候，也能让人找到政策和依据。"

"这些年，我光顾如何健身，舞枪弄棒了，没学好政治，也不感兴趣。"

"所以你在部队没当上官，要不然你早就提干了！"

"嗯，姑姑说的对，我不会来事儿，也当不了领导干部。"

"你呀！智商高，情商低，想法用不到正地方，一根筋，一条道跑到黑。"

"江山意改，禀性难移。我就是想整倒他，一想起他们打我的狠劲儿，我就睡不着觉，不整治他们，我心难以平静。"

"真的有这么重要吗？"

"我认为太重要了，已经过不去心里这道槛了。你想想，我要是在没有令的情况下送电，一旦线路上有人被打死了一个或多个，我得有多大的罪过。我不送电，他们还打我。如果我违规操作，企业的一切损失和责任都会推到我身上，全体员工的年终奖金也没了，我要背负着多大的骂名啊，大伙儿不得恨死我呀！所以，我没有听他们的，才弄成这种状况。"

"这就是说，你百分百的有理，而且是在坚守职责的情况下被打的。好吧，姑帮你！"

两个人正说着，孙强的手机响了起来，号码显示的是宫小波。

他心里一阵激动："小波，你好。"

"孙哥，你的事，我一直挂在心上，他李继群欺人太甚，你对他那么好，他得了病，你一家人给他治病，还不要钱。他是个没人性的家伙，就是欠整。"

"我现在下决心了，必须让他为自己的行为负责。"

宫小波也曾被李继群打得很重。那是前些年的10月份，宫小波在登杆作业，上级来检查安全工作，这时所长不在，上级领导问，你们所长怎么不在现场？宫小波说，我不知道。

领导走后，李继群知道了此事找到宫小波说："你太不会说话了，就说我在前面检查工作不就行了，所里咋出了你这个笨蛋？"

宫小波说："正如你所说，我不会说话，也不知道咋说，谁知道你在哪儿，一旦说错了咋整？"

李继群觉得宫小波是在有意出他的丑，举起拳头就打在了宫小波的脸上，一脚踹在了他的小腹上，他满脸流血，当时就倒在地上起不来了。

多年来，宫小波一直在寻找机会想报仇，直到现在孙强被打，他才觉得机会来了，打算合伙整治他。

当孙强下决心时，宫小波也解气地说："孙哥，你有什么事尽管说，我一定帮你，我也跟其他几个被打的哥们儿联系好了，他们也想出这口气。"

"那好，你让大家把挨打的经过写下来，签上字，众人捧柴火焰高，只要我们大家心往一处想，劲儿往一处使，一定能起到作用，得到上级领导的支持和理解。"

"好的，有事打电话，我配合你。"

"谢谢，再会。"

其实，宫小波来帮孙强是赵副局长出的主意，他仍以匿名电话的形式打给了宫小波。

这一天，宫小波的手机响了起来："哎！是宫小波吧？"

"是啊！你是哪位？"

"我想你出气的时候到了，现在，孙强已经把情况反映到了省公司，李继群职位可能难保了，你们被打的几个应该联合起来，肯定能有个说法。"

"是吗？我还不知道李继群的情况，真是太好了，我马上联系他们。"

就这样，宫小波又联系上了几个挨打的人。

孙强放下电话，心里立刻涌起一股暖流，他正感到孤单的时候，宫小波出现了。

姑姑说："这个电话提醒了我，以后你得换个号码，只告诉帮助你的人，和你好的人，别人就不能告诉了，只有管你的人找不到你，你才最有力，这也叫知彼知己。"

"好的，我以后用尾数四个三的号。"

在姑姑的帮助下，上级部门知道此事后做出了批示：一是高度重视李继群打人事件，责成主管部门尽快查清问题，及时上报情况。二是基层单位要配合调查，详细提供整个事件经过，判明真伪。三是检查当地派出所报案不作为的问题。

各部门各负其责，各管其事。经上级单位来人调查，确实在供电所发生了群殴事件，孙强住进了医院，也报了案，派出所也确实接到了报警，但没派人到现场。原因是供电所内部打架，派出所所长与李继群是好哥们儿，不用去，自己能够处理此事。

企业部门也迅速做出了反应，带队的是上级纪检监察部的庞主任。

各行其道

他们来到矿区供电所对相关人员进行询问，找当事人谈话，了解事件全过程。

在总结工作时，枫林县供电公司班子成员，各部室主任参加了会议。

庞主任说："经过一上午的了解，我们感到枫林县供电公司的工作抓的还是很到位的，主要表现在三个方面：一是工作及时。当天就派人到现场了解情况，安抚员工，与受伤员工进行沟通。二是对打架员工进行了处罚，能够按相关条款，有理有据，把处理的结果进行了通报。三是思想工作不到位。主要是对被打员工的思想工作做得不透，本该将孙强本人找到，面对面地谈，知道他在想什么，要达到什么样的目的，只有掌握了他的心里，才能对症下药，更好地开展工作。对今后的工作，我只提出一点要求：就是要以企业稳定为要务，控制好局面，不能扩大影响，要将此事作为当前工作的重中之重来抓。这也是个政治任务，关乎着我们企业的声誉，既是行风安全又是生产安全，是一把双刃剑，处理不好要动摇一些人的职位！"

听到检查组提出的意见，钱局长感到有些不安，他当领导多年，对此事有着同样的敏感，他感到这个孙强让人难以琢磨，他想怎样？要的是啥？现在一无所知。

赵副局长说："其实，这个孙强是一根筋，他都能相信人能穿墙过，这小子很难转变啊！"

钱局长说："孙强到现在已有一周没上班了，打电话不接，人也不在家，基本失控了，不知他跑哪儿去了。"

庞主任说："一定要找到他，如果他把情况反映到了上级，我们所有的努力都白费了。"

赵副局长说："这小子有攀爬能力，上过前线，打过越寇，内心定力极强，有超乎寻常的忍耐力，是个硬手。我们看他的时候，就蹲在家门口守着，结果他从三楼窗户跳下去了。那么高的楼一点儿声音和痕迹都没有。"

庞主任说："要通过家人，亲属，朋友，能用上的关系都要用上，一定要找到本人！"

史策说："他是想到哪儿就做到哪儿的人。原因是他感到自己有理。"

庞主任说："实际上他确实有理，从员工意见的梳理中可知，他和我们的想法一样，也不外乎这十几条。现在最要紧的是找到他，看他心里想什么，有什么要求。"

在座的生产局长一直没有说话，他的心一直忐忑不安，这件事虽然是行风问题。但事情是在生产岗位上发生的，属于生产管理不严，安全观念淡薄造成的。

去年冬天，生产局长喝多了酒，回家的路上不小心滑倒将腿摔断了，至今未痊愈。

他气愤地说："他这么能跑，他的腿咋就没断呢？"

与会人员感到他是在发泄，在调解一下场面。大家哈哈一笑。

庞主任说："其实，最主要的还是安全生产问题，李继群所长明知是违规行为还让送电，这说明什么？还是你们平时要求不严，玩忽职守，随心所欲，把安全规程当成儿戏了！"

赵副局长说："这小子实在太可恨了，这么点儿事，非得捅个大娄子！"

庞主任说："现在，说什么都没用，赶紧组织人员找到他。"

枫林县供电公司精心谋划，派出的人是党委郑书记、党委办公室主任史策，又找了两名与孙强关系好的人。

会上，赵副局长说："让曲平和于雷他们两个去，平时他们联系的最多，他们两个肯定能把孙强找回来。"

钱局长问："你打个电话问一下，他们知道孙强的电话不？"

"好的。"

赵副局长马上打了两个人的电话，都说有孙强的新号码。

钱局长说："那就让曲平和于雷两个人跟郑书记去见他，找到后我马上跟他谈。"

曲平、于雷与孙强是高中同学，关系一直很好，孙强对外隐藏的电话号码两个人也有。局里是通过了解才知道他们三个关系不一般的。

曲平是李继群的前任所长，在曲平的心里一直有打不开的结。

曲平在矿区供电所干了五年，这段时间，他不仅在镇里开了电料商店和一个饭店，而且还离了婚，找了一个年轻貌美的女子，这个女子还当上了饭店老板并兼任商店经理。全镇盖房、装修、所里用的电料大多都从她家购买，朋友聚会，所里招待也到他家饭店吃饭。一时间家里的钱如雪片飞来，曲平成了镇上最风光、最有钱的人。

好景不长，他的事太扎眼，引起了别人的忌妒，有人反映他把公家材料卖给了大商户，从中获取了暴利，给女人买了高级轿车、豪宅……少收粮米加工厂、炼钢厂等十几家电费，给企业造成了很大的经济损失。

上级派人来查，果真有此事，他卖了饭店和电料商店，掏出了所有的积蓄才把材料款堵上，一夜之间他又成了穷光蛋。

他因犯错误被撤掉了所长职务，年轻貌美的女子也离他而去。

他的岗位被李继群替代了，曲平认为自己的撤职可能与李继群有关。

河西供电所长于雷，觉得这件事是个机会，与郑书记一同找孙强，几天的时间里会朝夕相处，不仅能为局里做点儿贡献，而且还会取得领导的好感。他认为孙强的事可能会为自己增添一层光环，全局二十多名所长能选择自己，这足以说明领导的信任和重视，把这件事做好，说不定能被重用，提拔到领导岗位。

政府和枫林县供电公司派出的人员几乎同时去了上级部门，他们共同来到了省城接待室，经过查找孙强让一个人领走了。

郑书记几个人不知所措，茫茫人海不知如何能找到孙强。

于雷说："我有他的电话号码打一下就知道了。"

于雷和曲平都是孙强特别信任的同事。一是三个人从小就是好哥们儿，又是同班同学。孙强的事他们也经常沟通，都是以同情他的心态进行对话。

于雷小心地打通了孙强的电话："兄弟，好几天没看着你了，挺好呗。"

"不怎么好。"

"咋的？还为那件事上火呢？"

"于雷，你有啥事吗？"

"没有，我休假了，在外地旅游呢，想同你唠两句。"

"在哪儿呢？"

"我在河北省石家庄。"

"我也没在家，外出了。"

"你上哪儿去了，咋不说一声？一块出去多好。"

"关键是走不到一块去，我现在没法和你走，等过一段时间吧，我请你旅游，食宿费我全包了，上哪儿随你选。"

于雷说："我想出国……"

孙强说："那也行，只要你喜欢的地方……"

于雷说："真够意思，先谢谢你……"

通话时能显示他所在的地点和方位，孙强和郑书记几个人在同一片区域，他们像撒网一样，全面铺开，眼里扫向每一个人。此时，孙强坐在一商店门口正摆弄着手机，于雷首先发现了孙强，他没有上前，示意其他人上前见面。

孙强被带回来了。

一路上，孙强坐在车里一言不发，让吃就吃，渴了就喝。

车行驶了近两个小时才回到驻地。人带回来了，郑书记向钱局长说了全过程。

钱局长马上召开会议。

会上，钱局长说："经过大家的共同努力，把孙强带回来了，做得非常好。下面我们就如何做通孙强的思想工作，大家各抒己见，畅所欲言，都发表一下自己的看法。"

赵副局长说："孙强这小子太贼了，我听于雷说，若不是于雷假借外出旅游给他打电话，都无法锁定他的位置。"

钱局长说："得找与孙强关系好的两名员工同陪他，这也得需要两个条件。一是他们处得好，便于沟通，方便照顾，可以做到形影不离。二是这两名员工还得是上进心强，肯为企业出力的，别到那儿与他合伙，适得其反。"

赵副局长说："还得用于雷和曲平，他们同孙强是同学又是好朋友，主要是于雷能看开事儿，不死性，比较灵活。"

郑书记说："赵局长的意见可以采纳，曲平和于雷表现不错，没有他俩人带不回来。"

钱局长说："他们能行吗？好朋友容易穿帮弄砸了。"

赵副局长有自己的想法，他觉得孙强的事对自己绝对是个好机会，如果做不好孙强的思想工作，钱局长、郑书记和生产局长都会因为孙强的事受到影响。这件事既是生产事故，也是行风事故，三个领导都有不可推卸的责任。现在，已严重影响到了企业的形象，安全生产和行风工作一定会排在全地区末位，排在末位意味着党政一把手的位置不保，这样一来，自己就有可能当上党委书记或局长。如果孙强再继续闹下去，钱局长和郑书记就会挪岗，这样一来自己就会成为一把局长的第一人选。他在心里默默地盘算着。

赵副局长说："眼前也只能用他们俩了，别人不合适。现在，不管谁去，孙强都得认为我们同他是对立的。"

"那好吧，我们就派他们两个人守着，做到可控、能控、在控，绝不能激化矛盾引起二次出行。要做通孙强的思想工作，我马上同他见面，与他谈谈，看有什么要求。"

"他的要求太高了，要求对李继群进行开除处理。"

"这不行，我们处理问题要有根据，现在，他连一点儿伤都看不出来，也没有留下后遗症，不应该这么不依不饶，他不懂法律。"

郑书记说："我看解铃还须系铃人，还得让李继群所长出面，给他道个歉。"

钱局长说："上级通过调查，肯定了我们的处理意见，我们并没有偏袒哪个人。现在，对李继群所长来说，他已受到行政记大过，罚款万元，对他已经够重了，我们做到了公平、公正，他不应该再有什么要求了。"

郑书记说："他都折腾这么长时间了，再过些天，连续旷工就够开除的了。"

赵副局长说："这个处理意见，他还不满足，这说明，现在可就不是道歉这么简单的事了。"

钱局长说："这都是以后的事了，眼前绝不能二次出走，如果没做好工作再到上级部门反映情况，我们可能就因为这个不大的事，挪地方了。"

郑书记说："于雷和曲平在里屋同孙强住在一起，我们在外围死看死守，直到跟他谈妥为止。"

钱局长说："好，我马上到市公司汇报工作，然后我同孙强谈谈，这段时间你们要把工作做细，稳妥把人安排好。"

于是大家各自行动。

郑书记将于雷和曲平叫到办公室说："局里对你们两个人非常信任，也很看重你们的能力，你们是孙强最好的朋友。现在，需要你们为企业做点儿贡献，孙强的事不大，但闹的大，影响大，给企业带来了不稳定因素，你们要做好他的工作，使其回心转意，不要再折腾了。"

赵副局长说："你们俩也可以采取靠近他的办法来说服他。这些天，我们派出的人，他都把我们当成对立面来看待，你们俩到那儿后，别让他以为是做思想工作的。"

曲平以为现在李继群正处在风口浪尖上，他打了手下员工影响极坏，肯定职位不保，这一定是个机遇。于是他给赵副局长送了一笔钱，表明了自己的想法。

赵副局长说："有机会我一定帮你使劲儿，也会给你创造机会。"

私下里，他们就孙强的事没少议论，也想伺机从中有所收获。

曲平说："赵局长，我非常了解孙强，他是一条道跑到黑的人，一根筋。如果因为他把咱们局折腾得底朝天，领导换位，你就有可能当上一把局长。你想，现在出的都是安全和行风事件，唯有你主管的工作没有问题。"

赵副局长说："也不是没有可能，但李继群跟钱局长关系不错，他肯定会保李所长。"

"我不让他保，我把他们之间的关系说给孙强，只要孙强知道这些，就会激起对李继群和钱局长的恨。如果孙强一直告下去，这个状态就会改变。"

"那可不，如果是这样，局里可真就大动了。"

"赵局长，在这件事上我给你创造一下机会，你可要把握好啊！"

"别的，这样不好，一切还是顺其自然，人的命天注定。"

"我们还是努力一下好，不试咋知道，这也叫努力了不后悔。"

"你小子有智慧呀！"

两个人经过交流，各自表明了心迹，想法也心照不宣。

于雷和曲平两个人也各有算计。于雷所在的单位地处偏远山区，交通不便。他一心想调到条件好的供电所。因此他一听说要帮局里解决孙强的事，马上就答应了。

曲平在矿区任所长被撤职，这件事他感到很不平衡，他以为自己的岗位就是被李继群抢走的，现在李继群是局长的红人。如果因为这件事下去了，可能自己还会来这里当所长。当郑书记找到他的时候，他毫不犹豫地答应下来。

郑书记接着说："我知道，为了看住李继群，你们吃不好，睡不好，付出了很多。希望你们二位继续努力，做通孙强的思想工作，好好表现，局里不会白让你们出力的，我们也实在折腾不起了。"

一听郑书记把话说到这个份上，曲平表态说："请郑书记放心，我们一定做好工作，宁可不睡觉也要看住他。

于雷表态说："放心吧，郑书记，我们一定能做好他的工作！"

接回来的人，住在宾馆里，谁的人谁看管，谁的人谁拿钱。

孙强住的是三楼十二号三人房间，内有卫生间，其他设施也齐全，宾馆可以将饭送进屋里。孙强正胡思乱想之际，有人敲门，来的是于雷和曲平。

孙强感到意外："怎么是你们俩，你们咋知道我在这？"

于雷说："我们不是一直在关心你吗？你的事全局没有不知道的，你现在成了全局最大的热点话题。"

曲平说："我们来看看你。"

孙强说："这样啊，来，坐吧。"

两个人坐下来，屋里有几秒钟的静，这种静有太多的内容，有对友情的秒杀，有对信任的怀疑，有对内心的折磨……

于雷不想让这种安静持续下去，抢话说："孙强，你现在已达到目的了，李继群所长被处分了，也罚了款，你病也好了，应该算是出气了，不管怎么说，还是你赢了。"

"听你的口气，你今天来是帮领导来做工作的？那你就别说了，回去吧！"

于雷说："你听我把话说完。因为，你现在已陷在了僵局。其实，你的事有多种题解。一是你可以冰释前嫌继续做朋友，同李继群搞好关系，也许更能有好的转机。因为李继群跟钱局长处得不错，你可能会借光。二是你继续做对，也许有一天你真的把他整倒了，但我想，你的损失也会很大，你会付出很多时间和精力，吃不好，睡不好，也会影响身体健康。三是这件事是个长期过程，在短期内不一定能解决。如果长时间地做下去，会影响你的工作、你的身体，甚至是你的工作。四是你是军人出身，也是不怕硬的人，属于针锋相对，谁也不服谁，结果是两败俱伤……"

曲平说："于雷，你还是出去吧，不会说话，咱兄弟是有仇必报，有冤必申之人。你说的这些话我都考虑过了，凭咱兄弟的能力，越寇都打过，啥事没经历过。行了，行了，你出去吧，我有话要跟孙强说。"

于雷不知曲平葫芦里卖的什么药，心里不是滋味，他被于雷搞得不知所措。

他转身站起来说："行，你们聊吧，我出去一会儿。"

曲平关上门，于雷站在门外仔细听他们到底说些什么。

曲平说："其实，我的看法与他的不一样，李继群这样的人就是欠整。我给他总结了三条，一是无情无义。你对他多好，有病住院，打针吃药你们夫妻付出了那么多，可他翻脸不认人，把你当敌人一样来对待。二是他自以为学了点儿功夫就觉得天下无敌了，见谁打谁，天老大，地老二，没人能打过他。其实，我知道你比他强多了，你招招可以置人于死地，他那些功夫在你这啥也不是，你若是跟他交手，他会满地找牙。三是品质不怎么样。你看，他把你打成这样，还是在单位领导的逼迫下才向你道歉的，而且还不真诚，你不理他就对了，现在都到这份了，给多少钱都不能要，你要的是尊严。四是你基本是胜利了。他已经得到了处分，你的事扩大了影响，这肯定会引起上级部门的重视，弄不好局领导班子都得换，他们最初毕竟对李继群所长有倾向性和保护意识，不然不能等好几天才上门做工作。其实，局里已经无计可施了，对你已拿不出好的办法。因为，你有理，咱不说有理走遍天下，但有理一定能说得出。"

曲平还要继续说下去，于雷毫不犹豫地走进屋说："我听到你们的谈话了，曲平的思路不对，孙强你不能听他的，他这是纵容你，我觉得有理也是在一定的尺度内，太过就会变样，也可能会变成无理要求，这样不仅得不到朋友和同事的同情，而且还会引起反感。"

曲平抢过话说："不对，如果他们做得对，就不应该把孙强关在这里，这叫软禁，是违法行为。"

于雷说："这个也可以理解，你想，咱们企业最大的要求就是稳定压倒一切，从大处看，有人想利用这件事制造麻烦和混乱，扰乱企业秩序，影响企业发展。"

曲平说："那不对，是因为只有及时反映问题才能引起他们的重视，你若不认真反映情况还没人理你呢，你再大的委屈能怎么的！"

于雷说："我认为这需要较高的思想境界才行，如果人人都像你这么去做工作，企业非乱套不可。"

曲平说："那你说该怎么解决，就这么算了？挨打了还不让说话，没人管不就得往上找吗？"

于雷说："我是说思想境界的事。现在，有些制度、法规还不健全，这就会导致一些不公平、不公正、不平等的事情发生，这得需要我们来理解和宽容。"

曲平说："还是现实点儿吧，解决好眼前的事才能做好明天的事，如何把孙强的事做好才是最大的事。"

孙强听到他们的争吵和理论，觉得今天这两个人不是来看望自己的，而是来说服、看守的。这两个人各有心腹事，都是带着目的来的。好兄弟变心了，在利益面前都不是好哥们儿了。看来，企业来的人都不能相信，还得按自己的想法来。

孙强接下来说："行了，你们别争执了，我听够了。如果你们今天是来看守的，请离开我，我需要静静地待着，不需要人来陪。"

于雷说："哥们儿，我跟你说实话，你一切都是白折腾，李继群跟钱局长非常好！我看你还是拉倒吧，别往上找了，没你好果子，死了这份心吧！"

孙强眼睛一立："开弓没有回头箭，我既然走上了这条路就一定要弄清是非，我不相信这世道没理可讲。"

不怕没好事就怕没好人。经过曲平这么一激，以前对孙强的努力都白费了，用上这两个人，思想工作倒起了反作用。

于雷气得脸发青，他什么也不说了，急得在屋里乱走。

他突然转过头说："曲平，你咋这样，咋还火上浇油了？"

"咋的？我这是当兄弟说实话。"

于雷一看曲平变卦，行动暴露，工作无法做了。

孙强听两个人争吵，才知道自己的好兄弟是替单位来说情的，他如梦方醒，脸色立刻难看起来。

他愤怒地说："你们俩纯是小人，我不想再见到你们，现在就给我滚出去。"

两个人被他的一反常态弄愣了。

孙强说："我知道你们的难处，没法回去交差。这样，我把你们俩绑在屋里，我走。这样你们也好有个理由交代。"

孙强朝两个人的颈部各点了一下，两个人就动不了。

孙强把床单撕成条，将两个人绑了起来。

他一边绑一边说："我知道这是违法行为，可你们违法在先。首先，你们诱骗我，强行把我拘押回来。其次，你们把我弄到这里进行软禁，我这也算是以其人之道还治其人之身。"

他手脚麻利，不一会儿就将两个人绑得结结实实，把嘴堵上。

孙强善于攀爬、跳越，他从厕所窗口直接跳下楼逃得无影无踪。

第三十章
尤龙出面平息事态

尤龙毕业于某军区后勤军事学院，在企业做党务工作多年，尤其对员工的思想政治工作非常有方法。但由于案件缠身，一直没有倒出精力来做孙强的工作。如今，双方和解了，他把精力倾注在了孙强的身上。

以赵副局长为首的领导小组一直在楼下看守，他和三个部主任一个班，寸步不离，两眼盯着门口，注视着每一个出入的人。

赵副局长说："咱们可得精神点儿，别把人看丢了，好不容易找回来的，估计再坚持几天就解决了。"

史策说："自从孙强与咱断了联系就很少回家，咱们都成了他家的常驻大使了，连回家的机会都没有，咱们也是几经家门而不入啊！"

姜主任说："咱们辛苦点儿没啥，就是孙强别闹出什么乱子来，这家伙太倔，十个老牛都拉不动，要是放在我身上肯定坚持不了。"

赵副局长说："他这是地上的狗想吃月亮——不知天高地厚，说白了，不就是同事之间打两下子吗，况且还没打坏，连一点儿伤痕都没有。"

史策说："他现在提出的要求升级了，他说必须给李所长撤职或开除才行，否则誓不罢休。"

姜主任说："最初，我还很同情他。一是他有理，守护安全还挨打。二是他本身不招灾，不惹祸，老老实实做事。可现在，他有理不让人，变本加厉，折腾多少人陪他，浪费多少人力物力，现在还挺可恨了。"

赵副局长说："这就像坐过山车一样，上去就下不来了，他是个爱面子的人。现在，他没脸回到原来的自己了，你看这阶段他被折腾的，一点儿精神都没有，小脸儿蜡黄，图个啥呢？就不能放自己一马吗？"

史策说："像他这么钻牛角尖的人，一条道跑到黑都容易出大事，他会产生过激想法，让我们难以预料。"

梁主任说："这小子容易铤而走险，做出让我们意想不到的事情。"

赵副局长说："这回是不能跳窗了吧？有两个人看着呢！"

正说着，钱局长的车到了，大家一齐下车迎上来。

钱局长说："带我去跟孙强谈谈，这小子太倔了，谁的话都不听，就是一心想把李继群撤职，法律也没这样的条款啊！"

几个人边说边往楼上走。来到门前敲门没人开。

当服务员打开房门的时候，几个人一下怔住了，只见于雷和曲平被绑在椅子上，嘴也被堵上了。

大家七手八脚把绳子解开，两个人才说出了实情。这几个人一下子傻眼了，刚刚接回来的人没看住又跑了。

钱局长说："你们两个真够笨的，让一个人给绑了，这么简单的事情都办不了，还能干点儿啥？"

曲平说："局长，这小子会点穴，一点我们的脖颈，一下子就麻了，不能动了，我们整不过他。"

赵副局长说："孙强暂时没啥事，他身份证被没收了。"

"那也不行，人跑了不是好事，可能还会出大事，赶紧回去开会研究对策。"

几个人回到局里，局领导和部主任全部到位。

钱局长说："孙强被打事件，前期工作做得不扎实，本来不大的事，却酿成了不可挽回的局面。大家看怎么处理这件事，还有什么更好的解决办法？"

尤龙坐在会议桌前心想，这段时间，自己发生了交通事故，局领导给了不少时间。现在，三个部主任跟着忙活也没有解决问题。孙强不是不讲理的人，就是没找到与孙强契合的话题，孙强感到维护正义，挨打了还没得到尊重。

尤龙说："这段时间我也没参与到孙强的事情中来，在我看来，孙强不是无理取闹的人，也不是不开窍的人。他不缺钱，也不想提拔，就是想安稳地过日子。他不欺负人，也不是那种一根筋撞南墙不回头的人，只是方法不得当。"

郑书记说："你先把自己的事放两天吧，帮我们处理一下孙强的事，据说，你和孙强是最好的朋友。"

"是的，我想跟他见一面。"

钱局长说："你最好今天就能见到他。"

尤龙说："行，我去。"

赵副局长说："你往哪儿去？没有他的电话，也不知道他在哪里？我跟你一起去吧？"

尤龙了解赵副局长的用意，他想破坏这次见面。

尤龙说："谁也不能跟我去，多任何一个人都会适得其反。"

郑书记说："现在，谁都不要同孙强见面了，让尤龙单独跟他谈，你要是不行，这件事就更升级啦，上级部门都得插手管这件事，到那时我们这帮人可就啥用没有了。"

这时，钱局长接到了一个电话，说是矿区派出所所长因打架案不到现场被撤职了。

钱局长放下电话说："这件事影响确实很大呀！矿区派出所所长渎职被撤职了。尤龙，就看你的了，散会！"

尤龙来到钱局长面前说："钱局长，我有几句话要对你单独说。"

"好吧，其他人都出去，就在这说。"

待所有人都离开，尤龙把门关上，来到钱局长面前小声说："钱局长，你得给点儿政策和方向，我必须给他点儿甜头，不然，也进行不下去。"

钱局长说："掌握这样几点原则，只要他不往上找，不提过格的要求，恢复他的正常工作和生活状态。对他的行为不做任何追究和处理。

对他精神损失的部分给予补助。"

"好的，我努力一下，不过，我做工作不需任何人参与进来，我怕穿帮。"

"你去吧，我不让别人参与。"

尤龙想，孙强跳窗逃走只能到他父亲那里去。

他打出租车赶到矿区镇，买了些水果来到孙强父亲家。

一进屋，老爹正在炕上喝茶。

尤龙说："老爷子，还认识我不？"

"认识，你不是小尤吗？"

这时孙强也进来了，他抬头一看尤龙正和父亲说话。

孙强问："哎呀！你咋来了？"

尤龙说："我若没有交通事故案早来了。"

"你也是来做工作的？"

"就你？比我的思想都丰富，墙都能穿透，还需要我做工作？"

"那你干啥来啦？"

"看看老爷子，也看看你现在啥样了？"

"孙强脸一红，我也不怎么样！"

孙强的父亲说："这些天，我儿子让人给打了，生气呢！"

"这点儿事还值得生气？老山的敌人都敢打，这算啥事呀！打你的也不是敌人，只是发生矛盾的同事。"

孙强的父亲说："我知道你是为孙强来的，这小子我都说不听，从小就这样，主意正着呢，十个老牛都拉不动！"

尤龙说："不过，往上反映情况也是很闹心的，不被逼到一定程度也不会这么做，谁都有自己的隐情，没招儿了才出此下策。"

孙强的父亲说："你这孩子真会说话，不像你们那个赵领导，他说话老难听了，还偷着给我儿子打电话让上告呢！"

老爷子一说，尤龙就知道说的是赵副局长，他一直就想当党委书记或局长。因为，他是欲壑难填的人。

孙强说："我的事都是领导班子整的，这边需要平息，那边又鼓动我上告。我想争取自己的利益当然得诉求了。"

尤龙一听是这么回事，一下就找到了事情的症结。

尤龙说："其实，你还是短练，自己有什么诉求要直接同领导面谈，达不到要求再诉求，一切事情要按步骤来，做事不能隔着锅台上炕。你在老山打仗，谁也不通告一声，自己偷偷摸摸就打敌人去了，即使你打死了很多敌人，战友能理解你吗？他们还以为你牺牲了呢！你不在期间，战友们多惦记你！反过来说，你在战场上打仗，那是保家卫国，正义之举。你跟同事打架那是小人行为。不过，你还是技高一筹。我知道你可以一招致残他们，可你没有出手，这说明你大气，是见过大世面的人。"

"你说得在理，我犯了个大错，跟你沟通一下就好了。还以为所有人肯定向着李继群。因为，他和钱局长是好哥们儿。"

"你太缺少思考了，人都是向情向不了理，你是为企业安全着想被打的，在这件事情上，钱局长不可能护着李所长，他必须有大局观念，也不可能犯这么低级的错误。"

孙强说："你分析得太到位了，我应该跟钱局长见个面，然后再做下一步打算才对。"

"对，你如果真的这样做了，钱局长会让李继群向你当面道歉，赔偿你医疗费给你挽回颜面。"

"你说得对。"

"你知道不？你这一仗很多人在利用你的事做文章，有的想当领导，有的想当所长，在你身上打着自己的主意。"

"这样啊！我说呢，好哥们儿都变了，原来如此！"

"你以为，一场仗是这么简单的事啊！还有利欲熏心的人在作祟呢！"

"这些缺德玩意儿，他们还利用上我了！尤龙，你是我最好的哥们儿，应该是知己了，在一起学习那几年净你照顾我。你说，这事该咋办吧？我听你的！"

"先梳理一下你这方面的事情，我问，你答。"

"你问吧。"

"还有人帮你做上访的事情吗？"

"有，我姑姑现在就在省城，如果我发生什么不良现象，她在那边直接向上级反映情况。"

"你赶紧给姑姑打电话，让她回来。告诉她事情解决了，别让她老人家在外面漂泊了，折腾老人不值得，也不孝顺。"

孙强的父亲说："看人家小尤，这事摆得多正！快给你姑姑打电话让她回来，别遭那个罪了！"

孙强给姑姑打了电话，姑姑往回返了，晚上就能到家。

尤龙问："这些天，来回折腾没少花钱吧？诊所也少挣钱了吧？"

"是啊，费力不讨好，损失不少钱。"

尤龙说："其实，你已经解气了。今天，上级来了个电话，矿区派出所所长因你报案没到现场，渎职被撤职了。"

"是吗？看来，正义还是能够得到伸张的。"

尤龙说："我没猜错的话，李继群也得被撤职。"

"能吗？"

"能，我看到你们写的实名信了，反映的都是事实，他打了这么多人，有人比你重。属于数罪并罚，放在一起够撤职了。"

"行了，如果达到了这个目的，我也就满意了，我就觉得他这个人不该当所长，没有德行，还不如给别人倒地方。"

"他也算是自作自受，当初，领导让他'拔钉子'也曾做出了贡献，为企业创造了效益，功是功，过是过。现在，他打了那么多人，违犯了法律也应该得到制裁，这是合情合理的。"

"对，合情合理。"

尤龙说："我回去跟领导说一下，你离开企业这些天不能算脱岗。因为，你是在伸张正义，在竭力维护企业的安全，在捍卫自己的尊严。经济损失全部补回来，对你不做任何批评和处理。一切事情办好后，我给你打电话，接到我的电话马上上班。"

"好的，我听你电话。"

"好好睡一觉吧，这些天你都瘦了！"

"哪天请你喝酒。"

"行，等事情处理完的。"

尤龙向钱局长汇报谈话结果，钱局长非常高兴。

钱局长说："早让你去就好了，影响太大了！"

尤龙说："早点儿，也许我也不行，只是我出现的时机对，恰到好处。"

"怎么讲？"

"孙强事件的升级，有人从中作祟，包括你们领导班子成员，不团结，不合作，不配合，都想在当中捞取个人利益。"

钱局长惊讶地问："这里面还有政治斗争？"

"当然有，你认为，你和郑书记为此事被挪动了职务，谁会受益？李继群所长下去了谁会去当这个所长？"

"这都是没影的事，无法确定。"

"可我同孙强谈话中才得知这些人在里面搅和。他们都有各自的想法。"

"啊！那就是这些人在整事呗！我知道了。我会考虑的，谢谢你为企业做出的贡献。"

"没事，应该做的。"

上级要求，由于李继群打员工影响太坏，对李继群实施撤职处理。

枫林县供电局给孙强五万元补助，做精神损失费，休假一个月调养身体，不做任何处理。

第三十一章
领导班子有变化

　　尤龙与赵副局长在内心有着互不相犯的默契，尤龙知道赵副局长在工作中总是以利益为重，不与他有任何碰撞。在尤龙心里，路是自己走的，好与坏都要自己承担。私心重的领导下属是无法制止的。

　　一天，钱万成局长对尤龙说："你眼前先处理自己的案子，别让家属到单位闹事。"

　　钱万成局长今年五十一岁，思维敏捷、沉稳，什么事都做到心中有数。

　　在尤龙心里，他很感激钱局长，领导毕竟是给自己时间来处理自己的事。

　　尤龙向钱局长保证说："局长，你就放心吧，不能让他们到单位闹事儿，不会影响企业。"

　　而赵副局长的反应却不是这样。

　　赵副局长对尤龙说："你别着急，跟对方慢慢谈，怎么也得四五个来回，钱在你手，你说了算，他得从你手里要钱。时间一长，他们就靠不起，没精力了。"

　　尤龙说："老门不给时间啊！"

　　"你可以给老门送些钱，最好是让老门同对方谈，你不要同对方见面。"

尤龙知道他的用意，他想把案子拖得久些，工作上的事，由他一手操办。

赵副局以长利益为重的行为引起了很多人的不满。有几个基层变电所的电视被雷击坏了，主板全部烧毁，没有维修价值，他们提出申请，需要新购，尤龙把报告提供给了赵副局长。

赵副局长说："再等一等，过几天还得有雷击的，你别管了，我去买。"

他的意思是还会发生下雨打雷现象，再多击坏一些电视，成批量购买能拿到更多的回扣。

天不遂人愿，一个月没下雨，电视机一个也没有击坏。

其中，一个老变电员工叫崔元，他给尤龙打来电话说："尤主任，你也不对劲儿啊！我这一个人在变电所值班，这么孤单也没有电视看，太难受了，报告都打一个多月了，咋就没个动静？"

尤龙说："大哥，你的报告我早就提交了，没耽误一天，赵副局长说他给买，详细情况你问一下赵副局长吧。"

"好的，我问他。"

放下电话，崔元打通了赵副局长的电话："赵局长，我是崔元，都一个月看不到电视了，在这值班什么声音也没有，太寂寞了！关照一下我们吧！"

赵副局长说："再等一等，有好几个所都被雷击了，一起买。"

"别一起买了，等啥时候是个头啊？"

"就你事多，别人都能坚持！"

说完他就把电话撂了。

赵副局长的意思是都一个月没下雨了，下雨就得打雷，打雷就得击坏一大批电视，统一购买能赚不少钱，等几天一定会打雷的。

领导是为员工服务的，是带领员工提高企业效益的，不是拿着鞭子抽员工的。员工反映的问题要及时解决，解决不了的要做好解释工作。赵副局长就没有认真领会自己的职能——群众利益无小事。当官就是用来为群众服务的，群众需要你，你才是官，只有群众拥护你，你才能安坐在这个岗位上。群众有要求就得马上办，水能载舟也能覆舟。赵副局长想的只是自己，在等着下雨，期待多打雷再劈坏几台电视。

可是，崔元等不及了，他没别的要求就是想在值班期间能看上电视，他天天盼着看《新闻联播》《星光大道》《中国好声音》和一些抗战电视剧。现在，他单人值班，远离城镇和村庄，听着电流刺耳的声音，他沉不住气了，心想，把这个情况向上级反映一下肯定能把电视机要来。

有的基层单位申请生活用品，不给点儿好处赵副局长就迟迟不批，员工不满地说，这样的领导真让人来气，公事还要好处，咋就没人管这样的人呢？

路见不平的人还是有。一个叫李玄换的员工就发出了内心响声。

一天，李玄换来到钱万成局长的办公室。

李玄换说："钱局长，我妻子得了肾病，需要三十万元才能换肾，我现在没有能力弄到这么多钱。靠员工捐款，有的员工还会有意见。我想把维修供电所的工程承包下来，缓解一下我经济上的困难，这钱让谁挣都是挣，我用来救妻子的命，能行吗？"

钱局长说："这个活你也挣不到那么多钱。"

李玄换说："我借了一部分，挣一部分，同事帮一部分，差不多就够了。"

"你妻子现在什么状态？"

"在医院等待肾源呢，随时准备做手术。"

"你有工程队吗？"

"有。"

"有资质吗？"

"有。"

"人命关天，这个办法可取，你干吧，我支持你。但要保证质量。"

钱局长很同情他，在开局务会时，他还特别强调了这件事。

钱局长说："过几天有几个供电所的房屋需要维修，李玄换的妻子需要一笔换肾的钱，企业搞捐款员工会有想法，这个工程就给他了，他的工程队有资质，让外人挣还不如给最需要钱的员工，况且还是救命钱。赵局长，你要把好关，看他的资质够不够，不够的话不能用。"

赵副局长说："好的，我让他过来一趟，把资质带来。"

当李玄换带着工人来干活的时候，赵副局长已经带人干上了，很多人正在施工。

李玄换说："赵局长，这个活钱局长给我了，会上不是公布了吗？这活你咋给干上了？"

赵副局长说："竟扯，这活能外包吗？不可能给你，你别插手这件事。"

李玄换一气之下找到钱局长说："你给我的活，让赵局长抢走了，我带工程队去的时候，他都带人干上了。"

钱局长说："干就干了吧，人和人不一样，说多了无益。"

李玄换说："钱局长，你才到枫林县不长时间，还不了解枫林供电局的情况，这个赵局长背后拆台，不支持你工作，你一有新政策出台，他就提出通过职工代表大会解决，职工代表都是他定的，大多是他的把兄弟和亲戚。你和党委书记都没有他好使，啥事只要找赵局长准成。"

钱局长说："你反映的情况，我有所掌握，和你说的差不多。"

"赵局长实在不称职，他太自私……"

钱局长说："你先回去吧，领导班子的事，你不用参与，路都是自己走的。"

李玄换实名向上级部门写了一封信，反映了赵副局长的情况，还把赵副局长不为群众服务，贪图利益，在其他经济上有腐败行为的事也全反映了。

他写的材料都是事实，经组织审查，全是真的，于是赵副局长被调离了岗位。

通过这件事，员工服气了，只有把群众的事放在心上的才是好领导，为群众办事的领导才会得到拥护。

赵副局长有事被上级审查了，首先调整了工作岗位，他的事被传得沸沸扬扬。

枫林县供电局又派来一位新领导接替赵副局长。

钱局长说："今天晚上，不声张，小欢送，只限班子成员和部主任，找一个小饭店，一迎一送两位领导。"

四名局领导八名部主任坐在一起，心情各一。

赵副局长是枫林县土生土长的，他之所以能这么有地位，一是他有四个在一起磕过头的把兄弟。这几个兄弟在枫林县和供电企业都很有影响力。有一次，公司出台一项规定，打算让年满五十五周岁的基层所长离岗，待遇不变。够条件的六人中就有两人是赵副局长的磕头兄弟。

两个人找到赵副局长说："每年在岗比不在岗多挣很多钱，我们不想退，退了在家待着没意思。"

赵副局长说："你们还是不退好，现在，已经明确要求六十岁退休了，你们还得干五年呢，五年虽说不少你一分钱，在岗上就有在岗的好处，在岗也不是很累。"

一名所长说："我们也是这么想的。"

"那好，你们按我说的做，明天你们就到上级找。现在，还没有明确的文件说供电所长五十五岁提前离岗一说。"

于是，两个人到省、市公司说明了不想提前离岗的理由，并要求拿到有关文件，有规定就按规定执行，没有就继续干下去。

两个人一找，把钱局长的工作套路打破了，他本想让老所长退下来，换一批有活力的年轻所长。他的想法没有实现，也削减了他在企业的威信和影响力。

员工一看，赵副局长神通广大，他的两名磕头兄弟把钱局长的决策给否了，企业的权力都集中在赵副局长这里。

办公室主任尤龙打算直接向党委书记提出建议："郑书记，我向你们提个建议，企业的好与坏全靠车头带，你们领导班子就是企业的火车头。现在，你们没有拧成一股绳，你和钱局长的主张得不到很好的落实，说明了一个问题，你们被架空了。班组长和领导班子都需要清洗，你和钱局长必须保持一致。因为，班子的不和谐使企业管理畸形化，员工没有了工作热情，企业管理上不去，效益下滑，各项工作已经到了历史以来的冰点……"

郑书记说："这个问题我们已经掌握，相信问题马上就能得到解决。上级党组织也会给予支持和考虑。"

在企业赵副局长被调离有多方面的猜测：

有的说，是因为领导班子不和，赵副局长过于强势，企业都不分一二三了，老三比老大、老二说了算……

有的说，赵副局长不知天高地厚，早晚也得下去，这么干肯定不长久……

有的说，赵副局长是被人告了，有经济问题……

有的说，领导就是员工手中的杯子，你捧它，它就是个杯子，你不捧它，它掉地就碎……

有的说，他是被内部知情人告的，写得比较详细，非常准确，证据确凿，一查就实了……

总之，赵副局长走了，很多人都不怎么留恋他。

酒桌上的人还没到齐。

钱局长问："尤龙的事办得怎么样了？"

尤龙说："和解了，快完事了。"

不大一会儿，人员全部到齐了。

钱局长到枫林县没喝过一口酒，这次他放开了酒量，大家都感到意外，不能喝酒的钱局长怎么就破例了？

第一杯酒由钱局长提，只听他说："今天的饭局低调，热情，我们不搞大吃二喝，只是一迎一送，必须得有所表达。先说说赵局长，咱们赵局长是枫林县的老人，一上班就在这里工作，奋斗了三十多年，头发都白了，为企业做出了很大贡献。赵局长去的地方也是我们领导班子成员都非常向往的，工作岗位什么事也没有，几乎是天天待着，轻闲自在；万局长是从一个作风硬、效益好、工作标准高的企业调过来的，希望万局长能把这些好的传统带到枫林县供电局。从此使枫林供电局越做越大，越做越强，让我们每名员工腰包里就像我的姓名钱万成！"

在赵副局长眼里，他以为自己被调走跟钱局长和郑书记有关。

他端起酒杯抢话说："我可能做事不太注重细节，在很多方面得罪了人。如果我不走的话，我还这么干，郑书记你干你的，我干我的。"

他的意思是留下来，依然同郑书记对着干，根本就不拿他当一回事儿。

看来他没有从中吸取教训，也没有检讨自己。一切过失和错误都是别人造成的，根本不从自己身上找原因。

郑书记很简单地说："我曾经问尤龙，你的名字为什么叫龙，他说，是家里的一个文化人给起的，意谓飞龙在天，亢龙有悔。一个人在仕途上有所成就的时候，要有悔改之心，检讨一下自己走过的路有没有错误。如果发现了错误，就要及时改正，防止走错路，避免做出难以挽回的事情。我们新领导班子的组建，也会有新的思路，新的打法。我相信，我们一定会树立正气，恢复企业的生机和活力，给员工一个满意的答复，使企业的明天迈向一个新的台阶。"

其实，郑书记的话，已经说得够透彻了，换了一个新领导，就会有这么大的愿景和变化，赵副局长在人们的心中将是什么？不就是一个败家子吗？不就是迟滞企业发展的绊脚石吗？

新来的万局长说："枫林县山美、水美、人更美，也是我很向往的地方。今天，我如愿以偿了。当然，也是告别过去重新开始的时候。我会把最优秀的一面展现给企业和每位员工，也希望我们大家心往一处想，劲儿往一处使，为我们枫林县供电局创造新的业绩。"

轮到主任敬酒了，办公室主任尤龙开头。

尤龙说："我发生车祸后得到了领导和同事的很多关心，有的是智力上的支持，有的是经济上的帮助，我感到心里非常温暖，在此表示感谢。开车的一撞，我的人生迈入了最低点，我觉得我们的企业就和我的人生一样一样的，所谓物极必反，否极泰来。企业也不可能再低了，我认为部主任是领导班子的四梁八柱，我们如果发挥不了作用，部主任也就失去了意义，也没有存在的必要。我希望，我们企业在新一届领导班子的带领下，能够披荆斩棘，大胆开拓，展现出大局风范，为企业创造更加辉煌的业绩！"

尤龙的话也有所指，针对性很强，意思是企业进入低谷是有原因的，不团结的领导是没有好下场的，不走正道，仕途的路就不会长远，一个人发挥不了作用也就没有用。

总之，在赵副局长心里，有一万个不想走，在员工心里他的离开有两个因素：一是因领导班子不和被调离了；二是他人品太差，自私自利，没有原则是被员工整走的。

第三十二章
岳父不签字

人一定要有好亲戚，好朋友，不然，在困难面前就很难度过。

尤龙就有好战友、好亲戚，给对方的钱很容易就凑够了。

一天晚上，周冰洁对尤龙说："我们请那些帮过你的人吃点儿饭，感谢他们，我们尽快把钱还给着急的。"

"行，先还于庆的吧！他拿钱太在意！"

于庆是个有钱人，他天天盯着钱，有钱的活抢着干，没钱的活就不干，这都是赵副局长带出来的。"

"人为财死，鸟为食亡。唯利是图的人实在太多了！我的这个胡来风非常难缠，她就是这样的人。"

尤龙说："后来我才听说，因为胡来风，你还被通报啦！"

"嗯，她的要求太过了，本来当时她可以拿到几万元，比谁得到的都多，她想为更多人争取利益，就出面跟企业抗衡，企业承担不了，结果一分钱也没捞着。"

"按理说，她也不应该归你管，直接交给企业就行了。"

"可是，企业黄了，上级有要求户口在哪儿，这个人就归当地街道负责，主要是胡来风在我们街道。"

尤龙说："但有一点我想不开，你们在胡来风身上花的钱已经不少了，还不如给她。这些年，你们人力、财力付出的太多了！"

"这个钱不能这么算，哪级领导也不会同意的。你想，她提出的是不合理要求。如果把钱给她了，她们工厂有几百人，到哪儿整这么多的钱啊！"

"她一个人你们得多少人陪着，多少人在跟着受罪？想办法离开这个岗位吧，谁知道你受这么多的苦啊！"

"我倒是想离开，可我成了能解决问题较好的领导干部。上级领导给我道歉了。区委书记说，为了促进工作，不得不通报我。"

"你呀！就是太实在了，胡来风比你们狡猾，她想走随时都可以走。"

"我们平时也不管，她上哪儿都行。"

"我看了胡来风的博客，她写的东西负能量过多。"

"她有点儿仇视一些人了。她已经放出了狠话，要干出有影响的事情，把我们搞的非常紧张。"

尤龙说："不能让矛盾激化到不可调和的地步。"

两个人正唠着，有电话打来，是陈光律师。

陈光律师说："尤哥，你到我这来一趟，有几个事我跟你说一下。"

"几点？"

"下班的时候我在单位等你。"

"好的。"

尤龙对周冰洁说："陈光律师让下班的时候到他那里，有几个事跟咱们说一下。咱们一起去，你有时间吗？"

"有，这个时候我得陪你，怕你想不开。"

"我现在还真没事了，就是前十天不行，我总在想，人生真是点儿低，竟然还能摊上人命官司。"

"摊上了就得面对，人生哪有一帆风顺的。"

"有单位和没单位真的不一样，没有单位对方就没辙了，想给多少钱就给多少钱，不行蹲几天。"

"不能这么考虑，这是政治上的待遇问题。你有单位，领导可以给你取保候审，你不用过监狱生活，不用在那里吃苦受罪。说来说去都是钱的事，咱们要是有钱，给人家九十万元，当时就可以和解，你什么事也没有了。按说一条人命就值这么两个钱，还是说不过去的，生命无价啊！"

"我也这么想，如果我们家财万贯，就可以豪爽地给他一大笔钱。可是，咱没钱，因为这一撞，以后的生活都没法过了，心理压力太大了！"

"没事了，都和解了，去掉保险，咱还能承受。"

"可刑事责任咱还不知道律师能不能百分百地免诉呢！一切可都交给他了，我心里还真的没底。"

"下班时，咱们跟他聊一聊。"

"行。"

下班后，尤龙和周冰洁如约来到陈光律师的办公室。

陈光把窗子打开，点了一支烟。

陈光说："找你们来，有个事同你们说一下。尤哥要通知一下对方，把他岳父、岳母、小姨子、儿子的身份证，户口本，管小同的结婚证都拿过来看一下。咱们得知道他是不是真结婚，孩子是不是他的。"

尤龙说："对，宋玉三嫁，生了三个孩子，据说，老二找不到了。"

"老二多大？"

"只是听说，不到十八岁，在外面打工，十几年没见到了，两三岁的时候，管小同见过。"

陈光律师说："这些证件准备齐就可以同他们签字了，我写个和解书，他们这些亲戚都得签字。"

"他的岳父、岳母在外地，离这里上百公里。"

"让他们想办法。"

"好的，我通知他们。"

陈光说："与对方签和解书的时候，不能让阿南去了，管小同一家人与他有矛盾，老人别因为看到他，一气之下晕过去就麻烦了，管小同的岳父签不上字还不行呢。"

"不过，阿南还真起到作用了。"

"斗狠解决不了问题，得跟他们讲法律，说明道理。"

尤龙说："行，签字的时候，我不让他去，咱们一起去。"

周冰洁说："陈主任，检察院这里你沟通了吗？"

"这个，我怎么沟通，跟谁沟通就不必说了。因为，这是敏感的事情，最主要的是把事办成就行了。"

尤龙说："我也是这样理解的，不需要知道更多，只要成了就行。"

周冰洁问："这个能不能快点儿结案？"

"不好说，检察院那也许三五天，也许一个月。"

周冰洁问："你还需要钱吗？"

陈光律师说："你不说，我还真忘了，还得需要五万元，这个钱也许花不了，也许只像过年、过节一样，花个一两千元就办成了，说不定你们得欠我情呢。"

一听陈光律师说花不了几个钱就可结案，尤龙表现出很高兴的样子。可是，又一想，这五万元，不在计划内，还以为给他的钱已包括一切呢，没想到还需要这么多钱。

在钱上，尤龙没答应那么快，没说同意，也没说不同意，就是这么愣了几分钟。

周冰洁说："什么时候要？"

"明天吧，连同对方的各种证件。"

尤龙说："好吧，明天见。"

返回的时候，尤龙对周冰洁说："陈光律师让咱们来就是要这五万元钱的，别的事电话就能说明白。"

周冰洁说："我不先说钱的事就好了，让他自己提出来。"

"也不是这样，他想要多少心里都有数了，只是你给了他台阶。"

周冰洁说："清莲说的对，办事哪有不花冤枉钱的，谁也不可能一次就做对呀！"

"是的，有些事还真得认。"

回到家尤龙给管小同打了电话，让他准备各种材料，并联系他岳父、岳母签字。

管小同说："我岳父在二小姨子家呢，身体不好，来不了。"

"那你就给他打个车接来。"

"一趟得好几百元呢。"

"这点儿钱你还放在心上？签完字我给你几十万元呢，再说，也有你岳父的钱啊！"

"你要是难为我，就不跟你和解了，走法律得了。"

"你想哪儿去了？不就是签个字吗，有这么难吗？陈光律师说，这是必须履行的法律手续。"

"我岳父岁数太大了，有病在身，真的来不了。"

"你媳妇入殓那天咋来的？"

"那是雇的轿车，用人抬来的。"

尤龙这才明白，老人根本不在他家。他们说把老人、孩子都整到单位来闹事，只是吓唬人。农村也有能人啊，看来，人的手段和智商都差不多。

第二天，管小同带着二小姨子夫妇，几乎与尤龙同时来到陈光律师的办公室。

他们第一次见面。

陈光律师说："我是尤龙的律师，你们的事我已经知道了，有什么不明白的，可以直接问我。"

管小同说："这是我们家的证件。"

管小同的一些证件用一个透明塑料袋装着，里面有他们一家和岳父、岳母的身份证。

陈光律师说："你和你妻子差这么大的年龄？"

管小同说："是的，他比我大七岁。"

陈光问："你的大儿子，二儿子在哪里？"

"他们都来不了，老大在外面打工，老二始终找不到。"

陈光说："我看了你们的户口，有老大的，老二没有，为什么？"

"老二是宋玉跟一个做买卖人生的，他们只过了两年，孩子两岁的时候我们见到一面，再就没看到，不知在哪儿。"

"老大在哪儿？"

宋梅说："老大我能找到，他在我身边长大，经常和我联系。"

陈光说："管小同，你这样。今天，你和你岳父联系一下，咱们明天到他那里签字，我开车去。"

"好的，这样太好了，他们不用来了。"

尤龙说："你可得联系好，你岳父能不能给你签字。"

管小同说："那还说啥了，我跟岳父关系相当好。"

陈光说："那好，你们明天早八点到我这里集合，我开车拉你们，早点儿走，上百公里呢，来回得一天时间。"

尤龙说："真得这样，农村的路不好走，到那儿就得中午，顺利的话一会儿就能签完。"

事情商定了，第二天，管小同带着小姨子，准时来到律师事务所。

陈光说："管小同走到哪儿都带着小姨子。"

宋梅说："我顺便看看父母。"

尤龙对管小同说："你知道路你坐前面吧。"

管小同说："我去过几次，记不住了，我小姨子知道。"

陈光说："原来，你是带个领路的。"

尤龙看了一眼管小同的小姨子，她长得同样好看，也就三十六七岁。她把给父母带的东西放在脚下。

尤龙问："妹子，你家就在枫林县吗？"

"是的，我家和大姐是邻居，每天都一起送孩子上学。"

"你比管小同还认识路。"

"我经常回家看望父母，比他熟，他也很少去看我爸妈，一点儿都不孝顺。"

尤龙说："宋梅比较孝顺，对婆婆咋样？"

"我对婆婆那可是非常好，我婆婆抽烟、喝酒、打麻将什么都干。"

"是吗？"

"我婆婆一个鸡爪子能喝一天的酒，你没看那动作呢！一个鸡头嘬了一下喝一口酒，大热天的都坏了。嗑一个瓜子也喝一口酒那姿态你都看不下去。"

"你给婆婆钱吗？"

"给，经常给她钱打麻将。"

管小同插话说："我每年都看一趟岳父，就是记不住路，上车就睡觉，一到大屯镇就不知往哪儿拐了。"

尤龙没理会管小同，继续问宋梅："你姐姐出事的前两天有什么不同寻常的？"

"有，可真邪了，她身体不好，我每天都陪她一起送孩子，同去同回。那天早上，我穿衣服慢了点儿，她说啥也不等我了，非得着急走，前后就差几十秒钟，一切我都看到了。我姐养了个小狗，头一天晚上，她把狗放在我家并告诉我说，姐姐也许明天就回不来了，你可得把我的狗给喂饱了，别饿着。我说，你这是交代后事呢？整得这个吓人！瘆得慌。姐姐说，我左眼睛跳得厉害，就觉得说不上哪一天就回不来了。你说，我姐这是有预感吗？"

"这个，我说不明白，我的右眼一直跳了二十多天，我停了一周时间，不敢开车了，眼睛也不跳了。这不，开车第一天就出事了。我解释不通，你们天天送孩子，天天横穿马路，都没碰上别人的车，咋就让我碰上了。况且，那天，我也比任何一天都早，紧赶慢赶，一分一秒都不差。如果有零点二秒的时间就能躲过去，就差那么一点点刮在了自行车上。"

陈光问："你姐比管小同大那么多，合得来吗？"

宋梅说："这小子老幸福了，一天五顿酒。"

尤龙说："我给他打电话不是不接，就是关机，原来是在酒缸里泡着呢！"

管小同说："该说不说，我跟宋玉过这九年，老幸福了，什么也不让我干，一切都是现成的。"

宋梅说："我姐是个买卖人，可能挣钱了，年轻时开服装店，一年挣很多钱。我第一个姐夫是个赌徒，挣的钱都给输光了，我姐一气之下跟他离婚了。"

尤龙问："第二个姐夫呢？"

宋梅说："我姐命不好，找的第二个姐夫是小偷，这小子是从监狱出来的，我姐也不知道他的底呀！有一天，我姐正在卖货，突然，一个人偷了她衣服，小偷被一个男人给抓到了，我大姐很感激他。后来，我姐就跟这个男人好上了，他成了我姐的第二个丈夫。原来，他们是做的"扣"，这小子相中我姐长得好看，给我姐下了个爱情套，把我姐给套住了。结婚后，有了第二个孩子，我姐发现他有劣迹，叫他改邪归正一块儿做生意，他仍然不改游手好闲的恶习，我姐一气之下跟他离了婚，下嫁到农村过安稳日子。没想到管小同这小子对我姐也不是很好，喝酒、抽烟、耍钱样样都干，整天醉醺醺的，好吃懒做，什么也不干，把我姐的身体都气出病了。"

尤龙说："宋玉不赶点儿，找的老公都不称心，所以绝望，不想活了。"

宋梅说："是这样，管小同有了钱又该找对象了。"

管小同说："找是肯定的了，就看有没有相当的。"

尤龙说："你小子，找也不能这个时候说呀！宋梅听着能舒服吗？"

宋梅说："他，以前就有相好的。"

"能吗？"

"真有。"

"我听不懂。"

宋梅说："这小子把我姐挣的钱都输了。现在，家里没有房，跟他四哥在一起住东西屋。"

尤龙说："管小同你真没房啊？"

管小同说："真没有。如果不出事，我家的房子就盖起来了，我家是国家泥草房改造项目，给五万元呢，媳妇没了，房子的事也耽误了。"

"这跟你媳妇有关吗？"

"咋没关系，我们是以没房、老婆身体不好才够条件的。"

宋梅毫不在意地说："这小子没把我姐当回事儿，跟他四嫂肯定有不正当关系。"

尤龙说："你在逗人吧？"

宋梅日子过得不错，她和老公开了一家汽车修理部，经济收入很可观。

陈光律师说："看你们唠得这么好，一定没什么，你们应该就是这样的。"

宋梅说："咱不说和解钱多钱少的问题，这事也不是谁耗下的。"

陈光律师说："你们这么说就对了，这只是个意外，没有仇恨。"

尤龙为了调解气氛，他对管小同说："今晚，你们俩在岳父这里住下吧，就当一次旅游了。"

宋梅说："我可敢，他可没这个胆儿。"

管小同说："我咋没这个胆儿，谁能把我咋地？"

宋梅说："我老公能把你撕碎。"

管小同说："你还真别跟我较劲，我真不怕他，今天晚上就到你家住了，还得好酒好饭伺候呢。"

宋梅问："你昨天整条狗花多少钱？"

尤龙问："管小同还整条狗？"

宋梅说："嘚瑟呗！也不在哪儿整个不大的小狗杀了，请了一大帮人吃，弄了一大锅汤，整到半夜，喝了好几箱啤酒。到现在，我还搭三十五元钱呢。"

陈光说："这个案子扯的时间太长了，最终还是这么好的结局，你们双方都遭受了不少的煎熬，不然的话，可能都多挣不少钱了。"

管小同说："我就等着案子结束出去打工了，一个月怎么也得挣四五千元。"

宋梅说："若不是这件事，我又可以出去捡钱了。"

尤龙问："还有捡钱的行当？"

宋梅说："有啊！我姑家大姐在上海，她的门路宽，在一个旧物市场给我找的活，每天检查旧衣服，把衣服上的扣子剪下来，衣兜里的戒指、金属物掏出来。在这个过程中，每天都能捡到钱，至少一百元以上，我最多一天都能捡到一千二百元。"

"怎么会有这么多的钱？"

宋梅说："这些衣服有的是从富翁家收上来的，有的是死人衣服，有的是小孩衣服，富人家丢衣服时，可能连衣兜都不掏，里面有几百元的，几千元的不等。"

尤龙说："这些衣服用来做什么？"

宋梅说："这些衣服，经过我们检查后，直接粉碎做成原料，咱们轿车的棚子，垫子都是这些材料制成的。"

"还真不知道。"

宋梅说："这些衣服一般是不让我们动的，带班班长没时间的时候才会让我们翻，得她先翻一遍才会轮到我们。有一次，她有事出去了，临走，还对我们说，那堆衣服你们先别动。过了很长时间，她还没回来，我们就不等她了，大伙七手八脚打开包，纷纷检查，有的在里面找出了戒指、项链、金子等，我捡到了一千多元钱。那个活真好，平均每个月都能挣到上万元。"

尤龙说："老妹子，你这个活真有意思，还能捡到钱。"

宋梅说："十元八元的是常有的事。"

陈光说："是啊，我们过得并不富裕，但在洗衣服的时候也忘掏兜，结果钱在洗衣机里漂上来了。"

宋梅说："我姐没了，对我爹打击很大，我姐身体不好，我爹也最担心她。现在，爹病重了也跟她的死上一股火。"

尤龙问："你父母都喜欢吃什么，喝什么，我给老人买点儿东西。"

宋梅说："不用，我都给拿了。"

尤龙说："陈主任，把车停在前面这个镇的超市，管小同跟我下车，看你岳父喜欢什么，跟我往车上拿。"

于是，管小同帮着往车上装了几箱饮品和糕点。

快到地点了，车怎么拐都靠宋梅指挥，管小同成了看客，他有些过意不去，这说明他对岳父根本就不算好，不然，这些年怎么连路都找不到。

尤龙对宋梅说："妹子，我有个问题。"

"说吧。"

"你老爹、老妈这么大年纪了，看到我会不会很生气，别一激动，又哭又闹的，对身体有影响。你帮着分析一下，是见好，还是不见好？"

宋梅说："这么说吧，生气发脾气是肯定的了，能不能动手打你，我也说不准，还是别见面为好。"

尤龙说："那你们也别说漏了嘴，你们俩知道我的心意就行了，就说是你们买的东西。"

"好吧。"

车停在一家院子里。

尤龙说："签完字就回来，中午我请你们上饭店。"

尤龙坐在车里等候，律师三个人拿着东西来到老人的住所。

老人的状况是几个人始料不及的，老爷子躺在床上已经不能下地走了，一切都靠老太太伺候。

老爷子今年七十二岁，老太太六十八岁，宋梅是老两口的小女儿，很受宠。

宋梅说："爹，妈，我们来看你了。"

老人不能动了但头脑灵活。

老爷子说："你们是来签字的，昨天打电话的时候，我就知道了。我女儿没了，字我也不签了，没用！"

管小同说："爹，你就签了吧，还有你两万元呢。"

"我签它干啥？你看我这个样子，还能活几天，我要钱有什么用？"

他让老伴儿把一个布包拿出来。

老爷子打开布包，里面有好几捆多年前攒下的蓝版面的百元大票。几个人都被老人的举动惊呆了。

陈光说："老人家，这钱都是二十年前的了，现在是红色大钞票，你咋不存银行呢？"

"我存它干啥！现在，外面的钱多不靠谱啊！净假钱，啥都是假的，就是自己的女儿是真的，我可不费那个劲儿。"

管小同说："爹，你就签了吧，这里的钱还有你小外孙的，他的补助费有好几万元呐！"

"你这个王八犊子，你说你马上就要找媳妇了，我的外孙咋办？后妈能照顾他吗？你们家的事我不管，我也不参与，女儿死了，跟我没关系了。"

在宋玉入殓后，老人曾和管小同一家争论过要多少钱，分多少钱的事。管小同一方都是管小志说了算。他咋说，管小同就咋办。管小同想把赔偿费用全部归为己有。而岳父却要求给大外孙几万元，原因是大外孙跟姥爷走的近。

赔偿问题还没有得到解决，两家人就因为分钱的事闹得不可开交。

管小志说："赔偿的钱管小同要有百分之九十的份，你们宋家只能得两万元。"

老爷子说："我女儿的钱不可能都给你们，她还有大儿子、二儿子，他们都是我的外孙，都有继承权，不可能都给你们管家！。"

管小同说："我和你女儿结婚都九年了，她那两个儿子哪个来过，这些年也没见到他们来看一趟。宋玉有病了，他们不闻不问。现在，人没了，他们却来了，还跟我分钱。这能说得过去吗？"

老爷子说："这是法律问题，你不懂，跟亲情没关系。"

管小志说："老弟，你的事如果让我插手，就得听我的，不让我插手，我可就不管了。"

说完，管小志出外打工去了，谈判的事也放到了一边，管家没人做主了，管小同就请了村支书、包工头、县城的小混混等人，左一轮，右一轮地谈，始终也没有什么进展。

老人一气之下，回老家了。

这回，管小同一来，他就没打算给签字。

陈光说："大爷，我是双方当事人的律师，我谁也不帮，就是向着理和法律来说话，您能听我说两句吗？"

"你说吧。"

"我是这样想的，交通事故使你们两家都很难过，一方是失去亲人的悲伤，另一方是要承担一定的经济赔偿。据我了解，车主的家也不富裕，老婆还有糖尿病，每天都得花钱。您去世的女儿宋玉绝不希望他八岁的小儿子得不到赔偿金。因为，孩子还小，失去母爱，但一定得有经济上的支撑，他到成年还有十年时间，这十年需要多少钱，他的学业怎么维持。我想，大家都希望他快乐成长，不间断学业，考上大学。"

老人陷入沉思中。

他提了一下精神说："我大外孙、二外孙有没有钱？"

"你大外孙有钱，他有继承权，二外孙没有户口，没有身份证，证明不了他的身份。"

"大外孙能有多少？"

"这个得根据继承法条款来算。"

"我大外孙对我最好，啥时候来都给我买东西。"

很显然，老人觉得，管小同已经不是自己的姑爷了，他毕竟年富力强四十刚出头的人，说不上哪一天就得跟别人结婚。所以，要为大外孙争取一些。

陈光说："老人家，你的小外孙是最需要钱来供养的，他才八岁，到十八岁还有近十年时间，你大外孙已经走向社会，可以自食其力了。"

"小外孙一定要多给，我女儿用命换来的钱，绝大多数要给小外孙。"

陈光说："管小同听见没有？你岳父对你还是不放心啊！"

管小同说："我听见了，爹，你放心吧，我一定会对你的小外孙好的，把他培养成大学生。"

"这我可不相信，过几天，钱到你手，又喝又赌的，再找个女人，哪有时间照看我的小外孙啊？"

陈光说："老人家您看，我们来您家，可真不容易，路也不好走，轿车直刮底盘，您把字签了吧！"

"先别忙，给我的大外孙打个电话，打通了再说。"

于是，宋梅给大外甥打了电话。

宋梅实话实说："大外甥，我们就在你姥姥家，正在谈和解签字的事。你打算要多少钱？你姥爷要签字了。"

"我要十万元。"

宋梅说："我大外甥要十万元。"

老爷子说："能赔偿多少啊？"

陈光说："赔偿三十四万元。"

"那管小同不还有二十四万元吗？"

管小同说："那可不行，他走的时候，我都给他四千元了，说好了，不再要钱了。"

电话还没有挂，宋梅按了免提，只听电话里面说："干啥不要啊，这是我应得的权利，我在北京找了律师，说我有继承权。"

宋梅走出屋，偷偷地对大外甥说："现在，车主就在你姥爷家旁边的车里，你有什么要求可以同他说。"

于是宋梅把电话拿到尤龙面前说："我大外甥想跟你说两句话。"

尤龙接过电话说："喂，你好，小伙子，我见过你。"

"啊，叔，是这样，我在外地打工呢，我也咨询过当地律师，他说我有继承权。"

"说说你的想法。"

"我的想法是必须得给我钱，否则我不签字，我明天就能到家，到当地法院起诉。"

"这个问题，你好像跟我谈不了。因为，我只能一次性给你们钱，怎么分是你们家的事。你们家的事，我不能参与。"

"你答应给多少？"

"三十四万元。"

"好，我今天晚上就能到。"

"行，今天，我们在你姥爷家签字，先不给钱，明天你到了再给钱。肯定让你赶上，签字的地方给你留着，要多少钱，你跟管小同谈，怎么样？"

"行，你们一定得等我。"

"你放心，你有继承权，不签字也不生效。"

"好吧，让我姥爷先签了。"

宋梅又把电话递给父亲。

老爷子说："大外孙，车主还没给钱呢，你同意我签字不？"

"姥爷，你先签吧，我晚上就到江城，明天早上就跟他们签字。"

"那我可签字了。"

"姥爷，你签吧。"

几个人同老人周旋了两个多小时才签字。一看表，都下午两点了。

尤龙在车里坐着感到很累打算出来透透气，这时，这家男主人回来了。他把锄头放到墙角上，转回身看了一眼轿车。

尤龙马上出来主动说："大哥是家里的主人吧？"

"是的。"

"我们是到宋家来的，没地方停车，就停在你家院里了，我的朋友一会儿就回来。"

男主人说："你们是从哪里过来的？"

"江城，朋友探亲。"

"啊，老宋家，那老爷子病得不行了。"

"是吗？"

"前些日子，他女儿出了车祸，受打击了，上一股火，又加重了。"

尤龙岔开话题说："大哥，你家过得真好，这院子的水泥都是高质量的。房子盖的也好看，看得出，你是个很会过日子的人。"

"我当兵出身，别看我穿的衣服破，但我始终保持干净利索。"

"大哥在哪儿当兵？"

"在辽阳。"

"我也在辽阳当过兵。那时候是咱们军部，现在改了。"

"改了？军部挪了？"

大哥还在沉思。

"是的，挪地方了。

"变化可真大呀！"

尤龙很好奇地问："大哥，你是军人出身，也像个有身份的人，咋还拿着锄头干农活？"

"我是连职军官转业的。现在，单位也不好，提前退下来了，在镇外开了一片荒地，种点儿菜。"

"你的大房子得花二十多万元吧，还有车库呢。"

"花了二十八万元，都是我姑娘给盖的。"

"你有几个孩子？"

"两个，小女儿十一岁，上学去了，还没回来。大女儿结婚了，嫁到黑龙江省黑河市，女婿是养车老板。后来，出了车祸就改行了，现在干汽车修理呢，可挣钱了。"

由于是战友，两个人唠得很投入，从对越自卫反击战到现在的生活，艰苦、感慨、激情、无奈都在里面。

一阵风吹过，卷起一股灰尘。尤龙用手掸了一下新穿的白衬衫。

这位大哥说："到屋里坐吧。"

"不了，他们马上就回来了，都过两个小时了。"

大哥说："我姑爷开车给人撞了，因为车祸赔了很多钱。后来，就把车卖了，两个人开了修车部，硬逼的。开始创业的时候，我都去了，把我半辈子攒的钱都帮了他们。"

尤龙说："车祸猛如虎啊！谁摊上，谁闹心！"

"是啊！我们欠了二十万元的外债，那是十年前的事，钱实的时候。"

"是啊，最值钱的时候。"

大哥说："我把门打开，你随意到屋里休息一下。"

"谢谢大哥，不了，马上就走了。"

"那我去接孩子了，快放学了。"

"好吧，快去吧。"

有战友大哥在这聊一会儿，尤龙没感到寂寞。两个多小时，他们可能遇到了麻烦。果然不出所料，中午饭过了这么久，人还是迟迟没有回来。

尤龙等得有些焦虑的时候，三个人回来了，都带着笑脸。从他们的表情可以看出老人签字了。

陈光律师说："我若不来，老爷子肯定不给签字，管小同不好使。"

尤龙说："饿坏了吧，到镇里最好的饭店，吃完饭再走。"

到一家饭店，陈光要了四个菜，其中最好的一道菜是酱炖泥鳅鱼。

陈光对管小同说："我给你出的主意肯定好使，你就给大儿子四万元，否则你就结不了案。"

尤龙对管小同说："你做好宋梅的工作也行，大外甥跟老姨好，从小就在身边长大，老姨说话好使，你给宋梅一万元，她能为你摆平大外甥，这是个机会。"

宋梅说："他还能这么做，一切都听他哥哥管小志的。"

正说着，管小同的电话响了，他马上走出饭店接电话。在院里唠了很长时间。

当他回来时，陈光说："肯定是管小志的电话，问他到底给大儿子多少钱，是不是？"

"也不都是，问了我家亲属的一个律师，他说有继承权。"

"肯定有，给多少就是你们的事了。"

"关键是我不想给他那么多，这孩子我看不上他，一趟也没到我家来，心里没有他妈，在我印象里什么也没给他妈买过。"

吃过饭，几个人上了车行驶很长时间来到了江城。

陈光说："你们怎么分的钱告诉我一声，我好给你们写协议书。"

晚上，大儿子带着对象回来了，他跟老姨最好，给老姨买了很多东西。

大外甥说："老姨，我妈没了，赔偿的钱也不能都给管小同啊！过两天，钱一到手，他就成个新家了，咱们的亲戚也就断了，还不如多要点儿钱。再说，我也有继承权。"

不大一会儿，管小同给尤龙打来电话，声音不清楚明显是酒喝多了。

管小同说："大儿子回来了，他跟我放横，说话噎人，对象没结婚也架拢他多要钱，我不给他钱就不签字，我们俩干起来了。"

"老弟，这个事，属于你们家庭上的财产纠纷，我没法参与进来，我只是把钱都给你们，怎么分你们自己说了算。"

"我想，你能不能给谁多少，整个数。"

"不行，我不是法官，清官难断家务事，我可整不了。你们分吧。我想，这一夜下来，怎么也能分明白。"

"我二哥说，你这么重要的事咋不着急呢？"

"这不是着急的事，我们都想快点儿结案，可是必须通过公安局、检察院呢，时间掌握在公家手里。"

这几家人聚在一起一直吵到后半夜。最后达成这样的协议：给大儿子四万元，老人两万元，老人的钱由宋梅代领。大儿子的明天直接拿走，管小同分二十八万元。

宋梅把这一情况告诉了陈光。

陈光说："还是按我说的来了吧。"

又一天早晨，尤龙的心情还算好，主要是和解了，不再有唇枪舌剑的争斗了。

他把钱集中起来，存入农业银行卡里。

这是周一，与老门约好了要签协议书，管小同来到他的办公室。

老门说："你们签吧，把手续给我一份。管小同你要配合把材料补齐，你这个大儿子有继承权，得给一部分钱，这个法律有规定，你们自己研究。"

大儿子心里得到一丝安慰，不管怎么说，老门说了一句公道话，有他的继承钱了。他为什么改口了，管小同、大儿子并不清楚。

尤龙明白，肯定是陈光跟老门说了这个情况，为了办案方便，陈光在讨好他，对老门进行了法律上的指点。

协议写的不算复杂，意思是先付二十四万元，留十万元尾款，作为办理保险材料保证金，保险报完之后，一并还清。签字人员中有管小同和他的岳父、岳母、宋梅、宋玉的大儿子，二儿子找不到了，没有户口是个黑孩，无所谓了。

这个协议，律师建议他们用手写出来。

管小同说："我不会写字，只会写自己的名字。"

"让你大儿子写。"

大儿子说："我也不会写字，只会签名。"

陈光说："宋梅写。"

宋梅说："我们三个没念过书，只会写自己的名字。"

"我们写好了，照抄总行吧。"

"那也抄不好。"

陈光说："大儿子年轻，你来写。"

于是，这个协议由大儿子来抄写。只二百多个字，抄了三十多分钟，有的笔画还是错的。

陈光说："你们可真让我费解，怎么不念书呢，竟然不会写字。可咋生存呢？"

宋梅说："会数钱就行呗！多少钱我都会算，这点儿文化就够用了。"

陈光说："我服了，确实够用了。"

签过协议，尤龙将二十四万元转到了管小同的账户上。他们自己分钱了。

尤龙说："给你的钱够把孩子培养上大学的了，你好好对待孩子，你一天五顿酒，别过几年把这笔钱喝没了。"

"不能。"

"如果你能把孩子培养成大学生，你给我来个信，无论我在天南海北，人不到，钱也能到。"

"好的，我会告诉你的。"

这时陈光对尤龙说有事，两个人走出银行大厅。

陈光说："刚才，我同老门进行了沟通，他说有事找你，公安局那里还需要办理一些手续。"

"行，一会儿我送协议书的时候跟他谈，也无非是想要两个钱。以后，结案还得靠他呢。"

陈光说："做糖不甜，做醋酸，就怕咱们到检察院办案时，他不给说好话，对咱们起到阻碍作用。"

"一会儿我给他点儿钱，你说，给多少钱合适？"

"这个我也说不准，不知枫林县的价码。"

"五千元钱行不？"

"应该行了，也不求啥。"

"那就这样，给他五千元。"

尤龙一进屋，老门没有出声，在用刀切着纸。几个月来，尤龙已经习惯了他的风格，冷峻的表情，阴沉的气氛。

尤龙把协议书送到老门手中，顺便拿出一沓钱给了他。

尤龙说："一直以来，门哥对我的事很费心，买两盒烟抽吧。"

老门没拒绝，什么也没说。

第三十三章
车得到了处理

　　这台车在停车场放了两个多月，终于让提出来修车了，尤龙有种释放的感觉。

　　案件和解在交警队，案子到检察院由律师去办理，尤龙的心情好了很多。

　　尤龙打电话给管小同："兄弟，你把手中的材料都复印一份，你家的三口人、岳父、岳母、小姨子、大儿子的户口本、身份证复印件都给我，报保险用。"

　　"尤哥，大儿子拿到钱领着对象走了，这小子太不是东西了！"

　　"那也得要他的复印件，给他打电话用手机以信息的形式发过来，很容易的。"

　　当管小同把材料送来的时候，尤龙整理一下就拿到枫林县财产保险公司，他来到服务大厅通过工作人员检查了材料。

　　窗口工作人员也姓尤，是个年轻女人，着工装，人长得精神，很干练。

　　也许是姓尤的人很少，尤女士一见到尤龙的名字非常热情。

　　她细心看了一下材料，然后说："你负主要责任，没有划分责任比例，这样的案子一般都被认定为七比三，你还不如让警察给你定全责了，保险还能多报点儿。"

　　"全责到检察院是不是罪就变重了，不好结案？"

"检察院可不管这些，他们不管你啥责任，没人追究就可以免诉。"

"谢谢你，我找他们去。"

天很热，尤龙给尤女士买了几瓶矿泉水放在她的办公桌上。

尤女士说："不用，我们有公用饮水。"

"我的案子就由你给办行吗？"

"行，你把备件凑齐了，然后上报计划，上级批指标才能报结。"

"我的件还缺什么？"

"缺这几样，我给你写下了，独生子女证明、住院病例、火化证明、死亡证明，还有官方《和解书》。"

"官方《和解书》谁给出？"

"谁给你办的案子，你就找谁。"

"好的，没想到保险这么麻烦，我办齐了给你送来。"

"好的。"

尤龙回到办公室马上给老门打了电话："门哥，我有个事想和你说，我到保险公司去了，他说得有官方《和解书》。"

老门说："这个我给你出。"

"还有个事，责任比例能给我定高点儿不？可以的话，能多报四万元，我给你两万元。"

"我正要跟你说这个事呢，这个我可以给你定高点儿。"

"门哥，我什么时候到你那儿？"

"明天吧，你和管小同一起来。"

"好的。"

第二天，老门给尤龙出了官方《和解书》，划分为九比一的责任，算出保险金二十六万元，双方签了字。

尤龙说："我还以为能报回三十万元呢。"

老门没有任何表情说："修自行车我给你报二百元、通勤费我给你报八百元。不过你得有票子。"

这一千元对尤龙来说已是杯水车薪，解决不了任何困难，没有票子也只能认了。

走出办公楼的时候，管小同说："前两天一台大车在同一地点又撞死了一个人，和解了，车主给赔了九十万元。"

尤龙说："人家是老板，有钱人，大车是搞经营的，所以给得多。如果我开的是公车，你也能得到这么多，我个人还会给你一些。我属于私人车，跟企业没关系。"

管小同说："我要是遇上一个有钱的车主就好了。"

尤龙说："我还以为至少能报三十五万元，能把吃喝、送礼雇律师的钱，扯平。这下完了，我到退休都挣不回来了。每年等于白上班，全部用来还债。"

老门给出的保险金额及责任比例的事向上级做了汇报。

大队长找到孙队长说："尤龙的案件必须得由你们局长给我打个招呼，然后交一万元押金。我也可以跟尤龙谈一谈。"

孙队长说："好的，马上通知尤龙到你这来。"

孙队长走出办公楼马上给尤龙打电话："尤哥，你现在是取保候审期间，案子马上就要交到检察院了，办理一下手续，让咱们局长跟公安局政委（兼交警大队长）说一声，另外还得交一万元押金。"

尤龙说："他们给我九比一的责任，多报一部分保险，这一万元直接给他们了，我再拿一万元，给他们的钱就算完事。"

孙队长说："公安局政委是咱们局长的好朋友，他说能保住驾驶证。"

"你的意思是我找局长，让他跟公安局政委说？"

"是的。"

"好，我跟局长说一声。"

尤龙来到了钱局长的办公室。

尤龙说："局长，我的事没少麻烦你。现在，我的案子已经和解了，材料马上就要转到检察院。公安局政委让你给他打个电话，我交一万元押金，就算是取保候审了。"

"行，他是我的好哥们儿，一会儿我联系好了告诉你。"

尤龙拿出一万元钱交给钱局长说："局长，你用这一万元请公安局的政委吃顿饭吧。"

钱局长说："你还是直接给他吧。"

"我不认识他，他不能收，我已经给他们两万元了，这个是你联系他们用的，不能让你搭上人情。"

钱局长把钱推回来说："那就这么办，你拿回去，哪天你请我和他吃顿饭。"

尤龙很清楚，钱局长不想要这个钱。

尤龙只能说声谢谢，转身告辞。

不一会儿，尤龙接到了钱局长的电话："尤龙，我已经跟公安局政委说好了，你可以进行下一步了。"

"好的，谢谢局长。"

尤龙把办理完取保候审的事告诉了孙队长。

不一会儿，孙队长来电话说："尤哥，公安局大队长（政委兼交警大队长）要找你谈谈。"

"什么时候？"

"现在就行，我接你。"

尤龙和孙队长一同来到交警大队长办公室。

孙队长做了介绍。然后，两个人坐下来。

大队长说："你的案子发生后，我们多次开会进行研讨。力求不偏向任何一方，力求公正。你是有单位的人，况且，我们两家单位领导是好朋友，我们就没动你。你若是抓进去，人得在监狱里面蹲着。这边就得你的亲戚、朋友跟对方谈。那边还得想着往出捞你，那是非常麻烦的事。你的工作、中层职位、工资都会受到影响。为了能给你多报点儿保险，我们专业人员也汇报了情况，打算给你提高点儿比例，办成九比一能多报四万元，给你出官方调解证明，保留驾驶证。"

尤龙说："我知道，大队长和我们钱局长是好哥们儿，也给我们局长很大面子，我非常感谢！"

大队长回避了这个话题直接说："你给律师多少钱？"

"五万元。"

"我们的案子会送到检察院的起诉科穆欣那里，穆欣是我的同学，我们关系非常好。如果律师办不了，或者说钱不够，你可以巧妙点儿跟他说，自己办。我给你办至少比他节约两万元。"

"谢谢大队长。"

"好了，你可以走了，孙队长留一下。"

不一会儿孙队长出来了。

孙队长说："公安局的意思是驾驶证给你留着。现在，考驾驶证得六七千元。那个押金要很长时间才能到位，至少得二三个月，还是先把钱给他们。"

尤龙明白他说的意思，就答应把两万元钱立即拿过去。

尤龙说："我现在就有两万元，你给送去吧。"

孙队长高兴地说："好的，我现在就去。"

钱，真的很好使。正如人们常说的：钱是万能的，没有钱是万万不能的。

尤龙的车一直停放在修车场，太阳暴晒，风吹雨淋，灰尘满车。一个月的时候，他曾看了一下自己的车，返回后，他对老门说："我的车什么时候修？"

老门说："过两天。"

以后，尤龙再也没问他。三个月了，还是这么停着。尤龙曾打听过很多人，出事的车多长时间让修？有的说，得一个月吧；有的说，过几天就能修；有的说，放时间越长，你的停车费就越高；有的说，现在不收钱了……这么多没准的话，等于是没说。等着吧，老门什么时候通知就什么时候修车。

正想着这事，老门来电话了。

老门说："你的车咋还没有取走修呢，赶紧整走，还得报保险呢。"

尤龙说："正等你下令呢，好的，马上提车。"

交通事故车统一停在枫林县平安修车场，这是厂长同交警大队建立的联系点。尤龙的车是孙队长通过老门放在这里的。

尤龙打电话对孙队长说："孙队长，刚才老门来电话让修车了。"

孙队长说："你直接到修理厂去吧，找他们的付厂长，是我的好哥们儿，钥匙在他那里，我马上给他打个电话，一分钱不收。"

"好的。"

尤龙带着小李,他曾在车队开过车。到了修配厂,尤龙找到付厂长说明了来意。

付厂长说:"你的车在修配厂停了三个月收费是四千五百元。因为,交警和你们的车队长都打了招呼,一分钱不收了。"

尤龙说:"改天请你吃饭,我们先开走了,到江城4S店修。"

"好吧,走吧。"

由于是轻微的刮自行车,轿车并没有多大损伤,右侧一个大灯需要换,前保险杠有裂纹,也可以换个新的,其他地方有点儿划痕。

小李说:"这台车二千元钱就能修好,没受到大伤。在外面修能省七八千元。"

尤龙说:"这车才一年多,还在保险期呢。"

"一般新车三年内都没有啥问题。不过,在保险期,就得到4S店了。"

经过一番电话联系,保险人员说给多做一些,好好修车。

等到交费的时候,4S店要了一万两千元。

尤龙说:"一个大灯、一个保险杠要了这么多钱。"

4S店工作人员说:"其他地方也给你拆解了,没有多大问题,有的地方重新喷漆,主要是工时费高。"

尤龙知道,4S店要多少就得给多少,不讲价,保养的时候,跑五千公里,在外面只是换机油,才花三百元就够了。在4S店就得八百元,主要是工时费。一万公里就得要一千三百元,实在是太贵了。

修车也是赔付的一项,尤龙把修车单也交到了保险公司。

以后就是等待保险公司的通知,一个月过去了还是没有消息。

管小同说:"尤哥,咱们的案子都过四个月了,咋还没有结束,我着急到外地打工,都联系好了。"

"兄弟,保险公司咱们没有人啊!有的说,半个月就能下来,可是一个月了还没消息呢,我和你的心情基本一样,案子不结,心里就觉得是个事。"

"哥,你追一下。"

"行，我一会儿就去一趟，看还差在哪儿。"

"好的。"

以后都是要买车的电话，天天不断。有的同事也问，想不想卖，有人要买。

小李说："主任，这车下次保完险再卖。现在，离案情时间太近，卖不上价。如果你把车放到二手车市场，他们就把你控制起来了，不让你卖给别人，必须经过他们的手。如果你对别人出手，他们就会说你的车有毛病，让对方买不成，你也卖不出去。"

"我的心情和谁的都不一样，我不一定非得卖，给不上价我就自己用，给上价就卖，自己决定。"

"这样还行，谁拿你也没办法。"

这时柳凡来到了尤龙的办公室。

柳凡说："我刚才碰到管小同了，这家伙没跟我说话，好像还在生我的气。"

"不能，我们和解了，他也不像从前那么倔了，跟我称兄道弟的。"

"这小子我知道他不少事，老能喝酒了，一天五顿酒，喝得五迷三道的，还能耍大钱。你给他的钱用不上一年就得输光！"

"不能，他说，这笔钱专门供孩子上学，存个专户。"

"这小子老不开化了，一条道跑到黑。电工老包，去年下乡收电费，由于找不开钱，欠他媳妇二十元钱。过不几天，老包在镇里碰到管小同说，我欠你家二十元钱，你拿回去吧。管小同说，打酒朝提瓶子的要钱，你还是亲自给她吧。老包说，你们是一家人，给你不一样吗？同你媳妇说一声就行了，几十里路，农村路也不好走。管小同说，不行，你还是自己给她吧。"

没办法，老包为了这二十元钱，跑了很远的路专门送了一趟。

尤龙说："他啥样，咱不管，跟咱没关系，现在也和解了，给他钱就什么事都没有了。"

"他干啥来了？"

"管小同给我提供保险材料，有的他也办不了，把他难住了。"

"啥事啊？"

"住院证明，医生不理他。"

"用我帮他办不？"

"你认识医院的人？"

"大多都认识，我从小就在医院玩儿，跟现在的院长处得可好了。你出事那天，我看那人撞得很重，已没有了救的可能，我对院长说这人可能不行了，活一天对双方都是个大麻烦。"

"出了事，我心里很难过，也不知所措了，多亏你帮忙。"

"现在，我告诉你，当时的气氛不是很好，对方来了四五十人，在医院大厅里乱吵吵。我说，人都没了，放在这又能咋地，赶紧拉走！于是，他们就把人拉走了。入殓那天，我给拿了二百元的五谷杂粮钱，一切办得还是很顺利的。"

"这些事，我真不会办，真是太感谢你了。花的钱我都给你，这钱不能让你拿。"

"主任，你给管小同打电话让他来，我领他去，这事得要本人身份证，户口本。"

"好的。"

尤龙联系了管小同，他听到有人帮忙非常高兴，马上打车来到医院。

柳凡首先找到院长，由院长出面找到负责办理的医生开出了证明。

办事医生对管小同说："你不是来过了吗？"

管小同说："是啊，找你们的人谁都不理我。"

医生说："你也说不明白情况，没法给你办，让你写出来，你也不会写。"

复印住院证明需要交五十元钱，由于院长出面，费用免了。

柳凡说："你小子是不是怕花这五十元钱呐？"

"不是，我真整不明白。"

一切手续都办齐了，只是等待钱到户了。

第三十四章
尤龙与日韩作家相聚

　　作家是人类灵魂的工程师，他把人的灵魂、精神、命运进行生动的描述，实现精神的引领，对善与恶进行细致的剖析，对人物性格、行为举止做着精心的刻画，追踪着一个人或者多数人的愿望。尤龙就有几个这样的中外作家朋友。

　　又是一个周末。

　　梁主任打来电话："尤主任，这两天看你精神不错，案子办得怎么样了？需要帮什么忙吗？"

　　"与对方和解了，给对方三十四万元，保险能报二十六万元。"

　　"可以，一个人的生命没了，咱们好好的就行，钱是人挣的。"

　　"是的，我也是这么想的。"

　　自从尤龙发生了交通事故，梁主任就不找尤龙了，知道他被案情所困。以前，他们几乎每月都相聚一次，在一起喝点儿酒，说说话。

　　几个月过去了，尤龙的案子也和解了，心情好了很多。

　　梁主任说："我看你这两天心情不错，想邀请你参加一个朋友会，你会韩语、日语，这两名朋友一个加入了日本国籍，一个加入了韩国国籍。他们还爱好写作，我想，你同他们能谈得来，有时间没？与两位朋友聚一下。"

　　一听梁主任两个外国朋友回来了，尤龙很高兴："可以，我很想与他们聚一下。"

"那好，我们明天在松江镇的农民作家孙鹏家里，这两位外国朋友是我们俩的高中同学。"

"好的，孙鹏我认识，省作协会员。"

"你等我就行，我开车接你，把姜主任也带着。"

"好的。"

梁主任负责供电企业的生产和设备运行维护工作，姜主任负责安全工作，两个人是市作协的，平时爱写诗、填词，在企业是很有品位的人。

孙鹏一听供电局三位文学爱好者也来做客，心里格外高兴。

几个人一到，孙鹏介绍说："我先介绍一下两位外国籍朋友。这位是日本籍朋友，叫小滕一郎，中国名字叫苏建；这位是韩国籍朋友，中文名字叫鲁日丰。"

孙鹏今年五十二岁，20世纪80年代是江城比较突出的文学青年，经常在各类报刊发表诗歌和散文。只有一样与众不同，他一直没有成家，只身在外漂泊，积累了很多素材，他写的诗都是对生命的感悟，对美景的赞叹，对人生的写真。

在几个朋友中，孙鹏是大哥，80年代就带领哥几个到外地打工，自己没成功，却使苏建和鲁日丰两个人走出了国门。孙鹏属于个性极强的人。

孙鹏对哥几个主张学习毛主席的"自力更生，艰苦奋斗。"的优良传统和奋斗精神。他的信条是：求人不如求己。

他爱情面，有困难也不求人。为此，哥几个总是攻击他：这些年你没什么起色，弟弟们发达了，你在哥几个谁的门下都能挣到钱，为什么死倔死倔的，连个女人都没有，到现在还是光棍一个……

梁主任说："我们哥几个可是从小一起玩儿大的。小时候在一起捞鱼、打架、偷瓜，一起做买卖。"

孙鹏说："我比大家长两岁，我没带好哥几个，差点儿没给三个弟弟带到监狱里。"

姜主任问："怎么回事？"

孙鹏说："80年代，我们几个非常能作妖，在松江镇谁欺负我们其中的任何一个，我们四个就一起上，非把对方制服不可。后来，我们几个成了松江镇最有名的四少。有一次，我们想在货车上偷水果吃，把火车车厢扒开的时候，里面运的全是活猪，一车厢的猪都跑出来了，有的摔死了，有的四处逃窜。我们以为出大事了，吓得跑出去打工了，梁主任接班了。"

苏建说："我们最初在外面打工，吃尽了苦头。后来，通过朋友到日本打工，我赶上了一个机会，在日本工作够时间能变户籍，于是，就留在了日本。"

鲁日丰说："我的发展道路和苏建的经历差不多，也是通过朋友介绍过去的，挣到了钱，就留在韩国了。"

梁主任说："我就是被这工作给拴住了。不然，我也出国了，也不用挣这点儿死工资，过着一般的生活，要啥没啥。你看苏建的表价值三十五万元，相当于一台好轿车呀！"

姜主任说："如果你敢破釜沉舟也一定能像两位兄弟这样富有。"

苏建说："也别奢望这些，我认为，只有国家强大了，我们的国人才有底气。我们在外面过得不是多好，在日本人眼里我们并不受重视，他们不喜欢同我们来往，也不同我们交流，从他们的眼神中就能看出，瞧不起我们。"

不大一会儿，菜就上桌了，基本是稍做加工就能上桌的菜。孙鹏早就做好了准备，八个菜，荤素搭配。几个人都有一个共同的想法，这顿饭不在于吃，只在于聚。

孙鹏说："尤龙老弟，早就听说你的事了，没给你打电话，帮不上忙，也不知说些啥，最主要的还是怕打扰你。"

"不用担心，和解了，没事了。"

苏建和鲁日丰听后有些不解，不知他们在说什么。

梁主任说："可以公开说了，前几个月，尤龙开车刮了一辆自行车，现在和解了，给对方一笔钱就算完事了。"

苏建问："汽车怎么会刮到自行车？"

尤龙说："倒霉呗！一个四十七岁的女人推自行车跑着横穿马路，她躲过了慢车道上的车，没有躲过快车道上的车，正好让我赶上，来不及躲闪，向左急忙打舵，刮到自行车，她摔倒了，到医院没救过来。"

苏建说："在日本不会发生这样的事故，在快车道上，你想找自行车故意撞都找不到人。"

尤龙说："咱们这里随处可见，不是人行道都可以横穿马路，总是给人造成措手不及。这样死人的案子非常多。"

鲁日丰说："在韩国也不会发生这样的事故，人行道都设红绿灯，人们都很遵守规则。"

梁主任说："尤龙工作上也很闹心，本来赵局长走了，大家感到尤龙能好过一点儿，可是去了孙悟空又来个猴，这个新来的副局长比赵局长还烦人。什么事都亲自过手，一切都越过尤龙，没利益的就不签字。"

尤龙说："这个新来的局长有两种可能：一是提拔的时候送钱太多了，想往回赚点儿，可以理解。花了钱买官，当了官又没挣着钱，岂不是亏大了。二是无知者无谓。现在提拔的干部基本是有道之人当官。根本不讲道德修养、思想水平。所以，提拔了很多无知者。"

"难以想象，太复杂了。"苏建感慨地说。

梁主任对尤龙说："其实，我也为你考虑过。现在，新领导来了，仍然是独揽大权。你也可以不做任何事，假装什么都不知道，他私心越重心里压力就越大，工作上累的是他而不是你。"

尤龙说："我还真不在意这些，路都是自己走的，好坏都自己承担。人在做，天在看。他们在做，咱们在看。咱们叫安稳淡泊的人生，他们叫担惊受怕的人生。不过，我发生了事故，对人生有了新的认识，使我不得不对生命重新拷问，生命的意义在于质量，在于生命的长度。命都不存在了，金山、银山都是浮云。"

六个文人喝酒，交流，话题纵横四溢，淡泊很多利益。

梁主任说："你的认识是对的，像咱们企业的于新，家过得多好，老婆是大老板，腰缠万贯，房子十几套，高级轿车好几台，这是多好的日子。为了提拔领导干部，给领导送了很多钱，企业领导也打好了招呼。因为得罪了另一个领导就是不同意提拔。在投票的时候，这位领导给打了零分，在公布成绩的时候，与他的竞争对手只差零点一分。对手没抱希望，而生命里却馈赠了巨大的成功和感动。于新因为失败整天忧郁，两年的时间命就没了，才四十岁，老婆还得重新嫁人，女儿还得管别人叫爹，哪多哪少？"

姜主任说："小罗也是因为岗位及生活原因，总想不开，结果人也早早地离开了人世。年仅三十九岁，漂亮的老婆成了另一个人的，也白给别人养了个大儿子，另一个人比他有钱，生活过得比他好……咱们哥几个：一是关心你。二是对生命有了更新的认识。"

尤龙说："人都是为利益而活着，在利益面前才露出了真正的本质。我感到人要是能在利益上放自己一马，他的生活、工作就会轻松和快乐。因为，放自己一马也就是在放别人一马，也不会在生活和工作中树敌，一切都是和谐的。"

孙鹏说："很多人都跳不出这个怪圈，明知是错误的，还要去做，最终人财两空。"

鲁日丰说："有的时候，人在争，争的就是命。丧命的这个女人就是这样的，她为了先过去，不顾一切，总以为跑过来自己就是红灯了，跑过来别人就得措手不及，来个急刹车。这是一个多么愚昧的举动。"

尤龙说："你这个说法我赞同，她死于愚昧。"

姜主任说："你们在外国是不是感觉很好？"

苏建说："也不是，我们干的仍然是体力活，只不过是固定的，生活上好于这里，人家都不理咱们，瞧不起也不说话。"

"语言交流怎么样？"

"能够正常交流。因为，我去十多年了，也是带着目的去的。我想把活着的日本老兵都采访到，让他们说出在东北时的侵略行为，挖掘他们在东北期间，我们还不知道的事情。"

姜主任问："你采访多少个了？"

"四个了，我打算把这些事写成书。一是将此书作为他们侵略中国的铁证。二是警醒后人，不要做人类的罪人，他们虽然是军国主义分子麾下的一员，但他们反思过，忏悔过。"

姜主任转过头对鲁日丰说："你呢？你有什么目的？"

"我的目的很明确，我喜欢更多的韩国女人，她们温柔、高雅，有文化。"

苏建对鲁日丰说："你就写女人上床的故事吧，肯定能火。"

孙鹏说："鲁日丰是我们哥几个最不靠谱的一个，浪荡不羁，天马行空。"

鲁日丰说："从小我就跟大哥唱反调。现在，大哥都五十多岁的人了，还没多少改变。还是老童男，练童子功呢，玩儿得差不多就行了，找个伴儿安稳过日子吧，别玩儿了。"

姜主任说："孙鹏大哥是另一类文人，总是生活在空想、幻想、联想之中。以诗词为'妻'，过着浪漫、高雅的情调，静而有动，孤而不寂，同样有人陪伴，处处有'妻'同行，纯是生活在精神世界里。"

梁主任说："大哥有人，在上海遇到一位美女，现在还有联系。大哥不想与任何一个女人定终身，属于蜗居心地远，梦想在天边。我们这些现实中人，大哥是看不惯的！"

孙鹏说："一个人有一个人的活法，我不愿拉家带口的，我就想信马由缰，自由自在地活着。因为这样的性格，我没接父亲班。那是火车司机，当时是多么令人骄傲的岗位。我就愿意独闯天下，成功与失败自己承担，命运掌握在自己手里，不是他人给定现成的，也不是他人所能左右的。"

梁主任说："当时，我们非常羡慕大哥，那是多好的工作就是不要。"

孙鹏说："所有车我都不喜欢，也不喜欢开车，就觉得人不应该是这种快节奏的生活，应该是慢生活，不是消耗资源和能源这种，在我心里这样活着就像追命一样，一点儿意思也没有。我就觉得，我们越追求快生活，对我们环境的破坏力就越大。如果不追求这种快生活，尤龙也不会发生车祸。"

鲁日丰说："你说的有道理，小时候我们几个小伙伴儿，经常在江边抓鱼虾，那时候江水清清，野草柔柔，江边到处都有大鱼和野鸭蛋。现在，全变成住宅和工厂了，再也找不到那种清新、安静的地方了。"

孙鹏说："人生没有不散的宴席，我提个建议，咱们在交通上把自己的感悟凝练成一句话，我说第一句，由左至右挨着说，最后成为咱们哥几个编的顺口溜，大家看叫什么题目好？"

尤龙说："就叫'各行其道'歌，勉励大家，怎么样？"

孙鹏说："尤龙这个名字起得好，就这么定了开始吧。"

梁主任说："大哥这是考咱们的才思还行不行了，那就凑合着对吧。"

大家一致同意，哥几个把交通安全编成了这样的顺口溜：

心绪不宁莫开车

无事要当有事做

岔路口上讲规则

常常有人横穿过

遭到劫难事难缠

公了私了烦忧多

第三十五章
宋梅说出事故真相

　　双方虽然和解了，但是人命案在尤龙的人生中却留下了深刻的烙印，这是一个在内心抹不去的阴影。宋梅说，给钱多少咱不说，我大姐是自杀。她的一句话让尤龙有种说不出的情绪，这不是碰了最大的、最贵重的瓷儿吗？

　　尤龙与蒋功成的办公室在同一楼层，他是班组成员，负责企业办公楼的维修维护工作，他与尤龙相处得很好，尤其是当尤龙发生交通事故的时候，他是第一个赶到医院的。

　　这一天，他来到尤龙的办公室说："主任，你的事办得怎么样了？"

　　"就差检察院免诉了。不过，老门对管小同说，他可以结案。"

　　"你可别相信他们了，这些白吃饭的玩意儿，不办事啊！"

　　"你咋这么说？"

　　"我亲身经历的。"

　　"就在你发生事故的第三天，我的车丢了，我找过他们。"

　　"你说说，咋回事？"

　　"我喜欢钓鱼，为了方便，花三万元买了一台二手捷达车。发现车被盗的时候，还不超过二十分钟。丢车那天，柳凡等很多人帮着找。"

　　"找到了没有？"

　　"没有，我想四面出击，堵住所有出口，把窃贼拦截在县辖地段。"

"你咋办的？"

"我让哥几个从四个方向追，让大哥到派出所报案。警察说，我们得了解一下案情，检查一下现场，然后做出判断。大哥说，那人不跑远了吗？出了县界就找不到了。警察说，我们办事讲程序，不能像你们那样盲目追赶。"

尤龙说："警察说的对，他们必须按程序工作，像你们那么盲目地追，真的不会有什么成效。"

"我各路人马追出好几百公里，一无所获，打出租车就花了两千多元。"

两个人正唠着，室外有人敲门，来人是企业文化设计的李老板。蒋功成转身离开了。

过去，李老板通过党委给供电公司做过文化长廊。今年，他想联系一下还有没有业务。

李老板一进屋就说："尤主任好，快半年没见了。"

尤龙说："生意怎么样？"

李老板说："还行。"

尤龙知道他来是问有没有什么活要干，便直截了当地说："现在，企业禁止形象工程建设，比如，装修房屋，牌匾制作，亮化工程都不做了。"

李老板说："很多像我这样的企业已经转行了，看来我也得考虑了。"

"应该考虑，这是经济和政治的关系，一方面经济的发展决定着政治上的决策，政治上的决策又在引领、决定着经济发展。国家禁止的事情，你就不能顶风上。"

"是这样，我得顺势而为。"

说话间，李老板盯着尤龙有些憔悴的面容。他发现尤龙有所变化，变得更加沉稳、凝重了。

他接着说："尤主任，半年没见，你也有变化，你瘦了，心情也有所改变。"

"看出来了？"

"是的。"

"我发生了交通事故，刮到了自行车，人倒地摔得很重没救过来。"

"哎呀！发生这么大的事，咋没告诉我一声，我帮不上什么忙，也能帮上钱啊！"

"开始的前十天，比较上火，什么人也不认识，也不知咋办。后来，经过磨合激烈的谈判，人也变得坚强了。"

李老板对尤龙说："你的案子，说什么也不能到法院，多一道门槛，就多了让人想不到的麻烦，还会延长结案时间。"

"你说的对，我争取在检察院结案。"

两个人结束了通话，尤龙送走了李老板，刚要回办公室就遇到了管小同。

管小同很想早点儿结案，出去打工。一是不坐吃山空，打算挣些钱，盖个新房。二是年龄毕竟才四十岁，还很年轻在打工时接触一下外界，有机会找个对象，重新成个家。

尤龙说："兄弟，来了？"

管小同说："尤哥，保险方面还需要啥？缺不缺件了？江城人民保险公司经理是我们村的，跟我们关系不错，用不用我给你联系一下？"

"可以，你就让他快些审核材料，看看还缺什么，材料在他们那里都两个月了，我借了很多钱，心理压力太大。"

"好的。"

管小同给江城人民保险公司打了电话："王经理，我是咱们村的管小同，保险的事快点儿给我们办，早点儿结案，我等着外出打工呢。"

王经理回答说："这个案子我看了，还缺材料，村里的证明不行，得用镇政府和派出所的。"

结果，管小同又重新开了证明。尤龙又送了一趟，时间重新排队，又拖了很久。

管小同对提供各种材料很积极，找当地派出所，找政府人员，从村到县公安局，不论多难他都办成了。

这一天，管小同来到尤龙的办公室说："尤哥，我让保险公司的王经理快点儿办，咱们好早点儿结案，我着忙出去打工。"

尤龙说："老弟，这个你放心，案子一结束，我就马上把钱给你。你没事了，我也不用牵挂了。"

管小同说："我刚从老门那回来。他说，咱们的案子可以在交警队结案。"

"能吗？人命案不是通过检察院免诉吗？"

"不是，老门亲自跟我说的。他说，这么长时间在手里，干啥往那里送啊，在交警队就能结案了。"

"这我可不知道。也没有想到，只是看他们的办事程序图可以结案，但不知是什么情况的案子。"

"老门说，案子是在交警队和解的，可以在交警队结案。"

"这样更好了，我们双方都省略一个环节。"

尤龙看了一眼管小同，他身着朴素，瘦瘦的，脸黑黑的，尤龙内心有一种隐隐的痛。毕竟是一个意外事故给他造成了失妻的悲伤，这个小男人，是个酒鬼能不能支撑起今后的生活……

尤龙从衣柜里掏出一件没开封的白色T恤衫，这是去年"八一"建军节给退伍军人发的，一直没穿。

他拿出来交给管小同说："天太热，这是一件凉衫送给你吧。"

管小同也没拒绝。

因为，保险没下来，案子也没往检察院送，尤龙的案子搁下了，没人提了，近两个月公安局不找了，律师没联系了，案子就好像没了一样。

尤龙的内心却还是不轻松，就好像有一根很重的绳子走到哪儿都有被牵的感觉。

一天，律师来了电话："尤哥，案子有进展没有？"

"没啥进展，就是前两天管小同跟我办保险材料的时候说了个情况，老门当面跟他说，案子可以在交警队结。"

"老门有那么大的胆子？"

"不知道，反正他没对我这么说，只是对管小同这么讲的。"

"那我可不理解了，不过，案子得追一追，时间太长人员都会有变化，甚至一周都会有变化。"

尤龙清楚这话的意思。第一点是，陈光拿走的钱可能已经用上了，该送的已经送完了，怕人员有变动，白送了。第二点是，告知自己，钱花了，如果发生变化也得认。

尤龙说："行，我自己去公安局问一问。"

放下电话，尤龙心里不是滋味，陈光拿了那么多钱，他也没帮干什么，这些事自己都能办。就是去了一趟管小同的岳父家发挥了一次作用。找个律师本来是想什么都不管，一切由他来办，结果不是这样。

很多天过去了，保险还是没下来。尤龙给保险公司的办事人员打了电话，说快了，也就一两天时间。

这一天，交警队来个电话，让尤龙到交警大队签字。尤龙来到老门的办公室。

老门说："来，签字。"

尤龙问："这是要送检察院吗？"

"马上就送了。"

"到时告诉我一声，我全靠律师给我办。"

"能通知你。你这个案子到检察院免诉，找你们单位的领导跟检察院的领导说，办理取保，然后让律师办。"

"好的。"

尤龙走出交警队给管小同打电话说："兄弟，你到交警队签字没有？"

"签了。"

"老门跟你说把案子送到检察院的事没？"

"说了，公安局、检察院我们都有认识人。公安局管案子的是我家亲戚，检察院的检察长是我侄子的岳父。我早就跟公安局、检察院打好招呼了，案子一到，他们马上开会，一两天就结案。"

"把你能耐的，哪个部门都有人。"

"真的，我二哥都找好人了。"

"这样非常好，咱俩谁也不用惦记这件事了。"

尤龙感到他这是自己的想当然，警察和检察官怎么可能对管小同这样说？

这一天，老门给尤龙打电话说："还有一个事需要你办，你得在当地派出所开个证明，证明你在事故之前没有任何违法行为。你今天回去或者明天上班晚来一会儿，开完证明带回来，办不了告诉一声。"

"好的。"

尤龙提前回到江城来到驻地派出所，派出所在一条商业街里，拐两个弯，有指示方向。

进一个绿色大铁门上二楼，对着楼梯口是一个服务窗口，专门办理身份证、户口本的。

尤龙问："开一个无违法证明在哪儿？"

窗口服务人员说："往里面走，里面是个服务大厅。"

大厅里面有一间屋子，很黑，门牌上写着：非值勤人员不得入内。这是一个什么房间呢？能办什么证明呢？难倒是临时关押人的地方？

尤龙转了一圈，实在看不出还有别的房间。

他向里面张望，里面有两个人，好像是被抓起来的，在床上躺着。

尤龙来到门口一看，他们是两名警察。

尤龙问："我想办理无违法证明，找谁能办？"

"你是哪个区的，在哪儿住？"

"我在绿园小区八号楼。"

"你在这个表上查李少力的号，他管。"

尤龙找到了李少力，并打通了电话。

李少力说："我在外面，你找赵小国，让他替我办理，我现在有事，回不去。"

"好的。"

尤龙又来到值班室说："我想找赵小国。"

值班民警说："你按门旁的那个门铃。"

值班室墙面上有一个门，门上有一个电子门铃。尤龙按了一次，没有动静，也没有人开门。又按了一次，仍然没有反应。

尤龙说："没有人开门啊！"

值班警察说："你按值班室门旁这个。"

尤龙心里感到非常别扭，怎么也想象不到进这个屋要按铃。

他按了一下，果然门自动打开了。里面是一个宽阔的走廊，两侧是办公室。可以看清门牌。

尤龙心想，连我这个城市居住的都发蒙，老百姓就更不用说了。

尤龙找到了赵小国。他大约五十岁，脸白白的，不善于言谈。

赵小国说："你要干什么？"

尤龙说："李少力让我转告你，帮开个无违法证明。"

"你要做什么用？"

"结案用。"

"什么案子？"

"交通肇事案。"

"撞人了？"

"是的。"

"人死了？"

这时尤龙觉得说多了，跟他们说这些是不是多余？又一想，案子发生了，网上肯定存在，一找就能看到，瞒也瞒不住。爱给不给开吧，还是实说了吧。

尤龙说："人死了。"

"另一个警察说，那不得判一缓一，或者什么的。"

尤龙说："我在交警队就已经和解了。"

赵小国说："你等一会儿。"

赵小国把身份证和户口本拿在手中，去了另一个房间。

尤龙想，他可能是上网查案情去了。

赵小国只用了几分钟就回来了，他说："你已经有案在身，我不能给你开这个证明。"

"为什么？"

"我们都是开到现在的。"

"你证明我在交通案前没有违法行为就行了。"

"那也不行，我们就是开到现在的。"

"现在的也行，你写上吧。"

"那也不行。"

尤龙弄不清这个警察是啥意思，以前的不能开，有违法行为可以写上也不给开。这是为什么呢？

尤龙走出了派了所。

在尤龙心里，这个件应该就是最后一个了，什么也不应该缺了。案子过六个月了，时间实在是太长了。

还得和包片的民警接触一下，也许他能帮助办理。

周冰洁下班发现尤龙比她早："你咋回来这么早？"

"哎！老门让开个证明，没开成。"

"咋回事？"

"咱们小区这个片警有事，让一个叫赵小国的帮开证明，他上网一看我发生了交通事故就不给开了，明天我还得找管咱们小区的片警李少力开。"

第二天，尤龙打通了李少力的电话。

李少力说："八点半上班，你过来吧。"

尤龙准时来到派出所。

李少力接过身份证、户口本，看了名字，又看一眼尤龙问："你当过兵？"

"是的。"

"在哪儿当的兵？"

"英雄城炮兵团。"

"我也是炮兵团的。"

"你也当过兵？"

"是的，我还认识你。"

"这么巧？"

"你好好想想，给我一碗红烧肉，我是一连长。"

尤龙突然回忆起来了。

"哎呀！是你呀！你是咱们团最勇敢的。那次抗洪，你立了一等功，救出十一个人。真不简单！当时，我非常敬重你，恨不得也冲到前线去，和你共同去救人。"

李少力说："到今天我才有机会跟你说一下当时的感受，没有你那碗红烧肉，我都会没命的。我都累得快虚脱了，正好你给我一碗红烧肉，吃得又香又管饿。"

"我看你当时有气无力了，没法帮你，只能给你点儿吃的。"

李少力问："当时，下那么大的雨，咱们团十几个伙食点都没做上饭，官兵吃的都是饼干，你咋就炒了那么多的菜？你们营长夸你，团长、政委也说你好。"

尤龙说："这就是生活中的经验，我是农村入伍的，知道下大雨的时候，哪里能取到干柴，怎么能做熟饭菜，不是很难。"

李少力说："老战友重逢，我请你吃饭吧。"

尤龙说："我还是先请你吧。你得帮我把这个证明开了。"

"这不是个事，一个交通肇事案，太平常了。"

于是，他给写明了在交通事故前没有违法行为。

尤龙拿出一条烟说："这是作为战友的一点儿心意，你抽吧。"

李少力说："公是公，私是私。我们办事谁也不准要东西，这里有录像，现在监督非常严格，不准收受任何礼物。况且，我们是战友，更不能搞这样的事情，哪天我请你喝酒，得感谢那碗红烧肉。"

尤龙说："好吧，我请你。"

尤龙马上返回枫林县，把证明交给了老门。

"门哥，你看，是不是这样的证明？"

老门拿在手里，看了一下说："是，开的对。"

"什么时候送检察院？"

"快了。"

"好吧，我走了。"

"走吧。"

尤龙给管小同打了个电话。原因是，管小同找了枫林县公安局和检察院。

尤龙说："老弟，老门让我又补一个证明，案子还没到检察院，我刚从老门那里回来。"

管小同说："他那里结不了案吗？"

"结不了，听老门的意思得送检察院。"

"他跟我说的可以在交警队结案。"

"他没跟我这么说。我想，这应该是最后一个件了，你要是有人就找吧。"

"哎！找人，我都花了很多钱了，我着急出去打工呢。"

"打工的地方找好了吗？"

"找到了。在家待的时间太长了，都好几个月了，一分钱也没挣呢。"

"是啊，我也这么想，早结案，早省心，我们谁也不受案件牵扯了，就想干点儿啥。"

尤龙说："行，你若有人就快点儿办吧，检察院一结案我借钱也马上给你，不管保险到不到。"

"好的，谢谢尤哥。"

一天，公安局一个叫小申的人找尤龙。

"你是尤龙吗？"

"是的。"

"我是公安局的小申，你在哪里。"

"我在江城开会呢。"

"明天一上班，你就到我这里来一下，你的案子要送检察院了。"

"好的，谢谢你。"

尤龙不认识公安局的人，他想，公安局的小申是不是还得需要"安排"一笔钱，是不是直接把人送到检察院，然后还得办理取保候审。

经过打听，对各种关系进行过滤，他发现了昌盛供电所钟所长，小申是他的小舅子。

尤龙将电话打给了钟所长。

钟所长说："你不说，我还不知道你有这事，这不算个事，意外事故，钱能摆平的都不是事。"

"你说的有道理，只是这事很折磨人。"

"给对方赔付多少？"

"三十四万元。"

"保险能报多少，还没批下来，大约是二十多万元。"

"行，搭个十万八万的不算啥。"

钟所长大约五十岁，当过兵，五项全能，身体素质好。任供电所长已有十八年，在枫林县是个有钱有势的人物。

多年前，他就在昌盛镇买了山庄，开了枫林县昌盛镇旅游景点。更多的人将这里称为花海。山庄里有四个几万平方米的荷塘，每到7月中旬，这里就是"接天莲叶无穷碧，映日荷花别样红。"的景象，山上还有近百种的其他花卉，与荷塘相连，成了花的世界。

一座座情人屋都是建在水上，大约二十几座，每个屋七十平方米，用红松建成，四面是明亮的窗子，半透明和全封闭的高档窗帘，里面的设施一应俱全。

如果想钓鱼，打开房门坐在门旁就能垂钓，当时就可以有服务人员或清炖或烧烤帮着做鲜鱼。

如今，这里已经成了人们向往的去处。钟所长的钱也源源不断了。

有钱人也会被人盯上，被盯上的时候，犹如蚊子，怎么也得叮出点儿血。

那一年秋天，一村民被带电的排水电线打死了，不知是谁把事捅到了媒体。记者直接来到现场进行拍照，打算把这件事登到一家晚报上。

尤龙曾做过几年宣传工作，省城、地区的主流媒体他都认识。他帮钟所长把这件事处理得很圆满。

现在，尤龙有事求到了钟所长。

钟所长说："你去找小申吧，他要是难为你，给我打电话。"

"谢谢，钟所长。"

尤龙来到了公安局小申的办公室。

小申是个三十岁的年轻人，尤龙一进办公室，小申一点儿架子也不摆。

小申问："你在供电公司做什么职务？"

"办公室主任。"

"你们公司我有很多好哥们儿，李昭、秋舍、钱多、郝用等。"

"他们也是我的好哥们儿。"

"你的案子没什么，就是个意外事故。"

听他这么一说，尤龙紧张的心放下了。

小申说："你在这上面签个字，我把案子连同人一起送到检察院。"

小申开的是私家车。

小申说："我这有三个案子，一起送。外面还有一个人，也带着。"

尤龙和一个矮胖的人一起被小申送到了检察院。

到了检察院门口，小申对尤龙说："你的案子到起诉一科找李艳免诉，不难。"

听小申这么一说，尤龙心里感到很舒服，原来案子越走越亮了，不像老门那样态度不明朗，让人总在云里雾里。

下了车，尤龙问："申老弟，还需要什么程序？"

"需要到检察院综合管理部门先登记，然后一步一步来。我跟交警队、检察院都熟。一是业务往来。二是关系处得也很好。"

"我发生这个案子的时候非常茫然，当时谁也不认识，如果要认识你多好，交警队、公安局、检察院都办了。一肩挑三家。"

"那还说啥了，谁能知道有我这样的人啊！"

"我知道了，如果再有人遇到这样的难处，就找你好了。"

"最好是永远都没人找我，不是啥好事，非死即伤啊！"

"也是，谁也不愿意发生这样的事。"

"你们在这里等着吧，我完成任务了。"

"好的，谢谢。"

小申共送来三个案件要办理很长时间，几个人坐下来等待。

先登记的是那位矮胖男人。

矮胖男人经过检察院一个美女检察官的询问，登记，就走了。

美女检察官二十一二岁，长得秀气，好看。

美女对尤龙说："你们单位的徐明，我认识。"

"是亲戚？"

"不是，是我姐姐的朋友，他现在干啥呢？"

"他在我们基层供电所开车呢。"

美女没再说什么。

尤龙问："你是新毕业的大学生？"

"我都毕业两年了。"

她对尤龙重新录一下口供。

美女说："你可以回去了，电话保持畅通，有事的时候好找你。"

"好的。"

尤龙离开了检察院。

出了大门，他马上将电话打给了陈光律师："陈主任，我的案子已经到检察院了，下面的事就由你办了。"

"好的，你放心吧，我都沟通好了。"

"好的。"

消息很快传到宋梅的耳朵里，她给尤龙打来电话说："尤哥，听说你的案子到检察院了，什么时候给钱，你告诉我一声，我姐姐的大儿子也要回来。"

"你放心吧，我们以前研究好的，给钱的时候都在场。"

"是不是快结案了？"

"应该是，都到检察院了，在这里和解。"

"那我给姐姐的大儿子打电话，让他回来。"

"你打吧。"

这时管小同也出了一个小插曲。

他给尤龙打来电话说："尤哥，你把钱都给我行不？我给你签字。"

尤龙说："不行，当初，我们大家都说好的，必须得有你媳妇的大儿子、你小姨子签字，你媳妇的大儿子有继承权，你小姨子领父母的钱。否则，他们会跟我要钱。

"我都给大儿子钱了。"

"那是你们之间私人的事，我这里的钱是法律上的事。我当面给你们钱，你们家怎么分钱我不管，我只管把钱交到当面。"

第二天，检察官打电话让双方都去签字。

不一会儿，宋玉的大儿子、妹妹打车来到检察院门前。

大家聚齐来到检察官面前。

检察官说："你们什么时候给钱，我们不参与。你们同意和解就在这上面签字。"

尤龙说："我们双方和解了，签了字马上给钱。"

"那好，你们签个协议，你们单位一份，给我一份。尤龙让单位人事部门签个字给我返回来。"

"好的。"

检察官说："你的案子就是一般交通事故。没有故意，没有任何违规行为，属犯罪轻微。"

尤龙一听他这样下结论，心里的压抑感顿时卸掉了很多。

在去银行的路上，管小同、宋梅、宋玉的大儿子都跟着尤龙同行，他们已经很熟悉了。

宋梅说："尤哥，其实，你给钱多少不用说。我感觉我姐姐就是不想活了。"

"为什么？"

"出事的头一天，她就告诉我，不想活了，头一天，狗谁养，孩子谁看，把一切后事都安排明白了。于是，我时时看着她，跟她一起送孩子，出事那天，她说什么也不等我，我也没跟上，脚前脚后的工夫，让你赶上了。"

"人就是命，就差那么一点点。你姐姐的自杀，给我带来了多少磨难？"

几个人边走边说来到了银行，把最后一笔钱取走了。

结案了，尤龙把内心的喜悦告诉了妻子、亲戚、朋友。

第一次宴请是本单位的同事。尤龙请他们在江城吃了柴火烤大鹅、炖松花湖鲜鱼，喝的是好酒。大快朵颐，大口喝酒，很是尽兴。

尤龙说："在这期间，各位兄弟对我的事给予了很大帮助，经济上的，智力上的都付出了努力。在此，对大家表示深深的谢意。"

蒋功成说："大家真把你的事当成自己的事来办，在你和解这段时间里，我们不给你工作增加任何负担，主动工作，我们也只能这样做。"

柳凡说："案子结了，我们也跟着高兴，你完好无损比什么都强，虽然损失了些钱，花钱免灾了，钱是人挣的。"

于庆说："人生不是一帆风顺的，这是命里的一道坎，必须得过的。不过，大难之后，必有后福。"

第二顿饭是请阿南、成哥等人。

阿南说："通过跟管小同一家人接触，我感到农村人和咱们想的都一样，思路很超前，找的人也恰当。他们的目的达到了，这个数咱们也能够接受。"

成哥说："这个数还算理想。但在我心里，他们只能拿到二十一万元，这是在法律范围之内解决的。"

没到场的，春节时，尤龙在农村买一头猪，给大家分了。

第三顿饭是亲人，他把这些人邀请到家里，吃住在一起，主要是表达一份感激之情。

尤龙对亲人们说："给对方三十四万元，依法和不依法都是很难的，我所做的都是在尊重生命的前提下进行的。当看到没了母亲的孩子，没了妻子的丈夫，我的心是软的，内心充满了罪恶感。不是说，服了法就能了却内心的痛，法律之剑分在什么人的手里，在正义者手里，双方就会得到公平和公正。在邪恶者手里，他的剑就会让双方受伤，谁都得不到好。"

周涛说："'人间正道是沧桑'，如果在交通上能够各行其道，社会就有规则可守，人们会没有危险。相反，各色人背道而驰都不遵守规则，必然会发生交通事故。

尤龙说："人们在走路的时候能够各行其道，社会就有了秩序，生活就有了安全和保障。"

三次聚餐大家的话题还是落在了交通安全上，主要是对人的素质、国家经济、法律制度等进行交流，人们各抒己见，落脚点还是在行路时要各行其道，对交通秩序要遵守和执行上。